丰子恺
译文集

第六卷

丰陈宝 丰一吟
杨朝婴
杨子耘
丰睿

编

ZHEJIANG UNIVERSITY PRESS
浙江大学出版社

本卷说明

本卷收录丰子恺先生翻译的日本小说三种,分别是大仓登代治著《美国猪》(中篇),中野重治著《派出所面前》(短篇)和《肺腑之言》(长篇),均根据丰子恺先生家属提供的翻译手稿整理而成。其中《肺腑之言》另附录王敦旭撰写的"后记"。

本卷目录

美国猪

［日］大仓登代治 著

丰子恺 译

一

力士〔1〕生产,是从很夜深的时候开始的。

每逢过了较长的一段时间,从红肿的阴部可以窥见像大粪一般拉出来的胞胎时,铁男便握紧了自己的手,像祈祷一般帮助它生产:

"哎,又出来了! 好,只管生出来,生他十头,十五头吧!"

他用那褴褛的工作服的衣袖来揩揩发红了额角上的汗,心中打着如意算盘:这优良品种,即使卖小猪,每头也可卖得八千元〔2〕,这就好啦……他就迅速地破了胞胎,处理脐带;用破布绞一把热水,揩拭小猪的湿淋淋的身体;又小心防止母猪在生产间歇中爬起身来慢慢地跨步时踏伤小猪,手忙脚乱地东奔西走。

小猪在污秽的血色的胞胎里拼命地挣扎,探出头来,眨眨那双可爱的小眼睛,仿佛被这初见的世间的光线所迷惑了似的,一时间呆然若失;但是忽然吱吱喳喳地发出嘈杂的产声来,滚倒在自己的脐带或稻草拖鞋上,摇摇晃晃、东歪西倒地跨起步来。

"爸爸,鬼怪真有的么?"

他的儿子清儿,来看自己亲手喂养大来的畜舍的明星力士生产,此时摸着小猪,突然这样问。

"笨头! 你在学校里学了些什么?"

"哼! 有人说看见大平次家的竹林里走出鬼怪来呢。还有,大家都

---

〔1〕 力士是美国猪的名字。——译者注(下文如无特别说明,均为译者注)

〔2〕 指通货膨胀后的日元。

在说:狐仙半夜里啼哭的声音很可怕呢。"

"瞎说! 人工卫星飞上天的世间,难道有鬼怪么? 好啦好啦,早点回家去睡觉吧! 每天老是睡晏觉的!"

清儿把脸皮一鼓,畜舍的门也不关,跑回家去了。

关于鬼怪的传说,铁男也并不是初次听到。他想:大概是有些胆怯的人,把阴暗地方的情侣之类的人错认作鬼怪;狐狸的哭声呢,不过是野狗的叫声罢了。所谓世间的传说,大都是这样的。在这所谓"三钱农业"甚多的麦泽村里,去年有一家,今年有两家停止了农业,带了家眷迁往都市里去。这些人干些零碎农业,劳动艰苦而收入较少,生活一年年地苦下去,将来毫无希望,现实生活也不能维持,忍着苦痛煎熬到如今,结果终于抛舍了祖先代代的故乡的土地,脱离了农业。他们的仕屋没有适当的业主;又恐将来或许还要回乡,所以让它们空着。在这小村庄里,有三所没有人住的房子。所以近来这村庄里处处有残缺不全的、好像住着鬼怪的屋子,阴气沉沉,满目凄凉,于是发生了鬼怪的传说。

力士终于产了七头小猪。这利用强壮的杂种交配而生的"兰特雷斯"杂种猪,本来是不多产的;加之这回是初产,预料它至多只产五六头。现在突然获得了七头,铁男欢喜无量。他看看笨拙地突出了胴体而安心似地给成群的小猪喂乳的力士,竟想合拢手掌来拜谢。有了这个,近来小心翼翼地养猪的努力,这算有了一个结晶;而副业的前途,似乎也光明起来了。他抚摸力士,使它安定;替它铺了新的稻草,直到夜色甚深也不离开畜舍。

忽然他觉得有一种剧烈的恶感通过他的脊梁,吓了一跳,屏住了气息。这是因为他听到了那狐仙的啼声。

"噢! 噢嗯!"这声音从镇守寺院方向传来,立刻就静息了。他记得当小孩子的时候,睡前常常听眼睛有毛病的祖母讲故事,祖母教他:狐仙的啼声,倘是"孔,孔!"的,便是吉兆;倘是拖长尾巴的,便是不吉之兆。他想:"真愚笨啊!"便觉自己刚才毛骨悚然,胆怯得可耻。又想:我不是拿"人工卫星时代"的话来骂清儿么?不,这不是"胆怯",这不过是谁都会感到的一种反射。同时又觉得使他吃惊的那个声音的本体很可恶。

他略微想了一想之后,拿起一根粗线来做一个环,连通一根细的网索。这是他年青时候常用的办法,是捉狗的一种简单的装置。宜乎两个人搞,但一个人也可以搞。把这个环丢在狗的项颈上,然后拉紧网索,那狗就拼命地想逃。它越是用力挣扎,项颈上的环越是收得紧,终于使它窒息。于是打它的脑门,敲它的胸脯。他用纯熟的手腕做好了这道具之后,立刻走向镇守寺院的境内去了。

猪不能吃,打死那只野狗来吃吧。他鼓起奋勇来了。

村庄里的人都已睡静了。在这季节中,这晚上像可爱的春宵那么温暖,四周肃静无声。

"这哭声是日莲上人[1]恩赐的启示,警告我们村子里将有瘟疫流行,将发生大火灾,是叫狐仙当使者来传达的。要避免这灾难,除了加入创价学会、信仰神佛之外,别无办法。"

在村上到处宣扬这番话的,是多少懂得些念咒祈祷的高老太婆。这老太婆以前曾经办过灵友会、明智会,以及其他好几个新兴宗教,这次又入了创价学会。人们对她的评议是:"这婆娘老是搞什么会,她只想弄到一个兴旺的会,便可让她获得利益。"这宗教本来是想抓住愤于尘世的人们的小资产阶级的迷惑和不安,认定其为苦痛之所在,使他们的观念病

---

〔1〕 日莲上人是日本镰仓时代的一个和尚,是佛教日莲宗的祖师。

态发展,然后获得解救,但经过了高老太婆的渲染,完全土俗化了。

铁男要捉住那只病狗,把那贼婆娘的面皮剥掉,他就想起了那可恶的老太婆的脸——自从那次虹鳟事件[1]以来,铁男即使和她对面相逢,也不打一个招呼。

五六年前,铁男曾经向阿部金造——阿贝金——借一笔钱来饲养虹鳟。铁男住屋后面地皮的角落里有一个古旧的池塘,从后面山中涌出来的清水流入这池塘里。"让这池塘空闲着,不是办法。"这样指导他的是阿贝金。铁男竭口奉承他:"您这农协公会长兼土地改良理事,眼光毕竟与众不同!"便恳求他借给些钱。

他原想借用自作农维持金,然而为了改善厨房及修补房屋,已经借过了,近代化资金也已在建造作业坊的时候借过了,所以只得缠住阿贝金。

"你要借,总是可以的。"

阿贝金开恩似的口气说。他原是个非法的放高利贷者。

"不过,你总不会是共产党员吧。倘是共产党员,我一概拒绝!"

"我哪里会是共产党员!"

"我原说你不会,你的思想是健全的。那些共产党员嘴巴很能干,然而只是一群一事也不能实行的懒汉。茶田里的平治那个家伙,工作也不大做,只管叫嚷着'示威''签名'。在这种乡村地方,两三个人使尽了力气也毫无用处。在这世间,识时务者为俊杰。你切不可和这些恶极无道的家伙做朋友!"

"共产党,我是真不要看了!"

---

[1] 虹鳟是一种鱼的名称。案件见下文。

"好,那么你是我的徒弟,这回的选举要你帮忙呢。"

铁男表示了誓愿为阿贝金的大头目自民党众议院议员稻叶修一郎的选举忠诚尽力,就确定了一笔高利的借款。他想:"这有什么关系呢!让阿贝金自豪为头目,并无损失;选举时还可以喝白酒呢。"

阿贝金向来是个相当阔绰的地主,年龄也较长,头衔也堂皇。这个阿贝金老板亲切地拍拍铁男的肩膀,对他说道:"你有困难的时候,无论什么事情我都照顾你。只要你在选举时做了我的手足而出力就好了。人世间原是互相帮助的。对么,老铁?"

铁男想道:"好!为了这个人,我什么都去干吧。"

他把那古旧的池塘开深些,造一个混凝土的养鱼池,齐备了清水补给路和排水路,然后把三千条鱼秧放进去,饲养起来。日日夜夜,必须用尽心思去管理,务使水中不致缺乏酸素。果然有效,这些虹鳟顺利地发育,迅速地成长了。这种鱼比鲤鱼容易长大,价值也贵得多。铁男想想收获,快乐得从肚子底里涌出格格的笑声来。

这时候,铁男的妻子笑子被那个绰号喇叭老太婆的高老太婆强迫加入了创价学会。这老太婆常常到他家来,称赞那些漂亮的虹鳟,说这是加入创价学会的善报;又讨好他们,说这人家的运气,在她的八卦上推算出来是日出之势;就每次拿了几条鱼回去。

"这贼婆娘!"铁男虽然这样想,但并无不快之感。他有了这些鱼,近来渐渐陷入贫困的家计才能获得了生气。这些鱼卖脱之后,可以给笑子买一架她所欲得的电气洗濯机,再买一辆儿童用的自转车给清儿。

他常常选择长得肥大的虹鳟,拿去给头目阿贝金佐膳。养成功之后,可以进一步饲养长毛兔。从这样到那样,他的梦越做越大了。

茶田里的平治来向他推销《赤旗报》,问他要不要读,被他异常冷淡的拒绝了。他想："难道可以把自己的思想硬推给别人么？世界上有爱喝酒的人和不爱喝酒的人。因为自己爱喝而劝别人也喝，这不爱喝的酒味道是不好的呀。第一是不要认错了我，我也是个相当阔绰的企业家呢。"

可是，到了销售的时候，铁男像火烧屁股一般着慌了。买主竟全然没有。这高价而具有一种特殊气味的虹鳟，只有好奇的吃客略微买些尝尝，却一直没有人来定购。在这缘海的贫乏地方，价钱便宜得不能同虹鳟相比而鲜度可以同它比肩的海产鱼，大量地上市。海滨的菜馆和铁男交易了一两次之后，也把虹鳟看得一文不值。于是他只得跑遍附近的市镇和市镇里的旅馆、菜馆、鱼市坊，尽力推销。在人手不够的农忙时期，也不得不用机器脚踏车载了到处兜揽。因为迟卖一天，要多费一天的饲料，也有几个厨师说道：

"这种高级品销路不会好吧。一般客人腰包都轻，点了一客虹鳟就要超过预算了。贫乏国家的日本人，身上打扮即使很好，吃的方面是花不起钱的。"

铁男这才悟到了企业的失败。但他曾经对高老太婆说过"越赚越多，要赚到钱没有放处"的话。他想：这婆子常在心中等待别人失败，不可向她示弱。好容易照原价打了折扣，卖脱了一大部分之后，有一天晚上，刮起大风，不知从什么地方吹来五六只P.C.P.的空袋，落在池塘里，其余的虹鳟在一夜之间全部灭亡了。P.C.P是一种除草剂，对人畜无害，但在池水的表面密密地铺了一层油膜，鱼类呼吸困难，便窒息了。

虹鳟身上显出它们所特有的可怕的黑色斑点，肚皮翻向着天，在池面到处飘浮，苦闷挣扎，令人惨不忍观。

"由于信心不足之故，所以遭逢这种事情。你家全靠日莲上人保佑，赚了这许多钱,如果向学会多少捐献些钱,用心表示感谢之心,就绝不会遭逢这种事情。现在还来得及,赶快捐献二万元吧。"

高老太婆装腔作势地念起南无《妙法莲华经》来。

"混账王八蛋!"

铁男突然伸起手来把高老太婆打一个巴掌。老太婆挨着劲头,掉落在池塘里了。

"哇——救命!"

老太婆浑身浸湿,用极尖锐的声音乱咒乱骂。铁男就把挂在壁龛里的佛像扯下来,当老太婆面前吐些唾沫在上面,把它撕破,用脚乱踏,叫笑子退出了创价学会。

大约十天之后,号称创价学会县支部长的一个魁梧的男子来要铁男认罪了。他神气活现地说了连篇废话之后,看见铁男不肯点头,便威吓他,说倘使抛弃学业,停止信仰,会被车子碾死,会遭火灾,会患虎列拉。笑子恐怖起来,说要再入学会。铁男默默地站起来,两手抓两把盐来,痛打这男子的头:

"趁早滚蛋吧!"

后来隐约闻知:P.C.P 的空袋,是邻家的阿贝金不小心而被风吹过来的。但因没有证据,只好不说。

平治来慰问他的时候,他说:

"有什么呢,这是赚钱的报应,不必介意。"

"说话顽强,是你的恶癖。不要故意逞能。要阿贝金赔偿才是。P.C.P 的空袋应该烧掉。他一定是给了别人麻烦而故意装作不知。你不声不响,便是恶癖。"

"你这是多余的帮忙。我和公会长之间的事,要你这第三者插嘴。

向风所做的事情提意见——我没有愚笨到这程度。男子汉大丈夫决不灰心。"

"你这男子汉大丈夫如果说不出口，我替你去谈判吧。"

"你这是出力不讨好。算了吧，各人自扫门前雪，莫管他家屋上霜！"

"你倘为难，不说也罢。'多方面农业'，这名目宣扬得很好听，其实只是同电视里的商卖广告广播节目一样，梦想诱骗农民，使他们晚上也不睡觉地工作，用他们的血汗来滋养机械店主、饲料店主、肥料店主，好让他们肥胖起来。想砍下中农和贫农的头来，作为使富农变成大农园主的压地辊子，便是政府的用心。我们非团结起来，反对所谓'构造改善'不可。"

"哼，你们这些共产党员说起话来，开口团结，闭口反对。喂，做这种事情有什么好处？我自己的事情，让我自己来做，不需要你的多余的照顾！"

"唉，老铁，你得想一想，现在这时代，靠自己一人无论如何是不行的。这且不说，你也读读《赤旗报》吧，里面全是有用的话呢。"

铁男对平治的话，充耳不闻，顽强地拒绝了。但平治还是把报纸放在他那里，回去了。他想："狗屁！谁要读这些？那个家伙，这个家伙，都会说一大篇漂亮的废话，都是想压倒别人而让自己浮起来的自私自利者。读这些东西，被警察小子看见了不得了！此外，嫌恶共产党的阿贝金知道了，一定也不高兴。可怕，可怕！"他一行也不读，把报纸丢在茅厕里了。

孩子时代替小鬼大王铁男当喽啰的矮子平治，自从入了共产党之后，凡事常用正确的理论来寻根究底，有战斗性，使得村里的权威者阿贝金支吾其词、狼狈不堪；然而他的幼稚的才能和行动使铁男感到不快。

阿贝金独断独行地接受了这"构造改善"的模范地区的工作时,平治曾经把这父辈一般年长的阿贝金痛骂为愚蠢的傀儡;乱成一团的耕地会议重新召开,结果根据平治的提案把"构造改善"退还。有时阿贝金被群众斗争,弄得眼睛翻白,铁男看了也未尝不感到痛快,然而对于平治那样的毛孩子的横行霸道,他不由地怀着反感。

雅洛维[1]农作法、雅洛维养鸡法、克洛雷拉[2]自给饲料等共产党的农业办法显示了成绩,在青年之间获得了称誉,行将成为村庄里的新势力,铁男也感到不快。

有一次,由于雅洛维的成绩太好了,铁男也曾注目于用雅洛维办法的水稻种子。然而阿贝金脸上显出嫌恶之色,对他说道:"雅洛维是共产党的宣传,你要当心啊!"阿贝金在村庄里的会议和耕地会议上一直受到平治的批判,因此对平治痛恨不堪,这是可想而知的;但在铁男看来,总觉得被阿贝金厌弃是可怕的。他那脸色中表示:今后你有紧急需要时我也许不能帮助你呢。铁男连忙把定购的雅洛维种子回报了。幸而平治用雅洛维方法的一斗种谷和冷藏库料遭受了损失。

为此高老太婆在外间扬言:"铁男是比平治高明一步的共产党。"她骂道:"共产党员也有种种,像铁男这个人,正是品质最坏的共产党员。"

二

且说那天晚上,镇守寺院境内很暗。甬道上的石灯笼和石狮子狗朦

[1]　是米丘林育种法。
[2]　是一种食用藻,绿藻。

胧地发白,好像奇形的妖怪。枝叶蔽空的巨大的杉树和槐树的末梢,静止不动,声息全无;在这与季节不符的微温的夜间,令人疑心有妖精出来,在地上彷徨。"发痴啊!"铁男半夜里来到这种地方,对自己这狂态感到后悔。

即使发这啼声的是一只狗,这野狗不会愚笨到向手持捕犬道具的人走近来吧。第一,在这黑暗之中,一不小心,会反被狗咬呢。还不如回家去庆祝力士的安产吧——他这样想的时候,忽然寺院后面发出声音来了。

"噢,噢嗯!"

"混账东西!"铁男懊悔不曾带得散弹枪来。倘用打熊的弹丸,这些野狗只要一发就完结了。他小心谨慎地向声音传来的方面窥探。

忽然有一个人悄悄地走过来了。

"是——是谁?"

"嘘,不可作声!"

"平治么? 你到这里来做什么?"

"来查究这声音的真面目。"

"嗯,我也是。我想吃掉它。"

两人低声地谈话。

"这不是狐狸精,是一个人呢!"

"呃,是一个人? 混账东西! 是谁呢?"

"悄悄地去捉吧。这样好么:我从那边绕过去,发一声叫喊,这东西倘向这边逃来,你就扭住它。"

"喏,来了。到底是哪里来的坏蛋!"

"也许是个女人呢。"

平治说过之后,就向黑暗中消失了。铁男想:"女人?? 啊,是高老太婆! 对了。定然是这婆子作的勾当。好,你骂我共产党,我要报仇了。这倒是好玩的事。"过了不久,听到平治的怒骂声:

"这混账东西,是谁?"

便有一个人吧嗒吧嗒地奔来。铁男死命地向这家伙的腰部冲过去。这对手却是个男人。

"不要阻挡我! 你这东西!"

铁男的头顶被他用一个轻而硬的东西殴打了一下;他的手一松,又被在睾丸上踢了一脚,蹲伏在松树根上了。这时候平治气息喘喘地跑来了。

"要当心啊,是个男人!"

两人合力追赶,可是那对手已经影迹全无了。

铁男回到家里,已经将近一点钟了。他从柜子里拿出一瓶酒来,倒了一杯。

这混账东西究竟是谁呢? 但记得他在暗中扭住的那个男人,身穿一件毛线衣,上面罩一件发白的单衫,"不要阻挡我! 你这东西!"这句话是本地口音,可知确是这村庄里的人,但是在慌张万分的时候用尖锐的声音叫出的,所以不能判断其人是谁。

虽然如此,刚才平治说:

"这家伙已被高老太婆收买了。"

"收买"这两个字使铁男心中感到吃惊,仿佛冲撞了常常隐伏在他胸中的旧伤口。他原知道平治并不是讥讽他,然而胸中感到疼痛。

那年铁男因为饲养虹鳟遭逢失败,这回饲养乳牛了。这时候平治等用雅洛维方法获得了一定的成果的伙伴四五人,组织了一个制酪工会。

平治闻得铁男也饲养乳牛,立刻跑来劝他加入制酪工会。

"我赚恶共产党。"

铁男断然地说。这制酪工会里的人员,由平治指导,大家阅读《赤旗报》。加入这伙伴中,向毛孩子们请教麻烦的社会主义的 ABC,铁男想想也够苦痛了。

"只有我是共产党员。但制酪工会不是共产党的呀。乳价的问题、饲料的共同购入、饲育的方法、牛的疾病预防以及其他最有效果的方法——这些事情非共同研究、教学、互相帮助不可……"

平治费了两个黄昏才把铁男说服。近代化资金,他已经借过,以为不能再借了,全靠向阿贝金打躬作揖,蒙他帮忙,居然又借到了一笔。因此他觉得不好意思扬眉吐气地走进制酪工会去。但平治的热心未便抗拒,终于参加了。

但他在乳价斗争的中期叛变了。运气不好,笑子生了盲肠炎,入院治疗;桃子的价值也暴落,这时候经济困难得一块钱也要。斗争延长下去,尖锐化了,加入不卖同盟而把牛乳倒在河里,很可惜。幸而得到了⊕牌[1]乳业送来的五千元礼金,这斗争只能获得要求额的十分之一。

有一次他在赴村庄定期会议的归途上,被去年脱离农业的定次郎假装酒醉,和他纠缠,把他摔在水面结着藻水的小河里,便是为此。

但不久之后,乳牛饲养作为副业难于成立了。⊕乳业所得意的学校供销,被美国奶粉夺取了市场,这小小的⊕乳业逐渐缩短作业时间,结果终于破产,把土地卖掉了。

但这次的叛变,永远盘踞在铁男胸中,使他感到苦痛。"哼!在这世

---

〔1〕 ⊕是商标。

间,压倒了别人自己照样可以生存。我的牛乳由我任意发卖,为什么不行呢?共产党那些家伙另有一种想法,把牛乳倒在河里。但我有我的办法。"——他虽然如此怄气,但⊕乳业送他的装着五千元礼金的封袋的讨厌的印象,后来一直闪现在他眼前。平治等的面孔,他不敢正视了。

这件事也许是使他更加靠拢阿贝金的原因。

那个家伙究竟是谁?为什么要做那种勾当?铁男在家族睡静后的厨房里喝着冷酒,侧着头考虑。

如果高老太婆为了要自己的生意繁昌而收买了这个人,那么这家伙到手多少钱呢?谁都生计困难,所以只要略有出息的事,大家拥挤抢夺。只要有钱可以到手,无论什么事情都拼命去干,大概是这样的吧。

铁男又倒了一杯酒,想道:"我也是这样的。"

由于战后农地改革,获得了自耕田,松一口气,以为此后只要多加改良和人工,便可建立和平的生活。但这只是转瞬之间的事,不久家计就闹亏空。这种现实状态如何是好呢?茫然不解。水田单作的冬天,完全没有工作可做。

曾有一时,秋收完成之后,几个意气投合的伴侣集合在稻草工作间里,做些轻便的室内劳动,聊天取乐,借以休养农忙期中为重劳动所困疲了的身体。

然而现在谁都没有这种生活了。冬季期间农民所作的农业必需品,都由城市中资本家的工厂制造,连农村的象征装谷物的草袋,也被工厂所制的麻袋依照规格而代替,不管农民喜爱不喜爱,不买这种制品便不能务农。

为欲得到这笔经费,男人女人都无暇休养身体,必须去做日工,或者出外做活,借以补充家计。没有了像稻草工作那样休养身体的轻便工作,因此无论哪一家,病人和受伤者都增多了。铁男苦闷地思索,如何可以摆脱这种苦患。饲养虹鳟失败了。饲养乳牛也无效。养鸡,最初一两年是好的,然而近来事情忙了,饲养一百只,每月只有五六千元收入。况且到了寒天,产卵率下降,连收回饲料费也难于确保。倘使相信平治听说的话,这种鸡蛋眼见得就有许多美国产品运进来。

由于时代潮流所趋,农具机械化了,电视和自动脚踏车也进入了村里来了,只有消费生活繁华,内部生活都在水火之中。近代化资金、自作农维持资金、务农资金,凡可借的都已借用,生活建筑在债台上。连这生活也正在一年一年地走向破灭。

他在养猪事业中找出最后的活路,是这一年春天开始的。铁男家里,从祖父时代开始,已经养了几十年猪;铁男自从懂事之后,就和猪一起长育起来,所以对于养猪具有相当的自信力。

"搞这个吧!"他在膝盖上敲打一下,想道:"在今日的时代中,流行歌手也好,运动选手也好,不管头脑内容如何,只要有一艺一定能拔群,便可成功。战前恶劣到无法对付的字也不识的骗子手孙太郎,也会变成土木包工师,变成山林业者,想着灵机产生才能。村里的人用所有的坏话来痛骂他:贪得无厌,狼心狗肺,狐狸精,不知耻,骗子手,老面皮;又对他冷笑。然而满好,他不是靠着金钱的力量、坐着自家包车来来去去,爬上了村会议员的地位么?我擅长的是养猪。好! 大量地养猪吧!"

正当他想到这件事的时候,市上的饮料店老板角万来了。他怂恿铁男,对他说道:"来年开奥林匹克大会的时候,将有很多很多的肉食主义的外国选手要到日本来,猪肉一定空前地涨价。你要养猪,现在就养。绝对的现在,非现在不可!"又说:"在战争中和罢战后的混乱中赚钱的人,听起来不知有多多少少吧。一朝有了事故,不能赚钱,便不对头了。

良机在一生之间是不易再得的,错过了现在,就运命注定与钱无缘了!"角万尽力劝说,嘴里飞出唾沫来。

"靠奥林匹克赚一笔钱。"

这是多么富有魅力的话!铁男完全被蔷薇色的云雾所包围而陶醉了。他们觉得赚钱已经掌握在手中了。

无论怎么说,不弄到一笔钱没有办法。再去向阿贝金泣诉,托他办理借用务农资金的手续吧。

角万回去之后,铁男立刻飞奔到阿贝金家里。运气不好,阿贝金出门去了。他的老婆泷子说他出差去了,非四五天不能回来。铁男等了五天,再耐不住了,又到他家去问:

"老板回来了么?"

泷子踌躇了一下,说道:"是昨天回来的。但是又乘第一班火车到关西去旅行了,又非四五天不能回来吧。他实在忙得很……"铁男非常着急,只管为此事周章狼狈,不知道哪天才能养猪。他又等了六天,以为这次总能会见了。前去一看,那女人皱一皱眉头说:"他刚才出门去了,为了东京一个外甥的离婚问题;听说问题很复杂,几时回来,不能预料呢。"

铁男很发愁。他想:"算了,索性先来开始业务,事后要他承认借款,也是个办法。决计如此吧!反正有阿贝金这大头目可依靠,放心好了。虹鳟事件那时候,我不曾对他说过一句不平的话;稻叶议员选举的时候,我也的确粉身碎骨地替他效劳。平日总是'老板,老板'地奉承他的。""你有困难的时候无论什么事情我都照顾你。人世间是互相帮助的。"——绰号"猪猡"的阿贝金说这话时那副大模大样的姿态,浮现在他眼前。他想:"怕什么呢,我也是个男子。倘使真个不行,卖脱些水田就好了。好!决定如此的话,好事要快做。"

　　第二天他请了木匠来,开始了畜舍扩大的工事。

　　阿贝金回家,已是此后约二十天的时候了。关西旅行和外甥离婚,完全是撒谎,他是为了违反农地法和违反选举法而在那坐牢监。

　　"保证人呢?"

　　"就请您当保人好了。"

　　"我不行,我没有资格。"

　　"咦!"

　　铁男屏住了气息,向阿贝金注视。

　　"喂,要借务农资金呢,你也知道的吧:借过近代化资金和自作农维持资金的人,是不能当保证人的。我已经全部借了这些资金,所以没有当保证人的资格。"

　　"这要靠您老板的面子……"

　　"这么大的事业,你开始以前为什么不先来同我商量一下呢? 你不是笨头吧? 钱也没有,却想……"

　　铁男不好说"因为您在坐牢,所以没有先来同您商量",答道:"绝对不会失败的呀,万一失败,我准备卖田。"

　　"事业开始的时候,谁都是这样想的。然而,世界上的事没有这么便当呢!"

　　"因为准备卖田了,所以不会叫别人为难。总得拜托您了。"

　　"你只有一町八反〔1〕的田,要得一百万元,非卖去五六反不可。这样一来,你就变成离农〔2〕以下的第二种兼业农民了! 我作为你的先辈,

——————————

　　〔1〕　町、反都是地积单位名称,一町等于99.18公亩,十反等于一町。

　　〔2〕　离农是放弃务农而改行的人。

不希望你如此。停止吧,停止吧!"

"不过。木匠已经把木料全部砍好,不久就要上樑了。"

"这也不关我事。"

他完全退缩了。选举的时候说"无论什么事情我都照顾"这句话的这个人,实在可恨。

"那么,您自己袋袋里拿出点来借给我好么? 就是这样吧。"

"国家都不借给,我怎么能借给你呢?"

"唉,三分之一也好,五分之一也好……"

铁男死命地缠住他,结果借得了二十万元。

"可是,利息要高一点呢。"

"多谢多谢。到底,歇凉要选大树阴。"

"哼!"他按住了怒气,拼命地装出笑容。

然而,二十万元付木料店也不够。亲戚、朋友之中,可以借钱的一处也没有。事到如今,要停止也不可能。卖新田吧!

傍晚,他在里面积堆肥的时候,三郎来了。三郎是耕一町田的贫农,是少有朋友的铁男的唯一伙伴。他说:

"我到农协去,听见阿贝金在说:'铁男这小子,胡闹地想搞事业,搞得要哭了。'只有一半的钱,无论如何也搞不好的。你是在等待向人哭诉、请求他买田,当心被人抓着短处、狠狠地杀你的价吧。你又为什么搞这种大事业来呢?"

"我以为资金一定借得到的。"

"阿贝金写了一张糊里糊涂的计划书,借用农协和国家的资金,似乎是在当高利贷盘剥渔夫和商人呢。我是停止了像你那样危险的把戏而出外做活去了。"

"既然这样，我倒也要争一争气了。"

"听说章鱼这种鱼，肚子饿了吃自己的脚。你结果也要把脚吃得一只也没有吧。"

"但是，现在欲罢不能了。"

现在，无论如何艰苦，也不得不搞了。

他把三十公亩的水田换了钱，再卖六十公亩来买进饲料马铃薯和莱格拉斯[1]的复种作物，重新整顿实现蔷薇色的梦的形势。

生后一个月的断奶小猪大量地装载在卡车里运到的时候，铁男由于期待和不安，似觉两眼晕花了。

"饲养这许多猪，如果跌了价，生了病，怎么办呢？清儿的爷！"

笑子哭丧着脸说。

"女人和小孩子，静静地看着吧，可有一百万，两百万！"

铁男兴奋起来，顺口说出。他想："人生是赌博。不会赌博的胆小鬼，一生一世被别人践踏，非舔着泥土过日子不可。迟疑不决，会被逼得走投无路而当离农，要替这现实状态作一个出口，除了赌博之外别无道路。男人是有胆量的！"

以前养着的那只美国猪"兰得雷斯"，是英国约克州种，断奶小猪也值一万元，面孔像野猪一般尖削。据宣传者说，这种猪肯吃杂食，强健，肥胖得快；但实际上喂起来，杂食全然不行，非吃配合饲料，一直不会肥胖。骗人的东西！铁男很生气。但是因为这新种所生的小猪价钱比普通小猪加倍，所以让它产小猪，打算赚一点钱。然而在它还没有产生小猪的期间，价钱就跌到九千元，再跌到八千元。恐怕一年之后，将同普通

---

〔1〕 Raigzae(德语)是牧草之一种。

小猪同价了。但念要生小猪来赚钱，现在正是时候，因此就给它交配了。给这家伙的饲料特别讲究，因此它日渐肥胖起来，令人想起魁梧的大力士[1]，清儿就给它取名为"力士"。

外加，以前喂养的别的三头也产了小猪，总数超过了六十头。铁男看看这大群猪，似觉自己已经成了相当阔气的企业家了。他想："还是要鼓起胆量来饲养才是。这样，我也未必不能成为企业家。"他的日常生活中充满了异常喜悦的希望和爽快明朗的紧张，心中非常高兴。自从由于农地解放而得到了小作田的时候以来，何曾有过如此充实的日子。

关于饲料，作如此打算：除了复种作物的马铃薯和莱格拉斯等之外，可向贴邻的市镇上的渔港里的朋友家里收集残饭之类的东西，约可供给三分之一弱。港里的朋友之中渔夫甚多，他们那些不能供食用的杂鱼，以及破碎失去原形的鱼，常常堆积到几乎腐烂，以前铁男曾有好几次用耕运机[2]去载来，作为肥料。如果把这些东西好好地收集起来，相当的饲料便可自给。

他赶快一一访问市镇上的朋友人家和朋友的朋友人家，拜托他们把残饭之类的东西留存起来。然而立刻发觉这是如意算盘。因为有许多人家已经和当地的养猪业者有了先约；他所着眼的学校、食堂和医院，其残饭已由养猪业者投标买去；他东奔西跑了一天，好容易只送出了不到三十条毛巾的谢礼。

在捕鱼旺盛时期，鱼也并不怎样增多。近年来沿海渔业骤然衰落

---

〔1〕 原文是一种职业的柔道家，读如 puioieeu，与大力士意义及读音都近似。
〔2〕 耕运机是挖土用的一种农具。

了,连以前拾弃的杂鱼之类都运到加工厂去;略微破碎的鱼,也运到渔协去制鱼油及鱼粕。

因此,事实和他的打算完全不同,眼见得饲料费增大了。随着猪的成长,这费用加速度地增大起来;那些猪的食量大得可怕,似乎要把他的财产全部吃光了。角万、农协及其他方面,凡是可借的饲料,都予借了。税收也拖欠了。土地改良费也拖欠了。生活费也极度减缩了。到了月底,讨债的人成了行列。

"猪卖脱了,一起付债。请你照顾一下,宽缓到那时候吧。一准如此,对不起得很,拜托照顾。"铁男合掌作礼。

在家中独断独行的父亲,对商店的学徒,对年轻的事务员,都卑躬屈节地讨好、肉麻地奉承,清儿看了脸上显出诧异之色。铁男注意到了,便向回出去的讨债人的背脊上吐吐舌头,总算保住了父亲的权威。如此煞费苦心的时候也有。

生后一个月的断奶小猪,饲养约五个月,可成长到七十五公斤以上。这时候肉质最良,到了八十五公斤以上,价钱就随着分量的增加而下降。买进小猪,五个月之后卖出,可再买小猪。管理得好,一年可以出货三次。一次六十头的话,三次有一百八十头,卖得的总数,大约估计起来有三百五十万元。除出了各种开销,还剩一百五十万元。不,也许还可以多赚些。一百五十万元,合起米来有三百草袋,便超过三町水田的收入了!只要有钱,卖了的水田随时可以买回来。有两三个五反农民[1]已经到了非立刻放弃农业不可的地步了。不久我就可买他们的田地了。搞得好的话,猪的数量很容易增加。再好不过的是来年奥林匹克来到。

---

〔1〕 五反农民,即只有五反田地的农民。一反等于9.918公亩。

那些强壮的外国选手的食欲定然像力士一般旺盛吧。肉价飞涨是必然的事。设备费等很容易收回,除下来的完全是赚头了。虽然赶不上"药业一本万利"和"当和尚不要本钱",但是只要顽强地度过这一年,以后便可坐享太平之乐了。不,且慢,世界上的事情没有这么便宜。即使没有这么便宜,失败的因素也完全没有。

这样的如意算盘把铁男带到了天上,他翻身落入蔷薇色中了。

计算并不曾那么狂妄!

铁男半夜里在厨房里喝着冷酒,这样想。

饲料费比预料的增大得多。这一年夏天,由于原因不明的痢疾,一连损失了五头。他担心一定是"猪虎列拉"了,幸而顺利地防止了,只损失了这一点,可以按照计划地让它们肥大起来。猪价一进一退,零零碎碎地继续爬向上升线。照这模样,在出货的一月里,一公斤约可迫近四百五十元吧。这样就好了。不,这可能性是充分具有的。今夜所产生的小猪,也是要饲养起来的,然而饲料费已经达到了限度。供给米的款子,一半以上拨付了饲料费。供生活费的农协存款折子上,也已经一点也不剩了。

"什么都为了猪,什么都给猪吃,我们每天只吃些萝卜汤。"

清儿最先诉苦了。

"清儿,我们倘能生作猪,就好了。如果这样,爸爸疼爱你得多吧。"连笑子也发牢骚了。

铁男想:"力士产的小猪断奶之后,还是要卖脱的。这种新的优良品种,虽说已经跌价,一只断奶小猪也值七千五百元吧。这也可给劳苦的家庭好好地过一个年。然后,叫他们在明年再来顽强地挣扎一下,碰碰一家的命运看。正月里出货之后,立刻买进小猪;五月里出货之后,奥林匹克的时候还可出货一次。好！我要干！我要做个猪猡的暴发户！"

他丢了酒瓶，钻进眠床里去了。

三

第二天铁男醒来的时候，天已经大亮了。他揉着睡眠不足的眼睛，急忙跑向畜舍去。昨夜为了那无赖的狐狸精吵扰，耽搁时间直到一点钟光景。后来为了庆祝力士安产，临睡时多喝了一两杯冷酒，早上就起得迟了。

力士盖着稻草睡着，两只小猪正在东歪西倒地走来走去，其余的大概躲在新铺的稻草中吧，都看不见。他悄悄地向稻草中摸索，窥探那些可爱的小猪。没有！

"畜生，钻到哪里去了？来，天亮了，出来吧！"

他呼唤这些可爱的宝贝，到处寻找。没有??他发狂似地把稻草乱踢。找到了三头。一共五头。但其余的两头什么地方也没有。究竟怎么样了？他像捉蚤虱一般仔细寻找。还是什么地方也没有！

"被偷走了！"

"身子里蓦地感到一阵发烧。全身的血一下子涌上头脑里来，似觉四周云雾弥漫了。刚刚生下来的小猪，不会爬出栅栏去。一定是人，人把它们掠走了。"混账！"从咬紧的牙齿中间发出这声音来。怒气在身体中沸腾了。

"是哪个家伙？是外来人还是村子里的家伙？定要找他出来，重重地打他一顿！"

铁男脸色变了相，飞步走出畜舍，不但跑遍了村中所有的畜舍，连作业坊、堆肥舍、厕所都找遍了。具有面孔尖削的特征的兰得雷斯种小猪，一看就认得的。

"你以为我偷了么？"

"在疑心别人之前，先要再向稻草中去寻寻看。你不是睡昏了么？喏，眼睛里还有眼垢呢。"

"刚刚生下来的小猪脱离了母猪而饲养，光是工夫就不得了。谁肯停止了月工而做这事呢？"

谁都为了被他怀疑而生气。铁男越发明白了："村里的家伙都在仇恨我。我有了灾难，他们在肚子底里庆幸！村里的家伙这种态度，自从我在乳价斗争中叛变的时候以来，暗中明中都表示出来。混账东西！老是把我当作坏人看待！"

这时候平治走进铁男和村人中间来了，他放弃了早上的工作，和铁男一同去找小猪。铁男从来不曾像这时候那样感谢平治。确是为了昨夜一起追赶骗子狐狸精，所以双方似乎互相怀抱了从来未有的好意。

"你真是施恩了。你帮助我，我再高兴没有了。乳价斗争时的事，请你原谅吧。"

"那个和这个不同。我不是想施恩的。"

"那么，你为什么袒护我呢？"

"袒护？我是在做应当做的事。"

平治的话，铁男不大了解。他想："我叛变了，他却为了我有困难而停止早工来帮助我。这个人真是太好了。所谓共产党员，不知究竟在想些什么。总之，平治是可靠的，是可感谢的。"

然而，村子的每个角落里都寻到，终于找不出小猪来。

"究竟是哪里的坏蛋来捉了去！"他那无处发泄的怒气滚滚地燃烧、

沸腾起来,不可遏制。

走到村庄的公会堂面前,看见阿贝金面孔变相,叉开了两腿站在两人的前面。

"嘿,老铁! 你几时起变了共产党员!"

"啊??"

"嘿,平治! 你得到谁的许可,能使用村庄的揭示板? 这种告白赶快撕掉吧!"

铁男吓了一跳,眼睛跟着阿贝金指点的地方探望,揭示板上贴着一张蓝色魔术墨水[1]写的壁报新闻:

露出了尾巴的狐狸精

最近,半夜里屡次听见真相不明的叫声。高老太婆及其他的人,都说这是日莲上人派狐仙来警告村人灾祸即将来临,暗中作此活动,希望自己的会繁昌起来。然而昨夜平治和铁男两人发现了这叫声的来源是一个人。两人找出了在黑暗中吹海螺的那个人,合力追赶,终于被他逃进黑暗中去了。

玩这恶劣的把戏来迷惑人心而自饱私囊的愚笨的坏人是谁,不难想象。为了不被此种阴谋所迷惑、创造光明和平的村庄,大家起来斗争吧!

日本共产党麦泽支部

―――――――――

〔1〕 魔术墨水是类似原子笔的一种水笔。

这是平治昨夜通宵不眠地写成的。

"这,这和我没有关系。我不过……"

铁男满头大汗,正想向他辩解,平治遮搁了他,走到了阿贝金面前来。

"把村庄里目前成为话题的这重要事件向大家通告,为什么不好?"

"我说的是不可使用村庄的揭示板。这揭示板不是为共产党建立的!"

"问题在于内容呀。村庄里的人受了欺骗,可以默不作声么?"

"混账东西,共产党的告白断乎不行!"

"哦,那么你也是和高老太婆同窠共穴的么?"

平治在从容不迫的语调上加以抑扬顿挫,向他侃侃而谈。他把阿贝金这种人看得一文不值,铁男觉得这态度很可羡慕。

"瞎说!我是无神论者。在最近的青年团集会上,我不是讲演无神论获得青年诸君的共感么?嗨,老铁,你倘看了共产党伙伴的样,我就不再睬你了!"

"不,我不过……这个,工会长先生……"

铁男慌慌张张地追上去,但阿贝金已经跨上自行车,从公会堂向着坡道走下去了。

"写出了你的名字,是不好的么?"

"哪里,阿贝金这种狗屁东西!"

铁男说强硬的话。

"以前,党的告白和壁报也曾在这揭示板上贴过好几次,并没有人说话呢。"平治侧着头说。

两人回到畜舍里,但见"力士"头向着那边,正在咬一个像胡萝卜那样红的东西。铁男看见了，像豹一般飞步跨进栅栏去，在力士脸上猛踢一脚，又在它身上乱踏，还嫌不够，拾去放在旁边的斧头来。

"住手！连母猪也杀了么？"

平治死命地抱住了他。力士咬着的，是第三头可怜的小猪的血染的肢体。

多么疏忽啊！他自己原是和猪一起长育起来的，知道产后的母猪口渴，倘不供给充分的水，会把小猪吃掉；所以他用洋铁桶装满了水，运往畜舍中，放在通路上；力士踏了桶的一边，把水倒翻了，他却不曾注意到。

铁男受到无可奈何的悔恨的责备。"都是那个声音不好！"他回忆起了昨夜的狐狸精的叫声。他认为只要不听到那个声音，小猪不会损失。他要找出那黑暗中的可恶的男子，把他打得残废。

四

下午天降雨雪了。

铁男正在门前的地上替作物盖草，忽见一辆出租汽车发着奇妙的闪光，开进村庄里来。铁男以为有人生了急病，但不久看见这车子载了四五个身穿一件唯一的西装而拖着领带的干部人员开出去了。他想："开忘年会〔1〕时候太早些吧？"正在此时，平治和昌雄冒着寒气缩紧了肩膀，从这里走过。

"农协到温泉去招待多额存户呢。农民团体的农协把农民分裂了。"

"干部人员之中，非多额存户只有我一个人。"

---

〔1〕 忘年会即年终慰劳会。

"所以不招待你么？当了干部人员，不能出外做活，你也真是不得了啊！"

"村里没有年轻人，秋季节日的舞蹈也表演不成了。这便是对'构造改善'的攻击进入具体化。非好好地干不可……"

两人一边说话，一边走过去。铁男停了手，吸一管烟。不知怎的，他牵念两人的话。他想："如果进行'构造改善'，二町五反的农民都要被舍弃，那么像我这种一町五反的人一时也不能支持了。然而，我看决不会有这样的事。二町五反以上的农民，在村庄里只有一人或二人。但三十份人家的村庄变成二三份人家，是不能想象的。第一，在农村拥有地盘的自民党，难道会采用着使农民怨恨的政策么？"他摇摇头。然而心中某处积蓄着不安之情，胸中阴郁之气卷成一团。

农协似乎将要脱离多数农民之手，变成刚才乘出租汽车到温泉去的几个伴当的所有物了。中贫农将失去借用近代化资金及务农资金的资格了。

农闲期的失业状态、农业机械的大型化、很不安定也不合算的兼业。做日工、出门做活，然后脱离农业。拿无论哪一种来看，毫无一点光明之处。这毕竟是怎么一回事呢？他头上仿佛笼罩了一团朦朦胧胧的白雾。前途如何，铁男不能考虑，也不能想象。

盖草完毕之后，把残饭桶堆积在自行车后面的两轮拖车上，向市地去了。

本来他想用耕运机去运，然而近来渔业盛期已过，所得的不会多得要用耕运机去装；况且耕运机声音嘈杂，在小弄堂里转弯的时候，母亲们怕它吵醒白天睡觉的孩子，要说怨话，要威胁他："以后残饭不再给了。"因此近来总是用两轮拖车去运。

　　他从一个后门到另一个后门,悄悄地收集残饭。街上的淘气孩子看见了,就大声嘲笑:

　　"呀,喂猪的来了! 臭得很,臭得很!"

　　大致收齐了,最后的一桶装得很满,好容易载上两轮车。正在这时候,车子后面太重,翘了起来,一只二斗桶翻落在三叉路口,残饭撒了一地。

　　"啊呀! 臭气,臭气!"

　　终于连大人也喊起来了。狗叫了。附近的人们都走出来,远远地打着圈子观看,铁男就在这圈子里用手把残饭捧进桶里去。他的工作服上粘满了污物,臭气触鼻,更加使得他慌张了。鱼的内脏滑溜溜的,涂满了泥;腐臭的饭、蔬菜的碎片、蛋壳、吃剩的肴馔、醉汉呕吐出来的东西,这些多种多样的人吃剩下来的东西,在弄堂里发散臭气,四处流泛。固体的东西还好;液体和半液体的东西臭气很强,流泛甚广,难于对付。他用两手把这些东西连泥和小石子一起捧起,拼命地收拾,像逃走一般回去了。

　　他拖着两轮车来到村庄附近,他见阿贝金伏在地藏菩萨面前苦痛挣扎。

　　"您怎么样了?"

　　"恶棍富次给我肚子上刺了一刀。快送我到医院去,快快!"

　　"到底怎么样?"

　　"这些你不要管,快点,快点送我到医院去,快点快点!"阿贝金的小肚子上染落了血,恐怖得面孔苍白了。

　　这里的男子们出门去做活了,或者去做日工了,都不在家。铁男全靠一个高校生和夫、源吉的母亲和孙太郎三人帮助,把残饭桶卸下;给阿贝金乘了这两轮车,把他送到了最近的市郊的医院里,铁男就到富次家里去。富次是个不声不响的阴气沉沉的青年人,与流氓为伍;今年秋天出门去做活,为了矿井陷落,受了伤,回家来了。

"富次在家么? 富次!"

突如其来地吆喝一声,正在幽暗的茶室窗边静静地做宿题的妹子喜德子讨厌似地抬起头来,说道:"阿哥到楼上去了,你倘有事,上楼去吧。"

说过之后又用功了。

富次并不在楼上。板窗开着,腊月的寒风从窗子里一阵阵地吹进来。向窗外望望,靠近窗前一株杏树的粗大的枝条伸展着。铁男想:"他见我追上来,所以爬上这杏树逃走了吧?"他向窗外窥探,想象富次是向哪一边去的;然后环视室内。但见煤烟熏得完全变黑的破墙壁上,贴着一张色彩鲜艳刺目的暴力团电影广告画"打死老板!"在板窗里吹来的风中摇荡着,似乎即将掉落的样子。挂着工作服、雨袋、毛巾的地方下面,铺着一张发黑的、永不整理的眠床。咦? 他在放着两三册杂志的桌子上的报纸上看到了几个墨迹尚未干燥的草书文字,他读:

"我被猪猡欺骗了。

我是被猪猡吞食的瓜。"

"猪猡"是阿贝金的绰号,这是懂得的。但"被猪猡吞食的瓜"这句话,他咕哝地读了好几回,不能理解。他想:大概那一件事情是其原因吧。

以前,富次的父亲替阿贝金当佃户。去年这父亲死了,阿贝金威胁年轻的富次,要没收战后农地改革中的解放了的田。铁男偶然闻知此事。

"你不可告诉平治这家伙!"

当时阿贝金请铁男喝一顿酒,堵住了他的嘴巴。

第二天,铁男被看守山林的警防团叫去找富次了。据说今天早上,有人在里山看到富次,说富次恐怕要自杀。警防团派每三人为一组,四面八方地向里山分别寻找。

据人们传说,一个月以前,富次出外做活期间,阿贝金的儿子正彦举行结婚式,新娘是富次的恋人。

"女人被他取了去,向他父亲身上报仇,也是好的……"

"哪里,这便是所谓为了恨和尚而恨袈裟。"

铁男想暴露为壁报事件而向他大肆威吓的阿贝金企图没收解放田的策略。然而他想象陷入濒死状态而躺在医院里的床上的阿贝金,觉得可怜,便闭了嘴。

"来历在哪里,不久便可知道的。想是平治等共产党的伙伴刺探出情由,便咬住了阿贝金吧。愚笨的家伙。"铁男独自一人咕哝着。他想:"阿贝金、富次作这种愚笨的事情,有什么用处呢?倘使有这种空工夫,还不如钻进熏笼里去烘烘屁股的好;连别人的事情也要如此骚扰,真是没中用的家伙。"他费了一天的工夫,气愤得很。

铁男在里山中跑遍各处,仔细寻找,终于找不到富次。他走得疲乏了,在一个叫做富次郎泽的窑地里休息一下,烧起火来。别组的人发现了烟气,陆续地走过来了。

两三千年之前,这里是人们住居的地方。四五年前,也曾有大学的先生到这里来,掘出些石器和土器。

有一个人不知从哪里拾得一把石制的小刀。大家看这小刀,觉得很珍奇。这是用安山岩[1]磨成的,形状比较的端整,握在手里,拇指正好嵌入单面刃的凹处,砍起来容易着力。这足够使人想象新石器时代的人类的生活。

"这是用来剥野兽的皮或者破鱼的肚皮的……"

平治兴味津津地同大家说石器时代的话,说明社会进化的情况,流利地扩展着自己的思想。铁男想:"讲起这些话来,连平治也不关心阿贝金和富次的关系了。"

暮色迫近起来,寒气渐渐增加了。铁男无心无思地听平治讲话,想起自己大量地喂养着猪,而自己竟完全吃不到猪肉,渐渐感觉得凄惨起来;他只管在想:"最好不要这把石刀,而用一把锐利的切生鱼片的菜刀,暗中把那力士杀掉,放量地饱餐一顿上等的猪肉。"

突然整个天空中发出一声轰响,好像巨大的陨石落下来似的;三架低飞的喷气式飞机像魔鬼一般地飞过,山上的树木都摇晃起来。

"哇!"

"混账东西,灵魂都被吓出了!"

"偷盗税金的家伙!"

"这是美国老爷的飞机,是残杀了越南的许多农民而回来的家伙。"

"你这小子,说的活像是亲眼看见的一般。"

"在越南,在日本,都是如此:为美国老爷而受苦的,是农民和工人。"

"国民都希望把这些家伙赶出去,强硬地阻压国民的反对而和美国老爷订保安条约的,是政府自民党,这一点不可忘记。"

此后第三天,揭示板上贴出来了:

---

〔1〕　安山岩是火山岩石之一种。

真相如此

上次曾经发表了骗子狐狸精的尾巴。此次被害者 A 氏[1]在青年团和有志气的人们面前，自称是无神论者，其实是某新兴宗教的会员。据有一班人传说：这是明年春天举行的村议员选举的准备工作。A 氏希望会员更加增多，和 O 女史计议，叫加害者 T 君模仿狐狸的叫声，但被 T 君拒绝了。A 氏就利用他对农地的无知，向他威胁，要没收他的解放了的水田五十公亩。

是否进退两难的 T 君不幸而采用了非常手段，虽然不能肯定，但对于产生这事件的原因，我们麦泽干部要彻底地抗议。

诸君，不可屈服于迷信和权力，为守护自己的生活而斗争吧。倘使日常生活上有所困窘，请勿独自受苦，只管毫不客气地来同我们商谈。我们对无论何种商谈，都诚心诚意地参加，我们当与诸君合力，断然地和不正、不合理、恶德作斗争。

日本共产党麦泽支部

铁男吃惊地读过之后，一时发呆，并且怀疑。阿贝金做出如此愚笨的把戏来，使他难于置信。但他想起了那天在富次桌子上的报纸上看到

---

〔1〕　A 氏暗指阿贝金，下文的 T 君暗指富次，O 女史暗指高老太婆。

的文字,恍然悟到"我是被猪猡吞食的瓜"是"我是受猪猡请托的狐[1]"的意思。

"阿贝金是这样的人。"

茫茫然地呆在揭示板面前的铁男背后有人说这话,原来是银二站在那里。银二近来加入了平治等的伙伴,正在读《赤旗报》。

"正因为如此,所以阿贝金是政治家呀。"

铁男不知何故对银二怀着反感。他觉得银二似乎在侮蔑经常追随阿贝金的自己。

"你对他还是那么想法吧?"

"唉,我呢,我想:倘不这样的人,不能从像狐又像狸的老奸巨滑的国会议员和官僚那里把补助金等款项越多越好地拿进村庄里来。"

铁男说过这话之后,就离开揭示板走了。含有敌意的银二的眼睛、阿贝金的事情,都使他不快。他信为人格高尚的阿贝金,想不到玩弄着这等卑劣的策略——不知怎的,他似乎觉得残酷地上了他的当。

后来才知道:这一天早上,富次由平治伴同着去自首了;同一时刻,阿贝金也出院了。

五

随着年终的迫近,猪价一天一天地上涨了。

"看吧!"铁男手舞足蹈,大叫快哉。立刻把大量饲育以前就喂养着

---

[1]　"吞食"和"请托",日语读音相似。

的、产过两次小猪的、四五十贯[1]重的约克州种猪卖脱了三头,获得近十二万元。他独自脸上涌出笑容来。成功大概是无疑的了。然而,第二天行情变成了每公斤四百六十二元;再过四五天,又上涨到了四百六十七元。他就欢天喜地。长期间紧紧地压迫着他的不安和沉重而阴郁的帷幕,完全消失了,连身体也似乎轻快了。惭愧呵,所谓笑口常开,正是这种时候的话。这样,长久不曾享受过的快乐的正月,这回可以逢到了。

鲜肉业者屡次向他央求,要他大量地卖出些二十贯的来,都被他拒绝了。这一部分,眼见得开年之后还要上涨的。最主要的一点,明年是奥林匹克的年头。现在大约二十贯重的,有六十头之多。这样,还不如等到增加一二贯之后再卖出去,较为得策。谁肯把爱物抛出去呢?

然而,正月一过,腿肉突然暴落了。

"不必慌张!"他统计一下,照过去的经验,猪价每三年变动一次,今年还是应该高涨的第三年。外加有奥林匹克这好机会。慌张地卖脱了,有时第二天会跳起来。这和"追丁株"[2]同样,立刻会跳起来。他作了这希望的解释。然而到了跌到四百三十元的时候,他着急了。于是忍痛卖出了四十头。又跌到四百二十六元了。他在其余的二十头上寄托着希望;然而终于跌进了四百元大关,变成了三百九十二元,再变成三百八十六元。比较起年终时候的最高价来,一头猪竟减了五十元。

"不会有这等事!"铁男焦灼、愤怒起来。

记得有一次,共产党的平治喋舌:"由于'贸易自由化',美国的剩余农产物硬卖给日本政府,腿肉大量输入,因此日本的畜产大受打击。倘

---

〔1〕 一贯等于3.75公斤。
〔2〕 追丁株是骨牌赌博之一种。

使不和工人团结来反对'自由化',我们农民的生活要被破坏了。"铁男曾经有两三次心不在焉地听他说这话。他想:"这反正是共产党的宣传。自民党政府必须得到农民的支持,所以决不会作这种愚笨的事情。"他对此事漫不经心,想不到即将成为现实了。

错过了出卖的时期,猪徒然地吃饲料,肥胖起来,超过了二十三贯,就变成二等品,价值更低。到那时候,恢复高价是无望的了。而且最近饲料屡次涨价。铁男气愤起来。究竟谁在操纵市价呢! 他坐立不安,终日向报纸上的市价栏瞪目。

"丢了吧!"

终于发出悲痛之声,坐了机器自行车飞奔到鲜肉业者的店里去了。倘到了明天,预料价值还要下跌。

"如果年底卖脱,钱赚饱了。真可惜呵,老兄!"

鲜肉业者河内嗤笑着说。

这样,非靠下次的猪来收复失地不可了。他就在归途中到农协去,催促预定着的小猪。

如果卖完了,除了支付饲料等费,余款几乎只能用作下次的资金,这数字也够惨了。他记得有一次,出门做活的三郎对他说:"章鱼肚子饿了,吃自己的脚。"这时候他回想起这话,觉得意气消沉。

"有什么呢,且看着吧! 现在虽然一时跌价,将近奥林匹克的时候定会次第好转,村庄里的家伙们要为我的"先见之明"吐舌头呢。"他只管坚持这种主观的预料。不,除了确信如此以外,没有别的方法可以安慰卖去水田三十公亩的痛心了。

新买的小猪五十头载在农协的卡车运来的时候,铁男两膝发抖,牙齿格格地碰响,无论如何也阻止不住。

　　吃过午饭之后,他拿了一张报纸,到熏笼上去取暖了。以前他只要有空,就到畜舍里去照管猪猡。但现在猪价跌到了这地步,他毕竟也疲乏了。卖脱水田不胜后悔;嗷嗷待哺的这一群畜生,竟使他觉得可恶了。

　　报纸上热闹地登载着关于奥林匹克的记事。这繁盛状态使得铁男的心安定了几分;他仿佛被吸引似地阅读着。报纸上说:第十六回墨尔本[1]大会有选手三千一百三十八人;在罗马有五千九百六十名,争得了世界第一。

　　"?? 啊!"他不知不觉地叫出。他受了一下打击,仿佛突然有一根圆木头在他背脊上敲了一句。即使这次的东京大会成了历史上最大的运动会,可以召集选手一万人,报道人等及观光客是它的十倍,那么,日本人口倘是一亿的话,加入在一亿人中的十万人,毕竟具有何等程度的比重呢? 这个可怜的数字,全国养猪农家的几十分之一也达不到呢!

　　他想:"上了当了! 角万商店抓住了所谓奥林匹克这材料,教我做虚幻的梦,巧妙地把大量的饲料卖给我,我竟愚蠢地吞食了他这香饵,真是滑稽的、残惨的、可哀的事。胖胖地肥大起来的美国猪,岂不就是我么? 我正是一只这些家伙所饲养、教育起来的美国猪!"

　　"狗屁!"他把报纸哗啦哗啦地团拢,拧皱,撕破,丢进烧残饭饲料的灶里;走到畜舍里,茫茫然地望望这一群猪。不久慢吞吞地走向一家片酒店里去了。

　　这天夜里,铁男忽然听到惊慌而悲惨的猪叫声,立刻起身,急忙飞奔到畜舍里,但见入口附近独自关闭在一处的力士,已经跳出了栅栏,侵入小猪的圈内,正在袭击两天之前买进的约克州种断奶小猪。它吃过一次

――――――――――――

　　〔1〕　Melbourne,澳洲的一都市。

小猪,记得这味道。

有两头小猪背脊上已经被它那锐利的牙齿咬过,染满了血;另外一头肚皮已被咬破,正在狂暴的牙齿下面无力地闭着眼睛,嘘嘘地作最后的痉挛。

小猪每头五千五百元。

"这畜生!"怒涛一般的愤恨爆发了。他意识着血液猛力地升腾到头脑里,拿起旁边的消防钩来,连续不断地敲打力士的屁股。"这穷神!"力士稍稍畏缩了,慢慢地向后退却。但在其次一个瞬间,猛烈地在地上一蹲,向前冲过来了。啊!

铁男在间不容发之际迅速把身子一斜,避开了这巨兽的牙齿。他的胶皮长统靴挡住了牙齿,嘶的一声破裂了。第一次失败了的力士,第二次、第三次地袭击过来。铁男拼命地挥舞消防钩。

然而,他不肯伤害这畜舍明星的美国猪。最近也曾交配过一次,打算取小猪。这回大约可产十头。小猪和母猪共值近千万元吧。他想靠这个来弥补今次最廉价出售的损失。这种心情在他打猪的手臂上装了制动器;还有,这巨兽的可达五十贯重的厚实的皮下脂肪,对这赶猪的消防钩具有毫不足怕的信心。

力士顽强地还想袭击。许多小猪互相依傍,在角落里发抖,悲鸣,拥挤而骚扰着。

"这个! 这混蛋!"

威吓没有用。盲目一般的怒气在铁男体中沸腾起来。力士口吐染着小猪血的泡沫,燃烧一般的血眼炯炯发光,鼻息喘喘地向人注视。这已经不是顺从的家畜的眼睛,而是从悠久的原始时代以来不绝地和人类战斗的野猪的可怕的眼睛了。在这狭小的畜舍中互相注视的时候,铁男方始感到像冷水浇身一般的战栗。他受到压迫,一步一步地向后退。破裂了的胶皮长统靴似将脱落,他就蹲伏在稻草上了。(不可!)一瞬间,力士不放过这好机会,前脚在地上一蹲。

"嗯!"绝望和恐怖涌进铁男脑中。胜负就在这时候决定了。他被崩颓一般的巨大的身体所吓退,侧腹撞在粘着残饭和粪的饲料桶上,但觉眼前一片火红,积在饲料桶里的焦臭的尿浇了一头。力士就被不顾一切地打下来的消防钩刺进了脑内。

"咕哇,咕哎——!"

发出垂死的悲鸣,前脚一折就倒下了。然而还是拼命地站起来,带着刺进在脑门里的消防钩,以后脚为轴,用可怕的势力咕啰咕啰咕啰咕啰咕啰咕啰地回转了几十次之后,砰然地倒下,已经抽搐也不动一动了。

"唉,唉,唉,唉,唉!"

铁男茫茫然地注视倒毙了的力士。他想:费了许多辛勤劳苦而建立起来的梦幻的城堡,失去了这栋梁而哗啦啦地崩溃了。

不久,他念头一转,走到厨房里拿了一把切生鱼片的厨刀来,在力士的脑门上再打一下,然后挖出了它的心脏。血倘出得迟了,肉质会变坏。热血发出嘶嘶的音从伤口喷出,染上了握厨刀的手,这时候身子瘫痪,就在那里坐下了。

这不是避免了野兽的牙齿而获得了安宁。他皮肤上感觉到有一种看不见形状的恐怖,比野兽更阴险地、好像丝绵蒙住了头一般地徐徐地迫近过来。他在那里悲伤么?恐怖么?愤怒么?都不知道。但觉得有一件沉重的东西从腹底里冲上来,不可抑制,就筋疲力尽地坐下在这血淋粪污的地方了,哭骂:

"混蛋! 混蛋!"

用切生鱼片的厨刀在力士的死体上乱刺。

六

到了二月里,降下了近几年来不曾有过的大雪。被雪压坍的屋子也有。这是因为男男女女都拼命地去做日工或者出门做活,没有人去打扫屋顶上的雪的缘故。

铁男一股劲儿扫落了畜舍上的雪。

建筑工料低廉的畜舍,不知吃得消多少重量的雪。扫落了一次,扫落了一次,又积起来了。

"好起劲呵!"

平治抱着标语来了。

"贴标语么? 今天不去做日工么?"

"唉,明天要去的。屋子坍下来是不得了的,所以今天扫雪,贴标语。你明天也去做日工好么? 人手不够,现在正在招集呢。"

"唉,我去也好。"

"那么,请帮忙了。明天早上我来叫你,请你准备饭匣吧。喂,你的围墙上让我贴张标语好么?"

"唉,当然好的。贴在这里的屋檐底下吧,好不让它被风雪刮去。"

铁男说过之后,对自己这话觉得吃惊。倘是从前,他一定执拗不肯,加以拒绝。但是近来不知不觉地对平治发生亲切之感,不知不觉地承认此人是好朋友了。他竟希望:索性请他在屋子四周贴满了共产党传单,可把那个玩弄卑劣手段来欺骗村人而神气活现地把我痛骂的阿贝金讽刺一下。他对这具有确信而堂堂正正地活动的平治,怀着无上的好感。

"那么,让我贴在这里,谢谢你了。我把报纸放在这里,作为谢礼,慢点儿请你读读吧。"

"谢谢你呵。啊,这是对我没有关系的报纸。如果你高兴的话,就给我读吧。"

畜舍上的雪扫完之后,铁男无意中向村庄的街道方面望望。咦?他瞠目细看,原来这是三郎!他再伸长脖子,把这在村子小路上拐弯、走向村外竹林阴中去的男子仔细辨认一下。但见三郎穿着一件黑色的防寒上衣,带着一只柳条箱,拖着脚一般地走来。

三郎受伤了!

铁男心中感到一个打击。在村庄中他所最亲近的三郎,曾经责备他养猪的冒险;秋收完毕之后立刻到神奈川县那边去做活;这三郎还没有做完预定的日程,变成了残废者而回来了——农民活命的唯一办法出门做活,又是如此残酷,铁男似觉历历在目地看到了这状态。

今夜到三郎家里去吧!

他从屋顶上爬下来,去看看平治所贴的标语。

"美国人从日本和冲绳走出去!"

"无条件发给务农资金!"

"反对破坏农业的贸易自由化!"

"反对原子力潜水舰停泊!"

"反对到地狱去的公共汽车和农业构造改善事业!"

"反对日韩会议,美国人离开越南!"

这些标语誊写在长条纸上,六七张贴在一起,字旁加着双重红圈,花花绿绿的,使人看了有些畏缩。但铁男对于内容并无不满之处。

他喂过了猪,立刻去洗澡了。

近来他觉得有些神经痛,受不得凉,腰部疼痛。在电视里的商卖广告广播节目中看到过一种药的名称,去买来吃,然而一向没有效验。倒是在热水中洗澡,把身子暖一下子,可以止痛。因此近来每晚洗两次澡。清儿先洗,洗过不蒙上盖,因此浴汤变成微温了。

"笨小子,浴汤冷了会叫人伤风呢!"

他责备清儿,叫他烧火。

微温的浴汤使肩膀以下都感受到微寒;听得见雪打屋檐的声音。大约是雪灾之故,电灯忽然熄灭了。关闭不严密的浴室小窗的隙缝里,呼呼地吹进暴风雪来,身子一直不能温暖。他在这黑暗中听听隙缝中的暴风雪的寒冷的声音,觉得自己的一生一向只在这样的世界里步行。眼界狭小而穷困,似觉永远在微寒的世界里气息喘喘地步行着。像被屠手追赶的猪一样,只看见眼前,寸步之外便是一片模糊,仿佛被赶进这模糊的雾中去,拼命地步行着。"像章鱼一般吃自己的脚,莽撞地工作,这个我正是被饲养的猪。但只是一头驯服而温良的美国猪。种苹果、种桃子都失败了。养虹鳟也失败了。养鸡、养乳牛,以及寄托最后的希望而赌赛一家的运命的养猪,也都没有前途了。今后怎样建立务农的方针才好呢? 我怎样才好呢?"

从微温的浴汤中出来,一连打了好几个嚏,鼻涕流出来了。(不行,伤风了!)既已如此,保重身体第一要紧。今夜吃碗鸡蛋面,早点睡吧。

吃过夜饭之后,电灯方才放光。铁男抢了一只煤球脚炉钻进眠床里,展开平治送给他的《赤旗报》来读。躺在床里读报,是他多年来不曾间断的习惯。鼻子里闻着轻微的油墨气味,首先看到反对日韩会议示威游行中和警察队拥挤着的工人的照片。其中有一个女孩跌倒了,一个警察用棒打她的头,她用手防护着。这女孩的侧影,肖似到东京某公司去的、他的侄女君子。警察做这种行为,究竟是什么意思呢?为什么警察不犯"暴行伤害"罪呢?他愤怒了,恨不得走过去把那牙齿露出而眼睛冒血的警察一拳打倒。下一页上登载着山形县一个农民的照片,他悲叹苹果市价暴跌,抵不过肥料费,正在束手考虑办法。照片旁边登载着一个由于美国奶粉上市而乳牛副业遭受重创的、长野县农民的一篇话。

铁男想道:"的确如此!"这报纸上听说的都是真实的事么?铁男对乳牛和果树都有经验;他曾经有过在三反地上种了苹果树和桃子树而怀着自己锯肚子似的心情把它们砍倒的苦痛经验。他想:"以前所谓报纸,关于这种事情,只是像抚摸表面似地报导其现象;即使究明其根源,也只是站在离开农民立场很远的地方,而用望远镜干眺望似的写法而已。而在这报上,正是怀着受苦的农民的心情、站在农民的立场上写的!"这使他受到一种近于打击的感动。不错,这就是所谓《赤旗报》么! 他回想起了阿贝金的话:"如果读了《赤旗报》,你会浑身染成赤色,所以要当心呵。"

阅读写着真情实事的报纸,为什么警察要秘密调查呢?两三个月以前,村里的派出所也曾经来向他探问谁和谁读《赤旗报》。

"只有平治和另外两三人吧。"

"这另外两三人是谁呢? 谢谢你,告诉我吧。"

"名字……我实在不知道。"

其实铁男知道:平治之外,还有村公所职员清策、土地改良职员胜己、昌雄、兵次郎,以及杉之木的正彦和新田的美代子,是读《赤旗报》的。但是因为乳价斗争的时候他背叛了伙伴们,回想起来余味很坏,他不要再尝这种滋味,因此又对秘密探问的派出所警察说:

"这种事情,只要问平治,很快就知道了。把平治叫来,好么?"

"不，不，不要叫，不要叫。希望你不要把这件事告诉平治。"

这警察举手行个敬礼，慌慌张张地出去了。这是两三个月以前的事。

他想：派出所为什么像偷食猫一般偷偷摸摸地刺探平治这班人呢？不是做这种事情可以提高他们自己的功绩么？倘是如此，这世间多么乏味！这派出所也多么无聊！真个像平治所常说的：嘴上说民主主义，实际上这世间不是正在退回到那黑暗的战争期间去么？

外面突然降下激烈的雪珠，沙啦啦地一声，仿佛豆粒撒在竹篓里似的。之后，暂时明亮了的电灯又不安似地眨起眼睛来。但铁男咕咚地吞一口唾液，管自读下去。他觉得身体有些紧张，面孔发烧了。这不仅是为了伤风而发微热的缘故。

"所谓'农业构造改善事业'，一方面是为了要对于贸易自由化所带来的美国农产物和有关农业的资本的急速发展，牺牲大多数农民来作成其条件；另一方面是要在肥料、农药、农业机械、电机、石油等日本独占资本上开辟市场，同时作出大量的低价劳动力，急速地造成日本军国主义、帝国主义复活的经济基础……"

他俯卧在床里阅读下去。在阅读的期间，逐步逐步地愤怒起来了。有人说："这是共产党的宣传，所以读时必须打个三折或对折；如果不打折扣……"他想起了这话，对政府这手段也很愤怒，怒气不能抑制。

……电灯终于熄灭了。铁男在黑暗了的房间中注视着一团黑漆，呻吟一声。

处处有难懂的话，不能理解。杂多的观念和心情、道理和感情，各自向着自己的方向，互相仇视，拥挤倾轧；略加清理之后，方向似乎整齐起来了。

他想:"政府对待像我这样的小农民之类的人,只是倒向垃圾堆里罢了。这是可怕的事。这样重大的事,我以前竟漠不关心!这在日本大多数农民是极度可怕的事情,有人在编造着,进行着,为什么大家都默不作声呢?他们都不知道。不,没有人告诉他们。他们就像刚才以前的我一样,天天从早到夜在激烈的劳动中度过的生活,没有从容考虑的余地。况且农民惧怕读《赤旗报》,政府岂不是派人在那里监视么?这是想不通的事。哪有这样愚笨的事呢?到底是怎么一回事?"

他觉得头上有一种东西咕噜咕噜地转动,不知什么时候睡着了。

七

第二天,铁男和村庄里的伙伴们一起出去做日工了。做的是装货卸货的工作,把由于落雪而陆上交通断绝了的这海岸地方所出产的木炭,从沿岸各村子里收集拢来,用小的木造货船运往 N 港去。工资可比耕地整理及土地改良的日工多得一倍,因此大家鼓足劲头去这不熟悉的舳板上工作。

到了下午,天起风了,湾内也有暴风雨。铁男上午就觉得有些晕船,这时候终于呕吐了。吐过一次之后,呕吐之感次第剧烈起来,坐在船舷旁边,把嘴巴突出在海中,身体一动也动不得了。他以为把早饭时所吃的东西全部吐出之后就好了,岂知又吐出焦黄色的黏液来,鲜黄色的浓烈的胃液也吐出来了。最后终于吐出胃血,竟使他觉得就要死了。然而他还是绝不叫苦,用尽全身的气力站起身来,背木炭袋。

他的面孔和手,都被波浪的飞沫和炭屑染成了墨黑。虽然如此顽强地吐着血工作,赚不到贱卖一头猪的几分之一的钱。真是不可思议之事。不是这样就活不下去的农民,真是可悲伤的、可愤慨的;无处发泄的怒气轰轰地燃烧起来,在他的身体中乱闯。

从午后休息的时候起,暴风雪来了。铁男等就到一家当渔夫的人家里去烤火取暖。这人家的主人也出门到别的县里去做活了,只有老人和女人们在家。

"渔夫和农民,冬天农闲月也不须出门去工作,生活才好过呢。"

"这便是自民党内阁所谓'繁荣之道',所以可恶。"

"快点变成社会主义世界才好啊。唉,非建立这样的社会不可。"

元气蓬勃的赤旗报组的伙伴议论着,别的伙伴谈起淫猥的话来。但铁男只是困疲无力地躺着。他闭着眼睛静养了一会之后,吐出了浓烈的鲜黄色胃液的胃,痛得稍稍好些了。火边很暖和,不久他就打瞌睡,做了一个梦:

傍晚时候,他在一条荒野的路上急急忙忙地走,想不到树林里飞奔出一只力士来,显出凶恶的面貌,向他袭击过来。他叫一声哎呀,这期间就被踏倒,那锋利的牙齿碰在他的心窝上。他就像以前那只可怜的小猪一样,被渴望吸血的巨兽用脚践踏;他挣扎着,想喊出临终的哀鸣,然而喉咙里一点声音也发不出。

这可怕的吸血鬼似的力士的脸上,不知怎的戴着眼镜。戴着眼镜的,正是角万。混蛋!骗人的家伙!不对,这眼镜是阿贝金的老花眼镜。老板为什么虐待我?是因为我亲近平治的缘故么?啊,啊,救命!眼镜里面那双细眼睛只管显出轻蔑的笑容。

旁人摇他,他才醒来。此时大家正在收拾,即将对这渔夫人家道谢而辞去。

"多谢多谢!真是照顾我们呵。打扰你们,很对不起。柴火费和谢礼,由我们负责叫老板送过来……"

平治在对渔夫的妻子道谢。铁男慌忙地准备。

"你不要勉强,不妨休息一下吧。晕船是很苦痛的。有什么呢,你已经那样顽强地工作到现在了,以后的让它去吧。不要为了替货主赚钱而劳作到弄坏身体。不要弄出病来。让它去吧。"

平治很不放心地注视铁男的面孔。铁男心中很高兴。他想:"这个人要照顾我到什么地步呢?'共产党是一伙恶极无道的人的集团。'这句话我已经从阿贝金那里听得腻了,不知在什么时候,我竟糊里糊涂地相信了,以为平治那样的小崽子共产党员是例外的。岂知完全不然,只是在高老太婆、阿贝金、角万,以及背叛农民的资本家和政治家看来,共产党是'极恶无道。'"有一种感动在铁男心中移行。他想把此事问问平治,探明真相,然而大家已经走出去了。

"不,没有关系。不可以叫大家为难。"

铁男怀着意想不到的明快心情,向雨雪初晴的门外跑出去了。

由于海上暴风雨之故,作业不久就结束了。

铁男上陆之后,由于平衡神经的错觉,还觉得大地摇摇晃晃。年轻的伙伴们肚子饿了,连忙奔向中国汤面店里去。铁男钻进了岸边的公共厕所里,暂时休息一下,然后走回家去。

雪路本来已经难走,加之晕船和疲劳,两脚便跨不稳,膝盖折了好几次,跌倒了好几次。非如此受苦而工作不可的事情,从那次战争以来不曾有过。这竟像远古时代的农奴,只是眼前看不见殴打背脊的鞭子而已。他咕哝着:"哼,'农奴'么?是猪吧!是被饲养着的猪吧!"像爬一般地走路。

铁男的村庄位在从海港经过一个小丘、相去不到五百公尺的地方。

从小丘上,可以望见像污秽的疮痂一般粘住在大地上的许多住屋。石器时代人类住居着的寅次郎泽,埋没在荒凉的夕暮的雪中;山的棱线上忽舒忽卷地飘浮着溶雪的水蒸气。有些脱离农业了的人家,门板上钉着钉子,东歪西倒地存在着,好像会走出传说中的鬼怪来似的。这些风景,在铁男的由于晕船和疲劳而昏花了的眼睛里晃晃荡荡地动摇着。

村子动摇着。动摇又震栗着。富次的家似乎也已迁移到附近工厂里做工的第二个儿子那里去了。谁都不能保证不脱离农业。不能保证居留在村中。几千百年之后,也许像那石器时代的寅次郎泽中一般,有人到这里来拾我们的饭碗和毛巾的碎片吧?

他站在小丘上茫然而思考着,似乎觉得看见一只比山更大的力士,突然张牙舞爪地向村庄袭击过来。这家伙渐渐迫近,还想把树林、耕地、房屋全部咬碎,吞入贪婪的胃袋里去!啊,这是美国猪!

他那双由于疲劳而模糊了的眼睛凝神注视一下,这东西就溶化在夕暮的天空中,忽然消失了。这是垂在山峰上的灰色的云和卷起雪来的风所造成的阴影的恶戏。

然而他胸中打警钟了。他似乎觉得有一个自己所不知道的非常可怕的东西,正在无声无息地迫近来。他感到一种莫名其妙的巨大的东西的模样,然而不能清清楚楚地把握它,心中非常着急。

他常常面带忧愁之色,想起了毅然决然的平治的面貌,觉得异常可亲。此人大概的已经把握了这不安的真相。关于村庄和农民的现实和未来,关于生活,他大概已经有确实的想法。他想和平治详细谈谈,听听他的种种话。所谓共产主义究竟是怎样的东西?农民怎样才好?他想推心置腹地和平治谈谈。

然而,要他自动走到平治家去,不知怎的有些害怕。

这样吧:今晚到出门做活回来的三郎家里去,把昨夜阅读的《赤旗报》给他看,和他谈谈各种的话吧。

三郎的晒黑的脸上露出着鲜明雪白的牙齿,元气异常旺盛。

"养猪光景怎样?"

"并不顺利。农民无论如何也捞不到钱的。思想起来,被喂的猪似乎就是我自己。"

"吓,不要说这种不像你说的话!这又是为什么呢?"

"嗯,我不善于说话……不过,的确……似乎是这样的。这且不说,那边光景如何?"

"嗯,和我是没关系的:那边盛传着'跟着拼命想在奥林匹克中赚钱的伙伴去赚钱吧'这句话。"

三郎愉快地笑了。铁男跟着他一起笑,然而心中大吃一惊。他想:"拼命想在奥林匹克中赚钱、却被别人赚了去的白痴,岂不就是我么?"

"脚,怎么样了?"

"嗯,美国老爷的一架战斗机坠落在矿山工地宿舍旁边了,我总算拾得了性命,然而大吃其苦。我如果死了,我的老婆和孩子都活不成呢。但是运气真好,同宿舍里有一个共产党员,他亲自照顾我,替我领入院费、休假期间的日工工资和慰问费来。有什么呢,医生说春天以前我就可以屈伸自由了。美国佬!从日本国滚出去才好。基地附近的农民都在那里哭呢。那轰轰的声音,使得孩子们不能用功,鸡不会生蛋,乳牛不能出乳。而且常常坠落,使农家发生火灾,人被打死或打伤。听说还会使人生不出孩子呢!可是,我告诉你,你不要害怕……"

他注视着铁男的面孔继续说:

"……我,入党了。"

"入党？入党是怎么一回事？"

"入党，就是加入了共产党。"

"嗳——！"

铁男哑然地注视三郎的面孔。

"像你那样嘴巴不会说话、头脑也并不怎么高明的家伙！"他想说这句话，不料这句话粘住在喉头了，咯咯地吞了一口唾液。他相信：所谓共产党员，必须是头脑像剃刀一样快、嘴也能干、手也能干并且富有学问的人。这三郎只有办事认真这一点长处，会当共产党员！

"不要撒谎，你这小子！"

这时候外面的门咯嗒嗒嗒地开开了，满身是雪的平治走了进来。

平治一跨上地板，就向三郎伸出那只粗皱的手："同志！"

两人同时叫了一声，暂时默默地互相对视，严肃而充满信心的四只眼睛发着光辉。铁男怀着好像做个可惊而且奇怪的梦似的心情，对着两人看得入迷。

"请你留情照顾……"

"要拜托你……"

两人同时说这话，紧紧地握着手，愉快地笑着。铁男被他们引诱，也一起笑了。他想："这小子，真个入党了！"

"像三郎那样的人，也能当共产党员么？"

"那样的人，是个厉害家伙呢。"

"你的脑筋并不特别好，不会像平治那样口若悬河地演说，不是和我半斤八两的木头人么？"

平治继续说下去：

"在共产党员，过多的知识不是第一重要的事。重要的固然无过于脑筋好,然而更重要的,是为了创造工人、农民、劳动者的世界,即真正由我们来当国家主人翁的世界。现在的世间,资本家掌握着国家的权力,但非把这权力取回到我们劳动者手中来不可。这就叫做革命。要做这大事业,非大家合力不可。若不在红旗下团结起来,使共产党强大起来,工人和农民的生活唯有越来越被破坏了。三郎知道这道理,就入党了。我们希望你也来和我们一起搞。你既是农民,便是我们的伙伴。你在半夜里驱逐狐狸精,抓两把盐来打倒新兴宗教的头儿,这种行动正是出色的革命行动。共产主义是要把这种招摇撞骗的事情勇敢地暴露在大众面前,而建立我们劳动者的世界。艰深的理论,可在以后逐步学习。目前的工作,是要把我们当面的问题由我们方面来解决,为此而作斗争。我希望你也做了我们的伙伴。"

铁男对平治的每一句话都首肯。平治的话率直地进入他的胸中,使他觉得胸中模模糊糊的东西稍稍地明朗起来了。以前预想也不能想到的新鲜的世界,就在这里！这使他胸中受到沉重的感动。

他想:"被眼前的啬啬的欲望所迷惑、背叛伙伴、讨好阿贝金,我是个多么丑恶的家伙！这些朋友对于这样的我,毫不托大,谦逊地教导、救助、庇护。"

"我想向你们讨些指甲泥来煎服呢。"[1]

铁男真心说这句话。

"如果想说出什么……那么今后请你读《赤旗报》的星期版好么？也要用点功,因为最要紧的,今后的农民如果不读《赤旗报》,将完全变成时代落后了。"

――――――――

〔1〕　此日本成语,表示力求肖似这优秀人物。

"多谢,像我这样的人,也轮得着读么? 那么全仗帮助了。"

铁男说过之后,从脱下了的斗篷底下拿出一瓶酒来,这本来是准备和三郎共饮的。

"呀,其实我也带来一瓶在这里。"

平治从他那件防寒上衣的袋里拿出一瓶酒来。

"你们不要像客人一般多礼才好。我准备在这里。"

三郎也从后面的橱子里拿出一瓶来。铁男说:

"且慢,今晚是我的东道。我过去给了你们不少麻烦,这就作为道歉、致谢,和加入伙伴的表示。"

"不要说客套话了。乳价斗争的时候,被你背叛了,我们气得肚子里沸腾起来。但你如果立誓不再犯错误,那么既往不咎,我们是朋友。"

铁男两手爬在地上,真心地低下了头。

"啊呀! 这班人倒像是变戏法的。"

三郎的妻子送炭到地炉里来,看见大家身边拿出酒来,笑起来,又说:

"有这许多酒,可以请同志和读者们也来,庆祝三郎入党吧。"

"赞成赞成!"

平治把有线广播的受话器拿起了。三郎拔去了酒瓶上的塞子,说一声"先尝一尝",就把酒倒在自己的茶碗里,一饮而尽。然后在铁男的茶杯满满地倒了一杯,劝道:

"来,同志,在伙伴们来到之前,我们先来振作一下精神。"

铁男对过去之事等等有所顾虑,还在那里委缩不安,现在蒙他们体谅,获得了解除,心中不胜欣喜。他想:"他们对我这样的人,毫无隔膜地说话,其心情甚可感谢。这些伙伴毕竟是真正的朋友!"

"喂,同志!"

铁男有生以来嘴唇上初次说出这话,觉得有些害羞,拿起茶碗来干了一杯。

酒精同爽快的友情一样地充满了五脏六腑,铁男深深地感到自己的身体里激烈地发生了变化。

"同志!"

他再使劲地叫了一声。

派出所面前

[日]中野重治 著

丰子恺 译

这是一个小小的,然而确确实实的"事件"。说起事件两个字,人们的理解是:平日随便发生的各种现象中一种具有特定意义的现象。这就是说:这现象和过去所发生的各种现象性质完全不同,具有另一种新的本质,或者这本质的萌芽。

这地方是从 H 区通向 S 区的一条具有 V 字形角度的道路。这条道路已经按照政府的所谓全国道路网政策而被改造为一条康庄大道。这里通行的人比较少,没有通电车。这种用水门汀、混凝土、木砖、烧砖、石材等造成的、不通电车的、行人往来不拥挤的道路,把都市和各处的乡村联络起来,遥远地纵横铺设着。交通上屡屡发生危险而行人拥挤的狭路,则置之不顾,而这种冷清的道路则用最近代的方式来改筑——人们对于这政策常常觉得不可解。然而由于随着改筑而获得若干便利的缘故,这不可解的念头也就忘记了。只是到了一件重大事故勃发的日子,到了人民拿起武器、炸药爆裂的日子,看到铁甲车在这些道路上向他们胁迫过来的光景的时候,他们才会突然想起以前认为不可解的疑念,这疑念一定立刻自然而然地解决了。我们在这种道路上走的时候,所感觉的实在只有一片装填好的路面,此外毫无意趣——这是从 U 站到 G 寺方面去的市内电车路线打个曲折的地方。

这里有一个派出所。

派出所面前是电车站。

四月里有一天下午六点钟过后,各种各样的职工、劳动者、做日工的人夫、小学教师、回家的学生和上夜校去的学生、为准备晚饭而匆忙地奔走张罗的主妇们、走这条路下乡去的人们、上下电车的乘客,还有因为这角上有一个邮政局而到这里来的人们——这些人都在派出所面前拥挤着。

人们都急急忙忙地通过。然而总是常常有一群人拥挤在这里。并且似乎时时刻刻地在那里增多起来。

大都会里的街道,仿佛有一副颜面,这颜面上敏感地表出一天之内的时间的推移。眺望这时候这派出所面前的人群的人,一定可以看到这里分明地表出着"日暮"的神色。

一辆电车开出了。

拥挤着的人们忽然停止拥挤了。因为听到一声大声的叫喊:"你还不去!"人们都回转头去看。他们在这刹那间忘记了他们正在干的事情。

一个二十七八岁的年轻的警察,抓住了一个年约六十岁的劳动者的右臂,正在拖他。这劳动者的矮小的身体上穿着一件有工作组名字的号衣、一条短裤,脚上穿着一双黑袜子,外面又套上一双好几层布做成的厚袜子。他的脚边有两把鹤嘴锄,两个柄用绳束住,丢在地上。这是一个老年的修路工人。忘记了自己的人们,当即以这双人群像为圆心而集中起来。修路工人和那年轻的警察已经完全处在这群众的环中了。

"去!"

"不去!"

"叫你去,应该就去!"

"我不去!"

"不许站在这里,不许……"

年轻的警察伸起空着的一只手来,向群众一扬。他只扬了一下手,又转向修路工人方面了。警察一方面这样做,一方面他的头似乎在低下去。因为他的眼睛里看到了意外众多的人。这些人的眼光全部集中在两个人身上,尤其是警察身上。群众的眼色希望这纠纷不要很快就结束。他们希望它发展成一个事件,至少希望警察不得胜利,虽然是无意识的。这使得这年轻的警察低头了。他偶然碰到一点运气:修路工人的身体矮小,警察对付他的时候似乎应该把头低下一点的。

警察的直觉是对的。他扬起手来的时候,站在最前面的人们也不过略微把身体退开些而已。最初把他们召集到这里来的,是那个"还不去!"的叫声。他们所看到的是一个老年的修路工人和一个年轻的警察。这不过是一种极普通的配合。然而他们在这配合中看到了一种新鲜光景。

"我不去!"

这种搭话便是新鲜光景。从来人们在官宪面前总是无可奈何地屈服的。在这不成样子的简陋的服装和言语面前,眼见得人们都是怯弱的了。这里有一种不可推测的、非常强大的、压迫过来的力量,和一种从前一向畏怯战栗着的、几乎无限的微弱。这两种东西一旦发生交涉,强大的东西就更加强大起来,微弱的东西就在那巨大的魔掌中无声无息地被捏杀了。但是现在事态变相了。两者对峙着。这显然是对等的。而且微弱者变成了强大者,强大者消沉到了这地步,这可说是强大者和微弱者的位置颠倒了。消沉下去的强大在抬头起来的微弱面前失色了。年轻的警察的"官宪"的威严,仿佛被一个老年的修路工人的枯瘦的手所剥夺了。在这年轻的警察扬起手来的威吓之下,人们不得把身体动一动罢了。

"我要回家去。我要回家去……不要在这里耽搁……"

修路工人趁这年轻的警察稍稍畏怯下去的时机,这样说过之后,抽身便走。修路工人的右臂轻易地从警察手中脱出了。他走到丢在地上的鹤嘴锄那里,把它们拿起来,就向正好停在这里的电车方面跨步了。这是一瞬间的事情。群众的眼睛里发出了希望的光辉。在警察的威吓之下动也不动的群众的环，当现在修路工人跨出一步的时候，隔断他和电车的那部分自然而然地分开了。

年轻的警察慌张了。他突然冲过去抓住了修路工人的脑后的头发。这个年老的修路工人挺起了腰，东歪西倒、蹒蹒跚跚地向后退走。

"混蛋！到哪里去！"

警察把修路工人拖回到了原来的地方。他脸上浮现出一种残忍的神色来。修路工人翘起了下腭，怒气冲冲地回答他："到哪里去，不要你管……我一定要回家去……"

"对你说过，喝醉了不许乘电车，懂不懂？"

"不懂，我不懂。"他不像对警察说，却像自己对自己说，"我今天做完了一天的工作。现在是和伙伴们一起回去。我要搭电车。你来拦阻我？伙伴们已经搭上了。我只有这一件好衣服，你要拉破我？你当我没有电车钱么？笑话！你看！"他把手伸进围裙上的钱袋里去，用修路工人所特有的赭黑色的手指拿出一张电车票来，然而再把它放进钱袋里去，继续说："还说我喝醉了……我没有喝醉！酒是喝的，可是并没有喝醉啊！当然不会喝醉啰。回去的时候，谁都喝些酒的。这是我们的习惯。反正搭电车是没有关系的。卖票员允许我搭了。你倒把我拖下来……我在这条路上走了十年了。可是不许我回家去的家伙，从来不曾碰到过！做完了工作回家去，到底有什么不可以？"

警察忍耐不住了。他起初只是听修路工人讲话。然而越听越生气。他不是警察么？他不是穿制服的警察么？他的身体不是一切法律的门户和把手么？这种侮辱他不能忍受！于是这个名誉受了伤害的年轻的警察突然想起了自己是警察官。想起了这一点之后，就觉得肚子底里涌出气力来了。他突然用非常强大的力量一声不响地拉住了修路工人的衣袖,想把他拉到了派出所里面。拉的人装出舒服的样子坐在椅子上了,叫被拉的人背向着街路站在他面前,这仿佛关进在一只特别的箱子里,和外界完全隔绝,权力就独立地发生作用了。

"去!"

"不去……"

修路工人把声音提高了。又使劲地把手一挥,叫道:"不去!"

年轻的警察茫茫然了。他的已经放下了的手伸起来,重新抓住了修路工人。

"……"

修路工人一声也不响。他只是把两只手斜斜地伸向后面。然后把肩膀抖动两三次。这样,那件有工作组名字的旧号衣索索地从他肩膀上滑下去。他再敏捷地拾起了那两把鹤嘴锄,一直向外面走出去了。

然而这时候,有一个人一声不响地昂然地闯进人群的环中来了。人们一看到这个人,就发生一种不祥的预感。这闯入者果然叫起来了。

"荒唐!"

警察有了两个了。新来的年纪约有四十岁,显然是富有手腕和经验的。他首先在修路工人的瘦小的后颈上用力打一下。修路工人向前跌了几步,手里拿着的鹤嘴锄掉落了。两个警察就拼命地抓住他的肩膀。修路工人吃不消了,他东歪西倒地踩脚。

"大家走开! 走开!"

两个警察大声叫骂。

他们利用了这个修路工人:这个后面被警察推着的矮小的老人冲过来的时候,人们不得不让开一条路;被推的老人就做了推的警察的盾牌。

他们冲破了群众的环,一会儿穿过了电车轨道。他们一面把这老人打着、戳着、踢着,一面押着他向派出所对面 S 区方面的路上迅速地走去了。这明明是到 Y 警察局去的道路。

"警察!"

人们中间发生了轻轻的动摇。警察! 不知道地狱的人也知道警察!

警察局司法部所做得到的极度的残酷暴虐(残酷暴虐不能再进一步了,再进一步只有死),要加到这老人身上去了吧。在开锁的声音中,拘留所的门开开了吧。在做完了一天的劳动——他在这劳动中只有被榨取——扛着鹤嘴锄、带着愉快的微熏回到妻子儿女那里的这个矮小的老年修路工人身上,警察权要支配上来了。

两个小女儿把脸埋在她们母亲的衣裙里,啜泣起来了。

"乖乖,乖乖……"

母亲辛酸地说。她的眼睛润湿起来了。映在四岁的小孩子眼里的这种讨厌而恐怖的状态,母亲无法说明。无限的愁苦使得她发抖起来。

人群的环解散了。人们没精打采、垂头丧气地走散了。

　　　　　　　　　　(一九二七年十一月刊载于《无产阶级艺术》)

肺腑之言

［日］中野重治　著

丰子恺　译

一

"家庭教师？不知道要教的是怎样的家伙……不过,这倒也是稀罕的。真奇怪,叫作代理家庭教师……"

安吉从谷中清水町的集体宿舍出发,走下蓝染桥的峡谷,再从根津八重垣町走上本乡台,一面怀着羞怯的心情想起今后到追分集体宿舍去做的工作。

这一带地方,在三年前的地震[1]火灾中幸而没有遭殃,现在剩下的房屋已经半旧,处处霉烂;然而市容还算是中等的。在烧掉了的大学的对面,电车路的那一边,剩下一排商铺房屋;从这些房屋后面的白山上,可以俯瞰向春日町去的电车路;丸山町一带地方,夹着好几个大树林,望去好像是几个戴帽子的人。在这灰色和绿色的下面,住着从前当小诸侯[2]、维新后成了男爵之类的人、维新后落魄了的人、官僚模样的人、大学教授模样的人,以及担任着相当多的职务的人。安吉在这条阴暗的街道上走着,有时忽然在门牌上看到刊物上见过的学者的姓名,他心中想:"唉,这个人这样谦虚地住在这种地方!……"但他现在所走的地方,不是那树木丛生的区域,而是树木附近的、更接近大学的、靠近电车路的商店区域。他通过了一块没有路径的空地,往里面走去,来到了一家粗陋难看的歇了业的铺子面前。

这时候正是吃过午饭之后,路上行人不多。现在走到的追分区域,

---

〔1〕　东京曾在 1923 年发生地震。这里所描写的,是这一次地震后三年的情景。

〔2〕　小诸侯是镰仓时代、室町时代的一种官爵,日本称为"小名"。

它后面的丸山町区域，另一方面的指谷町、八千代町、柳町一带的贫穷的洼地区域——这些地方，安吉都很熟悉。他在清水町和传通院之间来来去去的时候，曾经好几次通过那洼地中的狭小弯曲而尘埃堆积的街道。现在他走那块空地，只是为了抄近路而已。他急急忙忙地通过了这地方，觉得这一带地方并无乐趣。倒是在那洼地再高起来、小石川植物园所在的一带地方，他反而觉得有一种乐趣。包括他所住的清水町的集体宿舍而连接上野公园的那块高地、大学所在的这第二块高地、植物园所在的第三块高地，以及夹在高地中间的八重垣町的洼地、指谷町和八千代町的洼地——这三块高地和两块洼地，使安吉感到不安定和杂乱。三块高地上自有它的生活，两块洼地里也自有它的生活。高地上的生活中有一种合理性，洼地里的生活中有一种不合理性。这合理性中含有小资产阶级的成分，那不合理性中含有无产阶级的成分。现在，这精致舒适的合理性使安吉从生理上感到嫌恶。他希望今后摆脱这种生活。然而不能摆脱。因为只有处在这种生活中，才能感到向来习惯的一种安心。他希望把生活移植在洼地里杂乱的不合理性方面。然而不成功。因为移植的时候，要想起这怎么办、那怎么办，这里面就有关于未来的一种不安。可是那里仿佛有一种香气在吸引他。然而现在，指谷町的洼地已经从他的头脑中消去了。他就凭着只有他们这班人才能一望而知的记号，从空地上弯弯曲曲地走进去，推开了集体宿舍的大门。

"您来了……"藤堂的妹妹说着走出来。这里的集体宿舍，从前就是用租客藤堂的名义租下来的；最近藤堂的妹妹从金泽出来，在这里替他们煮饭。

"那位先生已经在这里了。"

她的说法，她的努力模仿东京话的语调，到现在还给安吉一种刺激，使他感到处处追随幸福者的人们的不幸。她的哥哥身体瘦长,这妹妹却长得圆肥矮胖;她哥哥脸色苍白,眼睛很大,这妹妹却双颊红润,眼睛细小;她哥哥常常为了对方而勉强装出笑颜,这妹妹呢,那肥胖的身子里面仿佛具有震动的根源,很像一个颤抖不停的橡皮棒。安吉又觉得:这哥哥对于生活,具有一种始终不变的黏性很强的态度;而这个身体强壮、永不厌倦似的妹妹呢,仿佛有一种非把这种姑娘捣碎不肯罢手的不幸在等候她……"在这里么?"安吉说着,管自走进食堂隔壁的房间里去了。

"……"

这里面有一个青年歪着身子坐着;他说了一句听不清楚的话,把身子坐一坐正,向安吉打个招呼。这青年无意识地伸出细长的手指来,在他膝盖旁边的烟灰缸上把一个蝙蝠牌香烟蒂头弄熄了。

"我是来替太田代课的,"安吉说着,也向他打招呼:"现在就开始么?"

然而安吉看到了这个青年的营养充足而又脸色苍白的样子,忽然非常迅速地回想起了昨天的事。

昨天吃过午饭,安吉在楼上的小桌子旁边无心无思地躺着。他心中交混着恰如其分地受到人们赏识时的一种欢喜似的感情,和不正当地遭到人们的驳斥时的一种懊恼似的感情。这也就是自己认为成问题的某事在周围的同伴看来似乎认为完全不成问题时所感到的一种寂寞。

这时候集体宿舍里的人全都出去了。这班人用不很高的声音喧噪着,吃过午饭之后,嘈嘈杂杂地乱谈了大约二十分钟,就大家各自走开了:有的到教室里去了,有的到产业劳动调查所去了,有的到近旁的大学或研究会去了,有的到安吉所不懂、安吉之类的人所未曾接触过的地方去了。这肃静无声的整个清水町集体宿舍中,除安吉之外,只剩下大妈一人,这种气氛包围着安吉。大妈收拾了食器之后,也就躲进她自己的房间里,大概独自在那里把京都寄来的信弄弄平,翻来复去地读,叹一口气,担心似地皱皱眉头,或者像小孩子一般的笑笑。自从她的儿子佐伯哲夫被捕以来,每月两次寄书籍去的工作,归安吉担任着。哲夫自己写信给他母亲说:寄书籍的事,托片口办理吧;这件事安吉和大家当然都赞同。然而哲夫的母亲总觉得不安心,因为每次安吉都要写明京都刑务所[1]上京区支所的地址,她深恐对他不利;这意思她也曾出之于口。她担心着:安吉拿了包裹去寄的时候,邮局里的人会不会对他侧目而视呢?可是,安吉虽然充分懂得官家对囚犯的"恩惠",即为了不要给人知道这是寄往刑务所里的囚犯的,可以单写刑务所的门牌号码。但是他认为哲夫家只有母子两人,为了要把他支持哲夫母子的意思表明出来,非在包裹的油纸上写明上京区支所,便不安心。追分邮局的年轻的职员,往往对收件人姓名毫不关心,立刻用复写纸写了收据递给你;安吉心里想:这是由于详细知道的缘故呢,还是由于连"治安维持法"的存在都不知道的缘故?他认为多半是由于后者,然而估计不定。因为有这样的事,安吉在这集体宿舍里虽然是个新参加者,他和大妈之间却有和别的学生多少不同的地方,因而发生了一种亲切的关系。

然而现在无心无思地躺着的安吉的心情,不是和大妈谈这事情时发生的那种心情。安吉和同住的人都把大妈当作集体宿舍里的自己人,很看重她。大妈亦复如是:她看见大家吃她所专心地做成的白菜卷之类的东西而称赞滋味好,就用幸福的眼光看着他们吃。然而安吉注意到:自

---

〔1〕　即监狱。

从大妈的作为集体宿舍一员的儿子被带到京都去之后,她的生活上隐隐约约地显示了一种儿子在这里的时候所没有的样子。也许是安吉个人的看法吧:有的时候,当这些精力旺盛的大学生都出去了,热闹的笑声停息了之后,安吉觉得仿佛有几条连系着儿子的线索,像拉网一般集合在大妈的心里。别的伙伴一定也注意到了,只是没有一个人说出口来。

"走进去看看她,好不好?"

若是同伴们的房间,只要招呼一声,就可以走进去;然而大妈的房间位在较进深的地方,没有事情,大家是不走进去的;这里面放着些乡村风味的家具之类的东西,角落里摆着装衣服的柳条箱等物。有时她拿了一个折叠封口明信片,到那张矮脚食桌上来写信,忽然好像有所挂念,中途停了笔,拿了明信片和铅笔,像躲避一般的走进她自己的黑暗的房间里去了。……但是现在,随随便便地躺着的安吉心目中并没有浮现出大妈的姿态。

刚才,安吉还衔了一口饭闭着嘴咀嚼的时候,先吃好的有学问的内垣手臂里夹着一本书走过来,突然地问:"片口兄,请教你一个问题,好不好?"

他问这话的口气是恳切的。他的恳切态度很爽快,安吉就怕黏糊糊的殷勤态度,所以感到轻松。

"叛乱是艺术么?"他突然地说,"据说,恩格斯说叛乱是艺术。是艺术么? 在哪一种意义上是艺术呢?"

安吉嚼着满口的饭,一点也不懂得。

"不知道,不懂……"

"山添兄说:虽说是艺术,大概就是技术的意思吧。是技术么? 是不是技术?"

"不是技术吧。"安吉说这话并无什么根据,只是自己认为如此,就确实地认为如此。"照理说来,也是一种艺术吧。"

"也是一种艺术? ……为什么是艺术?"

这种情况,他在入新人会之前不曾碰到过;进了集体宿舍之后,方才常常受到这样的质问,仿佛成了一种日常生活。对于安吉,内垣特别显著地爱作这种质问。安吉似乎觉得这件事具有一种快感。

原来安吉进了大学之后,不久就知道有新人会这个团体。高等学校时代同在一起的伙伴,也有加入这团体的;他们都恳切地劝安吉参加,他犹豫不决了两年之后,最近,并没有什么自觉的理由,就糊里糊涂地加入了。促使他这样做的直接的理由,不如说是根据感觉而来的。由于太田的劝诱,他出席了两个研究会;聚集在会里的同伴们,对安吉在感觉上——安吉这样地理解——都平等看待。关于最近碰到的最困难的问题,以及安吉所没有把握的问题,他们常常向和他们同一水平的安吉征求意见和解释。他们喜欢日本工会评议会,而厌恶日本工会总同盟。但在安吉,这两个会有什么分别,完全不了解。他们喜欢共产主义者,而讨厌社会民主主义者。这两者有什么分别,安吉也完全不知道。首先他就不懂得这些名词的定义。他们都知道他的情况,然而没有一个人对他表示"你这一点也不懂!"的脸色。

"他们是在探求,不是在尝试。他们不懂得什么叫尝试。"安吉怀着这样的感想,也会用瞎猜的话来回答他们的质问。有的时候,安吉没有了解情况,姑且瞎猜,居然会猜中。他们就采用了他的意思。安吉觉得太体面了。他初次经验到感觉被刷新了,被提高了,仿佛被暴雨冲洗了一下。他就参加了新人会,作为会员而出席研究会。研究会分好几班。各班共同地学习斯大林的《战略和策略》这小册子。安吉好像经过编级考试考进来的学生一般,慌张地阅读着分配给他的一章。原来革命还有"阶级"呢!革命还有后备军呢!

"……如果没有决定……在这一工作的基础上去开展斗争……那末先锋队就会脱离工人阶级,而工人阶级就会失去它和群众的联系。如果没有群众在杜马时期的经验,就不可能揭露 Kadett[1],就不可能有无产阶级的 Hegemonie[2]。"

Hegemonie 是什么东西? Kadett 是什么东西? 为了和松本等人喝酒,安吉把值点钱的东西一批批都卖掉了,只剩下一本有名无实的袖珍辞典,那里面没有 Kadett 这个词。

"召回主义策略的危险性就在于它会使先锋队脱离自己的千百万人的后备军。"

召回主义是什么呢?

"孟什维克和 S. R[3] 还没有揭露自己是战争和帝国主义的拥护者……"[4]

所谓孟什维克,他总算有点懂得了。但是 S. R 是什么呢? 是什么? 是什么?

"几乎用不着证明,如果不实行这些原则,那末作为一个整体的党的有计划的工作和对工人阶级斗争的领导就会是不可能的。列宁主义在组织问题上是始终一贯地实行这些原则的。列宁把反对这些原则的行为叫做'俄国的虚无主义'和'老爷式的无政府主义',认为这种行为应该

---

〔1〕〔2〕　德语:"立宪民主党人""领导权"。

〔3〕　S. R 是社会革命党人。

〔4〕　以上三处引文见斯大林:《论列宁主义基础》,见《斯大林全集》,人民出版社 1956 年版,第 6 卷,第 141－142 页。

受到讥笑和痛斥。"〔1〕

　　这样说来，他所爱读的《灰色马》的主人公及其作者〔2〕之类的人，是"可笑而可抛弃的"东西么？

　　安吉之所以着慌，不仅是为了不懂得这些东西。他非常常喝酒不可，这件事使得他更加着慌。集体宿舍里的人，喝酒的一个也没有。只有佐伯哲夫一个人是喝酒的。但是现在，他独个儿坐在牢房里，一定连烟也不抽了。安吉避开了人偷偷地喝点酒。有一天，又是那个内垣，手臂里夹着一册书，问安吉："片口兄，酒的味道的确好么？"

　　"的确好。"安吉无可奈何地回答。

　　"味道好得怎么样呢？"

　　在内垣看来，喜欢喝酒的人，仿佛是具有奇怪的习性的一种动物——但是这习性并不为害于人——觉得很奇怪。安吉看看内垣的清澄的眼睛，心里想：喝酒，无非是为了喜欢酒；说味道好，就仿佛把酒看作下等的东西了。现在，安吉不喝酒并不感到多大苦痛。松本和鹤来，本来不喝酒不能说正经话，近来不喝酒也能说正经话了。他们在十天或两星期之内一点酒也不喝；然后大喝一顿，仿佛补课，结果弄得后悔又乏味，忍着呕吐，在夜深时候偷偷地回到集体宿舍里来。

　　内垣现在拿着的那册大型的书，似乎不是写着艺术、技术等的那一册。内垣"是……是……"地答应着倾听安吉的笨拙而又啰嗦的解释的时候，安吉似乎觉得不好意思，似乎觉得这是一种负担。安吉不得不更详细地旁征博引地解释。

---

　　〔1〕　见斯大林：《论列宁主义基础》，《斯大林全集》，人民出版社1956年版，第6卷，第153—154页。
　　〔2〕　《灰色马》是俄国社会革命党人路卜洵（1879—1925）的作品。

"原来是这样的么?"内垣说着,把一根手指插在那册书展开的地方,然后把书合上,拿着它放在背后了。"所谓技术,就是手续。先作一个计划,规定了这计划具体化的顺序,然后只要依照顺序次第进行。即做好了第一之后再做第二。不能说因为第一已经完成,所以第二不是第二而是另一件事了。总之,只要在预先决定的骨骼上加以筋肉。艺术就不然:艺术也有计划,然而这计划一开始实现,就造出一个新的东西来了。也有第一段、第二段等,然而没有预定的终了的形态。在这点上,和手续的实现是性质不同的。有时第一段的实现成了新的条件,在某种程度内预定着的第二段就不能成为继续的第二段,却不得不变成完全不同的一个第二段。这第二段只有在第一段实行之后方才变成现实的条件。这实行,便是艺术实现过程的状态。其中有动力,有创造。这不像技术那么静止。叛乱也正是这样的。先有一个大体的心象。然而事情一开始实现,就产生出和预料状态不同的东西来。与其说是产生出来,与其说是可能这样,不如说是一般都这样。预料状态本身也变革了。所以叛乱是创造。这正是艺术。是不是这样的?"

"嗯,啊……"

"现在很明白了,谢谢你……"内垣又说。

内垣的语调中表示出幸福的样子,这使得安吉也感到幸福。他在一刹那间仿佛觉得:这已经脱离了恩格斯所说的原来的话,而擅自在作解释,离题太远了。然而这念头立即消失。内垣总是高高兴兴地听人讲话,有时自己也异常简洁地重说一遍,这使得安吉感到愉快,仿佛欣赏短小的乐曲。原来新人会里的同伴们,和安吉以前的同伴们不同,都有从头至尾地听别人讲话的癖好。这时候安吉才知道:这是模仿列宁;他觉得这也很可赞佩。安吉就不然,往往自己的话先已脱口而出。脱口而出之后,才觉得这意思和还没有成形就浮现在脑际的一瞬间以前的意思完全不同了。有时夹杂着感情的表现,无意中触犯了对方。要他耐心地听对方的话,而在最后说出自己的决定的意思,他觉得这模仿显然是做作的。然而在习惯于这样的作风的期间,他觉得从前他和同伴们的办法,即不让对方的话全部说完、抢先把自己的话说出而互相感到痛快的办法,比较起来似乎不及现在的办法好。但是在内垣,没有那种做作的样子。他有点像个长者,像个学问家。安吉走到楼上,怀着一些幸福之感,从小桌子抽斗里拿出一个鹅黄色棉布的小包裹来,放在膝上了。

安吉盘腿而坐,在膝上解开那个小包裹来。里面有一件东西,四周用旧棉花包裹着。安吉把旧棉花剥去,剥出来的东西像一个洋娃娃。这是一个蜡石雕成的坐像,高约四寸,衣服上的绉纹等全用凹刻的线条来表现。安吉把这个光辉灿烂的羊脂色的东西放在手掌上了,以便转动方向,仔细欣赏。这个雕像的面貌好像一个下唇突出的老太婆。方向一转动,它的表情就略有变化。那滑稽而古朴的笑容,使安吉感到一种不可言喻的安闲的乐趣。安吉的手掌感到一些重量,然而并不吃力;这时候他回味着和内垣谈话时所得的一种幸福之感。这东西是安吉从他父亲那里得来的。有一种日本人,在朝鲜的某地方挖掘朝鲜人的古墓,把挖掘出来的值钱的东西抢了去,把他们认为是废物的东西一文两文地贱卖掉了。安吉的父亲在合并后的朝鲜当过小公务员,买得了这么一个东西。他离开了妻子独自东奔西走的期间,这个东西总是带在身边。这不是安吉开口向父亲讨来的;有一天父亲对他说,你如果想要,就拿去吧;他一下子明白了自己只好接受这东西,也明白了自己本来就想要这东西,于是他得到了这东西。这种石材很柔软,容易损坏。他参加新人会的时候,以为今后势必到处奔波,不便携带这东西,就把它寄存在鹤来那里了。最近鹤来的恋人来了。据鹤来说,她看见了这东西,说:"阴气沉沉……"其实并不阴气沉沉。阴气沉沉的,倒是——那正是他所希望得到的东西——那些爵、角,以及用认不得的文字来写着名字而花纹奇奇怪怪的那些铜器之类。走近这些东西去的时候,的确觉得阴气沉沉。这些东西是上等的还是下等的呢? 相当上等吧。然而他那个东西,虽然并不那么高贵莫测,却很自然;令人感到轻快,具有一种平民的乐趣。最近他无端地希望看看这东西,就从鹤来那里取了回来,现在忽然把它拿出来玩。然而除这东西之外,在无论何种意义上可称为美术品的东西,安吉一件也没有。他没有可以从形态美上获得享乐的东西。

"但是这样的享乐,不是顶好的吧……"他想。

这时候安吉的头脑里,结合了内垣所说的"叛乱"而浮现出伊集院的高鼻子的面貌来。

"那家伙为什么要鬼鬼祟祟、躲躲闪闪的呢?"

按安吉所知,伊集院被看作佐伯等人的团体中的巨擘。佐伯等被逮捕之后,直到现在,这短暂的期间内他还没有被逮捕。大约一个半月之前,有一次他大胆地在大学范围内的一个研究会上出现了。作为大众活动的示威运动,在这时候成了讨论的问题。他讲到某一点上的时候,上半身几乎贴伏在桌子上;身子一贴伏在桌子上,就放低了声音悄悄地说话。安吉坐在一个角落里,听见他说的是:"……不,问题在于Aufstand[1],在于将来的 Aufstand。"

安吉觉得,由于他自己的无知,只是约略地感到这问题的要点;但是

---

〔1〕 德语:"起义"。

现在听了这一句话,就明白了。同时又觉得有些滑稽、有些无聊。为什么用德语呢?为什么放低了声音悄悄地说呢?伊集院尽量把头伸出来张望;这房间是可容约一百个人的空旷的第二学生休息室。所有的人,看见这个逃避了逮捕的伊集院忽然在这里出现,都不知不觉地发生一种特别的感想。满座的人都觉得,这危险的伊集院和秘密结合在一起。伊集院用这样的声音说话,大概是为了他起初说出的"叛乱"和"蜂起"是不合法的,或者是为了他的身份是不合法的,究竟是为了什么,不大清楚。他的类似鹿儿岛口音的雄辩,更加刺激安吉,使他想起这问题。伊集院具有美男子的姿态,在这里的出席者之中,只有他一个人穿日本装,并且穿裙裤,这也使安吉感到一种刺激。他虽然说"叛乱",说"Aufstand",然而一说出口之后,完全看不出一点秘密的样子——至少安吉一个人觉得这样。他想:

"到底哪一个是应得的?喝酒的佐伯一下子就被捕了,清教徒气的伊集院却没有被捕。无政府主义的任情而动的佐伯被捕了,而理性严整的伊集院却没有被捕。佐伯常常来信催促母亲,说要读数学的书,说多寄几本艺术的书来;伊集院却像维新志士那样眉清目秀,打扮成不受捕吏注目的样子,飘飘然地到这里来作煽动的讲话……他这行为到底是不是有组织的活动呢?他不是希望早点被捕么?照自然主义说来,大概是这样的吧!因为如此,所以反而容易传染……"

安吉想起了赖田这个人。

"这家伙在其次的另一个小研究会上,立刻贩卖伊集院的货色,说'问题在于 Ausstand'〔1〕。但是弄错了,把 f 说成了 s,两次都说 Ausstand……

---

〔1〕 德语:"罢工"。

连秘密的态度也传染过来了。这是自然主义以前的事了……"

"然而我自己也不见得特别例外吧……"安吉想到这里,住在最里面的房间里的村山走出来了。他看看安吉手里的东西,说:"这是什么东西?"

村山的房间在最里面。因为没有走廊,所以村山要出去的时候必须穿过安吉等的房间。他觉得不好意思打扰别人,就连厕所也尽量少去。他的任务是和全国高等学校取得联络,每天晚上勤恳地写信,直到夜深。有一次大清早,安吉跟着他到东京火车站去迎接一个京都大学的联络者。安吉一下电车,正好看到一大群人从那边走来,人数之多,看不见尽头。有的排队,有的成群结团,无穷无尽地向这边走来。挨近安吉他们的时候,让一条缝给安吉和村山,这波浪似的一群人一眼也不向旁边看,一直向某地方蜂拥而去了。他们带着一种阴气沉沉的势力向前推进,不知道是向天上去,还是向地下去。

"今天有什么示威运动么?"安吉问。

"示威运动?"

村山向安吉一瞥,仿佛要避开他的目光似地回过头去,低声说:"这些是职工。"安吉在他的语调中听得出他有一种用意:深恐对方困惑,所以把声音压得那么低。安吉觉得这样地受人庇护,有些可耻。

安吉就把手掌上这个东西递给这个村山,说:"这是出土的东西吧。"

"什么叫作出土的东西?"

"大概是指本来埋在土里的东西。和埴轮[1]不同,不过……"

安吉对于新人会的同伴们的艺术感觉,一向不很信托。其中爱好文

---

〔1〕　日本古代坟墓里附葬的一种明器,作鸟兽、人马、器物、家屋等形状。

学的人们,近来一直忙着讨论无产阶级文学,安吉也被卷入在这风潮中。
然而他认为:对于作品的理解法,他和别的同伴的确有些不同,这是没有
办法的。安吉认为:无论内容梗概怎样好,假若作品的感觉不是无产阶
级的,他就不能首肯。不过倘使有人问他:怎样才是无产阶级的感觉?
他也只能模仿别的同伴,把社会科学和心理学凑合起来,编出一套话来
答复,此外不能作别的说明。然而他还是顽固地、独断独行地这样理解。
有时别的同伴提出明确的理论来,安吉也觉得不错;然而他一个人到了
紧要关头,就不能依照他们。

　　这期间他又注意到了另一件事。新人会里,那些领导人物——这是
指真正的领导人物,学问渊博、人品稳重而可信托的人——也特别富有
旧的艺术感觉。而且其中竟有喜欢穿日本装、束阔带,而把一只手的四
根手指插在带子里走路的人。前些时,山添这位老兄迁出了追分集体宿
舍,另外租了一所房屋,就在这房屋里举办一个特别研究会,叫安吉也去
参加。他的房屋是独立的,精小而整洁。走到楼上,看见一边的休息室
里放着一个西装衣柜和一个中型书橱,书橱里面夹杂着一些医科方面的
书,外面罩着安吉所最嫌恶的绿色的帷幕。有两张桌子,其中一张大概
是他夫人工作用的吧。这桌子上整齐地放着两册安吉所认为资产阶级
读物的妇人杂志。尤其是房间角落里堆积着许多厚厚的坐垫;山添自己
用另一个较阔的坐垫,而把堆积着的坐垫分给集会的同伴每人一个,这
使得安吉感到吃惊。安吉在他自小长大的家里、在邻居家、在亲戚家,以
及在小学校、中学校、高等学校、大学里,从来不曾看到过这样的生活。
他虽然偶然听到过有这种生活,但是一见就觉得这是初次看到的。山添
穿着整套的和服,上面缀着两端有穗的纽带,雪白的卫生裤露出裤脚,腰

里束着花纹斑驳的兵儿带[1]，满脸笑容地盘腿坐着。他是有家庭的人，所以有那样的妇人杂志，这在理论上也说得过去，然而总看不惯。倘是学医科、做医生的，那么山添家里一定很有钱吧？他的夫人走出来了，同大家打招呼。这夫人的态度真像从前的新娘子。安吉胡乱地想：这个人大概曾经在不知什么地方的专门学校里的社会科学研究会中当过红人吧。然而安吉这时候没有余暇来对这些事感到趣味。这位夫人给安吉等五六个人倒了红茶。安吉很看不惯他们所用的茶杯。他觉得，他曾经在桃谷陶园的陈列品中看到过的那种茶杯，固然奢侈——不错，矛盾就在这里——但是比这要富于无产阶级趣味。然而山添这个人很直爽，所以还是好的。他想："别的感觉都显著，只有艺术的感觉潜伏着——这样的人确是有的……"

安吉的怀疑深起来了。在安吉看来，这些同伴都不喝酒，并不是硬熬着，却是为了要规规矩矩地用功，这使他受到了压抑。他想："也许我是旧派了。他们在艺术方面固然是低级的，是修养不足的，可是，也许我是纯粹的旧派了。"他虽然这样想，但是总不能接近新派。太田等人，有着像电车月季票似的入场券，常常到筑地小剧场去。自从当了新人会的干部而忙于活动之后，似乎不再去了。但是安吉连这小剧场里也从来不曾去过。安吉喜欢去听音乐，几乎成了一种生理的要求。然而那里的青年男女的面貌一浮现到脑际来，他的元气便消沉了。他仿佛听到钢琴的声音不断地响出，好像十道、二十道喷水并列着发射出来。安吉就躺在席上辗转反侧，坐不起身来了。

现在安吉隐约地想起："倒还是村山吧……"但是并没有可称为理由

---

〔1〕　男人或小孩系的腰带。

的东西,只是村山具有犬儒派的气息,这反而使得安吉想起:村山也许具有真正的理解力吧。

从仙台高等学校来的岛田,去年夏天住在这里的集体宿舍里。那时候安吉还没有参加新人会,只是为了谈论无产阶级文学,到这里来访问佐伯,所以岛田的姓名、村山的姓名,他当然都不知道。谈话告一段落之后,佐伯送安吉出来,走进饭厅里的时候,安吉看见那些同伴们淋淋漓漓地在那里吃西瓜。

"佐伯,来,来吃!"有一个人说,往不相识的安吉面前也送上一盘西瓜。

"据说她已经从仙台出来了。好不好请你对她说,叫她等一等?"安吉看见一个鼻子高得可怕的青年,两手把一盘西瓜捧在胸前,用急促的语调对一个肤色赭黑的青年这样说。

"不过老兄,你不是一点也不曾说起过么?"

"我固然没有对你说起过;不过她本人对你说明了的;总之只要看样子就会认识的吧? 是个女人,是我的侄女。"

"好。我知道了,我承认这是我的疏忽。可是我没有错啊!"

肤色赭黑的人说着,看看还不服气的对方,又说:"怎么? 你的鼻子妨碍着,咬不到西瓜,是不是? ……"

"……"

鼻子很高的那个人向不相识的安吉一瞥,苦笑一下。肤色赭黑的那个人就是村山。

去年年底有一个星期六——这时候安吉已经进集体宿舍了——大家协议停当:今天吃过晚饭之后开一个私生活批评会。安吉怀着自卑感,静听批评。批评完毕之后,大家吃茶点;仿佛要调剂调剂互相指摘弱点之后冷淡的沉闷空气,现在大家来互相谈谈各人的容貌和体格。这时候集中在这集体宿舍里的人,全是些美男子,虽然后来有两三个人迁出去了。安吉在私生活批评结束之后,透了一口气,现在又怀着另一种不安而感到自卑起来。他听见同伴们时而庄严时而诙谐地挖掘缺点,觉得苦痛。他感到:因为他们每个人都对自己的容貌有自信心,他们说话才这么毒辣。依次品评过来,现在轮到安吉身上了。

"片口么……"在大家沉默的时候村山先开口,他仿佛用秤称过物体的重量之后正在察看斤两数目的样子,低声地说:"你不是美男子,却是个好男子。"

安吉透一口气,仿佛得了救。村山蹲在那儿注视着他。这村山同大家一样,最近正要出门去工作。一定也有到女子大学之类的地方去的。安吉呢,对任何工会都还没有联系……

"趣味恶劣……"安吉听见耳朵旁边这样说。

安吉在一瞬间不知道这句话所指的是什么东西。安吉听到这声音,似乎觉得这是在嘟囔一种和他无关的东西。那个朝鲜雕像就从村山那里回到了他的手掌里。村山站起身来,若无其事地走开,一步一步地踏着扶梯走下去,他那顶上凹成沟形的头就在平台的地方消失了。这时候安吉才领会了这句话的意思。他的脸色发黑,把身子横倒在铺席上了。翻一个身……并没有怨恨的神色。然而,他说"趣味恶劣"么?胡说!安吉觉得这句话比尽量刻毒地批评他的喝酒更加残酷。他觉得自己的肉体全部被否定了。不是出于恶意的,所以更加残酷。安吉认为村山的评语绝不是恰当的。然而,各人都有工作,大家都出门去了,只有安吉不然;把那句话和这件事结合起来想想,意思就明白起来了。村山说那句话的时候,也是用正确地察看秤的斤两数目时的语调来说的。倘使把这件事告诉鹤来等人,不知道他们将怎么说。大概会讥笑安吉的生活方式吧。深江之类的人将怎样地苦笑呢? 原来马克思主义艺术会里的那班人,和这会中的一员的安吉有些不同,他们看见豪逊斯坦[1]作品中的色情画,也许会只当作说明图看,也许会看作矿物学教科书里的方解石的裂纹模型图之类的东西吧?

这时候扶梯上又发出顿顿顿顿的脚步声了。他想:"啊,村山总不会再回来吧……"一看,走上来的是太田。这里的扶梯的顿顿顿顿的声音,安吉很爱听。脚踏上去,显然觉得扶梯上的板一点也不弯曲。有一天安吉走上扶梯来的时候,用手试把旁边的墙壁敲几下,发出"叮叮……"的声音。这不可能是墙壁自己所发的声音,这一定是墙壁和扶梯所围成的立体空间中的空气筒,以及这屋子的构造法和木材组合法所使然。总之,这是敲打陶器时所发的声音,却从墙壁上发出来。这是东京生活中安吉所意想不到的额外收获。

"你听!"有一天安吉敲给太田听。在这些人里面,太田对于这种事情最感兴趣。

"真的啊!"太田承认了。然而并不用手碰碰墙壁,管自顿顿顿顿的走下扶梯去了。近来,安吉每逢上楼下楼,总是一面顿顿顿顿地踏着梯步,一面用手掌作各种姿势而接连地敲打墙壁,认为是一件乐事。没有一个人向他提出意见。

"喂,片口!"太田一走到扶梯顶上,看见了安吉,就叫。

"什么?"

"你明天下午有空么?"

---

〔1〕 豪逊斯坦(生于 1882 年),德国通俗社会学派的美术史家。

"明天下午么？只有一个新人会新会员欢迎会。"

"那不是三点钟开始的么？那么拜托你一件事，好不好？"太田说着，笑容满面。

"什么事？总可以的。"

"家庭教师。不必到那人家去教，那人会跑来学的，在追分集体宿舍里。从一点钟到两点钟，一小时。你去替我代一下，好不好？"

"不过，教什么呢？"

"德语。"

"德语么？这倒有点……"

然而安吉并非为了教德语而退缩，而是对太田当家庭教师这件事不大理解。太田和安吉是从同一个高等学校出来的。在高等学校时，太田是网球选手，各科成绩也都很好，性情爽快，从来不生气。安吉有一天看到太田的照相册，知道他家的屋子是四周围着栏杆的建筑物，觉得很可羡慕。这照相册里还有他中学时代到游泳学校去学游泳时的照片。看了这些照片，知道他的父母对儿子很关心，配合他的成长而给他选购辞典，培养他的游艺兴趣，这家庭的气氛是可想而知的。那么，太田是什么时候开始当家庭教师的呢？难道他也是到震灾中烧剩的法学系教室的地下室中去、照例填写了学生共济会的卡片而找求雇主的么？然而太田的样子还是照旧，看不出靠家庭教师来补助学费的穷相。

"用的是豪夫〔1〕的童话。那个人是庆应大学预科学生。资质不大聪明……就是这样。"太田说过之后，拿出一册薄薄的教科书来。

"怎么，教吧？"

---

〔1〕 豪夫（1802—1827），是德国童话作家。

"拜托拜托。我已经通知那个人了。事后才对你说,很对不起……还有,"太田说过之后,又笑着附加一句:"钱月底送,好么?"

"钱?……"安吉反问一句,然而立刻懂得了,就接着说:"好的。他送多少?"

"每次三块钱。好么?"

"好的。"安吉回答了之后,想:"真是好得很……"他想起:白山上的洼川旧书店里的书架上——大概现在还放在那里吧——有一册《门克》[1]。有一次他站着翻开这书来看看插画图版的说明,看见标价八元。向他们交涉,要求让价,他们无论如何也不肯。四元至五元,总可设法筹措,但是其余的三四元不管怎样也没有筹措的希望了。如今这么一来,这册书就买成功了。……照这册书看来,一味把门克看作"恶魔派"、看作"异端的画家",岂不是错误的么? 那个鼻子——高木信夫说这是"像大型烟斗的男子气概的鼻子"——和有裂纹似的下颚,这是二十四岁时的自画像;因此有人说这个人倾向了神秘主义,这可说是牵强附会的说法。其中有克利斯提阿尼阿[2]海港的街道风景。说明文中说,画面前景一角中的少女的红头巾的色彩,是留存在印象中的样子。的确,这地方可以看出像少女的头那样的东西。越是后面,变化的波动越是牵惹安吉的注意。其中有好几幅题名为《从工作场回来》的画。只是人的体格不同,此外和日本东京的夕暮景色在情绪上并无差别。人的手脚和肩膀阔大些,背景中的洋房多些;此外,和东京的工人比较起来,克利斯提阿尼阿的工人似乎更加凄凉。再下面,有一幅题名为《被逮捕的男子》的

---

[1] 门克(1863—1944),挪威版画家,其画作象征的表现,被称为德国表现派之祖。
[2] 挪威首都奥斯陆的旧称。

素描。一个警察趾高气扬地抓住了一个工人的手臂。工人想逃脱。这画面上只有这一组人物,但这一组人物又出现在另一幅群像的部分图的草稿中。总之,大群的人被袭击、大群的人被逮捕,这大概是画家亲眼目睹的吧。后面还有克利斯提阿尼阿大学的壁画的草图。这里面也有劳动和生活的正面的表现。这和我们的画相差多么远啊！虽然没有看到这壁画的真本,但是我们大礼堂里的小杉未醒的画,决不是这样的。也许小杉在什么地方看见过这壁画的照片吧？在小杉的画上,有一个面团团的姑娘,头上顶着一个水瓮,显得心满意足的样子。在这里,人的相貌和构图都具有忍苦的表情,诉说着他们的穷困。这正是率直的表达法。看起来像是"异端"的东西,都能够追迹到这个地方来。安吉觉得:这一点似乎多少带着些甘美的趣味而肯定了他自己的进程。……

"饭已经没有了吧?"

安吉听见太田踏着沉重的脚步走到楼下之后和大妈问答的声音。

"您说过不吃午饭了,所以……"

"有什么东西好吃么?"

"有鲞鱼。"

"海带丝没有了么?"

"噢呵呵……"安吉在楼上听到了这笑声,也笑起来。安吉知道:这笑声所表示的意思,是"我哪里会把海带丝用光呢"。这是大妈最幸福的瞬间的笑声……这时候她一定举起她那双窄袖的手臂来,用两手围在嘴巴旁边,仿佛表示不敢消受更大的幸福的样子。集体宿舍里的人都是青年,食量很大。交到集体宿舍里的伙食费不够他们吃饱的。就什么小菜来吃点心呢? 太田发起:购备些海带丝储藏着,到了没有东西可吃的时候,拿些海带丝来放在碗里,加些干松鱼和切碎的葱,用盐和酱油调匀,然后冲进开水,就着这种汤吃冷饭,一吃就是两三碗。太田最爱吃这海带丝,常常在说海带丝海带丝。现在安吉听到:大妈似乎已经把盛海带丝的罐头拿出来了,太田正在用尽气力卡搭卡搭地削干松鱼。安吉听见这声音不像普通的声音,却含着牧歌的意趣,觉得很奇怪。安吉这样地解释:这是由于四周肃静无声的缘故;此外,又是由于知道大妈和太田正在为了食物而专心一意地工作着的缘故。原来,大妈最喜欢做饭给青年们吃,她这高兴的态度中含有可以使安吉感动的地方。起初安吉甚至不知道佐伯哲夫是她的儿子。后来有一次在一个研究会上,听见同伴们都称她为"大妈",而佐伯称她为"妈妈",他这才知道了。不知道从谁那里听来的,据他所知:她年轻时候生了这一个儿子,就做了寡妇;从此以后,家产完全丧失了。终于变成了没落户。她为了抚育这独生子,多方找求工作,勤恳地劳动。为了要使儿子进中学,她也曾到制丝工厂里去当女工。有一个亲戚看见这儿子有出息,情愿补助他学费;然而此后两人的生活费,还是她一个人独力负担的。后来儿子一帆风顺地进了大学,赶得上人家了;她正在庆幸的时候,儿子参加了学生的社会主义运动。不多时,日本最初的"治安维持法"落到了这些学生头上。于是母子被拆散了。虽然如此,这大妈并没有半点怨天恨地的样子。她没有卖弄不幸的那种人的卑鄙相。

　　安吉也曾注意到:有时不知由于哪一种偶然的缘由,这大妈忽然独自陷入了沉思。然而她似乎有一种安吉等所不懂得的办法,可以把忧思完全遗忘。这似乎是一种智慧。不曾听见她唱过歌,然而她的面颊红润,五六十岁模样的身体相当肥胖,有时这身体本身就仿佛在那里唱歌。有一次,追分集体宿舍里的藤堂的妹妹来了。安吉看见这两个像母女一般的人在伙食问题上互相交换主意,曾经想:"哈哈,这倒很像商量着怎样淘气的小孩子!"这两个人确实是回避了宿舍里的人,享受秘密谈话的幸福,交头接耳,低声絮语,没有穷尽。

"内垣先生! 太田先生! 带我到哪一家中等菜馆里去吃一餐吧。我吃过之后,一定能把那种好菜的做法学来。保险做得很好。"

有一天安吉也听到了大妈这么说。他想:"这倒是真的。"

"这大妈啊,她初到东京的时候,是冬天。是一月底吧? 所以自来水冻结了。于是佐伯教她:用水壶烧些开水来浇。她浇过之后,提了水壶走到煤气炉旁边去了! 佐伯惊惶失措地大声叫喊:'妈妈,你做什么?'唉,唉,……她以为煤气也冻结了……"

那个犬儒派的村山有一次心情异常好,对安吉讲了这话。这大妈并不是不把她的不幸理解为不幸。她是这么理解的。虽然这么理解,但是同时在事实上一刻也不停止地享受她的生活的乐趣。她埋头操作:把加过调味品的材料包在一片片的洋白菜里卷起来,用牙签把白菜卷别住,然后浇上一层黏糊糊的汁液。她把油豆腐切成三角形,谨慎小心地把它挖开来,务使它不破损,然后专心一意地把什锦饭嵌进去,制成油豆腐饭卷。她发明在这里面加些芝麻,就高兴得眉飞色舞。大雨滂沱的时候屋漏了,她拿了面盆和洗濯桶东奔西走,用抹布投在这些器皿里面,用以防止雨水飞溅,就一个人感到心神舒畅起来。

"她具有勤勉操作的能力。这便是生活。我这种是思辨哲学。"安吉这样想。

太田吃了些东西,就匆匆地出门去了。安吉想:"认为这是思辨,这想法已经是思辨了。"他拿起太田放着的那册教科书来。

"然而刚才村山所说的,恐怕并不是说这东西趣味恶劣,即并不是说我爱玩趣味恶劣的东西,而是说爱玩这种东西这件事趣味恶劣吧? 这倒想不通了……想来他不会说这种话的……"

Wilhelm Hauff:Määrchen[1]——教这册书,不预备也行吧……

以上是昨天的事。由于这因缘,安吉第一次看到了跟家庭教师学习的学生,又第一次体验着当家庭教师——而且是叫作"代理"这可笑方式的家庭教师——的滋味。安吉把这件事看作一件有趣味的事,看作一件稀奇的事;他就对那人说:"你读读看。"这也是为了要定一个标准,以便知道应该怎样教。

那个少年就开始读了。

"Es zog einmal eine grosse Karawane durch die Wüste……"

安吉看着自己的书上的文字。

"发音不好啊……"他想,"这恐怕不容易矫正吧。他把 zog 读作'作一古'。他读 n 的时候舌头不贴上颚,读 l 的时候也是一样。对他说了也是枉然的吧……"

然而对方意外流畅地读完了一节。

"现在你把意思翻译出来吧。"

"从前,从前……"对方开始翻译了,"有一大队行商,正在渡过沙漠去……"

"奇怪!"安吉的眼睛离开了书本。他仿佛记得,不知哪一个童话作家,正是用这样的笔调来写过童话:"从前,从前,有一大队行商,正在渡过沙漠去……"

安吉头脑中隐隐约约地浮现出疑问来了。有这样的事么? 发音那

---

〔1〕 德语:"威廉·豪夫著:《童话》"。

样不好的人，能够作这样漂亮的日译么？

　　"这里的 es 是什么？在文法上讲……"翻译完毕之后，安吉这样问他。

　　这问法似乎不大高明，安吉把这句问话的意思说明了好几次，少年这才沉下了眼睛，吞吞吐吐地回答："es 是代名词。人称是第三人称。是单数。"

　　"这是对的……"安吉想，这时候少年的眼睛抬起来了。安吉的眼睛也正好抬起来。少年的眼睛里充满着胆怯的神色，仿佛要从眼球里面溢出到外面来的样子。同时安吉的眼睛里也表现出胆怯的神色来了。刚才闪现出来的疑问大起来了，同时安吉心中又涌出一种顾虑："要深入地讲究文法，是吃不消的啊……"事实上，像这样的一点点，安吉还可以敷衍；至于正式的德语，他不懂的地方很多，所以近来他正在担心。他在学校里，奥培尔曼斯教授的话完全听不懂，连教授的教室里也索性不去了。这位教授带着文质彬彬的学者风度走进教室里来，十分斯文地走上讲台，从衣袋里掏出一只很大的很沉重似的银表来，放在桌子上。然后用从容不迫的语调开始讲这一天的功课。

　　别的学生都听讲。他们都作笔记。然而安吉听不懂。他只懂得他所知道的作家和作品的名称，至于所讲的话，安吉摸不着头脑。安吉的眼睛里所看到的，只是教授的那只左手。包着黑色衣袖的长长的手臂，不太粗也不太细，正是"手臂"这个词所应有的样子……手臂的一端有一只手，手背和手指都肥胖得好像堆砌起来的。五根手指颜色雪白，然而很壮健，仿佛斧头也挥得动似的。四根手指之中，食指和小指略微伸直，中间的中指和无名指略微弯曲，形成佛像的手指那样优美的交叉状态而下垂着。这四根手指有时随着他的讲话而移动。这两根和那两根所成的角度也随时变化。讲话讲到重点的时候,肘关节以下的手臂猛烈地向下挺,而手的形状不变。手臂和手指的这种姿势,是不期然而然的,教授自己也不知道;安吉却出神地观察着。后来安吉觉得自己这样做太愚蠢了,从此以后他就不上教室。文法是不能深入地讲究的……

"人称是第三人称,数是单数,嗯?讲得很不错啊……"安吉这样想的时候,看到了对方的教科书。这教科书展开在少年的膝上。展开的地方的页数,和安吉的相同,然而注满文字,望过去颜色黑魆魆的。

"你的书……"安吉想说,声音已经在喉咙头,好容易忍住了。安吉把眼睛避向一旁。他想起,他这态度对这少年会不会有什么影响?觉得有些担心。外国语教科书上写满了日本字,写满了铅笔字,这是劣等生所惯做的事,而这少年做得太厉害了。他的书页上写满了好像印刷成的四方的字迹,形成一片鼠灰色。然而安吉想:"正是像他这样的人,才做得出非常残酷的行为……"

眼前是少年的头发清楚地分开的头,新剃的鬓角带着青色。安吉看看这头,觉得这简直是关西人的那种鬓毛,表现出那地方的人的偏强性格。面孔上的肤色晰白,具有一种战战兢兢似的驯良态度。安吉任意地空想:这个人具有富家子弟的不明事理的傲慢性情和残酷行为。

"也许不是这样的人。这样的空想也许竟是侮辱这少年。然而具有这样的面貌的少年们,会搂住了一个小姑娘而加以不可挽救的暴行。不可挽救的、全无幽默趣味的残酷的暴行……"

安吉希望早点过完这一个钟头,就完全丢弃了最初看到这少年时所感到的好奇心,顺利迅速地教下去。

"然而怎么会在书上注这许多字呢?是他自己一个人写的么?想不通了。不会有这种事。他没有这能力。这样看来,大概另外有一个人在教他,作为预习的预习吧?"

原来竟有这样的世界:有人为了要对付一个家庭教师而秘密地另外雇着一个家庭教师之类的人。连空想一下都觉得是个很大的错误——可是这样的世界居然存在——安吉在继续教课的期间不绝地这样想。

二

"那时候是秋天……是去年。"

安吉突然想起了这件事。同时又想起:近来已经有两三次想起过这件事了。

"路上没有行人,所以大概是星期天吧。"

那时候天总是下雨。雨很细,安吉没有带伞在路上走着。他走进大学正门,当面就望见那个大礼堂;他在叶子变黄了的一排银杏树底下挺直了身子走路。记得当时他的前面和后面一个人也没有。细密的雨从天空中静静地笔直地落下来。往常不绝地喧吵着的建筑场上的铆钉声,这时候却肃静无声。有些地方一定有人。图书馆里想必有人。正门口的守候室里也一定是有守卫人的。医院里大概有医生、护士,此外还有病人吧。但是现在,包括这一切在内,凡是烧剩的建筑物、正在建造起来的建筑物、树列、树丛、矮草,都和地面成直角而湿淋淋地站着。大学的整个广大的范围内,并没有被雨水泡得没了精神,却也没有被洗刷得焕然一新的气象,只是照原来的样子濡湿着……安吉看见前面有一个女子在走路。

路的左方,排列着几间教室。这几间教室在地震中没有烧毁,也没有塌倒。墙壁的有些古色古香的红砖头,由于雨打的缘故,下端变成了沉静的淡黑色。代替篱笆的一排矮矮的金刚拳树,在其间显出唯一的暗绿色。这地方有一个女子,穿着一双低木屐,打着一把伞,由于扎着日本式腰带,外衣的背部隆了起来,她正在向那边走去。从大门进来后只有这一条路,所以安吉一定刚才就看见这个女人了。不过安吉没有注意到她。在安吉看来,她并不是有事情到大学里来的,她大概也是要通过安吉即将走到的弥生门而向那边去的。现在立刻可以赶上她了。无论如何一定会赶过她……

看不出这个人多少年纪。只看出这个人是年轻的。越走越接近起来,安吉看到这女子身材颇高,从腰部到臀部的地方十分发育。由于外衣里面的腰带高起的缘故,从背脊到腰部的线条朦朦胧胧地衬托出来,这一点看得很清楚。安吉对于女人身上的线条,有喜欢的和不喜欢的。他喜欢突出的胸脯,喜欢挺起的腰身,喜欢高的臀部。安吉知道自己相貌难看,体态丑陋。他少年时候就知道:自己的面孔右半部和左半部差异很厉害。大概也是为此吧,他听到、看到或在书中读到有一种女人爱慕品性不良而全无生活能力的男人,只为了他们的相貌和体态漂亮,这时候他心中感到悲伤;然而在内心深处,由于一种谦逊的心情,对这种女人怀着同情。的确,丈夫相的美貌,匀称的、有弹力的、强壮而敏捷的体格,即使结合着不良品性和低级生活能力,其本身还是一种美的东西。单凭这一点就可以吸引女人们,这也是实在的。因此,他在"把我的事搁开了说话……"的条件之下观察女人们身上的线条。

但是安吉也知道:这不是可以到处通用的。有一次他在田端的大正轩和鹤来、深江三个人喝酒,曾经谈到这件事。把他们看作穷人、然而决不是轻蔑的两个面熟的女堂官和他们在一起。正因为谈的是关于女人的美的话,她们也热心地听。

"鹤来，喂，你以为如何?"安吉问他，接着说:"我无论如何认为鸠胸凸臀是好看的。但是所谓鸠胸，并不是那种病态的。必须两个球体背向着突出，才是好看的。如果胸脯本身是扁平的，在这上面附着两个球体，那么无论球体怎样好，也不好看。必须胸脯本身突出，在这上面再加上突出的东西，才是理想的。这是常常看到的吧? 从背后看来，腰的线条是突出的，扩大起来的;然而从侧面看来，完全是一根直线，那是不好看的。像一把团扇，因为没有厚度。相反的，臀部呢，仅仅是球体是不够的。从背骨的下端向两边突出，从腰身到臀部像建筑一般挺起，这才是好看的……"

"嗯……"

鹤来似乎不一定赞成。同时一个女堂官说:"挺起的……讨厌。"深江不作声，只是微笑。安吉到现在还认为自己的看法是唯一正确的。

他急急忙忙地赶上去，那女人的背影渐渐地看得清楚了，这正是他所喜欢的那种女人。几乎烂熟了，同时又是差一点就烂熟了的那种结实。仿佛摘下充分成长了的涩柿来，煮熟了，涂上些炒大麦粉而塞进嘴里去吃。又仿佛摘下长得极大而颜色还是青青的青梅来，制造青梅酒。倘使再进一步，就接近于甜，接近于黄，而超越限度了。这是达到了完全无可指摘的发育的顶点……

"女人到了几岁才有这样的发育呢? 大概二十四五岁吧?"

安吉头脑里闪现出这个念头的时候，已经赶上她了。

在赶过她的极短的瞬间中，在和她并行的极短的瞬间中，他有机会向这女人看一眼。这女人非常年轻。有一种几乎可说是稚气的东西充溢在她的脸上。过分明显的极端的对比，即孩子的颜貌和大人的腰身的结合，这瞬间的认识变成了一种冲动而刺激着安吉。一种强烈的情欲，在安吉身体中蠢动着,仿佛关在栏槛里的野兽抬起身子来的样子。

这并不是对这女子发动情欲。安吉知道这情欲不是对这个窈窕腰身而发的。安吉自己在某种程度内知道这刺激是由于他对她作这样的认识而发生的:相貌那样地孩子气;还没有脱离少女的阶段就具有这样的腰身;那童女般的颜貌不自知地带着那样的腰身;她的肉体已经完全成熟,但是机能还没有开展,形成了一种抵触状态。他觉得这种刺激使他兴奋,然而不让他的猛烈增长的情欲冲出外面来,而把它照旧禁闭在身体中。安吉急急忙忙地向弥生门方向走去了。

“记得是在这一带碰见她的……”

现在安吉回想起这件事。突然念头一转,又想起了刚才出席的欢迎会的事,心中补充一句:“唉,没有意思……”接着又来了一个没有意思的记忆:当天他去访泽田,回来之后,终于和泉教授吵起架来——那一天之内的事就历历地回想起来了。

安吉追过了那女人之后,就“闯进”弥生门去了。看见了背后有树林的泽田伯爵的邸宅,觉得无聊得很,不知怎的使劲地骂一声“什么东西,混蛋!”安吉就走进石造的门,正在走向正门去的时候,看见便门那儿有一个老头儿站着。他正在向安吉这边眺望。安吉隔着树木打量着到正门的距离,就转向便门方面去了。

“泽田先生在家么?”他问那老头儿。

“丰少爷么?”老头儿反问。

泽田家以丰彦为首,有武彦、昭彦、什么什么彦……等兄弟五人。这老头儿大概从安吉的年龄和模样上判定是丰彦的客人吧。这老人一只手里拿着一双黑色的高统皮鞋,另一只手里拿着一个刷鞋用的刷子,站在那里。他的脚边并列着三双已经擦好了的皮鞋。

"是的,我姓片口……是约好今天来的。"安吉说过之后,想:"丰彦叫丰少爷,那么武彦叫武少爷么? 这些皮鞋是少爷们的……"

"请你稍微等一等。"老头儿说过之后走进去了。

"请进来。"老人说着走出来,他后面跟着一个年老的女人。这老太婆弯着腰,说了和老头儿同样的话。然而安吉并没弄清楚这老太婆确是弯着腰的,还是并不弯腰而看来样子像弯着腰的。甚至也没弄清楚她是否说着和老头儿同样的话。

安吉由这老太婆引导着走进回廊。这回廊很长。其中有一个十字路,两人穿过了十字路口。又来了一个丁字路,两人在丁字路口向右转弯。这里回廊左右都是并列的房间。有一个房间的纸裱门开着,安吉在幽暗的光线中看见房间里面放着几只衣箱和一个画着交战的武士的屏风。走到回廊尽头,向左转弯。这地方有大约一公尺高的白木造的台阶——大概这里的地面高起来了吧——前面有一所新房子。

老太婆引导安吉走到了这房子的楼上。这是丰彦的房间,丰彦在那里等候。

这地方和以前看见的房间不同。以前看见的样子,安吉认为是一条街。有大街,有小巷。安吉想起了小时候嚷着"蚂蚁的路,哪里去了? 蚂蚁的路,哪里去了?"而玩土时的情景。这楼上光线很明亮。在一边的广大的墙壁旁边,全部放着书架,书架旁边放着一架有钩的梯子,是向上层取书时用的。房间中间放着一张有雕刻装饰的大桌子,旁边放着一张边桌;除了椅子之外,还有摇椅。书架里装满各种图书。有几个书架背对背放着,好像图书馆里的模样。大概泽田拿出书来读过之后,一定归还到原来的地方的。像安吉的办法,把书页折个角、在书里夹一只筷子,随便用毛笔铅笔钢笔在什么地方注字等办法,在这里一定是不用的。通过窗帏，望见下面庭院里的树木。在这房间里可以随心所欲地读书、写字，令人感到朴素、清洁而便利。

关于怎样来办马克思主义艺术会，泽田说出了自己的意见。他说："一味研究、研究，恐怕不会有好结果。倘使不结合创作和运动，理论的研究就止于解释而已。看来必须把它跟大学里的社会文学研究会、大学外的无产阶级文学团体、筑地小剧场以及其他急进的小剧团、美术方面的新集团联合起来。以后还要逐渐地向《无产者新闻》提供文学读物。佐伯不在这里了，人手不够，所以要求你今后再多负点责任，不知你愿意不愿意？"

"这当然可以。"安吉保证。

泽田又说："还有童话和少年文学方面，也有注意的必要吧。听说在德国那边，比表现派更新而且坚实的运动，已经公开出现了。关于那边的情形，馆是知道的。馆最近已经开始输入德国书籍。是买卖性质的，所以各方面都采取；但是馆本人希望以艺术、文学方面的书籍为中心。暴露世界大战中德国军阀内部的腐败状态的书籍，以及丰富地插入照片和公文的书籍，也大量地采购了。有一个叫作海尔米尼亚·札·牟伦的作家所作的无产阶级童话插图本等也到了。爱伦斯特·托勒等的戏剧也到了。乔治·格罗斯的新画集也从德国寄到了。还有一个叫作凯绥·珂勒惠支的，是一个女画家，她的优秀的画集也到了。她不是马克思主义者，所以当然不免有小资产阶级的阴暗面……俄罗斯的书籍的德译本到的很多。我们的会里没有懂俄文的人，是一种遗憾；但是可以向外国语学校和早稻田大学找人。在没找到之前，从德译本转译俄文书，是一件重要工作。你也可以译译看。听说医科的伊能已经把附有列宁序文的《马克思致库格曼书信集》从德译本译出来了。这书不久就要用佐伯的名义出版了……"

"为什么不用伊能的名义出版?"安吉问。

"为的是……佐伯更有名气一些吧。这是医科里那些人的一种习惯。"

刚才那个老太婆拿茶盘来了。安吉和泽田都端起茶来喝。安吉想:"原来到了那样一个程度那班人就认为是有名气了……"这时候突然听见泽田用撕破东西一般的粗暴的语调——但是决没把嘴巴张大——骂那个年老的女人:"你怎么了? 这不是冷的么?"

这口气冷酷得可怕,仿佛给对方浇了一桶冷水。安吉已经把茶喝完了,的确,这红茶虽然还冒着热气,但是有几分微温了。

"对不起。"这个身材高大、相貌端整的老女人说着,把头深深地低下了。

泽田在那里打颤,他的晰白的面孔更加白了;只有那双眼睛炯炯发光,仿佛羊癫风就要发作的样子。那个深深地低着头的老太婆,尽管像个奴隶,却具有一种威严。老太婆终于低着头出去了。安吉仿佛从恶梦中解放出来,透一口气。

这件事虽然很小,却留给安吉一个强烈的印象。泽田生长在上流人家,本来在安吉心目中是一个人品极好的青年。为了仆人拿冷茶来而突然动怒,并非不可理解的事。只是安吉觉得:泽田所用的办法,不是大声呵斥,却令人毛骨悚然。如果大声呵斥,被呵斥的人也许感觉得爽快些吧? 但是嘴巴不张大,而用拿剪子铰肉那样的语调来骂,在年老的人实在是吃不消的啊。这大概是从幼年时代的教育方式中得来的办法,即声音不向外漏泄的最有效的一种拷问式的办法吧。这种语调,是在家庭中经过相当长久的时间而学会的。在这种阶层中,连小孩子也会十分自然地学会这种语调吧。泽田心中的马克思主义和日常琐事中主人对付女仆的态度,在他本人大概完全不觉得矛盾吧。这是皇宫内院的作风,是对付宫中侍女的方式。总之,在这里没有文学,马克思主义文学更不必说。这个人不是不够资格谈话,却是同他谈话很苦痛。安吉有两件事,特地想向泽田探问,但是现在不想问了。然而安吉想把这恐怖的空气多少蒙混一些,所以接着暂时这样那样地闲谈了一会,就走出泽田家了。

他所要问的两件事中的一件,是威尔斯皇子的事。几年之前,英国的叫作威尔斯皇子的皇太子曾经来到日本。据日本报纸上所载,这个身材小巧而性情爽朗的青年,在日本各处名胜地方玩弄了种种精彩动人的把戏。有一次曾经叫他的一个随员坐在人力车上,自己穿了车夫的号衣模仿拉车子。于是报纸上就取"号衣"和"happy"同音,杜撰了 happy-coat 这个字,借以引人注目[1]。在以前,日本皇太子也曾经到过英国,因此有人根据两国皇太子的起居动作而论述英国和日本两个皇室的性格的差异。那时候安吉在高等学校当学生,学校里也有作文课,先生出的作文题目是《致英国皇太子》,安吉也写了一篇。安吉已经记不大清楚了,他只记得:写的是英国的煤矿工人,以及皇太子亲切地去访问他们,和他们谈笑时的情形,隐隐地加以讥讽。报纸上登载着皇太子笑容满面地和矿工握手的照片,又有赞誉的记事,说这位皇太子"对社会主义具有理解"。安吉的文章的意思是:英国的皇太子所理解的,是怎样的社会主义?然而安吉自己关于社会主义的真正的意义,一点也不知道,也不想知道。

---

〔1〕 日语"号衣"叫作"法被",发音为 happi,与英语 happy(快乐)相似。Coat 的意思是"上衣"。

　　大约半年之前,安吉还没有亲近新人会,马克思主义艺术会也还没有成立的时候,他在形似社会科学研究会的分店的社会文艺研究会上,初次看到泽田。这时候他听见人说:这泽田在浦和的高等学校里散发"Down with the Prince!"[1]的传单,引起了问题。这话是和他一同从浦和来的太田丰四郎的口中顺嘴泄漏出来的。安吉对于这逸话,比对新人会派的人所谈的文学的社会性、艺术的阶级性等话更加感到强烈的兴味。

　　安吉希望更详细地问问关于这件事的情况,然而丰四郎没有认真地答复他。一同从浦和出来的、当然也知道这件事的那个跛脚的织田也在座,他们两人都说"问题不在于此",就把话头转向了他们的所谓问题上。

　　"这种事是无聊的事。是马克思主义以前的孩子气的游戏。你对于这种事感到兴味,你的倾向本身倒是问题。你实在落后得厉害啊……"这似乎是他们的立场。

　　"不过,难道是这样的么?"这疑问在安吉心中不能消灭。前些日子,有一次安吉、鹤来、深江、大泽四个人在斋藤家里闲坐——这斋藤是在诗歌杂志《土块》的同人中占有老师地位的。他们一面喝茶,一面胡言乱道。他们在打扫得很干净的病相的青色铺席地上,把一本横订的册子放在面前,大家起劲地谈论春画。

　　"讲什么废话!"斋藤突然说。他就从桌子抽斗里拿出一只表来,握在手里,对安吉说:"如果这样,让我试试看吧。倘使一分钟之内没有事情,我请你喝一瓶啤酒……"

　　斋藤就把画册正对着安吉放着,左手摸在他胯间,眼睛看着右手里

――――――――――――

〔1〕 英语:"打倒皇太子!"

的表上的针,撅起了嘴巴。

打赌的结果,安吉赢了。斋藤请他喝的不是一瓶,却是两瓶啤酒。

"但是,你们将把天皇怎么办呢?"斋藤又突然地说。他嘴上说"你们",眼睛却看着安吉。安吉并没有对斋藤说过什么。安吉相信:斋藤知道安吉亲近新人会,而且斋藤自有一种看法。

"怎么叫作'怎么办'?……"安吉顿住了。实际上,关于天皇的事,安吉心中并没有任何程度的计划。这念头只能说是根本不存在的。

"要是我,我就暗杀!……"斋藤对安吉无所顾虑地一口气说下去。"几个人呢?……先结果一个。然后再结果一个。然后再结果一个。是男人,不是女人。结果了五六个,就有花样出来了,嘿!……"斋藤说过之后叹一口气。

"这恐怕不是妥当的办法。反而会把事情弄坏吧。"安吉头脑里浮现出来的,只限于这一点意思。斋藤的意思并不是说:"我去做。"他不准备实际地去做,这是很分明的。但是,在"如果要做的话"这假定之下,斋藤会照刚才所说的样子去做的吧。斋藤是把假定的事在心中这样地做。大概马克思主义必须处理这问题,应该处理这问题吧。在一直向前的某地方,一根线将和一个点正确地相会合。但是现在还没有会合。在安吉所知道的程度内,连这根线有没有向着那一点而延长过去,也还没有明白。安吉等有时把天皇称为天哥儿。这当然是轻蔑天皇,看不起他。然而斋藤似乎竟不知道世间有使用天哥儿这话的人。安吉认为斋藤的假定的说法不是正确的。归根到底,这在体系上是可以预料其不成功的吧。相反的,这暗杀说也许会引起严重的悲哀。安吉被这个肤色赭黑、年纪比他大十五岁、长期度着卖文生活的斋藤这么一问,感觉到了不同于天哥儿这种叫法可能包含的开玩笑的意味的东西。他觉得自己无意

识地避免正面对付。斋藤的说法,是把天皇当作肉身的人而放在正面
的……

Down with the Prince!

Nieder mit dem Prinzen!〔1〕

打倒皇太子!

当安吉把那种廉价的讽刺写在作文里的时候,在泽田那边,是不是
有使泽田决心散发这种传单的、像他那些同伴们所特有的一种气氛呢?
很早以前,安吉的父亲想让安吉兄弟们都受教育,免得做农夫,因此自己
先在地方裁判所学习书记,后来长期地度着小官吏的生活。有一个从前
在柳川的诸侯底下担任重要职务的人,姓由布的,提拔他的父亲,给他照
顾。后来这个由布自己的官吏生涯遭逢了不幸。他那种落伍的顽固脾
气被人厌恶,他终于被排挤到了一个叫作锦鸡间祗候〔2〕的地位上;不久
又从这里退职,现在患着病,长期地躺在床上。所谓锦鸡间,是一个房间
的名称,推考其来源,大概其中有一个画着红色的鸟的屏风,所以取用这
个名称吧。他家大概也像泽田家那样,有着长长的回廊、宫室似的许多
房间,也有体面的老男仆在用心地擦皮鞋,还有体面的老女仆在端送冷
了的红茶吧。到了正月里,重要人物的照片一齐登出在报纸上。戴着上
面有鸡毛帚一般的鸟毛的帽子和仁丹商标那样的三角帽子的陆军军人、
海军军人和文官们,手上戴着白手套,神气十足地向二重桥方面走去。

---

〔1〕　德语:"打倒皇太子!"
〔2〕　对五年以上的简任官的优待的官衔名称。锦鸡间就是锦鸡宫的意思。

丰彦的父亲泽田伯爵大概也戴了叫作 Zylinderhut[1] 的高帽子,走到那边去吧。泽田伯爵的家庭里,大概也活生生地体现了这种情况吧。泽田这个伯爵,本来是某地方的一个中等诸侯。大部分的旧贵族,一方面在心中看轻新贵族,一方面自己逐渐地颓废起来;其中有少数人,把旧贵族的长处和新贵族之所以为新贵族的积极面结合起来,泽田伯爵就是其中之一人。他曾经研习理科系统的学问,把这些学问施行在应用工学上,而开始从事工厂经营。他在旧领地的贫乏的农村里创办工厂,用结合农村和近代工业的名义来募集工人。多得容纳不下的农村失业者争先恐后地来投奔。为了要打破世界大战以来大家都在纷纷议论的阶级斗争的说法,尤其是为了要削弱都市中也有阶级对立、农村中也有阶级对立的说法,在到处盛行都市自行巩固、农村自行巩固、根本排除都市农村对立的说法而使得一部分人懊恼的时候,泽田的办法是一种具体的救济策略,在某种程度内为人们所赞许。副业和家庭手工业的近代化、闲着的农村劳动力的近代工业化,使农民都觉得“可以解决眼前的困难”而真心向往;这样,这个贵族兼自然科学者、资本家兼理学博士的事业,的确被认为“无论如何是有好处”的。这个伯爵泽田理学博士,把都会资本家的手所达不到的地方和农村旧地主的最大弱点结合得恰到好处,借以博得人们的欢喜;同时用敏捷的手腕取得利益。他在已经变成枯燥的纤维般的盆地里,建造起使得旁人耀目的白色铁筋混凝土建筑物来;又在贴着正门里面而正对着守卫室的地方堆起砂土来,造一个五谷神祠堂。那个红色的牌坊,对于早晚通过这门的人们,具有和姓名牌或计时器同样的功用。

――――――――――――

[1]　德语:“圆柱形帽子”。

　　这一切情况,可能反而使丰彦不能忍受吧。这个长男虽然受了赤化,父亲对儿子却全不干涉;而且并不像那些屋檐栉比的人家那样,对亲友和世间隐瞒这件事。这一点也许又使得丰彦更加焦虑不安吧。从少年转入青年时期的心理和生理的变化,在这期间渐渐地增大起来。这时候碰到了英国皇太子访问日本的事件,更正确地说,碰到了把这件事大吹特吹的新闻记事的论调,于是这个像孩子一般不经世故的丰彦就突然效法起那种举动来,这原是可能的事吧。

　　这一年春天,在新人会的公开讲演会上,刚刚从苏联留学回来的学者田边慎讲演《第四阶级文学是可能的么?》。安吉曾经去听。安吉坐在梯步式的长凳上等候的时候,相貌堂堂而戴眼镜的田边教授,仿佛要使众人注意他的面孔,昂然地从正面的边门中走进来了。他走到讲演者用的椅子旁边,把手杖搁在一边,摘了帽子,脱下外套,用一块白手帕来揩着髭须,听司会者致介绍词。然后走上讲坛,开始作有条有理的很长的讲演。安吉坐在坚硬的长凳上,怀着焦灼不安的心情听讲。他的眼睛常常转向他那顶漂亮的帽子上、那件漂亮的外套上,以及握手的地方有白骨或象牙的那根美丽的手杖上。他心中常常忽隐忽现地想起近年自杀了的、田边的一个最小的弟弟。安吉心中怀着的,倒不是从这自杀所得到的印象,却是从自杀前后的苦痛的情节所得到的印象。他连这弟弟的名字也记不起,总之,这弟弟年纪很轻,比安吉不过大两三岁吧。这个人是站在怎样的思想立场上的,安吉并不知道;只知道这个人曾经在两三种新闻杂志上写过几篇肆口漫骂的反抗的评论文。他在某杂志上用牵强附会的说法,对仙台大学的一个开始获得名声的教授作了非常刻毒的批评。仙台大学的教授挨了这批评,站起身来了。不管青年人神经质地说些什么,他都用条理分明的理论冷静地作了反驳;从他的反驳当中,使得对方和世人不得不理会到他和对方之间有着很明显的高低差别——教养上的差别、身份和地位上的差别,尤其是年龄上的差别。在这反驳之中,他把这青年所用的挖苦的语言和神经质的夸张原封不动地奉还了这青年。安吉也觉得:孰胜孰负,照理论说来是谁也分明知道的。然而安吉自己也不明白为了什么理由,对这青年怀着同情。在他听到了青年自杀的消息之后,这同情更加强烈了。这青年有一个未婚妻。有一天,这青年来到这姑娘那里,强迫她现在立刻就结婚。从新闻记事中不能正确知道,但想来或许是他强迫这姑娘和他发生肉体关系。这姑娘还是一个十五六岁的孩子,拒绝了他。这青年跳将起来,施用强暴手段,使得这姑娘和她的父母都受了伤,他就逃回家去上吊了。这明明是破产了。有一种说法:近年来扩展起来的青年们对社会的反抗,其原因不在于社会和历史,而在于各个青年的家庭的不幸,有时在于和继母的关系、肺结核及其他绝望的疾病、单方恋爱的破绽,以及自暴自弃了的劣败分子的行径。这种说法颇有势力,这青年就做了这说法的恰当的证据。自杀后不久,仙台大学的教授立刻发表一篇关于这事的短文,其中有这样的话:"我以前写那篇反驳文章的时候,不知道你即将自杀。无论情节怎么样,我对你的悲剧不惜同情。我深深地哀悼你这年轻的生命的如此结束。唯关于议论,我认为毫无加以变更的必要。这是因为我必须遵照学问的道理和方法的缘故。"

于是这个由于自己的弱点而毁灭了自己的青年,在变成尸骸之后又受了最后的一击。安吉决不认为仙台大学的教授措施不当。只是安吉超越了青年的自作自受及教授的罪愆的范围而推广一层,漠然地感觉到一种非常残酷的行为,即仿佛片面地用非常凄惨的形式来把过失推诿在这青年身上。在这里安吉还感到更大的不满意,就是认识到自己不能处理这问题,自己还没有处理这问题的力量。安吉听着这青年的哥哥慎教授的讲演,听见他完全没有在内含的意义中涉及他弟弟的可哀的死,觉得焦躁不安。教授所谓"第四阶段",就是工人阶级,就是无产阶级的意思。哲夫等的集团中所谈的无产阶级文学论,穷根究底起来即使有若干漏洞,然而它的可能不可能,到现在难道还成问题么?这教授的神经为什么非得松懈到要在这种地方找出问题来不可呢?倘使这弟弟再稍微聪明些,倘使他再稍微有一点点余裕的智力,那么即使有像报纸上所说的那种讨厌的话——强迫她跟他"发生关系"——的情形,即使对方年纪太轻,也可以用握手言欢、互相拥抱的形式,而取得一种并非不幸的自然的过程吧。由于不懂世故,由于没有余裕的智力而受到惩罚,一定是不适当的。这的确是不适当的,在人道上是不适当的。不,这个弟弟的情况,我不了解,所以只能说是不得而知。然而无论怎样,和迫使这个弟弟陷入那种情况中的事件有同样性质的事件。也许在伯爵家的长男丰彦身上积累得很多,这是可以想象的事。打倒皇太子!这句话英语叫作"Down with the Prince!"么?我连这点也不懂得,然而……我想问问他散发传单时的情形,首先是想问问他那时候的心情;可是看到了丰彦对付那个老年女仆的那种歇斯底里的作风,这想头在安吉心中干脆地消失了。

对丰彦的亲切之感,依旧不变地留存在安吉心中。大概在安吉来到以前,曾经有过某种缘由,偶然碰到了这红茶事件而开始爆发的吧?这也是可以想象的事。再则,如果有人问:安吉听了那一句歇斯底里的话就退缩,是否认为他想探问的欲望是不足道的呢?那么他的回答是"否",这是安吉心中的确实情况。虽然如此,他想探问的念头实际上已经消失了。

　　还有一个念头,也和这念头一起消失了。在全国的高等学校、专门学校、大学中,学生们成群结队,作反抗的举动。赤化盛行起来了。想尽了办法的教育部,就开始唆使这种学生玩弄女人。不待学校发动,富裕的家庭中就自行开始了。

　　"听说,泽田家的管家到这里来过了呢……"有一天集体宿舍里的太田对安吉这样说,"可是泽田是那样一种态度,弄得老头儿不知怎么办才好。于是我们这方面采取攻势,定要他说明他的来意;他吃不消了,就逃走了。"

　　两人大笑起来。然而安吉对这个管家老头儿表示同情。这个全心全意地重视主人的家门和继承家业的少爷的老人,被有才华的少爷所戏弄而退缩逃走的情况,安吉想向丰彦探问。现在并不是对这件事已经失去兴味,却是向丰彦探问的念头在这时候已经消失了。

　　此后,安吉出席了一个夜间的研究会。那时候他不理解的事情比现在多得多。他仔细一想,难于理解的事情有两件。其一,他不懂得日本的运动历史,但他独自决定,不要着急,慢慢干下去。虽然读了一本简单的小册子,但是到了自己认为已经懂得了的时候,却觉得眼前人们所说的话和这不相符合。"还是逐渐地从实际上理解的好。"这是他的独断的主意。只是他虽然读了些书,看到别人把法兰西大革命以后的欧洲历史当作完了解的东西看待时,他就不知所云了。他怀疑:新人会里的人们,是否只要说出一八四八年这一个年代,眼前就会浮现出什么事件来呢?只要说起二月革命、三月革命,头脑里就会描画出——即使大体也好——什么情状来呢?从到现在为止的情况上看来,他们在这点上虽然不像安吉那么无知,然而仿佛是不相上下的。只要稍微深入地质问一下,说话就完全迷失方向了。只是他们虽然似乎没有明确知道,却对于问题本身仿佛都能够了解。这里的诀窍实在难于懂得，然而他们仿佛是由于某种关系——夸大地说，大概是从实践的立场来的——似乎大都具备历史事件的常识。安吉没有具备这种常识，而且怎样能够获得它，无论如何也想不出来。其二，关于学者的姓名和学说，也有同样的情形。像奥地利学派〔1〕这个名词，虽然常常出现，安吉却干脆地不知道。勃伦塔诺〔2〕主义、仲巴尔特〔3〕主义等名词出现的时候，安吉猜想大概是哲学上的名词，然而有的地方又似乎不对；那么把它们当作什么看待呢？安吉完全不懂。像俾斯麦〔4〕那样的人，他早已认为是永远无缘的人物了；可是为了以文学为事业，即以文学为安吉自己的事业，似乎非大致上懂得不可，这又使得安吉困惑不解。

　　这天晚上大家学习列宁的《国家与革命》，在安吉看来有些话很有趣味。研究会结束了。杂谈开始了。安吉看到：在杂谈的时候，有一个叫作末次的学生，因为被人吹毛求疵地找缺陷，反而发起议论来了。

　　“研究当然是重要的啰。不过真正地说来，实践是根本的啊。所以这地方……”末次说到这里，翻出“初版跋”来，“这地方不是 gesperrt〔5〕的么？铅字不是排得很疏么？意思是说：“做出‘革命的经验’总比论述‘革命的经验’更愉快、更有益。”〔6〕在我们也是这样呀：倘使不身入社会变革的实践中，那么办《国家与革命》的研究会岂非根本是笑话么？”

---

　　〔1〕 德国的一种经济学派。
　　〔2〕 勃伦塔诺(1844—1931)，德国资产阶级经济学家。
　　〔3〕 仲巴尔特(1863—1941)，德国资产阶级经济学家、社会学家。
　　〔4〕 俾斯麦(1815—1898)，普鲁士和德国的采取“铁血”手段的政治家。
　　〔5〕 德语：“隔断，空缺”，即字母排得很疏，表示重要。
　　〔6〕 列宁：《〈国家与革命〉初版序言》，见《列宁全集》，人民出版社 1958 年版，第 25 卷，第 479 页。

的确,安吉一看,"做出"这个词和"论述"这个词的字母在印刷中排得很疏。总之,列宁所说的,大概是因为十月革命已经来到眼前了,所以写作研究文章的工作可以放弃了吧。安吉想:"这地方具有深刻的意义。以研究文学为事业,到底是我个人的事;但这些地方非好好地记牢不可。"同时安吉觉得:把与文学有密切关系的"论述"这个词,作为不是更愉快的、不是更有益的东西——如果不是这意义,那么另一种说法也好——看待,在他难于接受。

"可是老兄,你这话有些问题呢!"另外一个学生插嘴。安吉只知道这个青年在"贫民救济社"〔1〕工作,然而只见过一次面,连姓名也不知道。"一般地说来,我并不反对你。不过在这里国家论本身是主要问题。"

"我并不是说国家论的研究不是紧要的事。"

"不是这意思。国家论的研究,实际上不是紧要的事。"这句话在安吉听来有点儿出乎意料。"紧要的并不是国家论的研究,是国家论本身,是国家的——这个词是 gesperrt 的——研究。"

"这不是同一个东西么?"

"不是同一个东西。这也可说是国家'论'的研究啊。照你的看法,国家的研究原是重要的,然而实际搞变革更重要,是不是这样? 这是,国家权力的分析以及新国家形态的现实的形象的研究,和变革的实行,是两件事。当然啊,你啊,认为是一件事……"

"啊……啊……"这种语调,安吉听了非常不舒服。然而安吉觉得,

---

　〔1〕 知识分子、医生等亲自到贫民窟中去改善贫民生活的一种组织。当时新人会会员亦参加此种工作。

尽管语尾带一个"啊"字,听起来很轻浮,但是谈话的进展中好像含有新的意义。

"国家的研究,可以现实地适用在现实上。研究因为是研究,所以它的科学非现实化不可。并不是说:研究是重要的,然而革命更加重要;所以情势迫近而成熟了的时候,可以暂且搁置研究,而专门从事革命。革命的条件成熟了,所以研究的成果在革命中转化为现实了。写作的一时中断,并不是从一件事转移到另一件事,而是作为这一件事的内部必然性的任务形态的发展……"

"嗯……"末次应了一声。安吉听见这个人的话,觉得他远远地跑在自己前头了,就也闭着口应一声"嗯"。

"如果不是这样,岂不可笑么?""贫民救济社"来的那个人继续说,"序言开头的地方不是清清楚楚地说着么?'国家问题,现在无论在理论方面或在政治实践方面,都具有特别重大的意义。'[1]'in politisch-praktischer Hinsicht'就是实践问题、政治问题。不过,不是这地方,在序言的最后的地方,不是这样说么:Die Frage des Verhältnisses der sozialistischen Revolutionen des Proletariats zum Staat gewinnt hierdurch nicht nur praktisch-politische, sondern höchst aktuelle Bedautung[2]……不仅具有实践的、政治的意义,而且具有最迫切的……这是什么?是 aktuelle[3] 么?就是说这已经变成了现在立刻必须处理的问题。并

---

〔1〕 列宁:《国家与革命》初版序言,《列宁全集》,人民出版社 1958 年版,第 25 卷第 371 页。

〔2〕 德语:"无产阶级社会主义革命对国家的态度问题……不仅具有实际的政治意义,而且具有最迫切的意义。"《列宁全集》,人民出版社 1958 年版,第 25 卷,第 372 页。

〔3〕 德语:"迫切的"。

不是说糊里糊涂地迁延下去,而是说理论和研究的态度照原来的样子转向革命的实践方面……"

"懂得了……"安吉想。同时他又觉得有些担心,生怕懂得了的东西在懂得的瞬间从手中消失了。市里的十字路口,灰尘飞扬的地方,有一个卖朝鲜麦芽糖的人,在那里抽签。安吉曾站在那儿看过好几次。这个人坐着,左手握着十根纸捻,右手只撮着一根纸捻,要把这一根插进那十根里去。他嘴里叫着:"大家看! 大家看! 这一根,各位主顾! 好,这一根……放进去。把这一根,向这里,这样地,放进去……"说着,突然地放了进去。安吉一眼不眨地看着他。放进去的一根在那十根中间,用迟钝的速度找求它的位置。后来,位置确定了。十一根一束的纸捻都静止了。那个人说:"来……"就抽它出来。已经认不出了。完全认不出了。所有的纸捻都一个样子,哪一根是后来放进去的呢?[1] 安吉思索又思索,终于想不出来。

安吉在倾听从"贫民救济社"来的学生讲话的期间,觉得逐字逐句都了解。讲话到了最后的地方,停止了;安吉倾听到这地方,回头一想,却并没有了解……然而这也使安吉感到一种满足。虽然张开手来一看空空如也——他认为并非完全空的——但是在听到这里以前所经过的道路,仿佛在头脑中步行过的一段山路,在他觉得有一种生理上的快感。

"还有,这一点我不懂;可是我想:问题恐怕不在于这种地方吧……"

安吉倾听时注意力略微分散一刹那,话头似乎已经转到别的地方

---

〔1〕 这是以小孩为对象的一种抽签。左手里十根纸捻,是白纸卷成的;右手里的一根纸捻,纸上盖有印章。但卷好后外表没有分别。小孩出一点钱,可以抽签一次。倘抽着有印章的纸捻,可得到麦芽糖十个。倘抽不着,只得到一个。小孩所出的钱,本来可买三四个麦芽糖。这和我国的旋糖、摸彩等相类似。

去了。

"总之，我们都认为实践比研究学问更加重要。这是不错的。然而，喏，这里……"他说着，在序言的地方用手指轻轻地敲一下，然后把书翻过来，在跋的地方又敲一下。敲得像用手指碰一碰那么轻，然而把安吉的注意力牵引到这地方去了。"列宁写着：'我连一行字也没来得及写，因为一九一七年十月革命前夜的政治危机'妨碍'了我。'这在文法上是过去时，是不是？可是在这后面，他说："做出'革命的经验'总比论述'革命的经验'更愉快、更有益。"这地方不是用现在时写的么？这意思是说：这件事在将来也是这样的，是不是？所以啊，我啊，大家都得意洋洋地认为：还是实践第一，列宁没能够写下去，是由于十月革命的关系，我却不以为然。这是一九一七年十一月三十日的事。分明地写着日期。从二十四日晚上起事的时候开始，过了三十五天，才这样写。所以啊，我自己虽然说得不明白，然而主张现在是实践的时候的朋友们啊，我倒是想问问他们：究竟有没有过所谓不是实践的时候？这是一点……"

末次应一声"嗯"，满座的人不由地大家应一声"嗯"。这期间从"贫民救济社"来的学生继续说下去：

"其次还有一点，这一点更加含糊。我自己也不懂得。并且我觉得考虑这样的事情是不大对头的。这就是，这里不是写着的么：写这文章的时候，是一九一七年八月九日。对不对？在序言中说开始写是在八月里。总之，列宁是在一千九百一十七年的八月和九月中写《国家与革命》的。这是确实的。可是，你瞧，他不是在七月初逃出彼得堡么？不是躲避了么？七月、八月、九月，他都躲避着。到了十月初，他非合法地回到了彼得堡。我记不得是哪一天了，只记得逃走的日子和回来的日子是同一个日子。所以他离开彼得堡足足三个月。这三个月中，两个月写《国家与革命》。所以啊,列宁啊,虽然说十月革命前夜的政治危机妨碍了他不能写下去啊,其实正是在前夜、在政治危机的顶点上写这册书的。这是前夜的、政治危机的革命的反映。我这样想。所以啊……”他说到这里停止了,然后,仿佛精神委顿了似地放低了声音继续说:“我在想:所谓布尔什维克是怎样的呢?又想:这有多么伟大呢?这当然是列宁个人写的,但同时也是组织上叫他用组织的名义写的吧?七月的武装示威运动之后,形势危险起来,他就逃出去了,所以形势沸腾了吧?好像锅子已经在火上煮了。在这期间,作为一种任务而叫他写《马克思主义关于国家的学说与无产阶级在革命中的任务》……”

“喂,研究会还没有开完么?”集体宿舍里有一个人在外面问。大概他在那里等候告一段落吧。

“开完了,已经开完了。”末次回答。

“开完了,回去吧。已经不早了呢……”

“烟灰好好地收拾一下!”接着有人这样叫。大家就收拾清楚,走出房间,到饭厅里去了。

“开得这么长久,搞些什么?”

“嗯,呃……”

有的人在商量什么事情,有的人在喝冲淡了的茶。这期间安吉伸一伸腰,想道:“这家伙不知道从什么地方看到,连这些都知道的?几月里做什么,我是一点也不知道……”

“喂,迟得很了呢。市内电车已经没有了。”

这里像工作完毕后的一群青年小伙子那样嘈杂;这不是一个有中心主题的研究会,却有一种日常见面的同人们或者集体宿舍里的伙伴们的亲睦会谈的空气;但是新加入的安吉在这里面反而觉得难于接近。有些人正在走向门口去,安吉夹在他们里面,也走到门口,穿上皮鞋。他在结皮鞋带的时候,眼前浮现出土块社的同人们的面貌来。如果在那边,如果时间这么迟了,就会有人留安吉住宿,结果总是住宿的。那种自由散漫的作风,在这里是没有的。这边的人精神抖擞地吵闹,然而一下子就结束。安吉所依恋的,倒不是研究会本身,却是开会之后的漫谈和那种气氛。但在这里完全没有人对这些感兴味。这里的人并不是没有这种欲望,只是到了接近于散漫的时候立刻巧妙地制止。他们大概是已经习惯了。安吉也想学习这种作风,又预感到学成了的时候的一种轻微的不安……

安吉经常通过蓝染桥爬上坡去的,现在却从八重垣向根津爬上去,一面想:"那个家伙毕竟是有文学气味的人,甚至异常喜欢考证,这大概也是文学气味吧?……我并不是说要超越规定的解释以上,把写着的东西东拼西凑地结合起来,捏造出某种形象来,才算是文学……路还是不方便。乘电车完全没有用。"

这时候安吉还住在小石川的金富町。从传通院前向江户川大曲方面低下去的地方,就是金富町。在离开电车路稍远的地方,有一所像乡村的登记所那样的屋子,这就是他们的若越义塾。安吉为了进大学,初到东京的时候,曾经借宿在驹达神明町一家酒店的楼上。因为这酒店是他的两个年轻的堂兄弟开在这里的。安吉住在这里,对于本乡附近一带的风俗有几分熟悉了。不久这酒店迁到了本所绿町。安吉也跟着迁过去。安吉住在那里,对大地震时烧光了的本所的风俗也有几分熟悉了:他们住在寸草不生的地方,铅色天空底下,每当夏天赤痢盛行的时候,金枪鱼突然跌价,大家买来吃。他在那里住了不多时,年龄较大的堂兄弟娶亲了。他有时在田端的鹤来那里谈到夜深,鹤来留他住宿,他一定要回家,就步行很远的一段路,回到这里来住宿。安吉曾经另外找寻寓所,然而很不容易找到。他父亲每月汇给他四十元,作为一个大学生,他不算很穷;然而要租寓所,还谈不到。这时候堂兄娶了老婆。逼不得已,他向若越义塾商量。他以为总是不成功的,却意外顺利地成功了。这地方到本乡也不远。步行十分钟就够了……

这地点是便利的,然而又是不便利的。匆匆忙忙地跑到清水町集体宿舍去开研究会的时候,无论时间何等急迫,也无法利用电车。电车的路线,无论是从神明町到上野山下的路线,或者从驹达桥到神田方面的路线,或者从巢鸭到春日町去的路线,都和从谷中清水町通到江户川大曲的路线成斜交关系。只有一条:从本乡三丁目经过传通院向大冢去的一条路线,勉强可以利用;这条路线在方向上不能说不相符,然而从路线全体看来,还是谈不上方便的。方向虽然相符,然而电车路线离开得相当远,并且只有一小段路是通车的。电车的这种路线关系,用暧昧的形式来向安吉暗示着一幅人生的路线关系图。从小学到中学,有些穷人家的孩子也能找到受教育的路径。从一个职业找到另一个职业,而追求生活的幸福,在法律上也是许可的。男的和女的萍水相逢,发生恋爱,过结婚生活,生出子女来,生出孙子来,度着安闲的老年期,这路线也不是没有的。而且听凭所有的人来利用这种路线。虽然如此,但是也有想利用各种路线而不能利用的生活区域、人的条件和状态。人们对这种人表示同情,然而碰到的时候也只有爱莫能助。这决不是本人的过失。结合谷中清水町和传通院金富町的路线,正是如此。然而,搭方向不对的电车,二次三次地换车,费尽周折地乘了并不很长的路程,总算没有用脚而已,这当然是元气旺盛的安吉所不耐烦的。安吉就步行前往。他向着传通院的正面中央的门,爬上一个广阔的坡,绕过这寺院围墙旁边的蜿蜒的窄坡道,下降到八千代町、户崎町的贫民街洼地,多少不大讲理地穿过某小寺院的境内,在那里看定方向,在通向丸山町方向的屋敷町高地的许多斜坡中选定一个而爬上去,走到了追分的大街上,然后走下大学和第一高等学校之间的陡坡,来到蓝染桥的派出所的地方,穿过电车路,再爬上善光寺的宽广的石板坡。步行这路线,即使是隆冬时候也会出汗;安吉感到肉体上的一种乐趣。

还有一点:这义塾中的生活使安吉感到不快。因为不快,所以他走出义塾的时候,仿佛想用后脚来把塾门踢掉。从外面回来的时候,仿佛身入敌阵那样警惕地走进去。安吉知道这样的学塾,现在各地方都还留着。从前,有一个四国松山藩族的学塾,内藤鸣雪[1]在那里担任舍监之类的职务。据说:子规[2]曾经在这里面住过,这个大学生举止非常粗暴,然而鸣雪宽容他。传通院后面,现在有一个很大的学塾,是和石川县有关系的。这种学塾各自和各个县份建立关系,但它们的成立以及其他情况,安吉都不知道。也许是和县里的育英会之类的机关有关系的。但是安吉总觉得这种学塾对旧时的藩族的关系似乎没有切断,因此感到讨厌。若越义塾里也存在着也许不是这样的、然而令人感到是这样的东西,因此他不能不憎恨它。

在这所煞风景的建筑物中,有两间二层楼房屋,前面用走廊连络着。这是福井县出身的专门学校学生和大学生等所住的房间。每一个房间里住两个人。和这房屋相连接的是一个食堂,食堂前面是客厅和正门间。食堂楼上是一个大厅,食堂旁边有厨房和厨子的房间。从厨房的一

---

〔1〕 内藤鸣雪(1847—1926),曾担任学塾舍监,后向子规学习,成了俳句诗人。
〔2〕 即正冈子规(1868—1902),日本有名的俳句诗人。

端筑出一条狭小的走廊,这走廊通向一所住宅建筑,便是义塾的监督泉文学博士的家。这走廊所通到的地方当然是泉家的后门,这人家的正门的方向则和义塾的大门的方向成直角关系。走进院子门一直向前,是义塾的正门。走进院子门右转弯,便是泉教授住宅的正门。泉教授由于什么因缘而以监督的身份住在这个可能不必出租金的住宅里,安吉是不知道的。泉博士的学问上的成就如何,他也不知道。安吉并不认为自己对泉教授的观感是十分公正的。然而他的心情中有一个地方,认为他对泉的嫌恶是合理的。

义塾里的学生们有一种初步的自治制度。容许安吉参加这集团的,主要的是泉教授。在这点上泉对安吉是有恩德的。那么为什么嫌恶他呢? 这不过是为了一些小事而已。有一次泉在大厅里的集会上,讲述有关学生思想活动的感想。他的话巧妙地转弯抹角,然而几乎没有触及学生思想活动本身,却提到了工人纠纷的话。他拿新潟铁工厂的罢工作为材料而讲述。这工厂里发生了纠纷。这公司里有一个泉所认识的人,采用豁达大度的办法来使劳资双方都获得了满足。安吉只知道新潟铁工厂这个名字而已,然而他听了十分愤怒。他认为这个居中调停的家伙是一个恶徒。劳资双方都能满足么? 他感觉到:这里有的只是从无力、无知、无经验,被自古以来累积下来的习俗所完全束缚的状态而来的、工人的凄惨的忍泣吞声。

泉专门研究日本中世史。义塾的客厅里有一个文库,那里的书架上有泉的两册著作。一册里所讲的是"建武的中兴"的事,另一册里是借山崎暗斋[1]来结合日本皇室和寺院的关系。安吉曾经浏览过这两册书,

---

〔1〕 山崎暗斋(1618—1682),日本江户前期的儒者。

但他不知道在学问上是否正确。因为他既没有判断的标准，也没有历史知识。然而他只觉得泉博士在学问上似乎是不能赞许的人物。在安吉的观感中——这还没有达到可称为"想"的程度——觉得一个学者在肯定的立场上论述"建武的中兴"，只此一点便是学问上的冒渎了。把日本的皇室和寺院的亲近关系当作一件可庆的事来处理，只此一点就应该是人道上所不容许的了。

倘说安吉这种看法是由于被大学生们的社会科学运动所吸引而来的，是被新人会的活动所吸引而来的，那是不对的，至少在安吉心中完全没有这种想法。安吉到现在还不知道县和这个塾的基本关系；而且和本来的福井藩族乃至现存的当伯爵的松平有没有关系，竟也不知道。但是泉有一次曾经称呼松平为松平先生，而且在他的语气之中表示这不是泉个人的情感问题，而希望住宿在这里的安吉等一班学生都采用这称呼。安吉在乡村的小学校里毕业之后，到福井市去进中学校；这时候他听见福井的中学生称松平为松平先生，曾经觉得可笑。当时他虽然是一个小孩子，但是不久也就体会到：这是因为松平住在福井市内，所以对市民有相互的情感，加之从前的领主对领民关系的遗风还保留着的缘故。这和安吉这班人的乡村生活的确是全然不同的。

在安吉的村子里，到了冬天，编起稻草活儿来了。少年、青年、父亲们都集中在村中各处的工作小舍里，编草屐，打草鞋，织草袋，织席，搓绳，编草靴。这里有小槌子的声音，有织席的杼轴的钝重的声音，有清洁而干燥的新稻草的沙沙的摩擦声，椋子窗里射进来的光带中弥漫着稻草的微尘——善于挖苦的中年妇人们，满身染着这种微尘，夹在人丛中喋喋不休。安吉的祖父和父亲都不到这里来。安吉还是一个孩子，到这里来学习打稻草和搓绳，不多时，还学会了正式地打草鞋、编草屐。穿着庞大的无袖小棉袄的小安吉有一天走进这小舍里去,正当一阵哄笑声的末了。大概是有人说了一句和性有关的话吧。这时候安吉听见有一个人向另一个人这样问:"那末,丸冈家的老爷在东京做什么事呢?"

"你难道连这种事也不知道么?"一个老头儿的声音说。

"你说难道不知道,我是真个不知道呢。"

"他是在皇太子的宫殿里当差哩?"

"这个我也知道,"那个青年说,"他当然是在宫殿里,我要问的是他在宫殿里做什么事……"

"在宫殿里么?"老头儿说着,停顿一下,"糊纸窗是他的拿手好戏,他在宫殿里糊纸窗呀……"

哄堂大笑,但是安吉还是一个小孩子,并不觉得什么好笑。安吉具有前述那种看法,并不是由于长育在这种环境中的缘故;只是想把对旧领主的亲近之感强迫别人体会的态度,使安吉觉得难堪。安吉在心中把这件事和皇室关系联结起来,并无学问上的理由。"建武的中兴"?这样的定名,归根结蒂岂不是建立"万世一系"么?学者竟会做这样的事!……然而除此以外他不能作别的说明,就此对泉怀抱了嫌恶轻蔑的感情。此外又加上了一个门禁问题。

大约一个月之前,泉说:夜游的学生多起来了,须得规定一个门禁。以晚上八点钟为限吧。但是十点钟以前也还可以进来。十点钟关门。倘在十二点钟之后,门就不开了。大家作了些议论,都认为八点钟是有名无实的,让它挂挂名吧,就由多数表决承认了这门禁。其结果,安吉并非为了夜游,却违犯门禁最多。

"门禁?哪有这种愚蠢的事!倒并非争论时间的迟早;把关门时间规定起来,岂不是侮蔑人么?"

　　深夜唤起那个兼门房的厨师来开门的回数一多,安吉自己也觉得不好意思。然而,对于渐感兴味的研究会和集会,他并不想疏远。这些集会是一种科学,但在安吉本人看来又是一种艺术。"大家试想:清新横溢的思潮,曾经使得多少青年几乎废寝忘餐。"从前在书中读到过的这句话,浮现出在安吉脑际了。然而最近曾经有小偷钻进塾里来,这件事对于安吉是不利的。小偷是白天进来的;然而安吉的迟归,学生同伴们也觉得讨厌。今天晚上他又迟归,结果又将使得那个本来无关系的厨师老板娘讨厌了。……

　　"肚子饿了……"

　　安吉早就有这感觉。这是由于他不走蓝染桥,而从八重垣町爬上根津的缘故吧。但他并不意识到这些事,只是预想起白山街上的那爿中国面店。安吉从泽田家里出来,曾经吃一碗馄饨当晚餐。后来他又吃了一盆烧卖,身边只剩下一点电车钱。他是决心不乘电车的,然而还是把车钱留起来。现在安吉知道裤子袋里只剩下一个一角铜币。白山和看町之间,夹在两条电车路中间的像鼓身那样突出的街上,一定有一家小摊子在那里发散蓬蓬勃勃的水蒸气……

　　根津的石子很多的坡道,早已走过了。那所不知什么名称的药学专门学校所在的地方,也已经走过了。他不慌不忙地走着并不认识而似乎觉得不错的道路,来到了本乡的电车路上,便低着头急急忙忙地向目标所在的街上走去。

　　他拐一个弯,走到了那像鼓身一样突出的街道上。那家小摊子还在发散水蒸气,点着灯火。两条电车路上都空空如也,在安吉所能看到的范围内,一个行人也没有。小铺子旁边的弄堂里,除了这小摊子的侧面以外全都漆黑,全都睡着了。这小摊子一部分突出在街道中央。水蒸气白茫茫地弥漫在灯光所及的范围内,逐渐地消失在黑暗中。小铺子里的老头儿用团扇扇炉灶,发出轻微的声音。这小铺子全部构造得非常简陋,然而很有生气。把面孔伸进水蒸气的温暖的幕中,有一种快感。安吉就走进这幕中去。

"嗳,里面请坐。"

"给我下一碗面……"

看他做面,安吉常常觉得很有趣味。把一个用杉叶作塞子的瓶倒过来,就有酱油滴在一只大碗里。把一根葱对剖开,然后横过来切碎。把面放在一只粗孔的竹篓里,把竹篓沉在锅子里,立刻拿出来,抖动一下,让开水都流出,面就做好了。然后从后面一只小抽斗里拿出些刮好了的干松鱼末来,撒在面上;再从另一只小抽斗里拿出些切碎的烧海苔来,放在上面;再用一双木筷子从另一只器皿里夹些像笋一样的茶色的东西来,放在面里;然后拿一块边上染红的烧猪肉来,放在一块像小孩子过家家时用的小板上,用刀削下一两片来,放在面里——有肉的和没有肉的,价格上是一角五分和一角的区别——再用木筷子把碗里的面搂一搂松,拿起一个洋铁罐子来在面上添些辣椒粉,然后说着"对不起,劳您等久了……"把一碗面送过来——水蒸气里面演出着这样的一幕。

安吉用左手接了说着"对不起,劳您等久了"而送过来的面,把右手里的一双木筷拿到嘴边来,用牙齿咬住了把它劈开来的时候,忽然不安起来。这么说来,刚才他心不在焉地看着的时候,心里曾想过:"啊,这是有猪肉的啊……"

"老伯伯,这是一毛钱的么?"安吉让面碗停留在中途,开口问。

"不,这是一毛五分的。"

"噢……"

"就让这肚子饿到明天吃早饭的时候吧!"刹那间安吉的头脑里闪出这个念头,他把面碗放在柜子角上了。

"我身边只有一毛钱呢。"

"不要紧,没有关系。请您吃吧。"

"这样么?"安吉嘴里不期地说出,"那么,你请客了。我明天补来。"

"不消,没有关系。不补来也不要紧。我请客。"

"这样么? 那么我吃了。"

安吉感到幸福.他并不觉得使对方为难,就把面吃了,道过谢,走出去了。

他从白山的高地上朝柳町方向一溜烟跑下去了。他经过这里面的一个不知叫什么名字的大印刷厂。在派出所旁边斜向地转一个弯,向前走去。他左躲右闪地穿过尘土一向很大的洼地里的巷子。到了传通院旁边的高坡的地方,安吉鼓起劲儿来,怀着攀登一般的勇气爬上坡。再从传通院前的车站的地方走下一个宽广的坡道,向右转弯,放松了脚步,走近义塾门口去。

门关着。安吉按一按铃,等了一会。里面没有回音,也没有出来开门的声音。他再按一次铃,把耳朵贴在柱子上了。一点声音也没有。他第三次按铃,也没有效用。他踌躇了一会之后,结果伸出手来在大门上的小门的板上敲几下。然而也听不见一点声音。

"怎么办呢?"他这样想,向四周张望。并不是想看什么东西。并不想看什么东西而又向四周张望,这件事给了他一种刺激。这回安吉使劲地敲小门的板。

泉家的正门那边吱的响了一声,大概是那里的正门开了。传来了木屐的声音。这木屐是男人的木屐,似乎不是那种狭小的而是一种阔大的木屐。木屐声在小门的那面停止了。

"是谁?"

"何必问是谁呢?"安吉这样想,然而立刻回答:"片口。"

"迟得很了。对不起啊。"他又加了这两句。

"是片口君么?"泉继续说,然而完全没有即将开小门似的声音。"你知道现在是几点钟了?"

几点钟了,安吉不知道。他没有表。

"几点钟了,我不大晓得……"安吉回答的时候,觉得老实回答仿佛是使自己陷入了窘境。

"一点半了呢。"只听见这话声。

安吉心里卜卜地跳着,说一声"啊……"

安吉想:"到底开不开?"

"现在就来开。不过先要请你订一个约,行不行?"

"订什么约?"

"从今以后,绝对不再迟回来……"

"所谓迟回来,是几点钟呢?"

"我知道你的情形,所以特别看待。零时半为止吧。请你不要对别人说。"

还听不到解开门上的钩子的声音。

安吉觉得仿佛受了辱。在哪一点上受辱,却不知道。大概是在被授与特权这一点上受辱吧……还有,这种订约,有怎样的拘束力呢? 就拿那一次的订约来说,不是也姑且假定为只遵守一次的订约么?

安吉忽然想起了泉的年龄。泉年纪很轻的时候就取得了学位,这在文化领域中是难得的。他只比二十五岁的安吉大六岁。他的脸色晰白而清秀,如果穿上日本式的衣衫裙裤就显得满像样的,是这么一种类型的青年。

安吉向四周看看,然而不能把小门踢破。他不是有气力的人。他对于他的脚没有自信力。

"好,搬出去吧。"他下了决心,就回答说:"我就订约。"

"真的订约么?"

"我不是说过我就订约么?"安吉正想说这句话,忽然又抑制了。他再说一遍:"我就订约。"

小门开了。

安吉想自己这样做一定显得怪卑鄙的,然而不屑面对面地看泉。这是不成体统的一件事。泉引导安吉走向他自己家的正门方向去。安吉走进他家,又被引导到他家后门方向的一间铺地板的房间里,再摸索地从一扇开着的门里走进那条通向义塾厨房的走廊里,开开了义塾厨房的门,走了进去。安吉就听见背后的门关上和闩好了的声音。

"令人作呕……"

这句话使安吉回想起了下面这件事的全部情况。

在第二学生休息室里的新人会新生欢迎会上,安吉参与在青年们的朝气蓬勃的应酬中(他们半开玩笑地说:他们并不是来进东京帝国大学的,却是到新人会来学习的。对于像安吉这样到了二三年级才入会的人来说,这话倒是正确的),他觉得有两三个新生所说的话是难堪的。

"现在我们的任务,不是研究无产阶级的理论,实在必须是体验无产阶级的感情……"

安吉暂时忍耐一下之后,就避人眼目,从会场中溜了出去。"令人作呕……"这句话,是他住在堂兄的酒店里的时候学来的。但是他觉得,要是挑这些新生的毛病,一定会在理论上输给他们,因此安吉对说这种话的新生更加感到不愉快了。

"这一次以后,我就拿了那部《海涅全集》,同了平井——平田的平井——到当铺里去把它当一当,就搬出了义塾。这便是进集体宿舍的直接的开端……"

安吉抬起眼睛来,仿佛想排除对刚才那个个子很高、年纪很轻而腰身挺起来的女人的记忆,以及对于那种令人作呕的雄辩的讨厌的记忆。安吉看到了走进正门来的平井,立刻高兴起来,自言自语地说:"来了,来了……"

"平井这家伙,又把欢迎会忘记了……他大概又会把几根手指贴在面颊上,说一声'糟糕!'而撅起嘴巴来吧。请看他那张髭须蓬松的嘴。这蓬松的髭须一年四季总是这么长短,怎么会这样的呢?"

安吉看看平井的步态,知道他大概还没有注意到安吉。他就仿佛布置了圈套而躲着偷看的样子,忍着笑等候他。

三

平井和安吉并排走向文学院的教室方向去。有许多人赶过了他们往前走。这些摩肩而过的人之中,也有几个只和平井打招呼而为安吉所完全不认识的。日影长起来了,不知道现在是几点钟,但见有好几个教室里似乎还在继续讲课。整个大学范围内,有一种蓬勃抽芽的树林一般的感觉,正在进行大规模的重新建筑,爆裂似的声音在高处呼应似地响着。有两个女子旁听生从某处的教室里走出来,两个人相貌都很漂亮,她们向个子比她们高的平井和安吉轻蔑似地看了一眼,就转向铁门方向去了。平井无意识地对她们避开些，走了过去，依旧用那种声音来唠唠叨叨地继续以前的话。

"所以，照我的情况，今年如果不毕业，越发糟糕了……"

"越发"这两个字，平井说的时候表示出"决定性的"意味。

"我俩这里幸而有田中先生那些人，所以在翻译上有点儿便利。这和你们的德国文学不同……"

平井读的法国文学科。这里面以一个姓田中的教授为中心，造成着一种和德国文学科及英国文学科都不同的空气。德国文学科是官僚气的，英国文学科是师范学校式的，和这两者比较起来，法国文学科的空气似乎是艺术的，又是新闻记者式的，甚至再加上家族味的。无论平井、平田，或是最近入会的森，说起"田中先生"的时候，都用含有敬意的亲切的语调。

"不过，不是已经拖延了一年了么？外加父亲病倒在床上，旁人对我不会没有话呢。父亲一向是替我辩护的。现在没有辩护的余地了。首先是气力衰弱，身体支持不住了。所以，这阵子那个讨厌的家伙演说些什么'现在我们不是可以研究无产阶级的理论……而是应该体验感情的时候了'，我也不再生气了……"

听了这话，安吉觉得：他所以不想进马克思主义艺术会、暂时不出席定期研究会，以及不再作太田常常称赞为明朗的那种含有"唉……"这感叹词的诗，大概和这情况有关系吧。同时，"我这一次也非毕业不可……"的念头，和还差十六个学分的念头，一起在安吉的头脑的一角里掠过。

"因此，我想我还是搞语言学吧。"

据平井说，外国语这东西，把法语作为语言来研究这件事，特别是对日本人,似乎还留着非常广大的领域。尤其是从社会、历史的立场上研究,在日本人几乎可说完全不曾开拓。平井似乎想把过去各种集会上的活动体现在这一点上。但是讲到这些事情,在安吉看来到底是难于了解的问题。安吉认为外国语这东西很棘手,直到现在他还感到头痛。此外他又想:理由是后来附上去的,首先大概是因为平井没有了朝气。相反的,他认为平井这行径正是稳健的走法;又觉得一向不注意这些事情的他自己,也许是轻率的。然而要由此再进一步,不管它有几分苛刻,而解剖开来质问平井,安吉没有这勇气。

"平井并不是要和我商谈,他是向我叙述这种心情吧。无论怎样,作为一个新人会会员而怀着这样的心情,在原则上是否正当,这一点还是暂时不问为是。"

然而他又觉得,这似乎是对平井不亲切的冷淡行为。据安吉所知,虽然太田跟他们很亲近,然而有些会员对常常失约的平井更感到亲切。平井不能敏捷地看出新人会的方向和自己个人的方向之间的一致点,而常常露出个人的缺点来。和他半斤八两的安吉岂不是应该加以干涉、把事情的原委问个明白么? 安吉就似乎是要把负疚的心情排遣开一般,把他常常并称为"平井、平田"的伙伴平田的姓名提出来,探问平井:"那么你对平田说过么?"

"不,还没有说……"平井用斩钉截铁的语调这样说,同时略微停止脚步,向安吉看看。

"我又想不对他说。平田在做可爱的事呢……"

这样说来,安吉想起平田这阵子也不大露面了。不久以前安吉已经知道,平田和平井分居了,然而两人之间发生了什么新事件呢?

"他的恋人出来了,从新潟来的。他们已经开始过着同居生活了。

对于他们的恋爱,当然没有话可说。可是这不是一个好女人。是不好的。我了解平田,所以说这话。不过我不是说这女人不好,是说他们配合得不好。"

正因为是这种性质的问题,所以平井似乎也不想管他。然而据说:每逢平井隐约提及这件事,平田就故意逃避回答,这使得平井不快。倘使平田和平井冲突起来,倒是好的。倘使坦白地说:这女人虽然不好,但是没有办法,请你原谅,倒也是好的。然而他几乎是表示:你不要管这个问题而且用冷淡的方法转弯抹角地想让平井领会这一点。平田这态度使平井觉得难于忍受。再则:平井不向社会运动方面突飞猛进,而向旁边退开一步,打算从事他自己所不擅长的语言学研究;这时候如果有最好的伴侣平田出来作他的商谈对手,自然是适得其时,因此平井更加感到苦闷。平田在关于恋人的重要问题上完全不让平井过问,要平井对此事视若无睹,那么平井去同他商谈其他的事,难道是可能的么? 如果这样做,岂非对平田和对平井自己都是侮辱么?

"所以,在我看来,平田的生活也是可担心的。可是,他用这种态度来对付我,而我还要担心他的生活,就不相称了,是愚蠢的了,是多事的了。我呢,只要在毕业之后把借款归还就成。然而平田这家伙目前很困难呢。他好像还在担任什么内容并不好的作品的翻译工作。似乎也不能跟田中先生商量。这是怎么一回事呢?"

两个人即将从临时药局旁边走向德国文学科的临时教室方向去了。树林的顶上映着太阳光,然而临时教室的下部和路面上渐渐地暗起来了。德国文学科教室的正前方,略微靠近路边的地方,停着一辆黑漆的轿型汽车。有一个服装朴素而整洁的中年男子,一手搭在车门上,恭恭敬敬地弯着腰,低着头。不知什么缘故,望去可以显然看出这男子是没有髭须的。另有一个穿制服的大学生走近汽车来,想要乘进车子里去,然而犹豫不决,突然回头向后面看看,好像在找一个人的样子。这个大学生手臂里夹着一个像包袱似的东西,体态比普通人小巧,面色有几分苍白,全身带着一种贫寒孤寂的神气。他回转头去,似乎看不到他所要找的人。大约过了一秒钟,就钻进车子里去了。那个中年男子跟着他钻进车子里。从这个大学生弯着身子钻进车子里去时的后影来看,令人怀疑究竟有没有那么一个他回过头去想找的人。车门关了,大概是那个中年男子从里面拉上的。于是这辆汽车就和外界隔绝,向那面疾驰而去了。

"哈哈……这辆车子倒不须司机拿一根铁棒来插在车头上,格拉格拉地摇得满身是汗。这叫作自动开动机。也许是叫作装着自动开动机吧?"

安吉说过之后自己想:"我这些知识不知道是从哪里学来的。"同时又说:"这是村田亲王呀。"

"村田亲王? 这种人也到大学里来么?"

"也来的。"

"村田亲王……有这么个亲王么?"

"有的。我也不大知道……不过,你完全不知道么?"

"不知道……"

比安吉在大学里多念了一年书的平井,比较起对这种事情知道得太少而常被人取笑的安吉来,消息更加不灵通,这一点使安吉觉得有趣。"这个亲王啊……"安吉就一边走路,一边把他所知道的全部讲给平井听。

去年年初——所以是一年前的事了——安吉曾经一连两三次到教

室里去听课。这教室是火烧之后临时搭起来的,粗陋得很,三四十个人一走进去就人满了。桌子和椅子连在一起,拿着椅子背,就可以把桌子简单地翻过来,像小学校里那样,按照人数排列着。紧贴着这些桌椅,有一个约五寸高的讲台。讲台后面挂着一块黑板,也同山乡小学校里的一样。讲台和桌椅的行列相紧接,第一排上如果有一个学生突然站起身来,简直可以和教授相冲突,这教室窄小到这地步。这建筑物——实在不能称为建筑物——完全没有入口和入口的台阶,学生可以在路上突然地走进教室里来。下雨的日子,他们就在入口处——人都从这地方走进来,因此这里还是可称为入口——把皮鞋底上的泥在一块板上擦掉,然后走向课桌那里去。教授也这样地走上讲台去。建筑工事中的爆发似的声音,不断地妨碍教授的讲课。上面没有天花板,抬起头来就望见木条子上的铅皮屋顶。大粒的雨点落下来的时候,铅皮上发出可怕的噪音。教室里本来没有规定哪张桌子是谁用的。虽然交了听课申请书,然而照规章上课的学生有没有,是另一回事,所以学生可以随意坐在任何一个椅子上。安吉想听冈教授讲克莱斯特[1],所以在学年开始的时候就来上课。

安吉知道克莱斯特的名字和冈教授的名字,是在金泽的高等学校里的时候。德语教科书里选载着克莱斯特的文选。那时候教师关于这个人对学生讲这样的话:

"克莱斯特的文章,就像大家所看到的样子,是破格的。有些地方在文法上竟不能说没有错误。然而文章真好! 这就是所谓'刚毅木讷近

---

〔1〕 克莱斯特(1777—1811),德国剧作家和小说家。

仁'〔1〕啊……"

　　安吉不知道什么地方是"就像大家所看到的样子"。文法上的错误,他当然不知道。然而他听了教师的话,不由地觉得仿佛是破格的,很感兴味。不由地觉得像"刚毅木讷近仁"那样地超脱起来。不久之后,安吉在街上一家旧书店里找到了一册这个冈昌吉所著的《歌德和克莱斯特》。略微读了一些,便独自缩一缩颈子笑起来,心里想:"哦,原来这倒更'近仁'一些……"这感觉并不是虚伪的。然而他没有读过歌德的作品,也没有读过克莱斯特的作品。安吉背着人,独自欣赏冈昌吉的写法,觉得高兴而笑起来。

　　冈教授照例从那个入口走进来,绕过坐着的学生的背后,走上讲台。这个人个子很矮,像一只英国产的扁嘴大狗。看相貌是很会喝酒的。他的脸赭黑色,戴着一架金丝边眼镜,嘴唇很厚,下面是突出的下颚,再下面是翘出在西装背心外面的胭脂色的漂亮的领带。上衣的钮扣没有扣上,所以背心下边和裤子上边之间可以隐约看见肚子上挤出来的白衬衫。裤子上没有折纹,好像两段胴体。从讲台上的讲桌的一端可以望见裤子底下的一双上等皮鞋。安吉看看这个人,心里想:"这眼镜的脚上一定生锈了……"他喜欢冈这个人。

　　冈教授不管学生理解不理解,自以为是地信口讲下去,有时插进一个过门"嗳嗨嗨……"。冈教授叫了一声"嗳嗨嗨……",接着学生中间就发出"噢呵呵……"的笑声。然而安吉既不懂得冈教授为什么"嗳嗨嗨……"地叫,也不懂得学生们为什么"噢呵呵……"地笑。

　　忽然冈教授从黑板和讲桌之间的狭弄里走向一旁,在讲台的一端跨

---

〔1〕《论语·子路》里的话。

了两步。这时候冈教授说些什么,安吉没听清楚。但见他的侧面颜色更加黑了——从侧面看,越发像英国产的扁嘴大狗了——他忽然一个膝盖跪了下去。

安吉吓了一跳。脚气冲心、中风发作等念头闪过他的脑际。然而冈教授又站起来了,他就此向侧面站着。

"是这样的……"

冈教授说过之后,又把一个膝盖跪下去了。他就在这姿势中把两只手伸向眼前的板壁上,装出少年人表示爱慕的样子。在安吉还不知道他这是干什么的时候,又站了起来。然后回到讲台中央,转过身来向着了学生,用一只手拍拍膝盖,"嗳嗨嗨……"地笑笑。

"是这样的。照这样向贵妇人要求跳舞。嗳嗨嗨……"

安吉看见冈教授得意洋洋,仿佛要再来一次的样子,几乎感到吃惊。

"和他的写作完全不同呀!"

安吉曾经读过鸥外[1]的小说《送信人》。这篇文章里记述着德国巴伐利亚或者别处的宫廷舞会中的光景。他不能正确地记忆。但是,无论如何,那里出席的男子、女子、日本士官,绝不是像这个英国产扁嘴大狗那样的人。和奥培尔曼斯教授也不同……

"这才是真正的德国文学的学者吧?"

正好时间到了,安吉等大家纷纷地站起身来。四周发出一种生气蓬勃的嘈杂声。有些人在谈筑地小剧场的戏票,拿出来分配。有些人在商谈同人杂志社集会的问题。有些人正在集合四五个人来,准备到某目的地去。冈教授就在这些人中间挤了出去。然而没有一个人和安吉谈话。

---

〔1〕　即森鸥外(1862—1922),日本小说家、评论家。

安吉也不向任何人谈话。和他从同一高等学校出来而一起进大学的舟木,近来一直没露面。

"教授'嗳嗨嗨……'地叫,大家'噢呵呵……'地笑。可是跪下一个膝而说明的时候有人笑么?"

安吉回想着这些情况,慢慢腾腾地走出教室去。到哪里去呢?首先,是不是去?

这时候安吉看到一个瘦瘦的学生。这学生似乎也是没有伴侣的。不但没有伴侣,而且面孔上和眼光里一点也没有青年似的、大学生似的模样。这个人完全没有装腔作势的、夸耀的、野心的态度,也不表示聪明伶俐的、有什么认真目的的样子,只是隐隐约约地显出一种孤寂的表情。大概他并不是怀着某种孤寂的心情,只是不表示聪明伶俐、不装腔作势,其结果变成了孤寂。安吉看到他这样子,吃了一惊。这人引起了安吉的注意。

这学生也走得很慢,然而安吉走得更慢,因此他赶上了安吉。安吉无缘无故地目送他。这学生有两三次惊惊慌慌地到处看看,很像一个因为没有人同他玩而颓丧着的良家孩子。

突然一辆黑漆汽车飞速地开过来,在这学生面前停住了。这学生也站定了。汽车里走出一个服装整齐的中年男子来,站在车子旁边。他在车子外面用一只手搭住了开着的车门,向这学生鞠了一躬,随即低着头站着。这学生刚要走进车子里去,但又犹像不决了一会,向四周望望。然后表示死了心的样子,弯着身子钻进车子里去了。开门的男子跟着他钻进了车子里。关上了车门,车子就此开动,这并没引起大学范围的行人的注意,一溜烟开向外面去了。安吉向太田打听,才知道这是村田亲王的第二个儿子。

"真的么？可是他是皇族，不能进大学的。男的须得当军人呢。"

"的确是村田亲王。我是听太田说的。"

"嗯。那么，难道修改了法律么……不过皇族的儿子到这文学院来，大概是比较有才能的吧？也许是个怪人……"

安吉不懂得法律。所谓皇室典范，难道连进学校也一一规定么？然而安吉现在只是把他所见闻的情况告诉平井。村田亲王所专攻的，听说是历史什么的。他来听冈的讲课，似乎只是为了爱好而已。但安吉的出席听讲，只有学年开头的三四次，因此当然不能仅乎根据这几次而推论全部。只是安吉在这两三次中，看见只有村田亲王有固定的座位，觉得他怪可怜的。教室里的课桌，每排八张，一共五排，向着讲台布置着。这就是说，一共可放四十张。但是最前面的一排，不是八张而只放五张。因为如果放八张，那末第一张和第八张的人必须拼命地扭转身子来；为了避免这不方便，只放五张。村田亲王，在安吉出席的第一次和第二次的课上都坐在最前面一排的左端。安吉不是从学年最初就出席听讲的，所以不知道这亲王的最初的情况。然而总觉得他那张桌子的样子和旁的不同。安吉想来，大概是因为这个学生最初偶然坐了这地方，以后就谁也不坐到这地方去，所以这桌子就自然地变成了他的桌子。别的学生都到处随便乱坐。如果两个熟朋友中间插进了一两个人，只要说声："老兄，对不起，让我坐在这里好么？"就互相调换座位。如果对村田亲王说一声"让我坐在这里好么？"他未始不肯让你，因为这是教室里的空气所使然的。然而谁也不向他作这样的要求。这是最前面一排最左端的一个座位，不大有这个必要，也是一个原因。然而安吉觉得：学生们无论有所请托或者无所请托，只要没有必要，都不愿意和他谈话。并非积极地主张不和他谈话。当然也不是故意为难他。如果他对别人说"让我坐在这里好么?"别人一定立刻让他坐。因为这样,村田亲王的桌子无形中变成了固定的位置,而在安吉看来似乎这桌子是分配给他的,而他又老老实实地接受了这种分配。

学生都在教室里做笔记。一行笔记也不做的人,除安吉之外还有几个人,但一般以做笔记为原则。每次都有因为讲得太快,来不及做笔记而感到为难的学生。然而安吉看到有一点可笑的地方。他注意到:村田亲王做笔记的时候——安吉只在冈的课上看到——教授讲课的速度似乎随时伸缩,务使村田亲王的笔记速度和冈的讲话速度相配合。教授那张英国产扁嘴大狗似的嘴巴滔滔不绝地讲下去。学生们专心一意地低着头做笔记。安吉知道一般情况是这样:讲课讲到文章告一段落的地方停顿一下。笔记跟着讲话而逐步进行,学生马上就能够敏感地觉察到这一段已经完了。连那些记录得慢、赶不上讲话因而有些焦急的学生也能清清楚楚地感觉到这一点。然而教授不管他们,继续讲其次一段文章。赶不上的学生只得撇下没有记完的前段——他们准备后来向别人请教而补足它——急急忙忙地记录下一段文章。一般情况是这样的,但在这课上略微有些变更:讲课到了告一段落的时间,这个学生就猛然抬起头来看教授的面孔。倘使讲到了告一段落的地方,而这个学生还不抬起头来,这就证明他还没有记完;他要略迟片刻才抬起头来。安吉感觉到:不知道从什么时候起,这个英国产扁嘴大狗似的冈教授的口授速度,开始和这个学生的抬头相呼应。他以村田亲王为标准,村田亲王抬头向他一看,他就进入下一段文章去。有时候,这个学生在口授的中途抬起头来。于是冈教授就配合着,把话重说一遍,使他的笔记获得便利。

"米哈埃尔·科尔哈斯这个人,是一个十足的顽固伯乐[1]。所以他……"

这时候冈教授看见这个学生猛然抬起头来,他就插进几句话:"顽固伯乐,就是一个非常顽固的、买卖马匹的商人,是这个意思……"然后继续讲下去。安吉觉得:冈教授完全没有由于对村田亲王的畏敬之念而来的态度。只是因为这是从学习院高等科偶然到帝国大学文学院来的青年,而冈教授天性具有一种"没办法,嗳嗨嗨……"的慈悲心情,所以对这青年自然地采取了这种态度吧。然而安吉又可以确切地想象:这不是一开始就如此的。在最初,这个学生抬起头来,冈教授不懂得这是什么意思——这种撒娇的孩子,在帝国大学里的懒惰学生中也是没有的——等冈教授一旦懂得了这一点,他就开始和这个学生相呼应,并且他也知道了这个学生是村田亲王,从此就养成了习惯。村田亲王的笔记能力——正确地说,是他率直地表现他的能力,而叫冈教授同他相呼应这一件事——结果对于懒惰的学生是有利的,安吉觉得这一点很有意思。而在另一方面,这一点在安吉心中养成了对冈教授的一种喜爱之情。

村田亲王这个学生,一点也没有傲慢的样子,也没有威仪堂皇和聪明伶俐的样子。相貌不是丑陋的,然而比较起一般学生来,似乎有贫寒之相。村田这家亲王人家,也许是比较贫寒的。在安吉看来,泽田丰彦的贵族气味比这皇族的次男要多得多。权威中交混着的一种羞怯之情、非时时刻刻洗手不能安心的那种洁癖、受了小小的欺骗或揶揄就忍耐不住的心情——这些情况,即使是泽田身上所看到的程度,在这青年身上也看不到。从容貌风采上说来,泉博士比较起这个青年来反而富有皇族

---

〔1〕 伯乐是中国古代善于相马的人。日本人称马贩子为伯乐。

神气。有时跨马扬鞭,有时又在兰花栽培会里当了名誉会长而在会上致词讲话,可是有时又忽然一变而去放荡胡行——这种勇气,在这青年身上无论如何也看不到。他既不能按照规则养成一个军人,又没有特殊的才能或刚愎自用的机智;也许他具有在皇族间可能被排斥的性情,父母感到困难,替他打算的结果,就把他送到大学文学院这种地方来,亦未可知。在这点上,这青年有他的好处。至少可能有好处。这个年轻的大学生,对这种刚一下课就被汽车接走的生活,即使感到吃不消,也无法发泄;他四下里看看,终于还是被关进车子里,载回家去。这个年轻的大学生,安吉几乎有一年不见了,今天又见到,依然觉得是可同情的生活的一个断片。

他同平井两人走出了铁门,又回过头来,绕着大学背后走去。这地方和从凿开的山脚到本乡三丁目的电车路不同,和从三丁目到追分去的赤门前、正门前的电车路也不同,和第一高等学校旁边向蓝染桥去的斜坡路也完全不同,这竟是后街里的一条细长的缓坡。东京帝国大学这个地区,使人感到像森林一样,在大地震的火灾之后正在建造房屋,到处发出工事的声音。正前方和右侧靠着电车路;左侧横着生气蓬勃的斜坡道;然而它的后面、背阴地方,围绕着这条几乎尽日无人通行而且连店屋也没有的小路,仿佛大学的背部是躲避了人世而隐藏在这里的。然而这里并非整天没有一个人通行。其证据是:他们两人一步一步地走下去的前方,在天色渐渐暗起来的地方,挂着一块纸烟店的红色招牌。

"片口对皇族们异常表示同情呢……"

安吉听来,平井这句话有些突如其来,有一种预想不到的刻毒的感觉。不但是对安吉刻毒,对于一向和刻毒无缘的平井本身,这话调也太不相称。

"你的思想,一般人学的气味太重了。"

"一般人学?人学?"安吉在心中摇头。他脑际浮现出一个念头:在高等学校的时候,安吉等碰到社会上不公正事件时,想说几句话,教师和大人们就这样地阻止他们:"得要多学习些社会学……多学习些人学……"

这仿佛只是教人再多学习些世间的惯例。这仿佛是说:世俗决不是这样单纯的东西;希望你再多多学习,务须习惯于追随世俗;希望你再成熟些……他们的语气中完全没有关于社会的学问、关于人的学问的"学"的感觉。平井所说的似乎是另一回事……此外,"人学"这个名词,安吉有生以来第一次听到。人——学……

"人学是什么呢?"安吉问道,口气中带着几分不满。

"人学?就是 anthropology〔1〕啊……"

他又想:"恐怕和 anthropology 有些不同吧?那是人类学,平井所说的,意思和这不同吧?"安吉正在踌躇,平井打断了他的想头,一边走路,一边继续说:"所谓皇族,作皇族这件事,本身就是可鄙贱的了。这是根本地可鄙贱的东西。即便有可以同情的地方,这同情必须和基本的鄙贱相结合,方才能够成为一个问题。这同情只不过是基本的鄙贱的派生部分。对不对?现在的摄政王,是正宫生出来的……"

平井刚才问的是什么事,安吉不懂。

"这就是说,他是正式的母亲,也就是正式的皇后肚里生出来的儿子。但是父亲,就是天皇,不是明治天皇的皇后肚里生出来的。那个明治天皇,不是孝明天皇的皇后肚里生出来的。还有,那个孝明天皇,不是

〔1〕 英语:"人类学"。

仁孝天皇的皇后肚里生出来的。那个仁孝天皇,也不是光格天皇的皇后所生的。那个光格天皇,不是后桃园……喂,老兄,你知道历代天皇的名字么?"

"不知道。开头的几个是知道的。神武,绥靖,安宁,懿德,孝昭,孝安,孝灵,孝元……"[1]

"胡说八道! 这些根本就不存在……总之,现在的摄政王,是正式的母亲所生的。他和我同年,这一点我是确实知道的。不过,现在的天皇之前,父亲、祖父、曾祖父,都……"平井继续说的时候,语调里仿佛含有一种从个人关系上发生的厌恶之情。他平生不善于讲话,因此讲得更加厌恶,在安吉听来,仿佛积怨爆发出来的模样。"几乎全部是小老婆生的。有所谓妃、所谓嫔、所谓女御、所谓中宫、所谓典侍、所谓局[2]……到底是哪里来的这许多名目! 天皇是父母,人民是子女,两者统一的原理是家族主义——说这话(在安吉听来,"说这话"三个字似乎是故意用卑鄙的语调来说的)的天皇本人,祖宗代代都是小老婆肚子里生出来的!这不是岂有此理么! 我的父亲,似乎曾经为了娶妾这件事感到苦闷。倒并不是为了历代传统,而是为了父亲自己的结婚生活的问题。这且不说,总之,日本的农民之中,祖宗代代都是小老婆生的人,一个也没有。片口……"平井说到这里,似乎受了什么刺激,一下子站定了,但立刻又开步,继续说下去,"上层的城市人,也许不是这样,但是日本的农民全都这样:倘使没有传宗接代的儿子,就赘个女婿。倘使儿子和女儿都没有,那么就领一个义子。单是为了要获得亲生的儿子,因此弄许多女人,要

---

〔1〕　传说中纪元前几百年间的日本天皇的年号。

〔2〕　宫中的妃嫔和女官的名称。

她们生儿子……祖宗代代都这样——这种情形,在农民之间是绝对没有的。现今的工人阶级也没有这种情形。他们真个没有后嗣的时候,就让家门断绝,但和富贵人家的家门断绝意义不同。不是家门断绝,是把'家'消灭,把自己也消灭。那个村田亲王,不是有了天皇才有的种子么?"

他们渐渐靠近纸烟店了。两人不声不响地走进纸烟店。不知什么时候电灯已经放光了。电灯底下,靠近门口的地方,坐着一个大约五十岁光景的、头发很长而脸色发青的男人。这个人嘴巴上和下巴上都生着胡须,坐在那里,一声不响,张开右手,把手掌伸到安吉面前。安吉把两个铜币放在这手掌里了,说一声"两包蝙蝠牌"。这个人站起身来,骨碌地向后一转,从他背后的玻璃橱里拿出两只青绿色的小盒子来,放在自己手掌里,又骨碌地回过身来,把这手掌伸到安吉面前。安吉觉得这不是把香烟递给他,而是把手掌递给他,略微感到不快。这个人看着安吉的眼睛。安吉尽力避免碰到他手掌上的肉,从他手掌上取了香烟,把一包递给了平井,两人默默地离开这纸烟店。

"七生社闹事的那一次不也是这样的么?"平井照旧继续讲下去。安吉虽然听着,然而无论如何不能摆脱那个纸烟店老板所给他的不快之感,所以心不在焉。最初告诉他这里有这家纸烟店的,是太田。是什么时候,已经记不起了。那时太田并没说这个人令人感到不快。很久以前,安吉曾经到这里来买过一次香烟。这一次之后,安吉就再也不想来了。首先是为了这条街没有走过的必要。安吉认为:下巴上生须,嘴巴上生须,长长的头发围着苍白的面孔,是由于从来不见太阳光的缘故,而不见太阳光是令人不快的;髭须和头发都漆黑,是令人不快的;不知什么理由、一声不响是令人不快的。他大概是在那里为什么事许愿吧?

但那算是强迫的吧？那算是用暴力硬逼着客人来买吧？"他的家属呢？……"——太田曾经说过他不是哑巴，他对家属说话的吧——安吉现在还记得，当他想到这里的时候曾体验到战栗似的一种感觉。这样的怪人的后面，有一种难以言状的、失掉人性的残废相，有一种毫无趣味的阴气沉沉的奇特的生活……安吉向平井摇摇头，表示不懂的样子。他仿佛被这件事所引诱，又想起了另一件事。

"所以大学是讨厌的……"

在大学里，不论是在大学范围之内，还是在大学周围的街道上，都附有一种非常可笑的类似特权的东西。安吉听说：医科的药局里有一个年老的传达员，这个人除了校长以外，对付所有的教授、副教授、医生、护士、病人，说话都像对付学徒一般傲慢无礼。大约半年前，为了社会医学研究会的事情，安吉和一个医科学生一同去访问某教授，曾经看到过这个老头儿。那时候觉得这个人答话的态度真同听人说的一样，一点也不夸张。安吉感到非常不愉快。这老头儿是医学院创办的时候就进来的，难道这就足以成为他用傲慢无礼的口气对跟他没有直接关系的人讲话的理由么？哪里能有这样的事呢？旁人都听其自然，仿佛认为他是一个"名人"，凭仗着传统势力，所以大家不当一回事。这老头儿自己也怀着这种意识。然而不由得使人想起：这里含有一种骄横之气，仿佛表示"这里是大学，所以有这样的人"。就像那个纸烟店老板，倘使不是住在大学后面，这家纸烟店一定早已破产了吧。正因为是大学，正因为是大学所在的本乡的街道，所以这样的人能够存在——这种意识在这一带地方散布着一种臭气。此外，这里面还含有官立大学的意义。还是住在金泽的时候，安吉和另外几个人都喝醉了，半夜里在街上东走西跑，大声叫喊。走到派出所的地方，故意狂奔起来，使得几个警察张皇失措。他们把竖在一家药店旁边的招牌扛到一家奈良酱菜店门前。镇上的居民对于学生们这种捣乱行为,相当地宽容。学生们得意了,他们在这里看出了"高等学校生活的好处"。安吉每逢回想起这些事情,只因自己并非没有经历这种生活,所以到现在还觉得身体里仿佛有虫子爬过似的在那里慢慢地蠢动,感到一种恶心。到了东京帝国大学一看,那种习气更加厉害,以更高级的形态发展着。安吉自己,到了旧书店门口之类的地方,也感觉到自己有这种习气。无论哪个人,都或多或少地受着这种习气的腐蚀。连新人会里也是这样的吧。刚才那个欢迎会上,那个才子毫不怕羞地说"我们现在应该体验无产阶级的感情……"等话——那时候安吉终于没有拍手——也是为此。这不是同样的习气么?……这是表面上采取尊重学问的形式,而内面隐隐地在继续发展着颓废的习气。以前,说出Aufstand这个词来的伊集院,也是鹿儿岛人,难道鹿儿岛人里面也有秉着这种气质的人么?大概性格上和这种颓废气有关联,也未可知。

"我并不是说皮鞋踏在手背上的那件事。"

"嗯。"

"那时候举母不是突然提出了皇室的问题么?这不是毫无关系的事么?不过……"平井用试探似的语调继续说,"关系是有的。"

平井所说的,是年底学生委员选举的事。有一班人根据楠木正成[1]说自己要"七次投胎、报效君国"的传说,办一个七生社。新人会是什么时候成立的,安吉不知道;七生社是什么时候成立的,安吉更加不知道。这一回他听到七生社和新人会相对抗而企图在学生委员选举中闹事的时候,更正确地说,他听到他们要用暴力来破坏正常的选举的时候,

---

[1]　楠木正成(1294—1336),日本后醍醐天皇时代的一个武将,后来战死。

只因他知道这社里有许多柔道[1]选手,所以向来对委员选举等事全不关心的他,也昂奋起来,到学生休息室里来参加预备会议。

当时的安吉,不知道新人会和七生社这两个团体为什么一定要在选举场上争执。现在他也不十分明白。安吉只知道问题是从宿舍问题和食堂问题上发生的。

大地震之后,东京物价昂贵,贫苦的大学生突然受到了威胁。住屋被毁而无家可归的大学生,为数不少;加之普遍的房荒,住在没有烧掉的公寓里的学生都被驱逐出去。安吉在金泽时所亲近的松山内藏太,在高等学校念书时没有留级,争先来到了东京,反而弄得不能维持,只得转学到京都大学去。大学自身在这点上也成问题。大学在校内办一个大食堂,使学生得到便利。食堂由学生自己经营。这食堂现在也还继续兴旺着。安吉等学生向号房里付了钱,拿到一张木制的饭票,然后从堆积在一只大木台上的食器中拿一个盘子和一个勺子,走到窗口,在那里取得了一大盘配合着什锦酱菜的咖喱饭,然后拿到中央的大桌子上去吃。吃过之后,再从那个茶壶里倒些粗茶——只有这东西是可以随便喝的——喝了一顿,然后把盘子和勺子拿去叠在对面的木台上。御用商人一向不绝地企图侵占这食堂的经营,最近特别厉害。再则,大学在学校范围内建造了一所临时学生宿舍,收容了住屋被烧毁的学生的一部分。学生们住在这鸽笼似的屋子里,每个房间五六个人,度着不方便的自炊生活。住过三四年之后,这鸽笼屋子渐渐破烂起来了。油漆剥落了的板壁脚边,穿着棉袍的大学生蹲着扇炭炉,是每天可以看到的光景。一方面,大学本身的重新建造,正在顺利迅速地进行。安田善次郎所捐赠的附有大

---

〔1〕　日本的一种武术。

自鸣钟的大礼堂,已经近于完成了。洛克菲勒所捐赠的漂亮的图书馆,也差不多完成了。为了实现计划,那鸽笼屋子非拆除不可。因为这本来是准备建造教室的地基。地基问题姑且不论,既然不拟另建正式的宿舍,那么这鸽笼屋子的修理,也就没有预先列入在营造科的计划中。自不必说,另造正式宿舍的事,最初就不在计划之内。校方终于要着手拆毁这破烂屋子了。托庇在这里面的学生们申请延期,校方答应了;后来又两次继续申请延期。然而终于到了最后关头。虽然这些破烂屋子只占了一部分地基,但是为了它们的存在而再三拖延教室的建设,是不行的了。校方指定期限,要求寄宿生搬出去。这要求是有理的。然而这些寄宿生没有地方可以迁居。在这宿舍里,新人会的会员也有不少。主要是由于这些人的努力,拒绝了商人的重利剥削,坚守食堂经营的公平无私,为学生们保证了又有营养又廉价的午饭和晚饭,直到今日。在那时候,在去年年底,日本最初实行"治安维持法",直接受到它的制裁的是大学生,乘此机会进行追击的政府反动政策就发展起来。反动政策结合了御用商人夺取食堂的计划,又结合了理由充足的拆毁学生宿舍的强制执行案,为了想在表面上装成这拆毁是出乎学生意志的,就计划破坏学生委员会。这计划的最大阻力是新人会委员和新人会系统的学生委员,他们就主张把这些人赶出去。为了实现这主张,就抓住了七生社,叫他们来捣乱这一次的选举——这些情形,安吉也是知道的。

大学生对大学生,用拳头使劲地敲桌子,威胁地大声叫喊,要对方改变意见——安吉初次看到这情况,觉得实在可笑。直到最后,也无非是滑稽和卑劣。然而吵了三四个钟头,议论纷纷,莫衷一是,不久就到了晚上,电灯发光了,委员、选举人和旁听者都劳累了。在这种时候要是乘机插进一声怒号,会起很大作用,安吉很担心这一点。在一个不适宜的瞬间实行表决,那么即使是有知识的大学生,结果怎么样也是不能保证的。譬如在天平秤的两只盘子里放进重量各不相同的东西,天平秤的两端就在支点左右一上一下地摇动。起初摇动得激烈的时候,也许六两重的东西会高起来,五两重的东西反而会低下去。倘使抓住了这低下去的一瞬间而作决定……安吉虽然没有正确知道天平秤的真正的动向,这种印象在他眼前已经闪现了两三次了。

七生社方面的委员的发言,滔滔不绝地继续下去,使安吉感到非常不耐烦。超过了某种程度,反抗心就消失,心中就发生"讨厌!"的念头。无理地劝人投赞成票,谁都要反抗吧。过多地反复毫无道理的话,滥用怒号声,会使集会中的人感到:我为什么要再做无益的牺牲者而在这里继续开会呢?大家并不是被胁迫的结果,被迫投了赞成票,而大概是对不通道理和卑劣的捣乱感到讨厌,因而想干脆把这会场交付给这样贪欲的下贱家伙算了——安吉想到这里,觉得有些不安。因为心中充满了一种自发的轻蔑之感,所以不会有被胁迫而来的屈辱之感,而糊里糊涂地不惜屈服于暴力——在这种紧要关头上,人心会变得脆弱。新人会的会员不会有这种情形的吧。然而别的学生,在这点上恐怕都是善良而怯弱的……

不过,对于会议主席田中和副主席岩濑,安吉是真心地信托的。这正副两主席都是新人会会员。田中是住在追分集体宿舍里的。听说他起初在熊本的第五高等学校的时候,属于右翼团体。他是怎样参加新人会的,安吉不知道。这个人身材比较短小,肥瘦适度。安吉认为这个人可靠,因为仿佛可以看出他的肉体本身的活动状态;又可以看出,他似乎认为能够用暴力来应付暴力是羞耻的,所以隐藏着这种力量——然而安吉又觉得这是过分的想法。岩濑是一个不可多得的、个子高高的美貌青年,面颊的红润也是大学生中所少有的。这并不是所谓红面孔,却是在电灯光下具有处女一般的美。医科学生大都服装很整洁。《马克思致库格曼书信集》的译者伊能,也把头发梳成三七分,并且搽油。而且医科学生和安吉、平井等不同,经常穿制服,脖子里戴硬领。岩濑则穿制服,头发对分。他的头发是淡茶色的,浓密而隆起,显出高尚的样子。端端正正地抬着少年般的面孔,下颚紧贴在胸前,有一种动人的谦恭之色。即使是愤怒的时候,也不翘起下颚、尖出嘴巴而讲话。精悍的田中可以激起对方的斗志;但对于语言柔和、有些过于公平的岩濑——安吉认为这是由于生长在多女子的家庭里的缘故——那些捣乱的家伙似乎反而不便下手。

这时候电灯熄灭了。论理的长谈不能再拖延了,最后一击似的简短文句连续发出,约有一分钟之久,其间夹着真正极短的瞬间的休止。安吉在黑暗中想:"干起来啦!"又想:"任凭你七生社多么厉害,也不会干到这一步吧。"——这两个念头搅乱着安吉的头脑。这时候忽然听见一声响,有一个人跳上桌子去了。

"所谓……是指什么?……"

四周人声鼎沸起来。跳上桌子的人说些什么话,听不清楚。然而这是七生社的举母的声音,安吉也听得出。举母这个学生,身体像大力士那么强壮。他在黑暗中吵闹,而声音却是美好的男中音,这一点更加使安吉感到不快。普通快嘴快舌的人,声音大都是尖锐的;举母却用宏亮的男中音来非常快速地讲话,喋喋不休。

"……凡是誓愿始终效忠皇室的七生社盟员,断乎不容许新人会的横暴!……"

安吉想:"可笑的语句啊!讲错了地方!……"这时候电灯又发光

了。像哼哈二将模样的举母在灯光中显了出来。他一只手叉在腰里,因为站在桌子上,所以额骨高出在电灯直接照射的范围之外,只看见一个高大肥胖的身体。电灯突然发光,他一点也不在乎。安吉想:"倘是在戏院里,这时候一定叫喊一声'大总统'吧……"这时候听见平井的声音:"喂,我告诉你……"

平井站在桌子旁边,抬起头来望着高高在上的举母,在他脚边用照例吱吱喳喳的声音说话。

"不要讲这些无聊的话,好不好? 走下来吧,老兄。这是……"说的时候他的手按在桌子上,"这是桌子呀! 桌子是写字用的,不是可以穿着皮鞋踏上去的呀!"

平井说到这里,举母的穿皮鞋的脚踏在平井的手背上了。这皮鞋和他的身体大小相称,似乎是全新的,鞋底的线从这里望过去完全是水平的。这鞋底紧贴在平井的手背上,身体的重心立刻移到这只脚上,平井的手背为此被踩住了。

平井叫一声:"啊……"同时安吉也叫一声:"啊……"安吉不知道平井是什么时候走到这地方来的。他看见平井照旧翘起了一脸终年不刮的髭须站在那里感到愤怒。他突然想起:平井说话太慢条斯理了。坐在后面的人也许不大看得见桌子上的情形,这又使得安吉着急。

安吉看见田中从主席的座位上站起来了。电灯熄灭的期间,田中大概是照旧坐在这椅子里的。田中现在将怎么办,安吉一时猜不出来。只见田中走到桌子旁边,两手握住了举母的两个脚胫,使一股劲儿,把身体举起来,用尽平生之力飞速地跑向墙壁那边去了。

安吉感到:平井的手背受皮鞋的最后的决定性的一擦,其痛是可以想象的,但这感觉一瞬间就消失了。他只见田中走到墙边,像卸下一袋米似地把举母丢了下去。田中回到椅子里,抑住了声音的颤抖——这使安吉发生一种紧张而爽快的感觉——对众宣称:"下次再讨论。"

平井跟安吉提到那一次的事情。

"我从那时候起,下了决心,把报纸上的东西剪下来,加以研究。"

"研究什么?"

"喏,是这样的:受贿赂的官僚,一百个人里头一定有九十几个是皇室尊崇派。违犯选举法的议员,一百个人里头也一定有九十几个是皇室尊崇派。街上的绅士们也是同一情况的。高利贷也是同一情况的。恶劣商人也是同一情况的。赌徒、妇女拐诱业者,都是这样的。我收集着具体的资料。总之,日本皇室的基本性格就在于:被那些无耻之徒几乎百分之百地当作尊崇的对象。我还想从金钱方面加以研究,例如薪俸、税金、收入、惯例的礼物。可是还没有弄好。嘿嘿……"

平井所要说的话,安吉明白地了解。平井照例吱吱喳喳地讲话,然而变得异常雄辩,安吉有些替他担心。这究竟是什么原因呢? 安吉头脑里突然闪出一个念头:"他是不是看在幸德秋水[1]的情面上,才有这种想法的呢?"

因为平井是土佐人。然而安吉没有把这念头说出来。

"喂,片口! ……"平井说时好像要提醒安吉注意什么事似的。街上已经天黑了,两个人早已离开了大学。这里是高等学校背后,两旁都是些黑暗的歇业铺屋,中间夹着几家孤立的商店。一家小药店和一家蔬菜店里射出些黄澄澄的光带来,横在漆黑的街路上;再前面,望见那盏看熟了的、产婆门前的红灯。安吉知道平井要讲的是什么话,因为这时候两

---

〔1〕 幸德秋水(1871—1911),日本革命家,1911 年被加上谋刺天皇的罪名被处死刑。

人正好走过森山当铺门前。

"每月还在交利钱么?"平井用责备的口气说。

"没有,不交了。"安吉回答,"就让它当死了,大概已经当死了吧。"

"那么你不是要写毕业论文么?"

"要写的。"

安吉心里充满了一种消沉之感。刚才平井谈起毕业后的方针。安吉也是本学年——来年春天——非毕业不可的。安吉在大学里并没有耽误过。但这是在过去的条件之下的情形。要是明年不能毕业,就耽误了。他在高等学校里曾经两次留级,但大学毕业必须照例完成。那么为什么呢? 他为什么感到这是自己的义务? 安吉自己对于大学毕业这件事,丝毫不感到有什么价值。然而倘使不能毕业,心里还是恐惧。这并非为了逞强或不肯服输。归根结蒂,只是为了倘使不能毕业,就对不起父亲。然而"对不起"父亲这件事,对安吉今后的生活有什么本质的关系呢? 似乎把毕业这一件事照例完成,岂不是避去了父子关系的全面处理而仅从孝道的侧面安稳地通过、把全面的问题马虎过去么? 平井倒是想把问题全面处理的。领助学金的藤堂,更加是堂堂皇皇地全面完成了的。

安吉并不正确知道藤堂的出身。他所知道的,只是藤堂在中学毕业时就父母双亡。藤堂是个非凡的优等生,并且天生对人态度温良。从中学后半期起,直到读完高等学校和大学,都是靠县里助学金——正确的名义安吉不知道——维持过来的。据安吉所知,藤堂在新人会里也是一个头脑最锐敏的学生、最有礼貌的学生。藤堂要写论文,在大学取得毕业,大概是很容易的事吧。这也是藤堂对出学费的人的一种义务吧。然而安吉无论如何也看不出这种事情对藤堂有什么影响。他对周围所有的人态度都很温良,各门课程的学分在最初两年内全部取得,以后只须写一篇论文就成了。他埋头于新人会的工作,此外还担任着集体宿舍舍长的麻烦琐屑的职务。毕业之后找职业、偿还学费等事,他似乎完全不放在心上。他对国有铁路的工会保持着特殊的关系——这件事安吉也并不正确知道——将来大概打算在这方面做专门工作。这种状态,只有在藤堂的情况之下,安吉绝对不认为是对保护者育英会的欺骗,也绝对不认为是无算计的胡乱的冒险。他的消瘦而苍白的肉体,说不定会在他的将来的生活中被破坏——"治安维持法"的制定直接地也暗示着这一点——但他似乎毫不介意。连他的唯一的妹妹的命运,恐怕他也不放在心上。然而他一点也没有粗暴的样子,一点也没有冷酷的样子。照他的样子看来,大概他是一方面具有非常锐敏的头脑,而一方面把一切都忍耐在心里。因此,一方面对世人装着温良的态度,而一方面变成了一个本质上过激的人。安吉有好几次想起:藤堂对于像安吉那样的人似乎也是尊重的。这一点安吉是否感到欢喜,他自己不能断言。在日常的接触上,甚至在追分和清水町两个集体宿舍合并的研究会上,安吉不曾在言谈方面感到过自己不如藤堂。然而他的确不断地在心中感到自己不如他。安吉希望仅仅把对父母的那个侧面马虎过去;他认为,一部分的马虎并不妨碍全体的正式完成。然而部分的马虎也许反而破坏全体完成的一种恐怖,始终隐隐地闪现在自己心头,无论如何不能避免。

"论文是可以写的,"安吉像安慰自己一般地回答平井,"不过用德文写有些吃力。有一册马克斯·培亚的《世界共产主义史》,藤堂已经把它的德文版借给我了。这册书里面花样很多,我准备利用这册书和那册《书简集》,论文就做得成了。老实说,我很对不起你。那天拿书到森山去当的时候,我偷偷地从《海涅全集》中拿出了两册《书简集》……"

"怎么,当的不是全部么?"

"不是全部。"

安吉和泉教授吵架之后,因为迁居需要开销,必须凑一笔款子,就托平井介绍,到平井所认识的一家当铺里去当一部书。过去安吉常常到鹤来所指示他的一家当铺里去当。但是这家当铺不愿意收书籍,外国书更不必说。

安吉所自傲的那部《海涅全集》,是从大学前的郁文堂买来的。这是海涅死后出版的最初一部完整的全集,是和海涅关系很深的、汉堡的尤利乌斯·康培所刊印的。这部书的详细情况,安吉不知道,但是其中的注解,安吉非常喜欢。注里说明《汉堡日报》某年某月某日所登载的记事即与此事有关等等。现在的文学史中当然是不收录的那些琐屑而无关紧要的插话,在注里都按照事件发生当时的重要性和生动状态说明出来,就好像亲眼看见的一样。

"这种事情,日本无论哪一个海涅学者都不知道的。嘿嘿……"

安吉自己并没有调查清楚,然而似乎觉得这一点可以向学者们夸耀,感到一种报复的欢喜。

安吉从若越义塾的鸽笼似的房间里的贫乏的书架上拿下这二十册全集来、用包袱包裹的时候,到底有些伤心。然而他和泉教授这种人,一天也不肯再同住在一起了。安吉把二十册书包好,把包袱结好之后,忽然好像从天上来了一个灵感,把包袱重新打开,从其中拿出了两册《书简集》,再包好了,打了结,提着跑到在正门口等候的平井那里去了。于是两人就到森山当铺去了。

最初,当铺里那个伙计漫不经心地听着平井的支支吾吾的说明。安吉想:这个人这样地装腔作势么?他觉得很生气。

后来伙计说："那么，让我问问书店看。"他就去打电话。

安吉想要对他说："请你问问郁文堂吧。"然而又自己抑制了。何必多嘴找麻烦呢？

"郁文堂么？我是森山……"

安吉听他的口气，似乎觉得这是常有的事。以前安吉向郁文堂买这部书的时候，出十九元。现在拿出了两册《书简集》，却当得了二十五元。这部书一共有几册，郁文堂方面似乎没有说起。他认为老实的平井可能会坏了事，所以他当时没有告诉平井拿出两册这件事。然而安吉后来一直记挂着这件事，每次想起，都仿佛受良心的苛责。

让它当死吧。安吉满不在乎。两人就三脚两步地从森山门口走过了。这时候安吉想起了那天看到的一个男子。那天晚上两人走进当铺里，正在交涉的时候，那里有一个穿日本装的男子，拿着一册很大的粗订本的书，正在鲁鲁莽莽地和另一个伙计打交道。时候已经是秋天，不应该穿白色的衣服。然而安吉到现在还记得他那白色的衣服，觉得是非常不合时令的。这个人大约四十岁左右，说话略微带些东北口音，嘴上长着现在已经极少有了的漂亮的八字髭须。那伙计对付这个人似乎并不认真，当安吉等在一旁大声地开始交涉的时候，这个人撇下了自己的事情，走过来旁观安吉他们的事情。但不久又踌躇不决地办他自己的交涉了。

安吉等并没有用心听他的交涉。然而这中年男子的模糊不清而琐琐屑屑的语调，以及那伙计的十足东京当铺伙计风的流畅的语调，定要钻进安吉等的耳朵里来。这男子拿来的似乎是一册法文书，大概是关于植物学之类的，而且在植物学中是关于隐花植物部门的书。当铺伙计向他分辩，说作为一种专门学问，这种书原是珍贵的；然而作为当的东西，又另有评价的标准。他也向当铺伙计分辩,说尽管如此,这册书因为是怎么怎么的,所以应该多当些。双方的交涉似乎还要继续下去。安吉听着他们的话,觉得这个人的学者风度有些可怜;又觉得这仿佛是一个还没有成家的流浪书生;虽然认为这是在学者中无可尊敬的人,还是深深地感到这个人的可哀。

"要不要吃碗面?"安吉问。

"不要吧。我还要到别处去。那么,明天榎町分会的事拜托你了,不要忘记啊!"

"我知道了。这地方在地图上一定找得到。"

"还有,说话当心被人误解。"

"?"

"就是说,革命的意识必须是从外面注入的。这句话从学生方面说出来,不可引起反作用,请你把这一点交待清楚。"

"不过这……"安吉吃吃地说,"不是我的责任吧?"

"这不是你的责任。不过……"

"我知道了。你放心,我一定正确地说。"

"那么,再见……"

安吉和平井分手之后,就向八重垣町方向走下去。他只管低着头急急忙忙地前进。微温的风迎面吹来,他觉得这风和剧烈的饥饿之感不相称,无端地生气。

"这果真是要提防误解的么?注意到提防误解,会不会就已经让人看穿学生方面在沾沾自喜呢?工人只能在目前状况的范围内获得工会主义的意识。革命的意识、工人阶级的阶级使命的意识,必须由革命的知识分子从外面注入……是这样的吧?"

安吉现在不能正确地回想这些话。然而安吉知道:倘不正确地记牢这些话,也不会引起严肃的问题。他不知道怎么叫作正确。安吉听到必须从外面注入这句话,心头还不免浮现出像打针一般注射的印象来。

这一天晚上他回寓很迟,趴在床里把佐伯寄来的信重读一遍。安吉回到集体宿舍里的时候,大妈对他说,佐伯有信给她,又有信给安吉,就把给安吉的一封交给了他。当场安吉已经仔细读过一遍了。现在他又把下巴靠在枕头上,重新读一遍。

"……这封信收到之后,可否请你拿了这信到辰野隆吉氏那里,同他详细商谈一下?《第二国际的崩溃》,开头的部分我已经翻译了。原稿在什么地方,问我母亲便知道。我另有一封信给母亲,和这信相继发出,叫她把原稿交给你。关于译语等问题,当然要和辰野氏商量;但我认为也可和太田商量一下。我们的事件,看形势似乎不久就可以解决。然而不管怎样,这翻译的工作拜托你。《第二》请用你的名字发表。"

"还有一点:辰野氏说话口吃得厉害,所以你最初和他商谈的时候,必须知道他这毛病而加以注意。口吃的人有一种习癖:每逢自己的话不能被对方了解的时候,往往不肯冒着困难作彻底的说明,而认为这是自己的大缺憾,就此退缩。一般口吃的人都如此,而辰野氏特甚。这是辰野氏的优点,但也是他的弱点。我想我这话不是不该说的,深恐我们后进对辰野氏失礼,所以把这点告诉你……"

有人说命运的进展完全是意想不到的,但在安吉看来有些不对。安吉常常想起自己有冒冒失失的地方。从他和鹤来等的长期共同生活来说,发生某种事情而使他吃惊,在理论上是不可能有的事。再则,无论何种工作,在安吉看来都是立刻可以接受的;倘使目前没有这能力,也可以立刻培养起来而着手做这工作。而且讲到翻译,从德译本转译也许反而容易,亦未可知。

"可是能不能译呢?虽然可以赚几个钱……"

安吉脑际浮现出弗利达·卢比纳这个德国人的名字来。他没有详细知道这个人,然而姑且认定这是一个女人。这弗利达·卢比纳专门把列宁的著作译成德文。安吉等所常用的书,虽然有些没有写明译者的名字,想来是出于她(?)的手笔的。她是怎样的一个女人呢?想来不是一个年轻女子……

安吉从被窝里爬出半个身子,把这盖着检查图章的邮简——刑务所里的佐伯寄来的信,都用邮简,不知是什么缘故,想来一定是规定如此的——好像保藏情书一般地藏在矮桌子的抽斗里了,然后熄灭了电灯。"也许不能立刻睡着吧……"他这样想着,闭上了眼睛。在睡着以前,一定有种种事情像云雾一般浮现在脑际……

"那么,要我去访问《灰色马》的译者么?读《灰色马》是几年前的事,记不清楚了。难道这本书的译者,作为马克思主义者,开始主持列宁作品的日译工作了么?"

自己身上发生变化的时候,有一种和这变化的原因根本上相关联的东西,对别人、在别的地方也给与变化——安吉想想这种不可思议的情况,希望早点睡着。佐伯似乎也替安吉担心金钱的事,安吉在心中很感谢。

"然而可笑得很,我想向泽田问起那件事,大概我自己也多少有这种意思吧?而且,这和村田亲王有什么关系呢?我自己心里……平井的父亲有一次想讨小老婆,后来抑制自己,终于熬过了——有这件事么?平田的同居者的问题怎么样了?啊,日子悠长得很,倒是个问题。随便怎样都好。睡吧。快睡着!……"

四

安吉送走了几个学生之后，就脱去了长裤子，只穿一件绉布衬衫和一条衬裤，倒身在铺席上了。他的头不搁在为当枕头用而买来的书上，而直接搁在铺席上，头脑里发生一种痛快的感觉。

右边窗下发出沙拉沙拉的流水声。听到了这声音，他才意识到这一个多星期以来，在富山、金泽所作的旅行的滋味。然而天气热得很。出门去么？可是七点半钟以前天还是亮的吧。并非因为给人看见了不好。并没有什么不好，却是不希望给人看见。他在金泽毕业以来，已经三个年头了。出门去照理不会碰到认识的人。不会碰到的，然而毕业以前在这里住过五年，实足四年半。所以和毕业以后的三个年头比较起来，实足四年半的关系不一定是已经完全断绝了的。

安吉就这样地躺着，面向着天花板，环视这房间的样子。这房间里两根柱之间没有横板，一排钉头露出着，样子非常粗陋。正对他头顶的一只钉头上，挂着满是皱痕的上衣、裤子和帽子，仿佛就要掉下来压在面孔上的样子，令人感到气闷。脚的一头，只有一张粗劣的矮桌子，安吉的两腿就伸在这矮桌子底下。除此以外，焦黄的铺席上毫无一物。右边的栏杆上，挂着刚才用过的毛巾，已经快干了。这毛巾照样地挂在这地方，已经五天了。仔细看看，觉得这奇怪的旅馆房间令人感到不快。如果这满是皱痕而汗臭难闻的裤子和上衣掉了下来，把面孔全部埋没了，也许反而可以解解闷。他"嘿嘿"地笑笑，回想着今天早上的事情。接着"嘎……"地叫一声，坐了起来。

昨天半夜里，不知道几点钟，安吉醒了。听见人声。大概他是被这人声吵醒的。一个男人和一个女人在隔壁房间里唧唧哝哝地讲话。在安吉就寝以前,隔壁房间是空着的,这两个客人大概是安吉睡着之后进来的。他躺在漆黑的蚊帐里倾耳而听,也听不出他们讲些什么话,只听见不断的唧唧哝哝的声音。听来一定是年轻的一男一女,不像是一对恋人。话声并不欢畅,也不悲哀。也许是夫妻两人。听来大概是当低级职工的一对夫妇,忙里偷闲地设法到这里来借宿一夜的。然而安吉不久又睡着了。

今天清早,安吉又被吵醒了。他听见隔壁房间里有清清楚楚的话声,这是旅馆里的女仆上来唤他们醒来,正在叫喊着。男女两人就起身,出去盥洗之后,又到屋里。男的拿出烟来抽,女的坐在屋角里的镜台面前梳头——安吉心目中浮现出这样的一幅画图来。这时候扶梯上发出脚步声,那女仆送早饭来了。男的对她说:不吃早饭。女仆回答他话,意思仿佛是昨天晚上没有预先关照今天不吃早饭。那男的只是简单地重复说着那句同样的话。他看见女仆想坚持己见而说不出口来的样子,全不介意,只管机械地拒绝。女仆发呆了、为难了的神气,隔壁房间里的安吉也感觉得出来。那女的一声不响。接着听见移动东西的声音,大概是两人正在赶紧收拾,准备回去。男的叫女仆开账单来。女仆仿佛觉得绝望了,只得拿着早饭盘子走下楼去。不久她送上账单来,收了钱,道了谢,送两人出去。两人仿佛表示人生万事前定的样子,从容地踏着扶梯走下楼去,叫人开了大门,受了女仆们的恭敬的欢送而出门去了。安吉发呆了,接着又睡了一会。

"他们大概是因为没有时间所以不吃早饭的吧。看样子的确很匆忙。然而昨天晚上如果没有预先关照,那么不管你吃不吃,早饭费是应该照付的吧。在旅馆方面,不管你吃不吃,都应该收费的吧。然而看那样子,似乎旅馆方面没有把早饭费开进在账单里。……总之,人生是应该这样地度日子的。"这念头使安吉感到兴奋。并非他自己也想这样做，却是因为这一对咨啬的男女在安吉面前活现地展开了一个新的世界。加贺的金泽地方长町某条街上这所名叫丸一的商人旅馆，就在这曙色朦胧中对这两个新参加人生的人当场表示了屈从。安吉猛然坐起身来，就伏在桌子上，从昨夜所写的报告底下拿出另一篇原稿来，开始续作为《土块》终刊号所写的小品文。《土块》决定停刊了。同人们一起替这终刊号写些东西。长久不写文章了的安吉，现在取出旅行富山以来乘闲记录着的回忆断片来。去年秋天以来所发生的种种事件，都记录在这里。这里面有关于安吉自己的东西，即安吉所不能处理的所谓美意识的变化的问题。这里面又有安吉自己所不能处理的所谓社会意识的变化的问题。还有不能处理完毕的所谓美意识与社会意识的歧异的问题。

　　这一次旅行，虽说是在暑假归家途中顺便做的，但所到的也不止一个地方。暑假到了，他在从东京回到故乡福井县去的途中，曾经访问富山高等学校。接着又访问这金泽的高等学校。他在这些地方会见了各地的社会科学研究会的会友，直接从他们那里探听现状，把新的实践方针告诉他们。这办法是暑假之前由新人会总会决定的，然而他们认为仅乎把这工作委任给归省的人们，不是顶好，应该尽可能地组织东京的人，派他们到全国各地去。这回和安吉同来的，有森繁夫，他已经在富山高等学校完成任务而回东京去了。安吉觉得：以前在富山，以及现在到了金泽，都碰到了种种意想不到的事情，心中感到各种各样的迷惑。现在他还是处在迷惑中。

　　首先，安吉发现在东京所听到的情况和实地情况相去太远，觉得吃惊。差异太大了，简直像天壤一般悬殊。犬儒派的村山躲在里面的房间里工作到深夜，用旁人看来显得残酷的态度大刀阔斧地处理全国各地高等学校寄来的体面的报告。他这样地写出来的总报告,比较起到当地来看到的实情来,也只能说是过于乐观了。总而言之,如果说富山高等学校学生中间没有社会科学研究的集团,倒是近于实情的。然而也有几个这方面的学生。安吉和森繁夫曾经在其中一人的家里借宿过两夜。这人家在大街上开设着一所五金批发店,以长男为中心的两三个人,一味希望谈文艺方面的话,这就成了安吉的不快的源泉。姑且耐着性子听他们说,原来他们的所谓文艺,仿佛是想学学演戏。在现今,脱离了社会科学,哪里能够作出有生气的文艺谈话呢?果不其然,他们的文艺知识,是毫不足道的过去的东西,这一点在目前可以分明看出。老实的森繁夫不好说出口来,只是一个人羞羞涩涩的。说话之间,他们向安吉等表示:他们有几个秘密的同情者。安吉听了立刻担起心来。他们并没有做重要的工作,但周围有几个秘密的同情者。安吉不知道他们是在什么情况之下说这种话的。后来他们向两人提出,要介绍他们和同情者之一的某妇人会面。安吉听了这话,反而安心了。安吉被委任作组织者之类的职务——不管程度深浅如何——这回是初次。初出茅庐的森繁夫,比较起安吉来更加生疏。两人带着孩子气、责任感和轻微的苦笑,略微商量一下,就答应了这要求。

　　正赶上中午,他们说先去果果腹吧,就请两人去吃中饭。两人被引导到一所大西菜馆里。大家从许多空着的桌子中间穿过,走到了楼上。楼上是地上铺席子的房间,他们就坐在铺席上喝啤酒,吃"哈亚希拉伊斯"[1]。大概是白昼的缘故吧,楼上楼下只有他们一班顾客。"哈亚希

---

　　[1] 英语 hashed rice 的不正确的译音,意思是"肉丁炒饭"。日本人的西菜名目大都用英语音译。

拉伊斯"这个名词,安吉不喜欢。并非不喜欢吃这种饭,只是把"饭"称为
"拉伊斯",他觉得听不惯。然而在街上的一角食堂[1]里,"请吃一客拉
伊斯!"这种叫法,使安吉感到生理上的愉快,就乐意吃它。至于"咖喱拉
伊斯",他也不怎么在意。当然,如果叫做"拉伊斯咖喱",他就很爱听了。
可是叫作"哈亚希拉伊斯",安吉就无理由地讨厌这个名词。加之这菜馆
里使用非常高贵的器皿和刀叉。这是什么派头,安吉不知道,只是佐料
瓶架之类的东西,在安吉看来觉得是奢侈的。正因为如此,那个芥末瓶
里的芥末,溢出在银盖上面,在瓶子的边缘上黏呼呼地粘了一层,看了更
加觉得不卫生。这些芥末不知道是什么时候装进去的,表面已经变色
了。吃好了饭,有一个穿日本装的青年女子走过来同他们打招呼。这个
人的年纪大约二十七八岁,显然是个美人。身材颇高,眼睛很大,下眼睑
上的毛很长。他们也和她招呼,安吉和森繁夫就被顺次介绍和她相识
了。她是开这店的人家的长女。他们说,他们所提到过的同情者,就是
这个人。安吉听了心中感到失望。

"我和森繁夫想对看一下,可是觉得不可对看。所以我不看森的脸,
森也不看我的脸。两人的心理是相同的。"

也许这个五金批发店里的儿子爱上这个女人了。这女人也许是离
婚回娘家的人。不管怎样,总之这个人是病态的、过分放荡的。哪怕只
是在名义上,只要这三四个人在这个研究会式的集团里作中心人物,其
他那些又穷又缺乏知识、然而专心一意地追求某种目的的学生们,就一
定掉头不顾而去。因为追求某种目的的人,在这里得不到什么。人物不
过如此,学问又作别论,青年人怎么能够辨别这一点呢?等他们学会辨

---

〔1〕　无论何种菜每份都卖一角钱的食堂。

别时，他们已经不是青年了。

　　然而安吉不想发议论。他觉得自己没有说服力。关于这件事，安吉和森繁夫都不说话。到了只有他们两人在一起的时候，两人就面面相觑。不吸烟的森繁夫只是露出了雪白的牙齿苦笑一下，把头转向别处了。

　　他们在这里找到了村山的报告中没有提到的高冈教授，总算是唯一的收获。高冈在这里教德文。提出高冈这个人、并且介绍两人和高冈会面的，结果也是这几个学生。但是高冈在这些学生面前，似乎由于某种理由的缘故，没有畅谈衷曲。然而安吉略微看出他对这些学生有警戒的态度。高冈心里似乎怀着某种计划，并且希望这计划和学生们相共通。这样一来计划就打乱了。因此安吉和森繁夫不好意思进一步地探询他。最后高冈谈起《土块》杂志。高冈连这种东西都看，使安吉感到吃惊。安吉想：这算什么？可是不由得感到不好意思，就把话头转向别处。他擅自认定对方也感觉到有所顾虑，就辞别高冈，回寓所去了。

　　和他们谈话的那个当主人的学生退出之后，森繁夫就拿了安吉所写的简短的报告，把它藏在旅行皮包里了。明天黎明时候，森繁夫要回东京，同时安吉要转赴金泽。

　　"真厉害啊……"安吉现在才看清楚了森繁夫正在搽药的小腿。他的皮肤不好，安全被蚊虫咬伤了。膝盖骨以下、上半截胳膊、脖子、下巴底下，都伤得厉害，两只小腿伤得尤其厉害。浓密的腿毛下面的皮肤全部发红，红皮肤上散布着许多脓疱，像岛一样。

　　"我呀，差不多什么事都能够忍受。我不抽烟，也不会喝酒，可就是怕这个。跳蚤我也很怕。有一次在那须，被蚋螫伤了，差一点儿死去。全身发烧呀。所以我最怕到农村去。真是坏透了。可是为了重要事情，没有办法。吃蚊虫的亏，也就是说，人生的途径被限制住了。从春末到秋初，我最怕这个时期。"

他把管子一捏，药就被挤出来。人生的不幸，被这种细微的事情决定下来了……

"嗯……"安吉用鼻子哼了一声，表示同情。这里有这样的人，别处还有无数吧。譬如说，眼睛底下生一颗面积相当大的痣，在道义上不能说是和"社会各项规定"有关，然而它会非常残酷地改变一个五官端正的女人的生涯。生一颗痣还算是好的，总还有理由可说。更有比这不幸的，例如气息臭秽、面目可憎等，在人间也随处皆有，为数不少。于是婆媳关系、上司下属关系，弄得纠缠不清，就像织布一般织出难于尽述的种种不幸来。由于天生的不幸而变成不幸的人，现今的确有……

"蚊虫之类的东西我一点也不怕。"安吉说着，表示安慰森繁夫的样子，然后撩起衣袖来，摸摸自己的臂肘，又摸摸自己的瘦细的小腿。他的汗毛稀疏的、不像男性的、紫铜色的皮肤，对蚊虫、跳蚤和蚋都不怕。蛭也不怕。被芒刺或刀剪弄伤了，也绝不化脓。由此向西约五十英里就是金泽；由金泽再向西约五十英里是一个名叫在乡的村子。安吉小时候住在这村子里，夏天在泥水河里游泳，烂泥塞满了耳朵，几乎变成了聋子。秋天走到山里去，用木屐踏碎栗子的球果，弄得脚上出血。下苗的时候，咀嚼有甜味的米种。田里涨了水，脱光了衣服去捉鲤鱼。到草丛中去掘蚯蚓，用以钓鲋鱼。用鲇鱼钩子钩住了青蛙，叫它在水面上跑，用以钓鲇鱼。鲋鱼、鲇鱼他都吃，鲇鱼的鱼子，味道真好。从学校里回来的时候，在萝卜地里采些嫩叶，塞在嘴里嚼。到了秋天，找寻乌鸦啄过的柿子树，爬上去吃成熟的柿子。把柿子核的外皮剥去，吃里面的乳白色的脆嫩的仁。常常赤脚走路，被田螺割破脚掌心。收割的时候，到稻场上去相帮搬稻;芒上的粉掉在眼睛里了,眼睛变瞎了,明天早上用唾液润湿一下,眼睛就睁开了。在中学里读书的时候,一冬不穿袜子,熬得过去。不知吃了多少酸模、青梅、杜鹃花、酢浆草叶子,以及冬天的雪和冰箸;一年四季喝的都是井水。结果养成了坚实的皮肤,即使被小刀割开,涂些石油就好了。只因为害怕蚊虫而不能到农民当中去,在安吉是没有的事……

"这真好!"森繁夫涂好了药,用手掌敲敲平,一面认真地羡慕安吉,"这一点点小事情,确是一种幸福。"

第二天早上天没有亮,两人就起身,到火车站去。

"那么再见了……"

高等学校的学生们为什么不肯讲市内的工厂的情况,尤其是本市所特有的制药厂的情况,真有点儿奇怪——两个人在车站上又谈谈这件事,然后各自搭上了开往相反的方向去的火车。

到了金泽车站,没看见来迎接的学生。安吉噘起了嘴,向很远的寺町方向走去。那里有当联络员的学生的宿舍,直接去访是否妥当呢? 心里不免有些不安,然而此外没有别的办法。

"对不起,有人么?"时候还是清早,安吉拉开了这屋子的大门。

"来了。"一个小学六年级生模样的女孩叫着跑出来。

安吉被引导到学生的房间里。铺席上铺着被褥,一个青年还睡在里面,正在微微地蠢动。刚才那女孩子当着安吉的面把不肯起来的学生摇了摇,叫他起来;然而那人没有爽爽快快地起来。

"还不起来么? 我呵痒了! 来了!"

安吉发怔了。他听见这女孩子说"呵痒"两个字,是打金泽土白的。女孩子说过之后,就当着安吉的面把一只手伸进被窝里,开始"呵痒"了。

"嗯……"那学生哼了一声,有花纹的被头蠢动了。躺在被头下面的是一个大约十九或二十岁的青年。那女孩子至多十二岁。安吉觉得这光景很讨厌,很恶劣,并且含有不自然的色情,把脸转向了外面。

"这两个恐怕是堂兄妹吧?"

这念头也不能消灭他的恶感。从被窝里钻出来的青年油脂满脸,讨厌的样子仿佛直要把人逼到墙边,使安吉感到不快。他对安吉说话了,安吉只是冷淡地对付。

"一定去迎接了。大概是双方都没有注意到。我们就出去吧。不,早饭不吃不要紧。宿舍已经定好了,我领你去吧。

"不,大家很起劲。自从发生退学问题之后,没有一个人胆怯。现在只待考试,考试完毕之后,就回乡去了,所以现在这时期不大好。大概要仗着以金泽为中心的几个人来坚持啦。"

这学生说了这些话之后,就陪安吉出门去。走了不多时,在路上碰见了到车站去迎接的四五个学生。他们到车站,略微迟了一点点。最初那个学生仿佛做完了传达的任务,就回去了。安吉由这四五个陪着,在将近正午的时候来到了长町上的这个旅馆里。他对最初那个学生的厌恶之情,已经消失了,然而从一路上的谈话中,他知道了这四五个人对于最初那个学生似乎也是抱着反感的。

金泽地方河流四通八达,从香林坊流过来的一条小河,就在这旅馆旁边经过。安吉等来到了楼上的一间四铺半的房间里。这房间好像是普通客房外面的休息室。从这些学生的谈话中,知道他们经济准备不充足;又因为学生中间有一个人和这家旅馆有远亲关系,交涉的结果,以廉价租得了这个房间。

吃过午饭之后,他们就商量明天以后的事情。

"怎样办呢?"

"我们想搞哲学。"

提出哲学来的学生似乎是个中心人物,这突然使安吉感到困难了。哲学是最麻烦的东西。不只麻烦而已,他在这方面简直没有知识。

"你们为什么想搞哲学?"

"退学事件以后,发生了动摇。要渡过这难关,只能从哲学上来确定立场,坚持下去。我们自己实在为此很不安心。学校里流行着一种宗教的热情。我们非把宿命论和决定论彻底破坏不可。"

"那么学校里里外外的工作就不做么?"

"当然做的。对工会的联系曾经一时断绝,现在又开始恢复了。"

"警察方面情况怎么样?"

"情况很不好。在从前,学校方面虽然对我们说长道短,警察并不出来干涉。即使出来干涉,学校方面也会挺身出来拒绝。可是自从那事件发生以来,情况变更了。警察的干涉被学校方面合法地默认了。可是也并不走进学校里面来,只是在街上缠绕不清;学校即使知道了,也睁一只眼闭一只眼,只当作没看见。所以你还是少出门好。请你少走出去吧。"

"这样热的天气,不出门恐怕不行。一天到晚关闭在这房间里,不大吃得消呢。"

"这当然。可是你对外界联络起来,那些家伙就讨厌你。东京来的人尤其讨厌。因为现在正是事件发生以来努力企图重新建设的时候。"

"那么我当心就是了。不过哲学我不大懂得……"

"这倒困难了。辩证法的唯物论的确是个问题。倘使立场不稳固,一张传单也不能发。"

"这样的么?我想并不完全如此。不过,照你们的意思也好。"

约好明天下午开始学习,安吉就送他们出去。回到房间里的时候,安吉只觉得意气消沉。

"总之,这大概是松泽等被迫退学后的一种结果吧。"

安吉想起了东京神田一个叫作某某馆的旅馆里的一个房间里的事。自从实行"治安维持法"以来,教育部的学校行政发生了变化。自从检举学生社会科学联合会会员以来,形势更加紧张了。就在今年春天,从大野到金石之间的海面上,举行海军小规模演习,金泽街上也有海军示威游行。高等学校的学生们受了刺激,就以松泽为首,纷纷出门贴反战标语。以此为开端,警察就闯进高等学校来了。因为警察后面有帝国海军撑腰,校长和注册科都退缩了,结果松泽等两人被迫退学,另外四个人停学。谷口校长作了这处分之后,就到东京来参加全国高等学校校长会议,寄宿在神田那个旅馆里。

作为新人会会员,作为同一个高等学校的校友,安吉等都应该去向这校长请愿。真正的驯良学生、的确给人优等生印象的藤堂,当了这请愿团的领导,加上当棒球选手而人缘很好的法学院学生吉野信一郎,再加上安吉。他们先用电话接洽好,然后三个人到旅馆里去访问谷口。

木下在房间里和谷口谈话。木下是前任校长,现在在熊本当校长了。和安吉一起入学而比他早两年毕业的藤堂,只认识木下,不认识谷口校长。吉野也只认识木下校长。留级两年的安吉,则两个校长都认识。谷口和木下都诚恳地接见了这三个人。

他们预先商量好,由吉野讲话。木下的样子有些变更了。这时候他似乎感到不安,对谷口说:"那么我们以后再谈吧……"就起身告辞。他向安吉等三人约略打个招呼,就走出去了。安吉等心里想:"他大概是不愿意加入这纠纷吧? 或许是不想越俎代庖吧?"

"可是这件事已经结束了,所以……"

"不过,校长,只要能够蒙校长关怀这件事,那么松泽等的前程可以恢复,所以……"

"啊……"

谷口没有表示拒绝的态度。然而当场他并没有说一句敷衍人的、安慰的话。这时候松泽等也已经到东京来了。他们,主要是松泽,已经表示不想再回学校去,于是运动就停顿了。

"我知道的。我知道我坚持下去或不坚持下去,影响到停学的朋友们的复学或不复学。可是我已经不想再回学校去了。我的哥哥生活困难,即使我能复学,也得再读一年书,在哥哥实在是一种负担。哥哥也了解我的情况。我想我还是到农民协会方面去工作。以后的事情我并非不管账。可是最好大家做点事。但愿这一次大家能够让我实现我的希望。"

松泽的心情很真挚,希望运动复原的安吉等人也都能老老实实地接受。接着,暂时秘而不宣的、召开全国高等学校校长会议的消息,在报纸上发表了。这会议的目的,就是教育部长五月底公布的《绝对禁止学生对社会科学的批判和研究》的通令的具体化。

这样,具有知识和经验的中心分子被逐出去了,结果就产生了学习哲学的热望。安吉想:"就是这么一回事。"这期间,安吉心中发生了一种漠然的类似确信的念头:"实际活动的浪潮退却之后,也就是说,实际活动发生困难之后,接着一定会发生学习哲学的热望。他们所谓非明白理解辩证法的唯物论不可,的确具有积极的意义。然而也具有消极的意义。大家一味讲哲学哲学,这就是消极的方面。不过这东西很麻烦。看他们的样子,一定不接受我的意见。弄得不好,他们会说你是工会主义的。唉,这一定是消极的。然而倘使不在哲学上用哲学来打破,会受到反攻。真糟糕！我不懂得哲学上的术语呀……"

实际上，在安吉看来成问题的只是哲学的说法、哲学的术语。

"如果搞文学，我就十分明白。大体上……"他这样想，"嘴上惯说哲学哲学的人，大多数是不中用的家伙。总之，他们都是非哲学的……"

安吉想起了听岩崎义夫讲演时的情形。去年秋天，他初入新人会的时候，听说当天请岩崎讲演，他就信步走到教室里去听。这讲演会是新人会主办的还是别人主办的，记不清楚了。不久以前，安吉曾经在草绿色封面的《马克思主义研究》这份刊物上读到过岩崎所写的论文。这篇论文很有趣味。其中《必须从山田氏的方向转换论的方向转换开始》《没有以前的分离不能得到后来的结合》等题目，首先使安吉感到兴味。"某事情今后应该如何？这问题在这事情现在如何的认识中已经被解答了。"——这种思考方法的格式也是很有趣味的。比安吉等更加深入运动的朋友们，把岩崎的论文看作"圣经"——这种心情安吉还不能充分理解。然而安吉认为这篇论文的写作方式，比较起所写的事情来更加富有动人的魅力。

一个年约三十五六的、肤色赭黑而留着口髭的、穿条纹西装裤的男子，走进教室来，开始讲方法论了。话的内容，安吉还是不十分了解。听讲的共有五六十人，别的学生听讲时比安吉多了解到什么程度，安吉始终觉得是疑问。只是安吉知道：一部分学生把岩崎看作指导者中的指导者；另一部分学生则认为他是个炫学者，把他看得一文不值。安吉自己也认为后者的看法也许不错，然而眼前的岩崎看来是一个朴素得出人意外的人。他同农民一样朴素，有些认生的样子。就连这一点，也使安吉产生了好感。他想着想着，讲演就在他似懂非懂中结束了。

"有没有质问？如果有，请提出来。"

没有一个人站起来提出质问。安吉也没有质问。

"先生……"这时候赤城站起来了。他的座位似乎就在安吉背后。安吉觉得赤诚的话——或者不如说是赤城讲话时的气息——通过安吉头顶,他就用心听他讲,因为他刚在昨天下午在第二学生休息室里听过赤城关于德波林[1]的《战斗唯物论者的列宁》的报告,觉得佩服。

"我所说的不能说是质问。不过是在叙述的方法上有几点疑问。"

"什么疑问?"

"是这样的:我听了先生的话,认为这固然是辩证法的;可是在不惯于辩证法的思维的人听来,也许反而难于理解。所以我希望先生对大众不怕 Vulgarisierung[2]。当然,Vulgarisierung 本身是不好的,可是也可以同时采用形式逻辑的方法……"

安吉正在想:"赤城这家伙在拍他马屁……"就听见岩崎表示几分发呆的样子,回答他说:"啊,不过辩证法是包括形式逻辑的……"安吉听了这话,觉得昨天听了赤城的说明感到佩服,仿佛是上了当,是受了耻辱。

"他这样地说明:'在什么什么几点上,这是 dialektischer Materialismus[3]。还有,在什么什么几点上,这是 materialistischer Geschichtsauffassung[4],所以……'诸如此类的话。他说 dialektischer、materialisticher,听了那语尾上的 scherscher,觉得他清楚地把辩证法的唯物论和唯物论的历史理解分开来了解,倒很动听。这家伙……"

安吉突然觉得受了欺骗,似乎有人对他说"你太笨了",就尽量不去

---

[1] 德波林(生于 1881 年),苏联哲学家和历史学家。
[2] 德语:"通俗化"。
[3] 德语:"辩证唯物主义"。
[4] 德语:"唯物论的历史理解"。

扰乱还在上课的教室,悄悄地溜了出去。

　　安吉想起:讲到哲学,讲到方法论,我大体上是个泛神论者。记得小时候,到了春天,祖母拿了一碗赤豆粥和一把斧头,走到院子里,在果树周围绕圈子。嘴里说:"你这个东西,今年不结果实,我不饶恕你!"就用斧头在树干上砍两刀。到了夏天,祖父叫安吉捧了墨盒,两人走进草丛中,祖父在新竹的干子上写"丑三十""寅三十五"等字。走到草丛出口的地方,一条青蛇游出来,缠住了祖父的脚胫。安吉吓得面孔变色,站住了。祖父说:"好,好,不要紧,不要紧。"就用唱歌似的调子念道:"在这村子里……倘有小斑虫,我要尊敬它,称它野猪娘……喂,瞧啊,去,去,……"那条青蛇就在安吉眼前从祖父的脚胫上退下来,躲进草丛里去了。在桥上铺一条席子,坐在席子上,山那面就会发出很大的闪电。这是不带雷声的、幅面非常广大的青色的明亮的闪电。这闪电照亮了下面的一片青田,安吉虽然还是个孩子,也祝福着:"呀,稻子结实啦! 呀,又高啦……"这是我的哲学。这当然是不可以对那些人说的。这当然是错误的……

　　这样,安吉在金泽过了四天。他依照那些人的要求,极少到街上去走。哲学的问题东凑西找地搪塞过去了。但在这搪塞中,也多少获得了些哲学上的知识。他在这里所做的工作,恐怕比在妇人同情者的富山地方所做的更好些。于是责任交卸了。他想把为《土块》所作的笔记写好。明天要离开金泽了。旅馆的掌柜无缘无故走进来,对他说:"先生一天到晚工作,真好耐性啊!"但是并无别的用意。他不是警察方面的人。安吉的神经过敏了。即使是警察,在这种地方也是马马虎虎的。昨天晚上喝一瓶啤酒,替他斟酒的女仆不知想起了什么,对他说:"我的家已经拆散了……"这女仆看样子也是马虎、可怜而粗野的。安吉把已经写好的原稿重读一遍,加以修改。忽然想起,晚饭就要送上来了吧,就从钉头上取下那条满是皱痕的西装裤子来,穿上了,束在衬衫外面。

姓毛的学生

我听到毛这个姓的时候,觉得这个姓很奇怪。我们一共六个人。跛子织田照例大声喋喋不休。他把 molimoli yalu 说作 galigali yalu[1]。Molimoli 是粗俗的,然而 galigali 也不见得高雅。但这倒是织田的特色。他是跛子,又是个猛干的人,因此这句话和他更加相称。织田强要姓毛的学生站定马克思主义立场。据织田的意思,毛的立场应该是马克思主义的立场。毛表示反对。他说:"我在大体上承认马克思主义,然而我的立场不在于此。并且我认为不一定要如此,虽然将来也许会如此。"

织田:"那么,作为一个中国学生,你不是自相矛盾么?"

毛:"并不自相矛盾。我不是马克思主义者,并不妨碍我对日本帝国主义作斗争。"

毛是一个身材矮小的人,个儿比我小得多,手也很小,肤色晰白,连声音都很细,讲起理论来有些含糊不清。因此大家无形中看轻他。毛说了这话之后,五个人都默默不语。我呢,我大体上赞同织田的想法。

毛:"据我看来,马克思主义者的你们,对帝国主义的斗争力量很弱呢。"

由于语尾的发音和日本人不同,这话听起来印象更深。

---

[1] 日语"拼命地干"的音译。

　　（这里忘记写了一点：关于毛的家乡必须记述一下。毛暑假不回家去。暑假有两个月，人们问他为什么不回家，据他说，两个月也没有用，回家是徒劳的。他要回去，必须先到神户，从神户乘船。船到了上海，再换乘江轮，溯扬子江而上。到了上游某地方，这条大江狭小起来了。于是舍舟登陆，改乘马或驴前进。到了某地方，再改乘轿子或滑竿。总之，要走这样复杂的路，才到达了他家的门前。他家是极大的地主，和我家的自耕农兼小地主等级是不同的。然而他到达了家门之后，一转瞬间非立刻离开不可。否则赶不上九月的新学期。他把这情况告诉我，说因此他暑假不回家。我觉得很感动。他须得通过了古人诗中所说的某山、某江、某峡，再向前行，深入四川省内地。我在地图上也找不到这种地方，这仿佛是可以看到西藏高山的地方。这种地方的这种大地主人家的儿子，照日本的说法，虽然不算聪明，然而关于帝国主义的情况是像算术一般清清楚楚地了解的。我打算描写这个人的情形，然而没有叙述他归家时来回路程的遥远，是一时忘记了的缘故。这非改写不可。）

打夯女子

　　不知原来是水田还是旱田，人们要它快快变成街道。许多打夯女子正在打地基。我走近她们旁边。我想知道她们所唱的歌词。好像并不难懂，可是又轻易听不懂。词句是临时创作、随口唱出的。其中一个唱得好的人当领唱，首先唱出；然后不管唱得好唱不好，接着各人依次唱出。从中央那个打地基的木桩上，圆锥形地发出十五六根绳索来，十五六个二十岁到五十岁光景的肤色赭黑的女人,各人松松地拉住一根索子。这些人的服装虽然各式各样,然而具有打夯女子所特有的统一性。在某一瞬间,全部索子都被拉起来,然后砰的一声打下去。这里一个男人也没有,因此具有一种排外的独立性。倘使有男子,未免有所顾虑;只有女子,就可毫无顾虑,而造成一种享乐的气氛。这个地方已经有了东京的气氛,但是还不十分浓厚。人们正在深山里悠闲地看花;爬过山顶,仿佛就可以看到的。这里大约是从辽阔的东京近郊通向千叶县去的干燥的平地上的一块地方。路旁的草上放着饭盒和茶壶。

我观察她们的时候,并不站定,也不立刻经过。一个领唱的老婆婆低声说了几句话,大家一齐"嘿嘿嘿嘿"地笑起来。这期间她们的动作并不停息。

"大门一打开,阿禄姐姐就在台阶上头……"

她大概只是把刚才说过的话重复了一遍。大家又哄声大笑起来。阿禄姐姐本人大概就在这里面。

我想再仔细听一下。这大概是色情故事里的一节,可是无论是谈的人或是听的人都带着纯粹的欢乐。

她们好几次向我白眼,又把眼睛回过去;这期间动作并不停息。叽叽喳喳的说话声突然停止,我以为她们要休息了,忽然"嗳,嗳,嗳……"地叫起来,另一只歌又唱出来了。我走开去了。幸而后面没有骂声或笑声。

如果说,我完全没有色情的好奇心,那是撒谎了。然而实际上倒也不仅为此。也许她们也感到这一点。然而她们所感到的,恐怕是由于生活阶层不同而来的一种警惕吧?这的确是有的。但归根结蒂，是对男人的一种警惕吧。这里没有男人——连丈夫也没有——而仅有女人的世界。以前在斋藤家里，给我看春画赌啤酒的时候，曾经听到大震灾中一个产妇的故事。上野山上，当余震还在继续的时候，有一个怀孕的女人要生产了。忽然女人们连小孩子绕成一圈，围住了这个产妇。孩子们也都是女孩子。连男小孩也不许走近。"女人们真了不起……"斋藤说着，大家（我也）表示同感。然而是否到处都这样呢？是否不能有另外一种情况呢？记得高尔基有一篇短篇小说，写的是：一个年轻的手艺工人漫游到芦苇丛生的地方，听见人的呻吟声。东找西找，看见一个女人倒在芦苇中，由于阵痛，正在地上打滚。这男子就替她当收生婆，用牙齿咬断了孩子的脐带。多么美啊！像碎冰一般辉煌的人生温暖味！倘说这是另外完全没有人手的缘故，仅乎这句话是否可以说明这现象呢？倘说将来有一天这种情况会在男女之间普及起来，难道完全是空想么？

（这篇东西就此算了。然而通向千叶县的东京近郊的情况，最好再加说明。这是地方色彩的问题，也是东京近郊的性格上的特殊性：它以意想不到的、原始的、轻而易举的方式扩展。那里所建造的，不会是住宅之类，而是小工厂之类的东西吧？老婆婆等人干完活之后回到什么地方去，最好也调查一下。）

片山的未婚妻

片山的哥哥来了，在他那里躺了一天，就回去了。片山肤色晰白,他哥哥的脸则红里带黑。片山个子比我矮,他哥哥则是一个五尺八寸高的大汉。髭须浓密这一点是两人共通的。这哥哥是幼年学校[1]毕业的。不,他是被迫退学的。那是很早以前的事了。他这一次是为什么事情来的,不得而知。他只眨着那双昏暗的眼睛,喋喋不休地讲了许多话。他说他在等待恐怖主义。又说应该结合革命而培养许多小孩子,但不知说的是哪一件事。片山用待理不理的态度来对待这哥哥。也许在他们家里,这哥哥是令人头痛的一个角色,亦未可知。傍晚,兄弟两人出门去了。他们走了之后,村山拉住了吉川,对他说:

"片山的 fiancée[2] 在吹田卖《无产者新闻》。有一个绅士走来,把她卖剩的报纸全部买了去,对她说:'你不要卖这种东西了,你好不好规规矩矩地做别的事呢!'"

"吹田是不是大阪地方? 他们两人分别在东京和大阪工作么?"

"是的。"

"很好。"

"什么很好?"

片山有个未婚妻,我不知道。再则,这话从村山口中说出,fiancée 这个词——或者不如说是 fiancée 这样一个人——似乎含有滑稽气味,很有意思。然而究竟是怎样的呢? 吉川在浪漫的意义上羡慕他,然而这是不是的确健全的呢? 其实应该称为

---

[1] 陆军幼年学校的简称。
[2] 法语:"未婚妻"。

恋人。所谓 fiancée，所谓未婚妻，岂不是根本可笑的么？倘是有誓约关系的，这正是恋人，否则就是夫妇。所谓未婚妻是没有意义的。然而有恋人，确是可羡慕的。听说她住在吹田，那么她是住在劳动者街上的。

（这篇东西就此算了。能够全体扩充、另行改写，当然更好。）

校长问答

太田要我同去，我就和他一起到大学校长那里去。学联事件的预审将近结束，须告一段落；同时又有解散新人会的消息，要我们对教育部表示决心——这便是我们访问校长的目的。

我看到校长，共有三次。三次所看见的都是背影。这是一个高大肥胖的老头儿，脚略微有些跛，拄着拐杖走路。他是一个老式的农学博士。但照我说来，他的风貌像是一个泛神论哲学者。大概是预先联系过的，我们一到，立刻被邀进房间里去。

这人长着一大绺带黄味的白髭须，相貌有些古怪，不像日本人。

"听说教育部正在计划解散新人会……"

"我没有听到这话。"

"如果有这事情，我们希望校长拒绝……"

"这是新人会诸君对我的要求么？"

"并不是要求。因为我们并不是作为该会的代表、根据总会的决策来的……"

"好，这话你们在电话里已经说过了……那么，我就答复你们吧:你们刚才讲的话,我都听到了。"

"是……"

我不过是附带陪去的。我看见这个校长身穿一套很讲究的、然而看来已经穿过几十年的西装,右手握着拐杖的头,有时把身体靠在桌子上,仿佛要和我们接近些,这时候拐杖离开他的身体约有一尺;有时他的眼睛炯炯发光,斜过来看我们,或者突然向后面回顾,这时候拐杖贴近在身上。我觉得他很像伦勃朗[1]画中的人物,感到无穷的兴味。又觉得好像一个老年的优伶。

太田带着我走出去时,我问他:"这样就好了么?"太田回答:"好了。"又说:"这好像伦勃朗画中的人物。"他和我有同感。

然而我不知道太田为什么拉我同去。只是为了当时我在座的缘故呢?还是为了要使我对这些事习惯些呢?

(这篇文章大概就这样吧。校长室位在一间震灾中幸免烧毁的建筑物中。这建筑物在现今已经显得有些旧式了。光线从很厚的墙壁上的窗子里射进来,有一种特别的色调。建筑物的古色古香和光线的色调使得校长更加肖似伦勃朗画中的人物。能加入这一段话,更好。)

论文和解释

别的人都不在座的时候——但并非有意选取这时候——村山拿出《马克思主义研究》最近一期来,指出其中所载的永野

―――――――――――

[1] 伦勃朗(1606—1669),荷兰画家。

的论文中某一个地方，问我这是怎么解释的。永野的别的论文，我以前曾经读过。联合研究会里的人也发现问题，当时永野本人曾经来做过一次报告。后来有人向他质问，他开口就回答说："我是个粗暴的人，恐怕不能够逐一仔细答复……"

永野去年才在新人会毕业。但他很像姓三船的那个柔道家，是个脸色微黑而眉清目秀的美男子，他这话说得神气十足。

我想："这家伙在玩把戏吧？"在我听来也觉得这话神气十足。

我回答村山："大概是这意思吧：一定是要有自觉的分子办起来的革命组织，对不对？"

"当然啰。不过，有没有呢？现在有没有办起来呢？"

"这个……"我漫不经心地回答，"没有吧。"

"没有？如果没有，那么这话是不成立的了吧？论理……领导是否成了问题呢？没有组织，怎么提得出组织的领导问题来呢？"

我觉得这像算术问题，就答不上来了。可是我没有再问村山："有没有？"

这个犬儒派的村山为什么拿这问题来问我呢？大概这是他所特有的一种隐微的亲切的暗示吧？总而言之，是指共产党吧？共产党有没有呢？好像是有的，又好像是没有的……至少我相信在这点上我不像村山那么神经质。现在也还是如此。

（这也就此算了吧。这里有些儿麻烦。）

分会的植物辞典

我全靠地图,终于也找到了。我没有方位感觉。在这点上我缺少了些什么。我到浅草去,看了电影走出来,觉得四面都是街道。于是硬把方位感觉放弃,但凭头脑考虑电车道,向相反的方向走到田原町,又回到了原来的地方。到了这地方,电车道和感觉相一致了。在这方面,濑田等具有像狗一样的敏感。但是榎町分会终于被我找到了。

分会里的青年同盟负责者出门去了。他们叫我进去等一等,我就进去等候。房间里地上铺着麻毯,放着一张桌子。打扫得很干净,使人感到愉快。有几个少年工人模样的人在那里玩耍。起初他们把我当作局外人看待;可是后来,虽然不让参加他们的玩耍,他们对我的警戒似乎也解除了。特别是其中有一个目光伶俐的少年,受到了我的注目。

桌子上有个书档,还有账簿似的东西和小册子似的东西。桌子脚边也堆积着五六本书。边上一本非常厚,一看,是小牧编的《插图本植物辞典》。

"有这种东西! 是谁看的呢?"

我觉得奇怪之极。向双筒望远镜里望望,能在意想不到的地方看见人物。把它倒过来望望,就看见近的东西变得很小、很远,然而色彩和轮廓依旧很清楚,好像缩成了一粒。我觉得好像是把两种望法合在一起来望千里镜似的。我想:"不必预先跟人家说了。"就默默地拿起来翻翻看。这里面没有像普通人用的辞典那样书页折角的地方。用这册书的人很仔细,真可说是爱惜书籍的人。

再过两天，有一个集会。我是有事情去的，他们就允许我旁听。这是自然地形成的状态。问题照例是"灌输"。议论变成了对立状态。"阶级的政治意识，只能从外部灌输给工人，即只能从经济斗争的范围之外、从工人对雇主的关系的范围之外灌输给工人。"——争执就在这里。一向很稳重的田中，不知怎的有了偏颇的主张。他认为"范围外"就是革命的知识分子，而革命的知识分子就是新人会里的大学生。这主张受到了反驳。大家都觉得反驳是正确的。然而田中再度坚持他的主张，真不知道是什么缘故。榎町那个青年和田中正好相向而坐。

这时候榎町那个青年改变一下坐的姿势。这个人个子很高，坐的姿势一改变，忽然身体庞大起来了。他穿着工装裤端正地坐着，两手叉在腰里，用尖锐而震颤的声音说："我们日本劳动青年，在今天，这一点是十二分明白的。我们不是一九〇二年以前生的。"

这个人有些像高杉晋作〔1〕。他的讲话使满座为之扫兴。）

（这里又忘记了一点。后来我回想：那部辞典为什么放在这里的？是印刷业公会的么？是装订所里的人偶然拿来的么？我这样猜想。然而为什么不拿别的书来而拿一部植物辞典来呢？这家伙一定是爱好"植物"、爱好草木的。）

---

〔1〕 高杉晋作(1839—1867)，日本幕府末期的保皇派。

甲板上的女子

　　畔柳通知我,我就到横滨去为村野先生送行。我对村野先生,三年来不曾写过一张明信片,当然也没有去访问过。我在高等学校的时候,特别是第二次留级的时候,曾经蒙他多多照拂。村野先生已有四十六七岁了,为什么到现在才赴德国,畔柳给我的信上没有说明。是因为病吧。然而也许是他研究德语,在学习院当上了教授,到了将近五十的年纪,一次也没有到过德国,所以想去一次吧。他是从横滨出发的,又是教育部留学生,但我这个住在东京的旧时学生还是一片诚心地去给他送行。然而我之所以怀着这样的心情,和这通知由畔柳发出有关系。我有一个习癖:凡是畔柳劝我做的事,听从他一定不会错,所以一概听从他,虽然事实上这种情况只有过一次或两次。我这习癖,我这心理倾向,是从什么时候开始的呢?大概是从进高等学校的时候,从初次访问他家的时候,开始形成或逐渐形成的吧。那时候是九月里入学的。过了一两个月,同班的人都熟悉起来了。外地来的人和金泽本地人之间就开始交往。有一天晚上,我到畔柳家去访问。他家的房子光线幽暗,是金泽特有的一种建筑。他的房间在楼下,很狭小。他有许多藏书,很像一个高材生。他是一个很质朴的少年,把书整整齐齐地排列在原来不知是装什么的木箱里。一望而知,这个人从来不曾为了喝啤酒而把书卖给旧书店。从这一年开始,在中学修业四年的人就可以考高等学校。因此这一年,五年毕业生和四年修业生中的高材生并在一起,报考生激增了。我们班里有好几个念完中学四年级就考进来的人，外貌都很像才子。其中只有畔柳没有这种外貌，大概是个子高而髭须浓的缘故。他说话慢条斯理，大概也有关系。他说话很慢，感动的话和滑稽的话也都说得很慢，因此听起来更加感动、更加滑稽。但他本人不觉得，所以很有趣。

那时我虽然去访问他，但是还没有达到和他亲近的程度。双方都感觉到这是试探。这时候忽然听见有人怒骂的声音。这声音确是从他家里发出来的，但语句听不清楚。我向畔柳看看。畔柳说："是我父亲。"我无从跟他去打招呼。这声音向这里迫近来了，向我们两人正在谈话的房间方向迫近来了。终于停留在房间外面，纸裱门拉开了。

"噢，嗯……"

我瞥见一个穿黑衣服的老人站在门口，这样地哼了两声之后，就平心静气地把纸裱门拉上。然后嘴里咕哝着，回到原来的地方去了。以后暂时不再怒骂，但是在我辞去之前，又断断续续地发作了两次。据畔柳说：他父亲从日俄战争中回来，就变成了这个样子。没有粗暴行为，对日常生活也并无什么妨碍。曾经想尽各种方法，还是医不好，然而病也并没有厉害起来。他的母亲在当小学教师。她照料着这样的一个丈夫，抚育着子女；同时又把学校里的教学工作做得很好，受到市当局的表扬。畔柳是战争以前出世的。这样看来，刚才看到的弟弟是父亲回来之后生的。畔柳的性情中，恐怕含有从这样的父亲和那样的母亲遗传下来的一种沉着的阴郁的气氛吧？

村野先生还记得我，看见我来送他，非常高兴。送行的人们中夹着几个西洋人。曾经生过肺病的村野先生的苍白的脸上显出一种美好的黄色,使人想起 mandarin[1] 这个名词来。村野家里的人也都来送他。学习院的学生也来了十来个人。我被人拉着,也走进船室里;后来走到外面来了。不久船出发了。许多花纸条扯起来了,像帘子一般。我恕不干这玩艺。船慢慢地离开了码头。站在码头上的人产生一种错觉,仿佛觉得自己站着的地方在移动。送行的群众拿着花纸条,随着船的移动而在突出在海中的堤岸上走,走到尽头方才站定。

　　这时候我注意到两种情景。其一,三等船客——究竟是否三等,我没有正确知道——的送行人情绪最为热烈。其二,有一个女船客,一个送行人也没有。这些送行人真是热情,他们一边叫,一边走,一直走到将要掉进海里的地方。大概是因为乘船的人一时不会再回来,所以那样地热情吧。大概是因为他们在乘船以前——非走不可以前——在日本遭逢过辛酸的命运,而此去的前途眼见得又有苦痛和不幸的缘故吧。这些不像外交部里的官吏,也不像留学生或贸易商人。那女子独自靠在栏杆上,年纪大约三十岁,是一个美貌的日本人。她闲看着船上船下熙熙攘攘的人群。她没有惊奇的样子,也没有轻蔑的样子,又没有虚无主义的神情;然而从全体看来仿佛是虚无主义的。她当然不是一个姑娘,然而也不像一个夫人。这个女人的来历如何? 她要旅行到什么地方去呢? 我想起了赖子。"哈哈,想起了赖子,这对我一点刺激也没有的啊……"这想头对我

―――――――――――――――

[1]　英语:"中国清朝的官吏"或"中国装的玩偶"。

也是毫无刺激性的。于是我想：这种地方是不会常来的。我就和畔柳告别，走到街上去了。爬上了一个坡，走到了一个像高丘的地方。这地方全部长着长长的草。草中间露出些铺石来。有一处露出一块铺瓷砖的地面来。那里有一架烧焦了的钢琴，上面缠着些铁丝。这地方在震灾后三年还照样保留着当时的状态。附近地方发出一声低钝的汽笛声。这声音和火车声音不同，是一种低钝的"呜——"，传达到这草丘上来。

（从这里所写的东西，看不出畔柳的现状如何。他没有留级，所以我还在学校的时候，他已经毕业，转入大学研究院了。这一点差别必须写出。这里说起赖子，也很唐突。然而这只是一个没有刺激性的人，也许无妨。）

辰野隆吉的家

又是全靠地图，我找到了辰野隆吉。地图和实际的差别，近来渐渐地明白起来了。地图上的记号，由于画法关系，和实际情况差异甚多，这一点我也懂得了。有的人画地图时，喜欢拿面馆、邮政局等作记号，有的人完全不管这些东西，每条街都画得一样。辰野隆吉的家位在幡谷方向。

也是由于天色暗下来了的缘故，他家的屋子方向如何，不能辨别清楚。通过一条灰尘堆积而热闹的街道，走到里面，突然肃静无声，像农村一样，他就住在这里。屋子面前有一块空地，空地上没有长草。这也许是东京普遍的情况。就是寺庙内部，也是地面露出泥土，毫无风趣的；大概土质就是这样的吧。有一个女人正在关大门。从周围的关系上看来，当然可以看出我是他家的访客,然而这个女人——想必是辰野夫人——对我看看,仿佛疑心我是个硬卖货物的行商之类的人,砰的一声把大门关上了。我很为难,没有办法。只得鼓起勇气,走到大门边去。门终于开了。刚才那个女人探出头来,还是满腹怀疑,装着一种姿势站着,这姿势仿佛表示:万一发生麻烦的话,立刻可以把我推出,把门关上。我说明了情由。"噢,噢……请进来,请进来……"有一个剃成光头的男子这样叫着,从里面走出来。这男子仿佛重叠在那女人的背后,打量着我,反复地说:"请进来,请进来……"他所说的是重复的"请进来,请进来",还是由于口吃而单说"请,请,请……",一时听不清楚。

辰野氏拿出些德文原本来,加以说明。那篇《第二国际的崩溃》,载在 *Gegen den Strom*〔1〕中。这册书开本很大,封面上有红黑色文字,装帧很美观。里封面上刊印着:"Autorisierte Übersetzung von Dr. FRIDA RUBINER"〔2〕。仍还是那个人,那个弗利达。仍还是那个女人。称为博士,很有意思,然而实际情况并不了解。Autorisierte〔3〕这个词我真不懂。我的《海涅全集》里也刊印着这个词。

辰野氏还是口吃得厉害。他注意到他的夫人刚才对访客有警戒的态度,就对我说些辩解的话。然而不大听得懂,似乎以前曾经发生过什么事件。听他的口气,这警戒似乎是很自然的;然而又似乎在担心:对初次见面的学生讲这些话,对方会不

---

〔1〕 德语:《逆流》。
〔2〕 德语:"弗利达·卢比纳博士经作者同意的译本"。
〔3〕 德语:"经作者同意的"。

会疑心他在夸示他家常常受人麻烦、常常有人闯进来呢？佐伯说"这是辰野氏的优点，但也是他的弱点"，大概就是指这种地方吧。但我不想这样地理解。震灾中的情况，我也知道。那时候最初从东京逃到金泽来的人，曾经到高等学校来，把情况讲给我们听。他们讲起工人运动者的情况，又讲起朝鲜人在井里下毒药的话。我们半信半疑地听这些话。半信半疑，半疑是好的，但是半信是可怕的。如果被讲得半信，实在不堪设想。

辰野氏对总同盟非常不满意。关于这一点我也不懂。他仿佛是忍无可忍的样子，讲到这里，口吃起来，下面的牙齿比上面的牙齿突出，并且和上面的牙齿相摩擦。他的夫人穿着一件有领襟的罩衫。她不像是曾经做过买卖的人，大概是自己喜欢才这样打扮的。她相貌很漂亮，等我一旦被请进了她家，她大概是为了弥补方才的冒失，还给我倒了一杯美味的茶。

Gegen den Strom 中除了人名索引，还附有杂志、报纸索引，还有大会、协议会的索引。这种书在日本是看不到的。里面有列宁所写的大约二十行的序文，并且记着"十月二十五日的胜利"字样。革命之后还是用俄历么？我想问问辰野氏，然而终于没有问。这一次我是最初和这个社会主义者、共产主义者、对文艺也有理解的政论家直接会面。街上降了一片大雾，我一边从这雾里走回去，一边感到今后将被温暖的气息包围起来了。

（这篇东西就这样算了。能够再写得长些，作成浑然一气的一篇，也好。）

轰书院的招待

收到《列宁选集》日译的总经理人织田司具名的一张明信片。上面印刷着：出版社轰书院召集一个译者碰头会，叫我去出席。最近进集体宿舍的吉川，突出了下颚，表示非常羡慕，说："好极好极……"忝列末座的我略微感到踌躇。

到了轰书院之后，人家告诉我还要到一个地方去。这地方是一家西菜馆。轰书院的老板也出席了。织田身材矮胖，头发稀薄。据说这是跛子织田束的叔父，然而织田束从来不曾说起过这个叔父。辰野氏没有到场。一共大约有三十个人。有四五个新人会学生是我所认识的。但是其他年纪较大的人，我一个也不认识。没有做自我介绍。

只有一件事使我放心不下：以前，不知什么时候，我听人说起过，轰书院曾经把读者名册交给警视厅。然而记忆所及，那时候说的人也并不看重这件事，我和其他在座的人也都漠不关心地听他说说而已。今天，织田司致辞的时候，用轻松的语调这样说："轰书院方面，也曾经说过，今后不会再干从前那种失策的事情，所以……"

如果我没误解的话，这句话和那件事有关系。这样看来，那些话不是谣言吧？这一点使我放心不下，然而别的人似乎谁也不在意。他们大概都明白，彼此心照不宣吧？

（这篇东西现在就让它这样。）

选手和女人

　　我从神田向黑门町方向走，在路上回想起了以前当代理家庭教师时的事。现在我是当了工会的代理演讲者回来。对代理真有缘分！……住在追分集体宿舍的山添在鹤见方面担任辅助演讲者。他不知为什么，忽然不能去了，说要我去代他，我拒绝了。然而他定要我去，他说："你只要说我是代理人，什么都不熟悉就是了；你一定去吧。"我想这话倒也不错，就代他去了。出我意料，这原来是村甚的工会。村松甚之助开出门来，对我说："呀，请进来！"我真吃了一惊。村甚的家已经变成工会办事处了。他的夫人身体矮胖，好像茶馆的老板娘，手里拿着一支烟管，正在抽烟。她也穿着一件有领襟的衣服——也许这是一种流行的服装。

　　我说明了原由。村甚"嗯嗯"地答应着，听我讲。然后对我说，他要把讲话的窍门告诉我，就列举几个简单的例子，教导了我一番。果然，这些窍门真好。然而我觉得，这个有名的人说"我们"两个字说得非常婉转，很有趣味。他用钝重的低音来非常柔和地说"我们"两个字，富有抒情诗的趣味，同时又含有可怕的情调。他留着短短的髭须，是一个少有比伦的美男子。

　　集会的不满十个人。村甚也在那里听讲。我所讲的就只是刚才他教我的一些话，不觉出了一身冷汗。然而总算勉强完成了。这是第一步，或者第半步吧。

　　忽然我觉得，街上似乎发生了什么不寻常的事，就猛然站定了向四周张望。看见许多人站着，孩子、少年和女人特别多。

他们站在电车轨道两侧,似乎在那里等候节日的彩饰花车之类的东西来到。忽然从前面的大咖啡店——这地方并列着许多大咖啡店——里飞奔出七八个女堂倌来,她们都像咆哮一般地叫喊着,向我这方向飞奔过来。后面立刻发出汽车的声音,我连忙退避。

满载着人的敞篷汽车开过来了,一连开来了好几辆。车上乘着许多日本人和西洋人。街上的群众发出"哇——"的哄叫声。汽车开得慢起来了,仿佛要停车的样子。一群女堂倌不管三七二十一,包围了汽车。汽车就停了。这是报纸上所载的、从美国来的棒球选手团。

那些女人咿呀咿呀地叫着,向汽车伸起手来。血色红润的选手们满面笑容地在车子上挥手。他们无心无思地欢乐着。我说他们无心无思,因为他们用看猪猡等畜生的眼光来俯瞰而享乐着。他们完全无心无思地、健康地俯瞰着,因为他们认为这些猪猡是为了供他们吃而旺盛地肥胖着的;这些羊是为了剪下毛来织成呢绒供他们穿而旺盛地活动着的。他们对于这事一点也不怀疑。那些日本女子对于这事也不怀疑。我对于这事感到怀疑,然而人们完全不管这种事,汽车队伍就在纸的雪花中和欢迎声中前进。确实是这样地前进的。群众目送这些汽车,直到电车道拐弯、汽车看不见了为止。他们似乎是实际地把这认为是幸福的。女堂倌们并不回过头来向后面看,纷纷地跑回店里去了。我站着看,直到这时候为止。

(女堂倌和其他的人,的确曾经把这认为实际幸福而享受。选手团去后,这些女人变得幸福了,多少变得富裕了,而回到店

里去。我并不如此。我贫乏地站在那里,并没有变富裕。这是
无聊的。有对比才好。)

象和鸵鸟

　　昨夜和吉川两人商定:今天一早起来到上野公园去散步。
吉川是今年进大学的,但他是在第三高等学校的时候就参加活
动、上大学后直接参加新人会的人们之中的一人。他们常常把
社会科学研究会称为"阿尔·爱斯"。我不知道这是不是正确
的称呼,但知道此外有许多人用"R·S"这两个字母。这是通
用了的,我自己不用,只是琢磨着大概的意思,胡乱地听听。这
是什么词的头字母呢? 我在心中把各种词配合起来考虑,然而
配不出 R·S 两个头字母。

　　吉川在集体宿舍里是一个丑男子,只是丑的意义和我不
同。加之身体很弱,头上老是束着绷带,常常突出了下颚"咳
咳"地咳嗽。有一次他问我:"片口兄将来想做作家么?"我回答
说:"是的。"他说:"多好哇! ……你已经决定了搞什么东西。"
我说:"你是不是也打算搞点什么东西呢?"他说:"是呀,可我还
不知道究竟搞什么东西才好。"

　　他又不大有勇气。有一次,就是今年从山口高等学校来的
那个渡边来找他,他已经睡了。渡边在他床前和他连绵不断地
谈到了深夜,似乎在劝吉川做什么事情,要他答应。"那么,吉
川兄,你就做吧!""不,不做,我拒绝。""为什么呢?""你问为什
么……为的是我不愿意。""为什么不愿意?""你问为什么不愿
意……因为不愿意,所以不愿意。""没有理由地不愿意么? 总

有理由吧!""理由是有的。""是什么?是什么理由?"两人这样地谈着,使得旁人听了觉得心焦。"我说不过你……"结果吉川似乎答应了。早上的公园里人影稀少,我们在朝阳里愉快地散步。

路径缓缓地弯过去,通向动物园方向。这里的路旁有一小块禁止车辆通行的地方,立着两个秋千架。有三个男子和一个女子在那里一起游戏。那女子坐在秋千板上了,一个男子正在替她推动。我们渐渐地走近这地方了。这些都是青年男女,看样子是办公休假,三个人带了一个女朋友逍遥自在地到公园里来游玩的。这女子并不是三人中某一人的妻子,也不是某一人的恋人……

"啊,片口先生……"

我走到秋千架旁边的时候,听见这叫声,吃了一惊。

"啊,原来是阿良姑娘……"

我和她亲切地互相看看,亲切地——这个词儿好像是为这种时候预备的。我们[1]曾经在田端的大正轩里吃了不知多少次咖喱饭和炒饭,喝了不知几瓶、几百瓶饮料,在那里谈了不知多少次话。田端的崖岸上,有一所被田端车站的煤烟熏黑了的简陋的酒店兼食堂。地方非常狭小,客满了也不过十个人,一尺宽的粗陋的凳子是固定在壁上的,火钵是圆筒形的陶制的……狭间京太郎坐在那里,脸上显出潦倒的西洋人的神

---

〔1〕 指安吉和他的朋友们。这里所说的女子是大正轩里的堂倌。

气,滔滔不绝地漫谈着《新古今》〔1〕里的恋歌。

　　他从袋里取出一支朝日牌香烟来,没有点火之前先已把纸嘴嚼烂。吸完之后再取出一支朝日牌香烟来,再把纸嘴嚼烂;嚼烂了的纸嘴上显出油脂的痕迹。狭间在火钵里插满了这种纸嘴,摇摇晃晃地走出去之后,有一个女堂倌问我:"这是谁?"我回答说:"是狭间京太郎。"女堂倌说:"这位先生没出息的……"我问:"为什么呢?""这样地抽烟的人,是不会发迹的呀。"鹤来听了这话,"啊哈哈哈"地笑起来。肤色赭黑而相貌像鳅鱼的斋藤鼎跑来了,喉咙里"哄哄"地咳了两声,略微喝些瓶装饮料。那些女人莫名其妙地盯住他看,神情中仿佛在说:"这奇怪的老头子……"相貌漂亮的深江穿着大学制服,因为不喝酒,在那里用麦秆喝柠檬水。那个下嘴唇突出而镶银牙齿的矮个子的阿贵姑娘,注视着深江的硬邦邦的头发,仿佛把他看作一个异种人。鹤来用撒娇的声音"喂,喂……"地喊,接着向她们要茶,说:"给我涩味的茶吧! 很涩的、很浓的、苦味的茶……"有一次,我们谈到腰身挺起的女人。她就是那个曾经说"挺起的……讨厌"的女人。走出大正轩,可以从陆桥望见日暮里,再从日暮里遥望三河岛。都会的尽头横流着灰色和白色的无数烟缕。大正轩这家店现在恐怕已经不存在了……我本当对她说:"你近来怎么样?"现在却改成了:"您近来好么?"

　　"我在横浜。今天是和诸位先生一起来游玩的。诸位先生都健康么?"

―――――――――

〔1〕 指日本古代的《新古今和歌集》。

　　前面的"诸位先生"是指和她同来的三个男子,后面的"诸位先生"是指土块社的朋友们吧。"那么,再见……"我和她都这样说了一声。并不互相探问住址,就此分手,这是自然的应对。就是这么一回事。吉川问我:"那女人是谁?"我向他说明了情由。然而事出意外:吉川说这女人和我之间大概有过特殊关系。我对他说并无这事,吉川似乎不相信。其实这是无关系的人之间所发生的、和人生的伴侣意义不同的一种淡然的友情。这是称为友情还嫌过分的一种萍水之交。这一点吉川似乎不能理解。我很不高兴。到了我表示吉川这种弱点使人讨厌的时候,吉川方才似乎有几分相信。我好容易得救了。

　　于是我们走进动物园去。照例闻到那种气味。我本来讨厌这种气味。然而现在也事出意外:这种讨厌的气味现在似乎是我自己的东西了。我觉得"这是没有办法的……"我想把这种气味播送到外面去……

　　我们走到了象的地方。游客还不很多。然而每个人都在注意地看。有人把桔子丢过去。象的鼻子够不到桔子,它就用鼻子向对面的墙上吹气,扇起来的风把桔子吹到它面前来,它就用鼻子卷起桔子,塞进嘴里。给它些稻草,它用鼻子卷起一束来,在左右两个肩膀上啪啪地敲打,使稻草柔软起来,然后塞进鼻子下面的嘴里。这和我们小时候在编稻草活儿的小舍里所做的完全一样。

　　这时候我注意到了那个,吃了一惊。我把脸转向一旁,后来又睁大了眼睛看它,还是觉得看不下去。难道别人就看得下去么?难道避开眼睛不去看它的倒是特别好色的人么?鼻根底下的像嘴巴，样子很可爱，然而很像女人的阴户。下唇——毕竟还是下唇——形成一个顶点向下的三角形，纵开的嘴巴夹在两条边的中间。皮肤是灰色的，没有毛，近于白色的淡红色黏膜构造的部分张开来。吃东西的时候，这些部分有机地活动……

我没有把这感想对吉川说。这也许是由于我自己有某种缺陷的缘故，然而也不能这样想。

然后，我们走到鸟类的地方去了。我们走到了鸵鸟的地方。那鸵鸟昂起了头向这边走过来，样子很像一个 Plakatträger[1]。走到了铁丝网的地方，回转身，又走向那边去了。两条腿又粗又长，脚胫的生法和鸡或鸠不同，是两段构成的。走的时候两只脚交互地移动，从后面望去，这只鸟很像一个恶劣的娼妇，穿着非常高的高跟皮鞋，腰身一扭一扭地走路。这是一种下等的卖俏。我觉得仿佛从里侧、从腿肚方向看女人的腿的样子，我又想把脸转向一旁了。但这一点我对吉川说了。吉川不承认鸵鸟的走路是装模作样的。我所说的，不是指走向这边来的鸵鸟，而是指走向那边去的时候从背后望去的那两条腿。然而吉川说：走去的和走来的是同样的。其实，这正是一种鄙俗而妖冶的卖弄的态度。然而，日本示威游行的时候为什么不使用标语牌呢？

可是，关于象的嘴巴，我凭什么根据而做那样的联想呢？我看见过的么？并没有看见过。回想过去，也完全没有看见

---

[1] 德语："身上背着标语牌在街上走的人"。

过。完全没有看见过而那么生动地联想,是可能的么? 没有关于物件的外形及性能的具体知识,而但凭生来的先天的感觉把两个特件连结起来,是可能的么? 这大概、大概、大概是不可设想的吧。那么,难道是我常常在想这东西,一直在头脑里这般这般地描摹而想象出来的么? 然而人怎么居然能和女伴一起来看这东西! 正因为象这种动物是圣人一般的,所以这话就更加适用了。

("照例闻到那种气味"这句话必须加以说明。这意思是说:以前到动物园来过许多次,所以说照例闻到那种气味。那时常常看见河马,看见山猫,看见猴子玩种种把戏,又看见海狗和企鹅。看见长颈鹿、老虎、狮子等的时候,曾经触发起种种感想。不连续结合这些记忆,作为动物园记是偏颇的。关于山猫,有使我感动得发抖的回忆。只有这个东西,这个性欲的东西,皮肤仿佛是在活动的。有许多人带了小孩子到动物园里来,孩子们欢天喜地地喧吵,旁边的青年父母却早已精疲力尽了。这种光景也有描写进去的必要吧。)

"这种文章以后再写五六篇吧。然后把它们全部推翻,依照时间的顺序把这半年间所碰到的经验和事件加以构造、加以整理。烦忙中对鹤来和深江疏远了,也可以用这理由来解释。可以说'看法',却说成'视点'或'观点';可以说'联系',却说成'韧带'——这一类的翻译语,也可以写出来商谈一下。这样就完结了。可是,从这些笔记上看来,令人讨厌地夹着关于女人和性欲的话……"

晚餐吃过了。酒也喝过了。他是一边吃,一边喝,一边看笔记的。

隔壁房间空着,一个客人也没有,肃静无声。附属品一样的房间里热得很。安吉本来靠在壁上,现在躺下了。以后只要铺一下被褥、吊一个蚊帐就好了。这工作不叫女仆,一向是自己来做。膳食盘子已经拿出去放在扶梯口的平台上了。安吉把酒杯扣起来,这时候头脑里某一个地方浮出了明天回去的念头,觉得有眺望远方景色似的感觉。同时他在这别无他人的房间里,脸上蒙着油腻,嘴里咕哝地自言自语。

下一天早上八点钟,安吉离开了金泽。学生们之中,有个拿辩证法来麻烦安吉而几乎使得他不愉快的青年,如今到车站上来送他。那个青年腰里挂着一条毛巾,脸上长着面疱,牢骚满腹似地站着。火车开出了。到了这时候,安吉方才对这个态度生硬而注重观念的青年产生了类似爱情的感觉。他乘着火车离去了。

乘两个钟头火车,安吉到了家乡。他从村子的里边钻进树丛底下,走进了自己的家里。母亲从地炉旁边走出来,说:"啊,你回来了……"这个妇女对于无论什么事情,都很少说话。她所使用的单词没有多少。安吉到厨房里去洗脸。这时候送电报的人进来了。母亲吃了一惊,走到他身旁去。这个妇女只要说起电报,就感到恐怖。

"佐伯责付[1]出狱。本部。"

"责付"是什么?这两个字的意义不懂。然而总不过是类乎"保释"的意思吧。他向母亲说明意义,母亲方才安心,叹一口气。她并没有正确知道这件事,只是漠然地说:"这就好了!大妈多么高兴!大妈多么高兴!这就好了!……"说了两遍。安吉知道:这个生长于农家的妇女,同

---

〔1〕 责付,日语,发音是 sekifu,是把被告人交给亲族看管、停止执行拘留的意思。

样的一句话非说两遍，不肯算数。谈的时间长了，听起来很絮叨。但在现在的情形之下，倒有一种朴素的感动力。

"她会不会问起那个东西？"安吉想。然而母亲没有问起。关于这东西，安吉现在也不过是偶然想起的。春天，进京去的时候，母亲拿出自己所织的一匹条纹布来，叫安吉带去。这原是男子用的，然而老年的女人也可以用。安吉想：送给佐伯的母亲吧。就把它塞在行李里，到东京去了。后来安吉看见鹤来穿的衣服破破烂烂，就对他说："这个要不要？"鹤来说："拿来！"又说："这个给我穿很相宜。"就拿了去；这东西就这样解决了。这在安吉并不是被骗。他并不认为对不起佐伯的母亲，也不认为欺瞒了自己的母亲。父亲不久就要回来了吧……

五

到了秋天，安吉逢到了一种难得的经验。

追分集体宿舍里的砂川走来，劈头就对安吉说这样的话："明天十点钟请你到产业劳动调查所去，和所长猪俣氏会面。从德国来了一个工人救援会的人。据说要在日本办一个支部，想和各种人会会面。他们说请你当翻译，好不好？"

安吉和砂川作了一番问答："第一，我不大会讲德国话。""这是不要紧的。""第二，时间怎么样？""这一点到那边去问问便知道。""第三，到底是谁推荐我的？""这倒不知道，然而并非新人会的意思吧。所以对于新人会是没有责任的。大概是有一个人顺便提出你的名字的。预定的那个人不能来，急于要找代理人，就找到了你。嘻，这有什么可介意的？去吧，去看看再说。如果不行，拒绝就是了……"

安吉犹豫不决。动不动就是"代理",是可笑的。结果他决定前去。他想去看看,所谓调查所是怎样的一个机关。砂川和太田,一直在那种地方进进出出,工会里也去,别的大学里也去,又在对中国非干涉同盟会里分担工作。他没有这种经验。本来还替被拘禁的佐伯寄送书物,自从佐伯"责付"以来,这工作也停止了。接着是参加了无产阶级文学运动,但这还不是一种直接的工作。像调查所那种世界,他不免希望去看看……

安吉走上一座木造扶梯,就会见了猪俣。安吉知道这个人曾经在英国煤矿罢工中进行调查、发表演说,后来被送回日本的。现在看到他,原来是一个说话时不大抬眼睛的、在日本人当中也算是小个子的人。有一个穿日本装的女人靠近在他身旁。大概他是和他的夫人一起工作的。这两个人出身怎么样,不得而知。楼上有许多人,都肃静无声地忙着工作。书架上的书和报纸整理得很整齐。它们是静止的,可是经常有人动它们,和泽田的书斋趣致不同。出乎意外的:安吉在心中着急,而猪俣对他谈到从德国来的那个人的时候,语气中仿佛谈一件不足道的琐细小事。他是看不起这个德国人,还是看不起安吉,还是另外有更大的事情?安吉无从推测。他说:"这个人叫做林哈尔特,住在帝国饭店里。请你去访问他,同他谈谈。交通费等请你报销吧。"

下一天,安吉借了太田的制服,到帝国饭店去了。安吉没有制服。他平常就在棉毛衫上直接穿上已故的哥哥留给他的那件西装上衣,然而买不起衬衫和领带。因此他这时候想,还是穿制服来得妥当。然而制帽他不喜欢戴。他头上戴了深江给他的那顶呢帽而去了。这顶呢帽是意大利的一家公司制造的。有一次他从深江家里告别出来,走到大门边,深江不声不响地把安吉那时候所戴的帽子除去,给他换上了这顶呢帽。

　　安吉向帝国饭店里昂然直入。有一个穿着一件钮扣很多的绿色制服的仆人走过来,仿佛要拦阻他。安吉向他探问,话谈不通。那仆人说没有这人,安吉说不会没有的。问答的结果,另一个仆人仿佛可怜安吉的样子,插嘴说:"啊,是林——(他把'林'字声音拖长)哈尔特!"就用铅笔写一个姓氏,给了安吉:Lienhard……安吉走到电梯旁边,然而电梯没有往上开。他等得不耐烦,几乎想躲避起来。终于像逃走一般溜到了旁边的扶梯上,一步一步地跨上去了。

　　"请进来……"里面答应一声,门开了。安吉就在这里和林哈尔特面对面站着了。

　　"如此这般。无论什么事,请你一开始就慢吞吞地说话。"安吉开口就这么说。

　　林哈尔特看来约有三十四五岁。个子似乎比安吉还低,这一点使安吉感到轻松。他右手上的食指大概是受了伤,不能弯曲。他说话很朴素,听说他是《印普雷科尔》报[1]的记者,然而完全没有新闻记者的风度。他说只要安吉带他到处去访问就好。他举出四个日本人的姓名来。这四个人的姓名,安吉都知道,然而他们的家在哪里,完全不知道。这四个人安吉全都没有看见过。这只要打听一下就会知道。林哈尔特削些苹果,请安吉一同吃。安吉吃过苹果,和他约好后天开始陪他访问,就告辞出来了。

　　于是奇妙的向导开始了。说话听不懂的时候,安吉默默不语。林哈尔特——不像安吉所想象的西洋人——看见他不回答,便收回了要求。

---

　　〔1〕　由德语 Internationale Presse Korrespondenz(国际劳农通信)的三个词头拼成(In-pre-kor)的略语。

安吉也认为这办法不好,然而没有别的办法。结果是安吉避免了困难。

最初到早稻田大学的大村教授家去访问。别无困难,只是安吉不喜欢先用电话联系,以致预先跑了两次腿才联系好。大村真是一个好人,殷勤地迎接他们。

"先生大概也知道的吧:国际工人救援会想在日本设立一个支部,不知高见以为如何? 先生能否鼎力帮忙? 不过这不是赤色救援会,是对于广泛的一般工人的救援组织……"

"贵会的旨趣我知道了。凡我所胜任的,我一定效劳……"

大村的儿子,看样子是个小学六年级生,这时候从里面走出来,对我们三个人看。这孩子的头发很长,两手插在只到膝盖长的短裤的袋里。这孩子长得很胖,安吉第一次看到:和小说插图中的人物一模一样的孩子,实际上竟存在。大村问林哈尔特:"您是一个人来的么?"林哈尔特回答:"是一个人来的。""那么,很寂寞吧。"林哈尔特羞涩似地笑笑,安吉觉得这态度是日本人式的。大村说:"我以前曾经在柏林住过。""是什么时候?""二十年前了。""噢噢……"林哈尔特答应一声,的确是"噢噢……"两个字。大村说"二十年前"这句话的时候,英语和德语混用:"vorzwanzig years……"大村对于这个德国人,仿佛对亲戚一般体贴入微。到了这时候,安吉就不须挖空心思地当翻译了。得救了的安吉就怀着兴味听他们谈话。林哈尔特亲昵地说:"盼望您再到德国来玩。"在归途上,他对安吉说:"这位先生是个好人。"

其次访问的是东京帝国大学的河原田教授,这回也是预先联系好的。调查他家的地址,原来就在安吉等常常进进出出的田端附近。再仔细打听,方知是在驹达神明町里面,即安吉曾经住过的、堂兄开的酒店后面,富士神社后门旁边。河原田引导两人走进一所日本式客厅。林哈尔特坐在铺席上,把两只脚伸在一旁,样子很尴尬。这个曾经以民本主义著称的主人,身穿日本装,坐在一张大而低的桌子面前。

"先生大概也知道的吧:国际工人救援会想在日本设立一个支部,不知高见以为如何? 先生能否鼎力帮忙? 不过这不是赤色救援会,是对于广泛的一般工人的救援组织……"

林哈尔特说的话和上次完全相同。已经有些习惯,比在大村家时说得更加流畅。安吉明白这一点,但是这回当翻译,比在大村家时困难。

"贵会的旨趣我知道了。凡我所胜任的,我一定效劳……"

河原田所说的也和大村相同。然而总觉得态度冷淡。这一点可不可以传达给林哈尔特,倒要考虑。瞒着他是不行的。同时这语调又翻译不出来。

"这个您懂得么?"河原田指点他背后的大横幅给林哈尔特看。横幅上写着几行很大的汉字。他当然不懂得。安吉也不完全认识。

"不,不懂。"

"是孙中山先生的。"

安吉为难了。若是孔夫子,可以说 Konfutze,现在怎么说呢? ……河原田当面听着,又不便抹杀。大约是隔壁再隔壁的房间里,发出很响的笑声,差不多是一种近于轻狂的热闹声音。有两人以上的和安吉同样年龄的男女混在一起,仿佛是在做一种游戏。这些人在某种摩登的气氛中旁若无人地喧吵着。安吉就加以推测:河原田有一个女儿,听说将要和一个姓黑田的青年结婚。黑田是新人会的先辈,最近他提倡一种国粹社会主义,被全体会员所厌弃。安吉想象着这两个人。然而关于这两个人的事,安吉是什么时候在什么地方正确地听到的,却记不起来。安吉心中的无明业火升起来了。对于不合道理的事,业火升得更高。林哈尔特似乎也已经觉察到河原田的态度,两人不免兴味索然地告辞,走到了本乡的大街上。安吉有些同情林哈尔特,但是没有话可说。

第三次访问的是布川律师。谈的还是同样的话。一口东北特有的方言,弄得安吉周章狼狈。安吉自己也不十分听得懂。

"我是教育程度很低的人——安吉听了这句话,心中'啊呀,啊呀'地叫苦——力量有限。可是关于国际工人救援会,也曾经听到过一二。对于诸位先生的努力,我也是暗自感谢的一个人。近来日本也发生许多问题,这些问题的确是纠缠不清地发展着。劳动报酬达到了如此这般状态,失业者的弧线又达到了如此这般状态。农民的情况,说出来实在难为情,都在那里卖孩子,尤其是卖女儿……"

安吉觉得翻译很吃力,要求他停止一下。

"好,请请……"布川说着,就停止讲话。这种东北方言音调扭扭捏捏,然而自成文理,安吉觉得感觉上很新颖。布川越是热心地唠叨不绝,安吉越感到困难。安吉翻译的时候常常省略。后来布川的话说完了。说完之后一回想,他所说的也只是"贵会的旨趣我已经明白,多少定当效劳"的意思而已。布川有一种作风:仿佛一定要等客人走进院门,在正门口按了电铃,叫门,走进屋子里来打过招呼,在坐垫上坐下了,然后开始谈话。这有些商人作风。安吉等绝对不像他这样有板有眼地说话,并且也讨厌人家这样做,可是他说得奇妙地富有情味,真是奇怪。这时候令人想到:原来还有这样一种讲话的方式。他具有一种农民等所常有的噜哩噜苏的热情,就像安吉的母亲一句话要说两遍以上、惹人讨厌一样。

"这个人藏书很丰富。"林哈尔特在归途上说。的确,他的客厅里有个书橱,其中装满着关于法律方面的图书。然而仅乎这一点,不能称为藏书。即使在学生中,拥有这一点点图书的人也不在少数。像泽田,书架上的书足有他的二十倍呢。林哈尔特这句话里含有一种幼稚气,就仿佛买一册书也必须再三考虑的那种人,即爱好学问而生计劳困的少年,看见别人拥有许多图书就尊敬他。林哈尔特真心羡慕似地说这句话,使安吉觉得这个人异常可亲。

走到半途上,安吉觉得有些吃惊。布川所住的地方,是接近郊区的新开地。方向虽然不同,从接近新开地这一点上来说,是和辰野隆吉家相像的。两人去的时候,曾经斜穿过一片尘埃堆积的空地,跳过几个水坑。其间有些地方正在造屋,刚刚竖起栋梁。岂知过了约两个钟头,两人回来的时候,这些屋子已经用不可思议的速度来粗粗地完成了。住宅和店屋,可以这样迅速地建造起来的么? 那些栋梁像麻梗一般细小……

接着,两人到总同盟本部去访问赖母木文吉会长。这回是先用电话联系的。按地图找寻地址,已经习惯了,一向无端地嫌恶打电话,现在就学学看吧。他怀着这心情打电话,幸而非常顺利。这一天大雨倾盆,两人就像落汤鸡一般被办事主任杉冈迎接了进去。杉冈穿着一身黑衣服,黑色的脸上长着黑色的髭须,头发也弯曲而漆黑。相貌又像精明干练,又像狡猾凶险。

"先生大概也知道的吧:国际工人救援会想在日本设立支部,因此今天来……"

林哈尔特似乎希望工会方面主要依靠这里照顾。

"我们已经知道了。赖母木会长本当和先生会面,可是很不凑巧,他今天要到盛冈去,火车已经决定,离开出发只有十分钟了,所以……"

"那么就在这十分钟里面会谈几分钟,好不好? ……"

"不过,如果会谈两三分钟,反而谈得不彻底,所以……"

安吉想:"这样的话,我不会用德语来讲……"这期间杉冈就先发制人：

"你们到评议会去过没有？"

"没有去。"

"准备什么时候去？"

"这我不知道。"

"你这话不是岂有此理么？"

什么？他为什么骂人？什么事情触怒了杉冈，安吉完全不知道。他就这样吃了这黑嘴唇一声怒骂，脸色发青了，他想：

"提到评议会，不是可笑的么？"

林哈尔特似乎发呆了，安吉好容易忍受了。

"我只是引导这个人到这里来。评议会和我有什么关系？没有关系。"

"那倒也不错……"

杉冈语气和缓起来，自言自语地说。安吉觉得自己被杉冈看轻了，又生起气来。安吉想："如果对评议会有意见，那么到评议会去吧。如果对这个德国人有意见，那么对这个人谈吧。关我什么事？……"

林哈尔特终于没有和赖母木会面。他向他们借了一次便所，出来找到了等候着的安吉，两人就一同出门，走进还在继续的倾盆大雨中去了。

"他说赖母木氏要到什么地方去？"

"到盛冈去。是东北地方的一个都会。"

"他说离开出发只有十分钟了，是不是？"

"他是这样说。"

"不止十分钟呢。"他说着，看看自己的手表，仿佛要确定它的样子，"刚才我还看到赖母木氏的……"

像白皮球一般的赖母木的相貌,在不认识他的外国人之中也是闻名的吧。然而安吉听了林哈尔特这话,觉得他们不讲道理,自己都感到羞耻。可是,杉冈、村松、永野,这班人为什么都留着同样的髭须呢?

安吉跟着林哈尔特东奔西走,匆匆已经一个多月。其间出现了各种各样的事情。

安吉到他的房间里去,几乎从来不乘电梯。每次总是在账房面前溜过,迅速地钻进人群里,爬上扶梯去;走进了林哈尔特的房间里,方才透一口气。有一次,他从账房面前溜过的时候,望见一个年轻女子的后影,这女子由父亲陪伴着,其体态可用"纤细""苗条"等词来形容。安吉毫无根据地想:"这是美国人吧。"她颈子里的头发剪成凸面镜式,根根笔直。这样的姿态,在某种外国杂志上曾经看到过。这大概是一个大富翁的女儿,父亲带着这十七八岁的姑娘来游山玩水吧。Millionäre 和 Milliardärin[1] 等名词浮现到脑际来了。安吉正在这样想,听见后面有人叫他:"喂,喂!…"回头一看,有一个大约三十二三岁的服装整洁的美貌男子,正在对他注视。安吉刚在想:"终于来了。"那个人就拿出一个名片夹来给安吉一看,拉他在靠墙的椅子上坐下了。

安吉对他有些钦佩。这个警视厅外事科的人员只问了他些能够爽爽快快地回答的话。然而他觉得到这时候说话更不可疏忽。谈话完毕之后,这个男子拿出一张安吉曾在报纸广告中看到过的俄罗斯歌剧的招待券来,问安吉要不要。这时候安吉就看不起对方。这是不是安吉被看成忠厚愚蠢的证据呢?安吉没有自信心。

安吉在林哈尔特房间里的时候,有人敲门,走进来的是一个戴眼镜

---

〔1〕　德语:"百万富翁"和"亿万富翁"。

的日本记者。他用英语发问，林哈尔特用比他更坏的英语来回答他。这
新闻记者的话里夹着许多"I see, I see..."〔1〕不懂话的安吉，也觉得这
个记者没有礼貌，很讨厌。林哈尔特似乎有些畏缩的样子。这记者出去
了，门关上之后，林哈尔特透一口气，说："Neugierig!"〔2〕词尾"gierig"几
个音表示着非常讨厌的心情。这又使得安吉感到几分可耻。

　　林哈尔特有两三次怪怨这房间太贵。他说在北京只要多少多少，列
举出数目字来。他说不知道有没有便宜一点的旅馆。两人商量一下之
后，就一同走到市兵卫町，去看看那里的旅馆，然而价钱也不便宜。他说
就在这里吃中饭吧，两人就走进旅馆的宽广而空落落的餐厅里。安吉正
在考虑："点菜应该怎样说法呢？"这时站着伺候点菜的仆人突然从旁问：
"Zwei Dinner?"〔3〕安吉觉得失去了面子。安吉连"要两客午餐"这句话
也不会说。那边有一个白发的外国老太太正在吃饭，同时嘴里唠唠叨叨
地说话。这个人和日本老太太一点也没有两样，安吉觉得有趣。

　　谈话的时候安吉常常闭口无言。林哈尔特说，北京大学的
Dekan〔4〕对工人救援会负责帮忙。Dekan 是什么东西，安吉不懂。似乎
是大学校长，回去查查辞典看。他说要到 Arbeiterviertel〔5〕去。这个词
安吉不懂，他想："工人四分之一么？是什么东西呢？"又想：前面是
Arbeiter(工人)，我懂得的。就向他探问，这才知道是工人区域的意思。
Viertel 这个词这样用法，安吉从来不曾听到过，自己也觉得可笑。就这

────────

〔1〕　英语："我知道，我知道……"
〔2〕　德语："出于好奇心的！"
〔3〕　德语："要两客午餐么？"
〔4〕　德语："系主任。"
〔5〕　德语："工人区域。"

样,他还听过关于克莱斯特的讲义呢……

"日本的女人为什么带着 kiss〔1〕走路?"林哈尔特这么问,安吉吃了一惊,他想:

"带着 kiss? 一边接吻,一边走路么? 他说的是什么呢?"

到纸烟店里去买香烟,林哈尔特看见各种香烟,问安吉:"您抽哪一种?"安吉说:"我抽这种。"就买一包金蝙蝠,接着得意地说:"这是学生和工人抽的香烟。"林哈尔特说:"我也买这种。"就买了一包。拿出一支来吸了一口,说:"味道很好。"似乎味道的确很好的样子。安吉想起:德国的香烟,经过大战以后,大概到现在还是很坏的吧。正是在这时候,林哈尔特问他:"为什么带着接吻走路?"然而安吉立刻明白了:原来他所说的是 Kissen〔2〕。就回答说:"不,这不是垫子。女人背后束着的是带子。多年以前,这带子是束在前面的,自从受封建力量束缚以后,就束在背后了……"

然而实际上他并不知道这些事情。安吉关于日本的无知,在上戏院的时候显然地暴露了。这时候另有一个德国人也住在这旅馆里,最初三个人一同吃了午饭。这个人相貌像一只蛤蟆,他说想吃盖浇饭。三个人就出门,到一家鳗鲡店里去吃鳗鲡盖浇饭。

"听说大地震的时候,死了许多吉原〔3〕姑娘,真的么?"像蛤蟆的那个人问。

"真的。"

那人脸上表示"可怜!"的样子,又问:"啊,那是什么东西?"

〔1〕 英语:"接吻"。
〔2〕 德语:"垫子"。
〔3〕 东京的妓院区。

车子大概走到了京桥一带地方,看见有两三间烧残的仓库店屋的废材堆积在路旁。

"那是从前的店屋。"

"Menschlich sohön!"[1]

"日本话怎么说呢?"安吉想。menschlich 这个词在日本语中没有……

三个人走进了戏院里。登场的是些二流演员。

"那是什么? 他在做什么?"

安吉不懂。他们买了戏目单。安吉看了戏目单,还是不懂。他把剧情读了一遍,然而因为根底不明白,所以翻译不出来。安吉只管搪塞,尽快地带他们走出了戏院。

他们走到了工人街上。这里有几间肮脏的放映电影的小屋,外面挂着一张残酷的刀枪武戏的广告画招牌。

"去看电影吧。东京的工人街上放映着怎样的电影,想看一看。"

"算了吧,算了吧。那是无聊得很的……"

一半为了这里所放映的电影质量差,太丢人,一半因为国定忠治之类的故事他讲不出来。如果演出隐身术之类的东西来,他就讲不下去了。他想:"不行,不行,日本的电影,在电影中是否上等,这问题还谈不到。坏极了……"同时刀枪武戏等话,他都瞒着不说……

日子渐渐地过下去,安吉看到:救援会的工作似乎不能顺利进行了。林哈尔特自己的样子似乎厌倦起来,也说出这样的话来了。另一方面,安吉也不能长久地在这里当翻译。佐伯回来之后,马克思主义艺术研究

---

〔1〕 德语:"人情的美!"

会里的事情也忙起来了。并且佐伯想把大妈接到他那里去住。佐伯已经迁出集体宿舍,靠开书店的姓馆的人的照顾,在郊外租到了一座房子。虽然他的官司总是要公审的,但是学联事件又归学联事件,学生们又以新的规模而进行活动了。集体宿舍里的人认为大妈去了很不方便,曾经拒绝佐伯的要求。他们内心里有一种书生气的天真的想法,认为这大妈是集体宿舍里的人,是大家共有的人。但是结果非让她回到儿子那里去不可。大妈本人夹在两者之间,似乎也有些左右为难。

有一天,由于林哈尔特的希望,安吉陪他到上野博物馆去玩。他把门口的黑色柱子上的枪弹痕迹指点给他看,谈起维新战争时的话。林哈尔特问:"想来总有英语说明书发卖吧。"然而并没有发卖,这使安吉感到困窘。陈列品之中有达摩像和观音像。安吉用德语说明的时候觉得非常困窘。参观美术展览,弄得有头无尾,加上了他的预定计划没有成功,使得两人沉默寡言地走下了上野山。

安吉自己心中想:"真是过意不去……"一味搪塞过去,实在过意不去。这是他所不能做的事,当初如果毅然决然地拒绝了,对他自己倒是好的。他虽然并不认为仅仅是由于他的缘故而事情不能顺利进行,然而如果不是他当翻译,而另请一个像模像样的人来当翻译,或者事情会有所成就,也未可知……

两人都表示,今天就告结束吧。安吉怀着送行的心情,陪他到日比谷公园去玩,两人就搭上了市内电车。林哈尔特说:"再走远些吧。"两人乘到了芝园桥才下车。

"我想去理发……"林哈尔特说。

"这里理发店很多。"安吉说,两人就再向前走。

"呀,东京有女理发师的?"林哈尔特向一家理发店里张望一下说。

"有的。很多。"安吉说。他想再说："请您叫女理发师理发吧。"然而没有顺利地说出口来。

"这一次蒙您种种照拂了。"林哈尔特说。

"哪里！我不能帮助您，非常抱歉！"

"没有这话。全靠您，我获得不少帮助，要是换了别人，没有这么方便……"

这话在安吉听来并非完全是恭维的话。"我脸皮太厚了吧？脸皮太厚了吧？恐怕还不止这一点。"安吉总是这么想。

这个不像西洋人的、身材矮小的、一根手指受伤而不能弯曲的人，从遥远的地方到这里来，而计划不能顺利完成，实在是抱歉的事。就因为这样，就因为安吉和林哈尔特分担了这种不幸，安吉心头反而涌起一种恋恋不舍的感情来，虽然言语是那么不相通的。他想："言语是次要的问题。"其中又交混着一种想头："这是辩解吧。是替自己辩解吧……"有没有和他再见的机会呢？恐怕没有了。

"我要先到北京去一趟，然后回柏林。回到柏林就写信给您。那么我们再见了。"

走过了有女理发师的理发店，又回过来，再走上芝园桥，两人握住了手。

到了这临别的时候，也不能畅快地讲话。安吉就怀着这焦灼不安的心情跨上了电车。他拉住了吊手皮带向电车里的人环顾一下，心绪沉闷不展，仿佛想对电车里的人说明某一件事，虽然自己也不知道是什么事。他就被电车一摇一晃地载回去了。

六

在有时每天来回两次的坡上，安吉和吉川两人并着肩，向蓝染桥方向走去。

"没有这话……"安吉向吉川反驳。吉川只是一个副手，这回到这里来出席会议，现在要回去了。他并不是想专门研究文学的。他在集体宿舍里也是最懦弱的人。他今年从高等学校毕业出来。在不分几年级生的大学里，事实上也有一年级生和三年级生的差别，所以自然地使得安吉感到轻松。还有，如果强迫吉川研究文学，他也会研究，这是吉川的弱点。因此，关于"大妈"的问题，吉川在集体宿舍的会议上反而是赞成把母亲还给儿子佐伯的人们之中的一人。

"可是弱得很。"

"弱？这是什么意思？无论怎么说，总是美的。"安吉想起了辰野隆吉的论文中常用的"无论怎么说"。"无论怎么说"这句话当作论文里的语句应用，而居然发生效力，这情况安吉是在辰野的论文中初次看到的。"你说弱，可是即使是那样一个故事，实际上并不弱呢。你自己不是读了很感动么？"

"感动确是感动的，然而弱得很。这是对于过去的幸福日子的怀乡病呀。首先，那个题目是什么意思呢？题目叫作《龟儿》，这不是滑稽小说么？"

"题目么？没有这话。是啊……那么，这样好不好？"安吉一面考虑，一面向吉川狡猾地斜看一眼，接着说："题目改作《龟儿和他的巡回家族》，如何？题目是没有什么关系的……"

"《龟儿和他的巡回家族》？好极……"

吉川用"对付不了"似的眼光看看安吉。原来是这么一回事：在刚才的集会上，平井误解了集会的性质，发表了一篇小品文；现在安吉和吉川在继续谈论对于这小品文的读后感。这集会的目的，是讨论社会文艺研究会今后如何进行的问题，总之是以这运动为主题的少数人的会议。久不出席了的平井，误认为这是照过去一样的讨论文艺本身的集会，因此在席上朗诵了最近所作的一篇小品文。在集会上朗诵自己的作品，是一种出风头行为，谁也不肯做。只有平井常常这样做，只有他得到周围的人的容许，被认为是一种天衣无缝的率真行为。这篇小说文中所写的是平井自己幼年时代的回忆。

"现在回想，这到底是怎样的一个家族，我还是不能正确地想出。这竟像昨天的事情，又像是遥远的过去的事情。然而结果还是遥远的过去的事情。它是像烟雾一般的过去，像河水一般流去了的过去。那时候我是中学一年级生，当地正在造一条狭小的单线轻便铁道，从一里〔1〕以外的主要路线上的车站出发，通过我们的村子，达到市街中。做这工事的人寄宿在我们家里。详言之，做工事的人，以及监督工事和工人的现场老师傅的一家人，寄宿在我们家里……"

平井用这样的语调和相当感伤的文章记述他的回忆。

平井的家住在一处小小的平原的中央。在两三里路之内，东南西北无论哪一方向，都有当地的名胜之类的地方、风景美丽的地方、瀑布、有名的寺庙等。奇怪的是，只有平井的村子所在的小小的盆地上，既没有名胜，也没有美好的风景。他的家是一个毫无特点的小小的平原上的农

---

〔1〕　1日里约合我国 7.8 里。

村中的一所老屋。这人家有一种奇怪的老惯例——也许不配称为惯例——无家可归的狗必然到这屋子的檐下来生小狗。从越中遥远地赶到这土佐地方来的卖药商人、从日向地方一个叫作延冈的市镇赶到这里来的某种行商等人,都到这屋子里来投宿。流浪飘泊之后回到伊予的家乡去的一个跛脚的乞丐,有时也到这人家来借宿一宵。

那是村子里开始装上电灯后没有多久的事。电灯放光的时候,平井还是个小学生。从煤烟熏黑的起坐间的梁条上挂下一盏装白色烟罩的电灯来。大家叫着今晚要"来了"的时候,每一家人家的孩子们都集中在电灯下面,眼睛闪闪发光。他们并非站在电灯底下,他们把电线拉得很低,拉到和眼睛一样高的地方。其中也有几个小孩子,把两手交叉在胸脯底下,仔细地注视。

不久电灯亮了。

"亮了!"他们叫着,透一口大气。

下端有个尖头的茄子形的玻璃球里面,有一条轮子形状的钨丝。在天还没有十分暗的时候,钨丝就闪亮地发光了。

此后不久,平井小学毕了业,进了中学。他住宿在中学所在的市镇上,每星期六回家。在家里宿了一夜,星期日傍晚再步行到市镇上,回到宿舍里。离家六天,回家一天,这种新生活最初教导了这个年纪轻轻的少年从隔远的距离上眺望自己的老家的姿态。

造轻便铁道的话,老早就说起了。平井等少年知道:穿着地下足袋[1]、扎着绑腿带的测量技师,抱着好几根染着彩色条纹的竿子,在各

---

[1] 足袋是日本人穿的一种布袜子,在大脚趾与四趾之间分歧,以便出门时穿木屐。地下足袋是从事体力劳动的人穿的胶底足袋,不需要再穿木屐。

个村子里跑来跑去。

　　然而这铁道工事是哪一天实现的,孩子们不知道。有一天星期六傍晚,这个少年满脸灰尘地跑回家里,看见家里变了样子,吃了一惊,但见七八个陌生人,坐在起坐间和储藏室里,一齐向这走进来的少年看。他没有看清楚每个人的面貌,他们的眼睛若无其事地转向了别处,在这少年看来觉得奇怪。平井看见杯盘狼藉的样子,想象他们已经吃过晚饭了。他们的神气和看惯的农民不同,大家都瞌睡朦胧、没精打采地谈话。平井觉得自己的家被外来的侵入者占据了,就坐在地炉旁边,向那边观察。当时他的父亲在神户那边供职,家里只有祖父母和母亲,因此,这少年更加不断地产生"父亲不在家的时候被占据"的感想。储藏室里走出一个小个子的男孩子来,向平井注视了一会,羞涩似地回过头去,又躲进储藏室里去了。这使得这少年更加觉得奇怪了。

　　然而听了祖父和母亲的话,这少年就用少年人的看法来完全理解了当前的情况。

　　不久轻便铁道的工事开始了。土方工事最先开始。做土方工事的是从附近各个村子里来的青年。但"老师傅"是从别处来的。这是一件麻烦的工事,老师傅须得带着"手下"的人,像包工师一般东奔西走。寄宿在这屋子里的便是这当老师傅的包工师。留人寄宿不免要添麻烦,然而这正好是农闲期,也就让他们寄宿了。一旦理解了情况的这个少年,就在这异样的空气中——这少年似乎觉得这变化的空气是用手也摸得出的——睡了一夜,第二天回到中学所在的市镇上去了。

　　平井每星期六回家,后来对于这容纳着十来个外客的自己的家渐渐看惯了。其余的人都是单身的,只有当老师傅的包工师带着家眷。老师傅一家是夫妇两人和一个残废的儿子。这儿子名叫龟吉,人们都称他龟儿。

老师傅剃和尚头,肤色赭赤,嘴上长着粗大的髭须。他的妻子衣衫肮脏,头发常常是乱蓬蓬的。儿子不像父亲,也不像母亲,是一个瘦得厉害的小个子少年,正在小学五年级念书。他跟着父母到了这里之后,就转学到这村子里的小学里。他的穿在窄袖子里的半截左臂搭拉着,闪着那双聪明相的眼睛,正在读学校里的教科书。

院子里不知什么时候已经堆放了许多铁轨。这些铁轨并不三百公尺五百公尺地延续,却是约一丈五尺长的两条搁在几根横木上,成为一组,横木带着泥污,堆叠在院子里。平井和龟儿就在这些铁轨旁边谈话。两人之间的友爱,因为一星期一星期地隔断,所以有不连贯之感,长期间不能像普通友爱之情那样地发展。然而有一次,忽然觉得连贯地发展着了,使得平井这个孩子感到诧异。

到了现在,在平井"个人"的回忆中,已经记不起这工事几时完成。土工们从几时到几时寄宿在他家里,也记不起了。至于他们的生活状况、龟儿一家种种情形,究竟是他自己直接见闻的,还是从母亲等那里听来的,也完全记不起了。总而言之,轻便铁道造成了。不久就通电车,现在还在那里开电车。

在平井的记忆——似乎也是别人讲给他听的话的记忆——中,保留着一种可怕的吵架的光景。由于什么原因,一概不得而知,总之他们常常吵架。这是时间很短促的吵架,不像农民那样唠唠叨叨地讲道理。打起架来很残酷。甲和乙吵架的时候,丙和丁一声不响地旁观,平井看了觉得害怕。吵架完毕之后,甲乙丙丁照旧继续谈话。中间并没有所谓"若无其事"似的转机,就从残酷的殴打、受伤和冷酷的旁观直接滑进其次的一幕,这推移的办法更加使人觉得害怕。这与其说是人类的打架,还不如说是兽类的打架来得近似。平井到现在还记得：后来他所看到的土佐狗[1]的打架——这是故乡有名的杂技团里的花样——比起它们的打架来，人性的意义丰富得多。

他们常常赌博。农民们也有赌博的，然而这种人在附近一带地方只有一个或两个；赌博的地点也不在村子里，而在市镇上，赌徒从各处集中到市镇上来赌博。而且近年来这种赌博也减少了。土工们却在平井家里赌博。而且赌博的工具也不是打宝或玩纸牌，而是在茶碗里掷骰子。平井的母亲怀着无知的恐怖，率直地把他们赌博的状况讲给儿子听，好像讲一件可怕的事，并不考虑到这话对这少年有什么影响。工人们所住宿的那间储藏室，在家里本来就是一个特殊区域。他们开始赌博的时候，就有一个人出来，满不在乎地把通达饭厅的板门关上。那里有着可怕的治外法权。

包工师一家，住在和储藏室隔开一间饭厅的那边一个房间里。平井家里，连结起坐间和仓库的走廊，形成一个房间。他们一家三人搬进些家具之类的东西去，就住在这房间里。这里变成了和储藏室不同的一个治外法权区域。龟吉这个人呢，储藏室里的工人们也不要他，平井的母亲等也不要他，走廊房间里的父母亲也不要他，显得很悲哀的样子，有时读读书，有时用脚帮着右手，做做某种手工。

母亲这样对待儿子，使人怀疑她是后妻，而龟吉是前妻所生的；然而也许只是由于这女人粗暴无知的缘故，这一点少年的平井不能判断。那父亲常常说些没道理的话，难为这儿子。在平井看来这是"虐待"。然而有时似乎相反，他热烈地疼爱这残废的儿子，仿佛要哭出来的样子。龟

---

〔1〕　日本狗和西洋狗杂交所产生的一种猛犬。

吉的左臂，是由于有一次跟父亲出门去做土方工事生意的时候，被手推车子碾伤了，用外科手术割去的。这似乎是他很小时候的事。龟儿的左臂切断的地方，像树桩一般的地方，平井并非没有机会看到，然而一次也不曾见过。这少年一则由于只有一只手臂，二则由于名字叫作龟吉的缘故，在他新进去的、一向不熟悉的学校里，似乎更加受人歧视而感到苦痛。因为一向到处受人这样看待，就自然地使这幼小的少年养成了一种巧妙地避免耻笑的智慧。这在当中学生的平井看来，似乎觉得是可悲的。

有一次，龟吉的父亲和母亲非常可怕地吵了一场架。吵得相当长久，在关闭好的走廊房间里滔滔不绝地口角。终于打起架来。后来一时肃静无声了。人们以为停息了，忽然男女双方大声地叫喊起来，接着那女的一脚踢开关上的门，逃了出来。那丈夫手里挥着一把钢刀，粗大的红髭须底下发出怒骂声，全身显出一种可怕的野蛮相，追赶那女的。那女的像鸟一般逃避，跳到门口的泥地上，钻出大门，向外面的黑暗中飞奔而去了。丈夫这才站在门框边，挂下了那把钢刀，后来回进走廊房间里去了。这期间龟吉这孩子一直没有露面，也没有声息。龟吉向来动作没有声音。然而这时候龟吉的确是在房间里的。"名叫'龟吉'而被呼作龟儿的这个少年，以后转移到哪里去了呢？他面前摆着怎样的命运呢？那时候我和龟吉之间发生了一种不可思议的、从来不曾经验过的——至少在我个人觉得如此——友情。就我而论：我在村子里的孩子们中间，曾经对他们发生过最初的友情；在村里的小学校里，曾经对同学发生过小学生之间的友情；进了中学之后，包括从相距很远的地方来的人，彼此之间产生了可以用英语'classmate'[1]来称呼的那样一种友情。然而我和

---

〔1〕 英语："同窗"。

龟吉之间的友情，和上述任何一种友情性质都不同。龟吉一家，是越中富山县人，就是常常到我家来投宿的越中卖药商人那边的人。富山县这个地方呀！由于跟着随工作而转移的父母的缘故，又由于遭受残废的不幸的缘故，龟吉对于包括父母在内的'人类'，怀着一种特殊的看法。我对他的友情关系，是对村中小朋友、小学同学、中学同学等由于某种必然性而结合的交谊上所绝不会发生的一种友情关系；是无缘无故的、生活阶层和生活形式完全不同的两个人几乎完全由于偶然性而结合时必然地发生的一种友情关系。这岂不是使我对于人生最初开眼的一个机缘么？"

"至于父母亲方面，此后和他们的'部下'共同遭逢怎样的命运，不得而知。土工们称呼他为'干爹'。在农民的环境里偷用这样的称呼，在我听来觉得异样，并且可怕。这个包工师曾经夸耀他自己在各地铺造过许多轻便铁道。这虽然有些吹牛，然而看来并非撒谎。他们这样地工作，结果自己赚了多少钱呢？总而言之，他们是穷困的。他那一次野蛮地动刀，其真正的原因毕竟是由于生活的穷困吧。无论到什么地方，总是不断的穷困，到处不走运，逼得他性情暴躁了。据他说，各地许多轻便铁道都是靠他的力量造成的。他在各地铺铁轨，让小型火车开驶。国有铁道中也有一部分是他造的。他继续不断地造铁路，人们不问是谁造的，只管享受便利；这时候造铁路的本人被几年、几十年来继续不断的穷困所迫，正在另找同类的工作，不得不到处流浪，度着那种野兽似的家庭生活。这是多么凄惨而冗长的苦役啊！"

"至于那些土木工人，其中有几个人有了妻子呢？他们粗野地挤在一起，度着悲惨的生活……得不到解救。"

在平井这篇文章中，有些地方可以看出，写的人一边写，一边已经醉了。然而这种酒本身,强度并不是很高的。话虽如此说,然而其中也有其本身的魅力。这种地方,未必可以称之为弱。总之,这里也含有关于艺术本身的特殊强度的问题。从另一方面说来,这里还有关于夺取农闲期剩余劳动力的问题。又有由于大工事分散转包而把损害逐步转嫁给下层的制度问题。吉川所特别非难的,似乎是平井的回忆中对主人公少年龟吉的友情太冷淡。但这一点不一定是缺陷。

吉川起初绝不承认,后来似乎承认了。这时候两人已经走到蓝染桥电车站的派出所旁边,被车子阻住了。周围的一切都迅速地变成新式的,只有开往神明町去的电车还保留着旧日的形状,叮铃铃地往前开去。忽然发出"前进"的信号,弥生町这边被阻住的人群和善光寺坂那边被阻住的人群,就从两面拥挤着穿过电车道去。两人踏着铁轨旁边的铺石穿过了轨道,当他们赶过别人的时候,和别人的身体轻轻地相触碰,觉得有一种快感。

"也许,"安吉忽然想起,"是听了关于外国语的谈话的缘故,由于这缘故,我心中对平井具有一种近于同情的感觉,亦未可知……"

这时候吉川拉一拉安吉的衣袖,说:"你看……"

"?"

"喏……"吉川的突出的下颚上面的嘴巴这样喊着,用下颚向那边指点一下,"现在正在穿过铁路的那个女人,就是彻姐呀。"

"彻姐?"

"喏,就是《萌芽》里的女主人公。彻姐……她到东京来了。"

后面的话仿佛是自言自语。但安吉也立刻看到了这女人。她跟在从两人对面穿过来的一群人的最后,只有她一个女人,脚上穿着木屐,正在走过轨道。她被带黄色而模糊的夕阳照射着,年纪大约三十左右,日本外衣的两个衣袖敛缩在胸前,脸色青里带黄,戴着一副银丝边眼镜。从远处望去,也看得出她没有化妆,肤色有些憔悴,可以想见是蒙着风尘。长期干着粗重活儿的女人,肤色就会变得这样了。同样是带黄色的,然而和横滨送行的那个村野教授的脸色性质不同。表面上没有像安吉所说的 Mandarin 式的象牙细工或陶器那样的光泽。对她用这话来形容,虽然似乎有些不好出口,然而竟可用难看这两个字来表示。这女人又很瘦。

然而,是怎么一回事呢?这个是彻子,吉川——吉川之类的人——为什么知道呢?一定是表示这是小说的模特儿的意思。但他说"到东京来了",意思是说彻子住在京都,吉川等是在那边和她相识的吧?那篇大名鼎鼎的作品的女主人公,在小说中用彻子这名字的这女子本人,现在正在穿过蓝染桥电车站上的轨道;而安吉正在走向和她相反的方向去,由于吉川的指点而正在回过头去看她……她的真姓名叫什么?无论怎样,彻子和吉川的对比太唐突了。

大概他们相识的程度是很浅的,吉川并不向这女子打招呼。吉川一面爬上宽广的善光寺坡道去,一面向安吉叙述这件事。安吉觉得这是一个意外的故事,不过他不知道这件事,也不能认为是他的迂阔。

不知由于什么因缘,吉川在第三高等学校进社会科学研究会的时候,她已经住在大学生同人所住的集体宿舍里,照顾着宿舍的事情。这女人的地位和清水町集体宿舍里的佐伯的母亲相似。然而她自己又是研究会里的一个会员,这个工作岗位也就是她把自己学到的东西付诸实践的场所。她的立场,可说是比佐伯的母亲和藤堂的妹妹更进一步。总之,照吉川等人所说,这件事是结合着"阶级意识"的。而且这无非是《萌芽》的女主人公的"模特儿"的姿态。这是作为活的"模特儿"的、《萌芽》

的女主人公……

　　吉川观看这个不能说年轻、也不能说年老的女人时,的确把她看作《萌芽》的女主人公的"模特儿"。吉川在向安吉叙述着的现在,也认为这是他自己的弱点。然而有人告诉他这事的时候,他就想起《国王的耳朵是驴耳朵》[1]这童话。《萌芽》中的故事,即使不是小说世界里的事,而是实际的事,然而吉川也并没有把它们看作主人公们的缺点,吉川很想寻根究底地探听这件事的从卑俗意义上来说的"真相"。虽然他认为,光是在心里想想,就是对对方的冒渎,但他还是不能抑制住自己。没有一个人响应他的看法,这事实总算解救了他。吉川只和彻子有过这么一点点接触,终于进入了东京的大学。然而那时候正是学生社会科学联合会被检举后不久,京都方面被检举得很厉害。

　　"京都的黄色报刊上大书特书地宣扬着,说什么'红色的妖花,伏魔殿上的女王'。"

　　安吉曾经读过《萌芽》这部小说,然而故事的细节已经记不起了。这个作品在发表的当时,曾经用含有嫌恶之情的阴郁的形式来博得好评。这作品中含有使得吹毛求疵的批评家反而闭口无言的东西。原来在世间,对于文坛一向有"名家""中坚"等评论,因为规定等级的目标有种种,所以不能确定谁是名家。然而其中必有两三个人,无论怎样的恶鬼也承认他们是名家,他们就驰名在世间和文坛两方面了。而在这两三个人之

---

　　[1]　有一个国王长着一对驴耳朵,为了怕被人发觉,他把每一个替他理过发的理发师都绞死。但是最后全国人都知道了这个秘密,国王也就索性把驴耳朵露出来,不再掩藏了。捷克诗人卡莱尔·哈夫利切克·波罗夫斯基(1821—1856)在1854年写的长诗《拉夫拉皇帝》,就是根据这个童话改编的。

中，这个让原宗俊〔1〕由于长期的创作生活和永不崩溃的稳定的座位，就被公认为名家中的名家了。除了文学的意义，又具有道德的意义，因此他的作品的一部分近来被选取在教育部的教科书里。据安吉了解：内幕里还含有世间对他的信用，因为他在妻子逝世之后度着长期的清净的鳏居生活。而在其间一面抚育子女，一面精勤不息地从事创作。这作家在那些一方面是推也推不倒的名家、一方面有时又不免显露滑稽的缺陷的文学家之间，用结果有利于自我辩护的语调来陆续发表意见；同时他又具有一种阴郁、沉默的力量，从来不肯显露丝毫的缺陷。单凭这一点，这位作家就被神经质的批评家所厌弃，却能用一种坚毅的力量来牢固地抓住广大的读者阶层。《萌芽》这部小说就在这样的世间面前发表了，其中所描写的是叔父和侄女逆伦恋爱的稀奇情节。作品的大意是这样：一个鳏居的叔父诱惑了一个身世不幸的侄女；如果事情暴露出去，他们就会被家庭亲戚和广大世间所唾弃；在这生死关头上，主人公自动地告白了这件事。主人公坚持着一种哲理：定要摆脱一切苦难而生活下去；这哲理使得侄女这女主人公受了更大的重伤而被抛弃——这结局露骨地描述在小说中。有些父母本来对女儿抱着这样一种态度：不许读小说，不过让原宗俊写的作品不妨读读。——这部《萌芽》却使这样的父母左右为难了。这里暴露着：本来以为是黄金，而实际上是黄铜。然而仔细一想：作者一向惯说自己是黄铜，从来不曾说过自己是黄金；人们回想起这一点，不免觉得扫兴。这小说可以被理解为不可抑制的悲痛的告白，也可以被理解为取告白形式的有计算的先发制人。这小说固然是一部小说，然而外观上使人觉得是事实。因此，这里面含有一种诡计：情节用创

---

〔1〕　影射岛崎藤村(1872—1943)，日本小说家和诗人。《萌芽》指他的小说《新生》。

造的形式来公诸于世,这就可使作者获得世俗的谅解。也许是年龄的关系吧,在实际上,安吉觉得这作品无论是好是坏,其中总有不能理解的扭扭捏捏的地方。安吉并没有重读这部小说,但觉得关于正在那边向相反的方向爬上坡道去的女人和小说里的彻子,实在很难就作品而发表什么意见。然而,除了那样地把侄女推入深渊去,在实际问题上,或者在小说中,难道都没有别的办法么? 做医生的,努力于挽救病人的生命,直到最后一瞬间为止。如果说看见病人苦痛万状,如果说医生方面已经精疲力尽,就在未能确证绝无挽救希望以前(然而这确证对于医生毕竟不能说是合乎原理的;即使可说是合乎原理的——原理在哪里,已经是个问题——"医生"也应该继续努力)下一服毒药,让他死掉,难道是被许可的么? 不把她抛弃到更悲惨的境遇中,能否找到另一种办法? 照小说中所写的情形来看,主人公未见得拼命地找求过吧。然而他本人一味坚持着:他之所以抛弃她,正是不得不抛弃她的他自己的苦痛的证据……

　　然而,她怎么会来照顾京都学生联合会的同人了呢?《萌芽》出版了,世间有极小一部分人在黑幕的角落里受到了震惊。一个青年女子,并非由于世俗的关系,却是由于更罪恶的、作家和世俗的融合的力量,而活活地被葬送了。而且世间已经淡然地把她忘记了。连默默地受到震惊的极少数的一部分人,也忘却了这个被葬送的人,时间就此过去了。不能正确地记忆,但这也许就是安吉读《灰色马》而感动的时候吧? 最近有一次,安吉从辰野那里收到了《第二国际的崩溃》的翻译稿酬的一部分。这时候,辰野大概是出于勉励新进者的心情,照例口吃着称赞安吉,说这是译得相当正确的。正在这时候《萌芽》中的彻子变了样子而到东京来了。辰野也变了样子,安吉也变了样子,然而安吉认为,不知怎的,比较起来这个女人的样子变得厉害得多。安吉总觉得:由于安吉这些人接触不到的地点所发生的问题,这个女人才到东京来的。有一次,当没有别人在座的时候,村山用探察秘密似的态度质问安吉:对于《马克思主义研究》上所刊登的永野的论文有何见解? 那女人来到东京,大概和这方面有关系吧。安吉等人虽然不知道从善光寺坡道走下来的这个女人将要回到哪里去,然而她是从安吉等所走向的清水町集体宿舍回来的,这一点的确是显然的。将近学联事件公审的时候,各种各样的人往返于东京和京都之间。然而关于这女人的事,安吉全然不知道,连和她有关的片断的话,安吉也没有听到。她大概是在更内面的范围里活动着的吧。然而,这个《萌芽》的女主人公是由于怎样的经历而发生那样的变化呢? 这一定不会和事件有直接的联系吧……

然而吉川撇开了安吉的质问,一味谈论近亲相奸的问题。

"这是怎么样的? 那位谨严的先生——那个叔父——是怎样说服这个彻子的呢? 并且犯过不止一次呢!"

安吉觉得吉川的言语中,无论如何也听不出非难作家的逆伦的意思。不知怎的,吉川似乎想把这事情的经过历历可睹地在安吉面前描写出来,似乎想用好奇心来欣赏这件事,又似乎想窥察安吉对于这件事的兴味的动态。安吉心中想:"所以呀,别人都用奇怪的眼光来看你呢。"

吉川等住在京都的时候和她有几分相识,似乎关系密切而不必客气,因此取这样的态度,亦未可知。然而在这种地方,吉川的确有刚才安吉所想起的那句话的习气。这一点在集体宿舍里也有两三次作为问题提出来过。

吉川有一次看看要到"贫民救济社"去的渡边,嘴里不知不觉地溜出轻薄的话来。旁人看来也分明看得出是不知不觉地溜出来的。

"'贫民救济社'里有从目白〔1〕来的妙人儿吧，渡边兄？"

"妙人儿？ 妙人儿是什么东西？"

"妙人儿就是妙人儿呀，就是美人！"

"美人么？ 美人是有的。怎么样呢？"

"你说怎么样……"

"你，"相貌漂亮的渡边眼睛闪闪发光，把身子略微靠近他些，说，"你羡慕么？"

这时候吉川无法用"羡慕得很"这句话来抵挡，就把枯瘦的下颚更加突出些，只好畏缩下去。

有一天吃过晚餐之后，大家围坐在食桌旁边，谈到了震灾中被宪兵杀害的无政府主义者上杉环〔2〕。有人说，上杉从前的恋人津田吉子近来倾向马克思主义了，这话似乎是真的。——在座四五个人用新人会会员那种朴质的语调这样谈着而表示可喜的时候，吉川又插嘴了："啊，这个婆娘呀，可真不得了！ 她从前在热海的旅馆里，曾经突然跨在上杉身上，把他当马骑呢……"

这件事大概确实有过。据说上杉除津田之外，又有了一个恋人，津田得知了，怒气冲冲地赶到热海，追着了上杉，想用小刀之类的东西来刺杀他——这是很久以前的话了。然而吉川所说的话，并不能当作事实来听。"把他当马骑"这句话，听起来似乎是色情的，和想用小刀行刺的津田吉子的态度有些不相称。安吉私下在想："是不是只有我一个人，由于我生性如此的缘故，特别感到这是色情的和讨厌的呢？"这时候满座的人

---

〔1〕　街道名称，东京女子大学所在的地方。

〔2〕　影射日本无政府主义者大杉荣（1885—1928），他和他的妻子伊藤野枝一同被宪兵上尉甘粕正彦杀害。

也一时扫兴，大家默默无言。

到了本星期，又发生了岩崎义夫的事件。和过去不同的、以一种似乎根深蒂固的风格来进行的共同印刷公司罢工，其风格现在似乎发生了变化，于是《工人运动》上最初发表了岩崎的一篇论文。在这以前，岩崎在《马克思主义研究》上所发表的文章，主要是关于方法论和日本运动的战略问题的。他不曾直接触及工会运动，从来不曾在工会运动的专门杂志《工人运动》上发表过文章，因此这回是第一次发表，而且具体地以共同印刷公司为材料而写论文，这一点安吉等也都注意到了。论文的格调，似乎还是抽象的。说话吞吞吐吐，仿佛臼齿里嵌着东西似的。虽然如此，新人会里还是以这论文为中心而举行了一个共同印刷公司研究会。共同印刷公司工会派一个叫做中田胜一的人做代表，来作报告。中田的话说得异常恳切，给安吉以强烈的印象。大概因为对象是大学生，所以他们特地派这样一个人来的吧？中田拘谨撙节地选择着言语而进行谈话，这模样使人认为罢工进行的路上发生着某种严重的困难。正当现在这样地讲话的期间，会不会发生什么变化呢？中田本人大概也担心着这一点，所以吞吞吐吐地讲话的吧？在这一天吃过晚餐之后的谈话中，也说起上述的事，把这作为话题之一。但问题归结到岩崎发表在《工人运动》上的论文，大家做了种种评论。在这里产生了对头一次应用在罢工战术的分析上的、岩崎的方法论重新加以赞美的空气。

"岩崎义夫氏在年轻的女人中间名望好得很呢！"在谈话略微停顿的时候，吉川又插嘴了。不免有些唐突。"关西方面比东京更加热烈地欢迎他。喏，大阪那个 M 姑娘呀，岩崎氏一到大阪，她就穿了一件天鹅绒斗篷，跟着他在大阪街上跑来跑去，绝不让别人碰他一下……"

　　M这个女人,安吉不认识。然而曾经听人说起过:这是一个与众不同的美人,头脑锐敏得达到神经质的程度,是一个旧式大富翁的还没结婚的女儿,是参加马克思主义运动的一个"女王似的女人"。大家对于新来的女佣人有几分警戒。自从佐伯的母亲回到佐伯那里去之后,集体宿舍里雇用了一个朝来晚去的女佣人。这个人的来历曾经仔细调查过,然而大家和她还不曾熟识,绝不能像佐伯的母亲一样看待。这时候,这个女佣人正在厨房和饭厅之间走来走去,收拾东西。因此学生们认为即使她完全不认识岩崎,把"跟着他在大阪街上跑来跑去,绝不让别人碰他一下"的那个女人和谈话主题的岩崎相结合的话,也不可以给女佣人听到。等到女佣人把厨房收拾完毕、回家去之后,就有人用几分老实不客气的语调把这一点告诉了吉川本人。

　　"可是这家伙,终究是由于气馁的缘故,所以爱说这一类的话吧。一半也由于是对我说,所以就更加气馁了。他说平井的小品文'弱',毕竟只是一种反面的反映而已。不过……"安吉想到这里,开口向吉川说话了:"大概是因为你不受女人欢迎,所以才关心这种事情吧?我对于这种爱情似乎是了解的……"

　　"真的?不过,这是叔父和侄女之间的爱情呀!"

　　"叔父和侄女也不妨,这虽然不是普通的爱情……但是和男色比较起来就算不了什么啦。"

　　"你说比较么?那么是这样的吧:这比男色要正常一些,是不是?"

　　"是的。"安吉肯定了,但又觉得自己的话没有道理。接着又说:"因为《萌芽》里的,是男和女的基本的正常关系,不过略微发动了一下罢了。至于男色,基本上是不正常的。"

　　安吉曾经在书里看到过"列斯博斯的爱"〔1〕这句话。大概是由于安吉自己不是女人的缘故,他觉得女人和女人之间的爱,似乎可以容许。至于男人和男人之间的爱,仅仅想想也觉得难堪。范畴完全舛错,变成卑鄙龌龊了。这使人感到是对男性的侮辱。如果有个具有这种经验的少年,不久就变成了青年,在他面前出现了一个姑娘,他爱上了她,那么在真正的意义上说来,这青年会感到绝望的吧。这和过去有过重大过失的感觉又不相同,使人感到本质上没有资格。这是残酷的……

　　"尤其是……"刚才看到那个女人的姿态的寒伧相,还保留在安吉头脑里,"她好像是毛发蓬松的样子……"

　　两人已经登上了坡顶。安吉使个眼色,两人走进了一家卖赤豆汤的店,叫了两碗赤豆汤。

　　"她那种脸色不能给人快感。"

　　吉川的脸色也是这样的。安吉自己的脸色也是这样的。但是女人有了这种脸色就不幸。她不用花布做衣服,不像一般人那样打扮,也不施脂粉。她的血色是不是好的呢?血色很坏。在别人看来,她似乎并不和别人一样无心地欣赏着眼前的事物,而是神经质地把眼光一直射向前方。大体上说,没有个脖子像圆柱的女人,他们——男女都包括在内——就觉得不顺心。于是他们对每一个人都注意。光是说"唉,讨厌!"的,还算是好的呢。这算什么呢!

　　安吉用那软疲疲的勺子把赤豆舀到舌头上面,同时觉得由于最卑鄙残酷的行径而来的一种压迫的影象,始终不能从心中排除。

――――――――――

　　〔1〕 列斯博斯岛在爱琴海中,是古希腊女诗人沙佛的生地。沙佛教许多少女学习文艺,互相亲爱。故列斯博斯的爱是女性同性爱的意思。

“瞧你，这些搞妇女参政权运动的婆娘们！这脸相，表示‘我要参政权呀！’……”

“你说什么？她们不会使用女人的语尾。你瞧，指甲是黑的呢。如果叫一声‘来，快到这边来’，她们会立刻赤着脚走上地毯来的呢……”

“混账！”安吉在心里这样骂着的时候，吉川把他一面吃红豆、一面看着的一册外国杂志推过来，说：“这是什么？”上面写着外国字。安吉勉强懂得这是法文。吉川的下颚所指示的地方，有一张马的画的照相，安吉看了一眼，吓了一跳。

这是一幅令人不愉快的画的小型照相。安吉只看一眼，然而复写似地产生一种和绘画不同的不愉快的感觉，心里混乱了。

“这不是日本人的画。可是我看见过日本人画的同样的画……”

左边是海，海岸上有一匹白马跳跃着。这不能说是海岸，应该说是码头的尖端。右边的背景中有一排木板精制的店屋，低低地排成纵列。只有那匹白马很大，装满了画面。与其说是白马，不如说是石膏制的马。它的咽喉上或者别处，被刀坎了一下，它不胜其苦痛——勿宁说是苦闷——后脚跳着，前脚仿佛在空中乱抓；长长的项颈像烟囱一般竖起；这动物所特有的大眼睛不知不觉地斜视着；鼻孔尽量地张大，正对着天；同时上唇卷起，上面一排牙齿露出；对它看看，上嘴唇会发痒起来。这匹马装着这样的姿态嘶叫着。嘶叫声当然听不见，鼻孔里也没有喷出气息来。它就是这么跳跃着，凝固在夕暮的空气中。

Giorgio di Chirico——是基利科画的吧。画题看不懂。

“基利科画的吧。是意大利人吧。可是我不明白……”安吉说着，把杂志还给了吉川，然而还是产生了一种不愉快的感觉。不仅是这幅画的照相使人产生不愉快的感觉而已，还有一种由于回忆在东京确曾看见过构图完全相同的画而产生的不愉快的感觉。那是日本人画的。那幅画还没有达到作为一幅画而使人产生不愉快的感觉的程度，然而那是日本人看到了基利科的画而模仿他描绘的吧。也许竟是看了复制品而模仿的。模仿这件事，是可以真心地同情的。因为辛辛苦苦地找求着的东西，这里已经成为作品而存在着了。然而，难道就此了事么？仅仅是感觉、仅仅是皮毛，就了事么？无论怎样，总是太省事了。使人觉得是商业性的……

　　走出赤豆汤店，弯进贴近集体宿舍旁边的街道的时候，安吉考虑着艺术的事。仿佛有人握住了一个把手而回旋着，在短时间内，各种各样的场面很快地在安吉面前川流不息地通过。

　　他所考虑的是这样：表现派，超现实主义，未来派，意识的构成主义，大战以后的法国、意大利、德国的运动，竟已传到日本来了——这些安吉也知道。他长久没有去访问住在本所的堂兄了，有一次去访问，吃了一惊。看见一个身材矮小而年近衰老的男子，坐在店头的边缘上，从一个带盖的容器里抓出些酱辣椒之类的东西来，塞进嘴里，一面喝烧酒。他似乎已经喝得相当醉了，嘴里唠唠叨叨地在那里说些自夸自大的话，其中有"总之，听说现在出现了表现派的漆匠，马虎得不得了……"等语句，安吉就用心听。他所说的是关于某种绘画的事吧？这个人是做什么的呢？但见他的脚边放着大大小小的几个罐子，有一个是赭色的，另一个是天蓝色的，罐子外面淋漓地粘着颜料。原来这些罐子是盛颜料的，这个人是个画招牌的漆匠。这漆匠在那里谈表现派的绘画。堂兄听了安吉的说明，也不懂得是怎么一回事。然而问题不在这里，问题在于我不懂得这种画。在马克思主义艺术会里，泽田和跛子织田，已经做到自己翻译表现派戏剧、并且自己试演的地步。最近入会的那个任那，也曾经在筑地小剧场上演凯撒[1]的戏剧,向观众介绍了新艺术的类型。太田本来拿着一册电车月季票似的东西,不断地到筑地小剧场去看戏,现在已经停止了。我是由于这个太田的关系而参加新人会的,由于文学志愿的关系也参加马克思主义艺术会的。在文学方面,我一向对任何人也无所忌惮,然而筑地小剧场这种地方,却从来不曾跨进一只脚去,这是什么缘故呢?并不是说这件事怎么样,只是这么一来,我在这方面就不能全面地发展了。那么我就会东洋式地——东洋式这句话我也不懂——变得陈旧了吧。有一次到深江那里去,谈起了那时在馆的书店里看到的凯绥·珂勒惠支的作品,深江告诉我:"嗯,她这个人,鸥外曾经介绍过。鸥外是日本最初的介绍者。"我吃惊地想:"原来如此!"这里也接触到一种背驰的状态:应该知道的我全然无所知,而深江他们却头头是道。然而我又觉得"当然的啰!"那种事情并不是非知道不可的;没有这回事。尤其是暴露德国军国主义大战时的颓废派的有插画或照片插图的东西——战后的德国艺术中好像有跟这类似的东西——并不像是正道。所谓反军国主义,无非是颓废派吧。照医生弗洛伊德[2]的说法,作为学问而论,这不已经是战后现象了么?是一种男色的东西……

"喂,吉川兄!"走到靠近大门口的时候,安吉说,"刚才讲的那些事,还是不要多想的好。这些毕竟是可笑的。还有,这些是……"他踌躇了一下,终于说出了:"这些太色情了。虽然这是一种解释,但在众人面前还是不要多说的好。"

"这话我也赞同。"

---

[1]　凯撒(1878—1945),德国表现派剧作家。

[2]　弗洛伊德(1856—1939),奥地利精神病学家。

　　吉川并没有像安吉所顾虑的那样把安吉的话看成是说教，却驯善地赞同了。两人就走进大门去。

　　到了晚上，安吉就寝之后，又想起了这些事情。闪现在他的闭上的眼睛里的，不是彻子和男色，却是艺术上的流派和自己今后的工作。他想了一会，觉得这时候和同别人谈话的时候完全相反，自信心一点也没有，自己竟变成愚昧无知了。无论怎样没出息的人，每月在杂志上发表东西的那班人，虽然安吉对他们有七八分瞧不起，然而他们总是在那里创作，在那里制造作品……

　　在安吉的闭上的眼睛里，莱纳·马里亚·李尔克〔1〕的《罗丹》的头一行文章原封不动地出现了。接着，书脊黑色的包纸和近于翡翠色的绿色封面也出现了。"开头的文章为什么这样奇怪？"这念头模模糊糊地浮现在他的脑际。"大概这是因为我从第一行开始就读不懂的缘故……"这念头也模模糊糊地浮现出来了。"然而这个人不是有些变质么？"想到这里，扉页上的相片浮现出来了。年纪很轻，却长着亚细亚式的挂下的髭须；由于周围闪闪发光的红色——颜色也可以想见——的重量的关系，上下两片厚嘴唇似乎始终张开着；眼睛凸出，睫毛倒竖，眼球一端的白地上布满红丝，好像患巴塞杜氏病的人的眼睛。怎么说也像个诸侯旧家的末裔的相貌，在同一个血统里，无可挽救地混乱了。才能又作别论，这样的人是否真个可以看作是志在第一流的人呢？"这就在我头顶的箱子里"——这册书藏在他头顶的箱子里这一点，这时候还能够迷离恍惚地无意义地想起。

　　"想吃点好些儿的小菜……"这个念头浮现出来了。自从佐伯家的

---

　　〔1〕　莱纳·马里亚·李尔克(1875—1926)，奥地利象征派诗人。

"大妈"回到儿子那里去之后,吃的东西的确是眼看着越来越难吃了。现在的女佣人一味忠实、专心地做小菜,然而不是艺术的。看看食桌上所陈列的,秩序井然,却一看就使人感到不快。然而不好怪怨她……"有一次高村请我吃的什锦炒面,味道真好啊!"这个记忆浮现出来了。高村不住在他们的集体宿舍里,安吉对他并不十分亲昵。现在他也不在这里。记得有一次,高村对安吉说:"喂,片口兄……我请你吃好东西。"就带他去,安吉第一次吃到这东西。看看价目表,这东西没有标明价格。这什锦炒面又松脆、又柔软,里面有很嫩的笋、豌豆和香蕈。安吉心里想:"我要是不尽顾喝酒,早几年就开始吃这东西就好啦!"他加了好几次醋,把它吃个精光。

"你的翻译……"高村说,"获得了好评。你的译文在日文中是很好的。大家都这么说……"

"所谓大家是谁?"这句话将要说出来,又不想说了。想说"你认为怎么样?"又没有说出口。轰书院开招待会的时候,新人会学生有四五人出席,高村也在其中。原来他们比较起候补的安吉来,是在翻译集团的内部,大概他是译文统一团里的一人。高村说话的时候眼睛好像是浑圆的,鼻孔也极度张大。这使安吉认为他是个有农民习气的老实人,然而又怀疑他具有一种自己也不自觉的狡狯性格,想装着这样的态度任意闯进对手中间去试探某种情况。安吉和他面对面的时候觉得眩目。然而什锦炒面味道很好。那时候高村劝他,不妨试译列宁写给高尔基的信。"可是不行……"这念头在这时候也蒙眬地浮现了出来。首先是俄文不懂,只能从别国文转译。再则对方太伟大了,不敢动手。想起这点,仿佛觉得是干了一件恶事,接着又想:"什么,他妈的!"这件事就糊里糊涂地过去了。时节已经是十二月,东京气候冷起来了。上野附近,到了半夜里冷得更厉害。安吉的手脚都紧缩,把被头的一端塞进在脖子和枕头中间。他觉得:大妈不在这里了,整个集体宿舍似乎在自然科学的意义上变得冷了。

忽然安吉把被头裹在脖子里,闭着眼睛在暗中抬起头来。

因为他听到一个非常尖锐而清澄的铃声:"叮——"接着又听见一个男人的叫声:"××××卷!"

实际上安吉并没有抬起头来,只是在睡梦中仿佛觉得而已。

"似乎觉得听见的,然而实际上并没有听见。铃声并没有响,只是我似乎觉得响罢了……"

安吉觉得仿佛在做梦。

"叮——"铃声又响了。这声音是从隔着两条小巷的那方向传来的。它在冻结的空气中挤开一条路而传达过来,因为包围在它四周的空气更加冻得紧了,同时听起来声音很透明了。像教科书里的音响图那样的状态,隐隐约约地浮现在安吉的脑际。铃的舌头倾斜着,从这里发出十重、二十重的音波圈来;这就像在水里游泳一般,浪圈向这边迫近来。

"没有声响,却听见声响。然而也许是确有声响的。随便怎样都好。如果有声响,那一定是卖油豆腐饭卷的。大妈曾经从这个叫卖的人那里学得了油豆腐饭卷的做法。这是去年冬天的事。那时候宿舍里只有我和大妈两人。我们听见了这个叫卖的声音。我问大妈,才知道他所叫的是'油豆腐饭——卷!'这是当作深夜的点心,摇着铃在街上走来走去叫卖的。他挑着一担木匣子,里面排列着油豆腐饭卷。那时候我想起'最好叫他卖鳟鱼饭'这句话。这句话是从哪里听来的呢?好像是从相声里听来的,然而不懂。现在还是不懂。也许这种东西在明治以后已经没有了。然而比较起来,总觉得现在这叫卖声更加透明而清爽。夏天完全听不到这种声音,大概是只在冬天卖的,因为在夏天容易腐败。在这以后听到的,好像是'砂锅——面条!'的叫卖声。不过这声音有一种温暖之感,好像浓汤,现在这叫声就不同,是冷而清的。现在还有这样的东西哩。然而,大概是我睡迷糊了,铃声根本就没响吧……"

刀豆苗呀胡瓜苗!

菜豆苗呀荚豆苗!

我的朋友请你听,

这个哀怨的声调!

这个卖苗的人儿,

今年此刻又来到。

听了这个叫卖声,

感到季节的移交。

这种感觉多微妙!

斋藤鼎咏卖苗人的短诗,在安吉的脑际通过。

"日—暮—里——往成田线、常磐线去的,换车——"日暮里车站上异常幽远的叫声,在安吉的脑际回忆起来,使他体验到一种真正的夜半的感觉。安吉就这样完全睡着了。

后来安吉又醒了。

"片口,片口兄……"安吉听到叫声,"喂,睡着了么?"

安吉觉得略微睡着片刻,听见一个带几分谦虚语调的声音,反而使他猛然地醒来了。

"不,没有睡着。"安吉说。

"我走进来一下,好不好?"

"好的。"

安吉闭着眼睛伸出手来,把头上的电灯开关捻一下。然后把手缩进被窝里,在床里翻一个身,俯伏在褥子上了,两手在肩膀的地方拉住了被子,使它像大衣一般披在身上,然后坐起身来,盘腿坐在褥子上。这时候片山走进来了。

"你有空么?"

"有空,什么事?"

"共同印刷公司的那个罢工团,你愿意帮点忙么?"

"愿意的……"

安吉回答的时候,把关于中田那个低音部声音的记忆在头脑中像反刍一般回味一下。

"那么,就是这样吧。我喊你起来,很不应该。因为明天一大清早要去,所以……对不起,请你睡吧。"

安吉就以这盘腿而坐的姿势向前倒下去,俯伏在褥子上了;然后再把身体翻转来,两脚尽量地伸一伸,同时在心中咕哝地说:"你这个人,明天早上或早或迟,我管得着么?"

"然而彻子……"他继续唠唠叨叨地想,"在那件事之后,像抱卵一般胸中怀抱了某种东西而到这里来,到现在这样的地方来,有些儿担心呢。我说担心,似乎太不客气了;然而如果不急急忙忙地直接来到这里,而绕着弯路,变成从从容容的样子,变成另一种状态,而从另一个自然界中出现,一定幸福得多;为我们着想,也好得多……那个主人公和女主人公,不要再在这世间见面才好,对双方都好。不要变成文学才好。一变成了文学,立刻完蛋了。"

这也许是不可能的。安吉就在这糊里糊涂的心情中睡着了。

"喂,片口,片口兄……"

安吉似乎听见一种声音。然而说话听不清楚。他像钻洞一般躲在被窝里了。有人在那里叫,叫些什么却听不懂,然而似乎是和他有关系的。只是由于一种模模糊糊的感觉,他的身体自然而然地动着。

"片口,喂,可以起来了。"

这回钻在被窝里也清清楚楚地听到了。

"什么?"安吉从被窝里伸出头来问。非常冷的空气包围了他的皮肤。片山已经进来了,安吉从下面望上去,但见他耸起了屁股蹲踞着。片山是踮着脚趾而蹲踞着的,为了抵抗寒气,身体尽力缩紧,两手插在两腿之间,用两膝把手夹住。

"什么? 怎么样了?"

这正是破晓的时候,可以说天还是暗的,所以安吉摸不着头脑。

"可以起来了。到共同印刷公司去,要动身了……"

"共同印刷公司?"

安吉想:"昨夜他说'一大清早',我想'我管得着么',原来就是这回事了。"接着:"然而片山不应该这样说……"这念头像电光一般闪过。安吉跳起身来,重新意识到天还是暗的。尤其是放着文件架的壁龛什么的,可以说是漆黑一团。从环境状态看来,可以分明地知道除了片山以外——刚刚醒来的安吉作别论——集体宿舍里的人全部都还睡着。全部人员都在早晨即将来到的时候熟睡着。连被头、头发、指甲都睡着,空气静得一动也不动。同时又可从环境状态上知道:窗外面,从小巷子里直到天空中,冻结的空气正在像玻璃一般切切擦擦地分裂开来。窗玻璃外侧很冷。再过一会，早饭慢慢地煮好了，窗玻璃的内侧就会模糊起来，水蒸气变成了露水簌簌地流下来。

片山看着安吉起身了，就走下楼去。安吉把被子叠好，塞在壁橱里；把那件小袖子棉布单睡衣迅速地脱下，像抢夺似的从铁丝上扯下毛巾，拧在一起，使劲在身体上磨擦了一会。然后敏捷地换上衣服，把脱下来的睡衣卷成一团，用带子束好，想把它藏在壁橱里；立刻又变计，把它放在手头了。这是因为他糊里糊涂地在想："这是要带去的吧？"

走下楼去一看，早饭已经准备好了。片山平生沉默寡言，对于来探望他的嫡亲哥哥——即使另有原因——也非常冷淡，使得旁人也看不惯。现在还是沉默寡言地从壁橱里拿出海带丝、咸梅、糖酱煮鱼来，又用水壶煮开水，像女人一样仔细而忠实地安排早饭，使安吉心中觉得感谢，又觉得很亲切。在谁也没有一点声息的时候，仅仅两个人吃早饭，有一种像孩子一般的快活的感觉。

"可是，这也许是由于片山有未婚妻的缘故。也许有时候他们两人自己做饭吃。"

"女佣人什么时候来？"

安吉不知道朝来夜去的女佣人每天什么时候来。

"就要来了。那么我们走吧……"

片山没有生火钵，所以饭后觉得很冷。报纸还没有送来，不看报就出门，似乎觉得有些不满意。安吉跟着片山出门了。小路干燥而发白，踏上去悉悉索索地响。转了两个弯——昨夜的油豆腐饭卷的铃声大概是从这里经过的吧——两人来到了宽广的善光寺坡道上。一个十五六岁的送报姑娘急急忙忙地从对面走来，嘴里喷着白色的气息，沿着一旁的房屋一家一家地分送报纸。这送报姑娘走路没有声音；因为这是商店街,她不能把报纸丢进去,须得略微蹲下身子,把报纸塞进门缝里去;然后把下一份报弄得沙沙直响,急急忙忙地向前走。在她后面,一个送牛奶的人也吐着白色的气息向这边走来。他的车子的铁轮子碰着铺花岗石的路,发出格拉格拉的声音。这送牛奶的人用戴着军用手套的手握住车把,摇摇晃晃、一高一低地走来,样子有些儿滑稽。处处弄堂里有职工模样的男子匆匆地转出来。这些人也都急急忙忙地走着,吐着白色的气息。他们渐次集中,向电车站方向走下去。有些人就在轨道旁边站定了,有些人跑到对面才站定,还有些人继续前进,爬上向本乡去的坡道。安吉和片山就在轨道旁边站定了,等候从驹込来的电车。

定神一看,附近拐角上的纸烟店正在开大门。一个小姑娘走出来,从外面把橱窗上的木板卸下。进出口的玻璃门的缝里伸出一只手来,把一只铅桶放在洋灰地上了。小姑娘就从铅桶里拿出一块抹布来,绞一绞干,揩拭橱窗的边缘。铅桶里大概盛着热水,有水蒸气升腾起来。一看,隔壁和再隔壁的人家也都在做同样的工作。

那方向的电车先到了,里面装满了人。接着这方向的电车也到了。下车的一个人也没有。片山好容易钻进了溢出在车门外面的踏步上的人丛中,两只脚踏在车台上,一只手从人体的隙缝里伸过去,紧紧地抓住了司机台和车室之间的黄铜制的细棒。安吉好容易抓住了车台两旁直立的黄铜棒,冷气钻进手掌里去。安吉的身体全靠抓住黄铜棒的左手和右手,以及勉强踮在车台上的两根脚趾头这三点支持着。被里面挤出来的力量所迫,腰身突出在车子外面。身体的重量全部压在两根脚趾头上。车子摇摇晃晃地振动,安吉的身体也照样被摇晃着。

"这真是不得了……"

天已经完全亮了,打到面颊上来的风像刀一般猛烈。安吉虽然自己看不见,却分明地感到,直接当风的左颊的颜色迅速地在那里改变。冷空气摩擦着他的弯向外面的背脊移行。背脊就这样渐渐地冷起来。

电车挤得满满的,安吉看不到乘客的脸,只注意到有人在右臂上挎着包着牙刷等物的包袱。安吉知道车子经过七轩町了。

"请搭下一班! 后面马上来了。马上来了!"

车子里边,仿佛埋没在人堆里的售票员大声叫喊。

"那一次搭的也是减价电车……"安吉想起了从前的事。他一面觉得现在想这样的事并不相称,一面回想起搭减价电车的第一次经验,从而联想到现在的第二次经验。那时候他在松本的公寓里和古庄三个人闲谈,一直谈到天亮。天亮了之后,三个人都觉得还不肯罢休。检查一下三个人的钱包,有足够乘火车到浦和的来回费用。安吉记得那时候搭往上野火车站去的电车,是他第一次搭的减价电车。那时候天气并不冷,一方面也是由于能够进到车厢里面的缘故,然而总之那是穿哔叽的季节。现在呢,衬衫加上衣,上衣再加外套了。眼前看到的人体,都穿外套,还有束着带子的。减价电车这制度,在安吉第一次乘坐以前,早就有了,但不知道是什么时候开始的。总之,自有减价电车制度之后,这电车每天都行驶着,人们乘了这车子出门。从初创直到安吉第二次乘用的期间,这车子一天也不间断地行驶着。人们乘了这车子去工作。在这些人里面,像安吉一班人那样乘了减价电车去游荡的人,一个也没有吧。他们在浦和的客栈近旁一家脚夫们喝酒的酒店里喝了早酒,就回到本乡,这在本质上是游荡。减价电车不问季节地行驶着。人们也不问季节,随时改变了服装而乘这电车。穿哔叽的季节变成了冻冰季节,他们还是在乘。开电车的人们也不问季节,在天还没有亮的时候就开出去……

"当心啊!"

　　忽然听见有人厉声叫喊。"不知是谁出了什么事?"这个念头刚在安吉的脑子里一闪,他的肩膀就被一个人抓住了。抓的力量很大,安吉的腰身就反射地缩了进来。这移动的范围极小,然而他全靠两手和脚尖支持着全身,在这不自由的状态中,觉得这移动非常猛烈,有似触电时的感觉。转弯的时候,车身倾向弧线的内侧而大摇大摆;这地方有一根电杆木倾斜地站着,迅速地向后退,几乎碰了安吉的腰;到了这电杆木完全隐没在他所乘的电车后面的时候,安吉方才明白了情由。安吉几乎发抖了。原来这时候电车正在摇摇摆摆地向东照宫下行驶。那地方的不忍池面前,有大正博览会的建筑物遗留着。还有一根电杆木孤零零地靠近电车轨道站立着,那里的电车轨道弯度最大。轨道夹在建筑物和电杆木中间。电车走到轨道弯曲的地方,就倾斜了。电杆木也是倾斜的,斜度几乎和车体相平行,仿佛要横扫车窗的样子。安吉觉得握住冰冷的黄铜棒的手掌,仿佛涂油一般发滑了。

　　以前安吉住在驹达的时候,有一天在神明町的街上步行。走到电车道弯向动坂方向去的时候,安吉听见"啊!"的一声叫。声音是从后面传来的。安吉心头闪现出一种光景:一个小孩子差点被汽车撞着,看见的人站住,慌张地叫喊一声。接着又听见低钝的格格格格的声音。这时候他两手正揣在怀里,觉得右肩方向忽然阴暗起来,好像有什么东西遮住了的样子。他吃了一惊,站定了。

　　"没有受伤么? 没有受伤么?"

　　司机和女售票员用担心的眼光注视着安吉而叫喊。原来有一辆从富士前的坡上开来的市内公共汽车的巨大的躯体停在这里了,这边的赛璐珞窗子里装满了许多乘客的脸,他们正在惊慌地窥探。安吉神思错乱了,低下头去看看自己的脚。但见公共汽车的轮胎紧贴着右脚的脚尖,右脚的脚尖和木屐一起隐没在轮胎底下了。他的确感觉到轮胎接触着脚趾,然而一点也不觉得痛。因为轮胎是膨胀而成圆形的,所以从上面望下去,虽然脚趾隐没在轮胎底下,其实位在轮胎的曲线和路面的直线所形成的角度里面,是完全安全的。

"没有受伤,没有受伤。"安吉立刻抬起头来说。司机和售票员用眼色和他打个招呼,公共汽车就开出了。后面的窗子里还有些乘客向后面回顾,安吉为了要避开他们的眼睛,弯进了弄堂里,透一口气,独自苦笑起来。然而到了这无人看见的地方,他方才觉得这确是心惊胆战的。现在他如果被这个电杆木撞了下去,怎么得了啊?然而每天早上,有不知多少辆减价电车装满了人而摇摇晃晃地从那里开过……

到了上野公园方才有人上车下车。乘客纷纷地包围了走下车子来的售票员,在那里办调车手续。片山当即用减价来回票买了两张车票。

"喏,喏,喏,拿去……"

一个身材矮小而面色苍老的中年售票员,叫住那些穿工人号衣的人,把调车票递给他们。这售票员一本正经地依次分配,用一种尽责的亲切态度来销售车票,仿佛一个知道每天一定有些慌里慌张的人,又知道他们会犯哪些错误,就像小学教师对付一年级的学生似地一个一个给他们改正。安吉心中在一瞬间联想起了"东京交通工会"的劳资纠纷历史,似乎觉得这售票员的态度是由此产生的,虽然不能把这两件事直接结合起来。

"不要发呆!"

"喂,你在做什么?"

售票员和乘客已经成了同样的概念,乘客竟不像是乘客,这一点从态度上可以分明看出。这很像子女有了过失而父母在捅他们的脑袋。

"因为这个缘故,现在……"安吉率直地想,"由于最近的罢工,今年四月废止了通行税。东京市电费在税金部分上减低了一分钱。和早上从上野乘头班车到浦和去的时候比较起来,不乘减价电车也可便宜一分钱。不过且慢,是不是算错了?"

两人在上野松坂屋前的十字路口调了车,车子从新开辟的路上向本乡三丁目方向开上去。片山为什么故意绕远路,带着他走这条路线呢?安吉还不懂得理由。调车调到了这路线上,乘客逐渐减少起来。两人都走进了车厢里,看看车子里的广告,从窗子里望望街道风景。

电车开到了岩崎家的围墙的地方,安吉不由地向骏河屋眺望一下。骏河屋照旧存在。这酒店是松本喝醉了酒在路上徜徉的时候告诉安吉的。松本说,岩崎家正对面有一家小酒店,那里的酒很好……安吉去喝过,的确很好。他们把空酒桶当凳子给人坐,这种专重实用的设备,并不使人感到不快。这里比较起安吉的堂兄的福田屋酒店来,酒的质量好得多,价钱也便宜。这酒店还没有开门。所谓骏河屋就在这地方……

这里又是人力车夫所住的地方。安吉以前跟堂弟兄们一起从驹込神明町迁居到了本所的松井町之后,有时和鹤来等谈天谈到夜深,赶不上末班电车,就从本乡步行回到很远的松井町去。有一次,他走下本乡三丁目的时候,逢到一阵冰雹。街上的店屋早已关门了,本来不繁华的街道,在半夜之后更加黑暗了。安吉在幽暗的街灯光中信步走到了岩崎家的邸宅旁边。突然看见土墙旁边的空地上有一个黑色的东西蠢动着,向安吉这边迫近过来。

"老爷……"这黑色的东西开口了,"便宜点儿,我拉您去吧。"

这里有两三个人力车夫躲着,黑暗中不能辨别姿态,认为安吉是坐人力车的客人,因此向他走近来。

安吉考虑一下路程,也很想坐人力车。然而不行。第一,车钱是不会便宜的。第二,所有的人力车夫都没有年富力强的样子。如今,年富力强的人是不会当人力车夫的。安吉认为人力这东西,在社会上似乎已被驱逐了。在黑暗中被人力车夫称呼"老爷",安吉也觉得可笑。除了这一次,他从来不曾有过被称呼"老爷"的经验。现在,这土墙旁边的空地上照着太阳光。到了夜里,他们是否还躲在那里呢? 真奇怪……

开过了三丁目,片山低声问安吉:"你以前参加过罢工么?"

"不曾。"安吉回答。

"以前你不是到小松川去过一趟么?"

"去是去过的,不过那一次和参加有些不同……"

这是完全不同的。那里有一家小规模的金属板工厂里的工人罢工,安吉得到无产青年同盟的联系,就赶到那里去。然而这和参加罢工是不同的。到了现在,安吉自己连怎样不同也记不清楚了。安吉和青年同盟中一个比他年纪轻得多的二十岁模样的青年一同去见警察,在一个罢工的工人家里宿了一夜就回来了。他去的时候、回来的时候,都不知道罢工人员有多少,连罢工的原因是什么也不知道。

只有一件事,在他心中还保留着印象。

在所属的警察署楼上一间宽广的屋子里,安吉和同去的那个青年面对着署长坐着。这青年是被署长叫去的,青年是正使,安吉是副使似的身份。

"警察对于工潮当事者双方,当然是都不加干涉的。只要合理地解决就好。不过……"说到这里,署长往前探了探了身子,"希望你们注意,不要做超过必要的煽动,不要让事情徒然地发生纠纷。"

"那么这就是,"青年反问,"警察对于我们的支援加以限制,是不是?"

"并不是这意思。我对于劳资双方,都不加干涉。只是希望你们不要徒然地煽动,不要在工潮的争议条件以外扩大胡乱的骚扰。"

"所谓胡乱的骚扰,是指什么事情呢?"

"你不要闹气。你们是工会以外的人,所以我这样说。例如,是大前天的事吧,工人们示威游行的时候把毫无关系的人家的玻璃打破了。"

"是这样的……"青年带几分趾高气扬的态度愉快似地说,"我们并不做无用的煽动。本来我们没有这空工夫。我们只是希望工会里的工人通过这罢工而对社会主义有所觉悟,我们是为此而努力的。在这过程中,工人的力量或许有出轨的地方,我们认为这是我们所不能预先知道的。"

"这样说来,我劝你们注意不要让无谓的出轨行为发生,你们表示拒绝么? 难道你们的意思是说:如果这样存心,青年同盟在工会面前就丢脸了么?"

"这不在回答的范围之内。"青年回答,"问题在于公司方面是否出于诚意。工会对于公司是反抗的。我们是尽力援助工会的。事情是简单明了的啊。"

"我所说的是这样!"署长着急地插嘴说,"争议只要争议就是了。争议就限于争议。但希望不要连累市街。如果连累市街,在我的立场上是不能默不作声的。"

"我们绝不干涉警察的工作。同时希望警察也不要干涉我们。"

"我不是早就说过并非干涉么,老兄?"

"这岂不已经干涉了么?"

署长似乎气得说不出话来了。

"是么……"他又说话了,"我们已经把道理详细地说明了。应该说的话,可说是都已经说过了。我对于罢工,从来绝不干涉。这并不是撒谎,你去问工会,问街上的人,便知道了。如果你们一味说我干涉,我倒要考虑一下。因为意外的事件,会妨害治安,非防止不可的啊。好了,好了,你们辛苦了。"

"哪里……"

在安吉看来,青年的态度过分顽强了。不必说到这地步吧?署长所要求的,似乎并不是我们这边所做不到的事。现在我们方面逼得他"考虑提防意外事件",对罢工者岂非不利的么?如果答应他一声"是的,我们考虑到就是了",只会有利,绝不至于有什么不利吧。

在归途上,安吉表示了上述的意思,但是那青年不同意。

"你不明白情况,所以说这样的话。我们必须就具体的条件而个别地决定策略。从根本上说,抓住了自然发生的一切工人斗争,而不断地激励他们走向社会主义意识,是我们的任务。"

"是这样的么?"安吉说着,心里想:也许是这样的。

"也许是这样的。因为我们并不希望他们胡乱地做不必要的骚扰。即使是细小的事,我们的立场也必须清楚明白,这一点大概是很重要的。如果是左右两可的事,那么确定我们的主张想必是个先决问题。我以为:如果两下里区别不大的话,不妨从我们方面提出让步……"

这件事的印象,不加整理地保留在安吉心中。那青年的态度,也还没有被安吉认为完全正确,然而对于自己的常常准备妥协这弱点的自觉,也依旧保留在心中。总而言之,这不是一种参加罢工的经验,连看到了一点罢工的情形也谈不上吧。

"喂……"片山说,"那边的头子,听说最近进了贵族院了。是敕选的。似乎正在做种种新的阴谋活动。他占据了新根据地了。还有这个……"片山说着,指一指他的便帽的帽檐。因为他所说的"这个"是指天皇,但在电车里不便叫他"天哥儿"。"这个的病重得很了,在生病的期间还好,可是到了寿终正寝的时候,那边一定要利用他了。真是讨厌的东西。公司和工会右翼都要利用他呢。"

"嗯……"

"职工人数和罢工原因,你知道么?"

"知道的,三千个人。乘斯文馆印刷所和审美堂印刷所合并的机会,打破了三十七个人的饭碗。"

"嗯。前年的劳资纠纷你知道么?"

安吉完全不知道。那一天中田的报告中,也完全没有提到前年的事。

"是前年的事。那一次是胜利的。大约十天工夫,就取得了决定性的胜利。这件事大家都记得。有了这件事,反而有些为难了。因为这回的事不能那么顺利地取得胜利。你懂得么?"

安吉觉得又像懂得,又像不懂得。但他所说的恐怕还是不错的。在中田胜一的语调沉重的报告中,这件事并非看不出。永野的论文和村山的解释,或许也和这方面有关系。至少方向是共产主义的方向,虽然仅仅是在方向上,大概有组织地对共同印刷公司的罢工发生着作用。问题也许一直要追溯到、结合到小松川的青年同盟的青年,也未可知呢……

"那么是否回溯到那一件事呢?"安吉心中想起了另一件事,"是否回溯到佐伯等的学联事件呢? 那篇东西佐伯等大概读过了吧? 然而大妈恐怕是不知道的。即使知道,她也不能理解……"

那篇印刷的文章的详细点,已经记不起了。现在的安吉,连只记得它的旨趣这句话也不能说。安吉所记得的,只是最初读这文章时的印象。那时候安吉所得到的印象是这样:"这是不错的。然而这么说法,似乎稍微残酷了些。"这是《无产者新闻》上最初一篇关于学联事件的论文。在这以前,这事件也曾作为新闻在《无产者新闻》上登载过。安吉只记得:这事件的政治性,是在这篇文章里最初用论文体来说明的。此外,那时候安吉还感到一种矛盾。这论文的印象,就以这样的形象模模糊糊地保留在安吉心中。

"这次的事件,自然而明显地暴露了所谓'治安维持法'的本来目标。这并不是以维持治安为目标的。为了不顾一切地坚守一小撮统治者集团的安全,它不惜破坏国民生活的安全,其性质显然是残酷暴虐的。总之,这是统治者们惧怕日本工人阶级的成长,因此先把这阶级的先头部队加以破坏,借以阻止整个阶级的前进。这'治安维持法'首先适用在进步的革命的学生社会科学联合会的人们身上。这件事明确地表示着:我国的进步的学生团体是和日本工人阶级的阶级斗争的道路相结合的。"

"然而,学生社会科学联合会里的诸君,立异于日本工人阶级的纯粹无产阶级行动方向,而认为学生社会科学联合会以及其中有自觉的分子的结合体便是工人阶级的先锋队,这是错误的。这错误表现在联合会本身的纲领中。我国的进步的学生和知识分子,其自身并非我们的纯粹无产阶级政治斗争的先锋队。先锋队是我们的工人阶级;一切政治斗争,应该在这工人阶级的阶级指导之下和党的指导之下进行;如果依照其他的路线进行,不管当事者的主观意图如何,其运动必然会脱离正轨而走上小资产阶级的路线。"

这也许不能确实地说是这论文的印象的回忆。安吉自己到现在还这样想:"总之,这只是当时使我最注目的一点印象而已。那时候我读了这论文,心里想:我还觉得这里有矛盾。这'还'字有些可笑。我自己必须把这'还'字再追究一下。总之,那时候那些伙伴刚刚进入未决监,所以仅仅是那样说说,有些对不起他们。我有这样的感想:如果把阶级政党和学生集团搞错了(我还没有知道学生联合会的纲领,然而照此说来,这个'先锋党'的纲领我也是不知道的),那便是学生们的错误。然而问题在于指出:即使在这错误中,学生集团和工人阶级的阶级结合也已经实现了。这岂不是当学生们一跃而起、以伟大的工人阶级的代理人自任而得意的时候给以沉重的打击么? 照理应该指出工人阶级的政治斗争和政治活动的尚未成长,而让工人阶级全体把关于这一点的责任和鼓励的工作担负起来,使学生们不致发生那种错误的想法。然而印象的记忆无论说到哪里,终归都是有些可疑的。首先因为我心中怀着在小松川警察署中也曾表现过的那种妥协精神;又因为我自己是学生,所以逢到使学生为难的地方,就取夸张的看法,也未可知……"然而这和共同印刷公司的活动有怎样的关系呢? 能够顺利无误地进行才好……

电车登上了富坂,在传通院前停下来。右边望见富坂警察署,左边望见一家屋檐很低的书店。

"喂……"安吉碰碰片山的手臂说,"那家书店,叫作砾川堂,是樋口一叶的妹妹开的。"

"噢? ……"片山应着,向那边看看。

这个妹妹,安吉曾经看见过一次。比起照片上的一叶来——这照片大概是从肖像画摄取的吧——身材高大而神气十足。店里不大有关于社会科学的书,陈列着中学生、小学生用的文具。这些东西,和那店很相称,但是安吉却没有找着理由再度去访问了。那时候他还住在这店附近的若越书塾里。那个一叶……不,那时候安吉常常从这街上走过,共同印刷公司这件事几乎完全不曾想到过……

"下车吧。"片山说着,两人就在传通院下车,在大天亮的晨光中朝着传通院寺门走去,走到路的尽头,向右转弯。

七

一月已经过了一半,东京的天气很冷了。冷得厉害。这冷和多雪的地方的冷不同。在多雪的地方,有时积得很深的雪,竟把人包围起来。东京没有这种情况。东京的雪并不包围人,然而冷气却把什么东西都剥开来,暴露在寒风里面。降下来的不是雪,而是和冷气不同的一种东西。实际上,在东京,即使是流浪人,也并不是被雪崩压死,却是因为冷气而冻死在人家的房檐下。加之今天又下着冰冷的雨。安吉怀着希望和不安相交混的心情——说是希望,太夸大了;说是不安,也太夸大了——在雨中步行。其中还交混着一种对人的温暖心情。这地方是本乡千驮木町的一条小街,他到这里来访问长屋五郎。这个人是他在金泽高等学校时的同学,别后进了同一个大学,然而始终没有机会见面;现在这人在筑地小剧场里担任写脚本之类的工作;他在高等学校里比安吉高一班,然而因为没有像安吉那样留级,所以前年就从大学毕业了。

"不知道他怎么样了。是不是还照旧保留着感伤主义?然而总是答应的吧……"

这个长屋是金泽附近一个小市镇上的人,在高等学校的时候,和一个叫作各务的学生一同搞文艺方面的工作。与其说是一个文学爱好者,不如说是一个艺术爱好者。他从少年时代到青年时代,一直以地方高等学校学生的身份写短歌,作诗,写短篇小说,作画。家里似乎相当富裕,从他的写作中可以知道他曾经小小地玩乐过。安吉和他在短歌会里相识,后来有一个时期和他一同担任过学校杂志的工作。

安吉一向没有必要对人说明长屋是这样的一个人,现在也说明不出来。还在高等学校的时候,长屋曾经自费出版一册歌集。这些诗歌的内容,并不是可以表扬的,然而也并不是可以贬斥的。他有时模仿契诃夫写小说;各务查了查自己和各务支考[1]的关系,查明了是没有关系的,于是连各务在内,都觉得挺有意思;有时对弱者、对小人物、对幽默的事物表示同情。因此安吉觉得这个人是可亲的。然而并不因为如此而可以称他为可靠的人。这个人并不是所谓靠山。安吉说起他就联想到"好汉"这两个字,然而又和当作好汉而说的那种"汉子"不同。这个人不说谎,不做恶事,不爱金钱,然而并非完全可靠。安吉却很怀念这个长屋,很想和他见见面、谈谈天……

怀念长屋的感情之中,还交混着怀念本乡这一带地方的感情。自从那次以后,安吉一次也没有回到本乡来过。就连集体宿舍,从他离开以后也没有来过。除了由于偶然机会而在罢工团里相见,并未碰到一个大学的同学。那时安吉住在小石川,宿在狭窄的两开间连檐房的楼上,上楼之后把楼梯拉上,睡在租借来的被子里。他从小石川来到店铺少、树木多、房子虽然矮小却还像个样子的这带地方,觉得仿佛出嫁了的女儿回娘家,渐近故乡,看到看惯的杉树、踏上踏惯的土桥的时候,感到一种亲切的心情。然而他绝不为此而希望回到清水町去。对这地方的怀念的感情之中还含着一种忧虑,他虽然觉得"这不能怪我",然而这种忧虑的念头好像一只锅子戴在头上,总不能除去。罢工团的情况变得沉闷起

---

〔1〕 各务支考(1665—1731),日本江户时期的俳句诗人。

来。尤其是年底传来天皇死去的消息,意外地带来不利的后果。这里的街道,本来是干净利落的,现在也由于谅暗[1]更变得岑寂了。

报纸上的铅字、号外上的大铅字,像对人嘲弄似地显出一种阴暗而可嫌的样子,历历地在安吉头脑中闪过。那时候片山说:"那边的头子,听说最近进了贵族院了。是敕选的。似乎正在做种种新的阴谋活动。他占据了新根据地了。还有这个,"说到这里指指自己的帽子,"病重得很了。在生病的期间还好,可是到了寿终正寝的时候,那边一定要利用他了。真是讨厌的东西。公司和工会右翼都要利用他呢。"他这话果然实现了。某个人说一定会这样,果真变成了这样,并且不是个人的事而是社会的事。安吉看到这情况,几乎恐怖起来。

共同印刷公司的总经理高桥铁三郎的敕选,是十二月七日发表的。报纸上用委婉的笔调联系到劳资纠纷。过了两天,十二月九日,全国报纸一齐发表宫内消息:"圣躬至感不适。"标题、文句以至标点,都完全相同。

十六日发表:"圣躬病势险恶。"

十八日发表:"圣躬病势险恶,东京市内大剧场一律停止演剧。"

二十二日发表:因天皇病势危笃,访英第二皇子"由伦敦启程归国"。伦敦两字也用汉字发表。[2]

二十五日发行号外:

"天皇驾崩,圣寿四十八岁……"

"改元昭和元年……"

---

[1]　"天子居丧"的意思,语出《论语·宪问》。
[2]　用汉字发表表示郑重。

这一天又发表:摄政的皇太子"登极","废止东宫职官制"。

二十七日发表:"天皇灵柩从叶山还宫城。"

安吉眼前但见许多巨大的黑色的头号铅字、许多照片的宽宽的黑框子,以及用上无数"御"字的许多文章。这些文章的语气极度暗昧,大都是"据说,传闻,似属⋯⋯"之类。每一消息都称"右官报号外由宫内大臣、内阁总理大臣连署告示",其语气既不是向对方谈什么事情,又不是对人发命令,却夹杂着一种非人类的表现——这些仿佛是对共同印刷公司的罢工团的一种不可名状的波状弹压的波浪,在安吉眼前阴气沉沉地移行过去。其实,在安吉的感觉中,这是"弹压"这个普通用语所不能完全表现的。安吉想:"不是这样的。哪里能是这样的呢?"

如果是暴力的弹压,那么罢工团里的伙伴们差不多早已做好精神准备了。尚未成年似的纤弱的拆版女工们、和工厂没有直接关系的附近一带地方的小孩子们,对于公司方面的暴力团的闯入人家,以及警察在集会场、警察局的练武场、拘留所中所做的无理暴行,都已经在某种程度上司空见惯了。工人们被皮靴践踏,被竹刀乱砍,苦痛之极,终于哭泣起来。然而在这委屈的底奥里,蕴藏着一种不知对谁的冷笑。只有这冷笑是不能被剥夺的!他们骂着:"狗屁!"从警察局的门里走出来。从后门走出来的时候,就连那极度粗野地用手擤鼻涕的样子,也仿佛是在精神上和对方清算一笔旧账。

然而只有这件事是不能这样办的。

公司在天皇病重的消息发表的时候,公然用运货汽车把临时雇工载到王子地方的工厂里去。在这以前不久,公司曾企图趁着黑夜偷偷地把被收作徒弟而住在宿舍里的少年工人们,用运货汽车载往板桥工厂里去。可是那时候警备特别班——那不是安吉所属的班,是另外一班——

里的人早有计划,用汽车埋伏着等候,把他们全部载回到罢工团方面去了。然而自从"圣躬至感不适"以来,这种事情就变成不可能了。

连单纯的示威游行也不可能了。连向公司"陈情"也不可能了。减缩到只派两三个代表前去,这代表团也无非是碰了一鼻子灰,默默无言地回来。

"啊,你们的话很对,你们的话很对。我俩对于这一点也充分同情的。不过,无论如何,这总是一件大事,所以……"

其中有几个人这样回答:"我现在顾不到这些事了,因为天皇病势沉重,我心痛之余,卧床不能起身了,请你们以后再谈吧。"他的确是躺在床上说的。他们认为公司和罢工团的问题不妨让它进行,然而重要的是皇室的问题,是陛下圣躬的问题。他们不愿意为了一个公司的问题而扰动首都东京的空气中的一点微尘。这措施是和他们自己的利益相一致的,却又是真正的"恐惧"。代表陈情者对着这些人,满怀的辩解都被堵塞在喉头了。

天皇是年底十二月二十五日死的。即使没有罢工,工厂全面开工,对工人来说这个年关也不好过。警察和公司方面的暴力团,完全不须顾虑别人非难他们干涉罢工,他们用"不敬"这两个字来镇压年关上进入罢工状态的工人的活动,使得大家肃静无声。"肃静"——"肃静"这句话,在旁观的安吉看来,觉得像闻到煤气一样,有一种说不出的凄惨之气,直接刺激皮肤。这时候谁也不能骂"狗屁",谁也不能用手擤鼻涕了。安吉想:不管天皇不天皇,人的死总是可悲的。但他看了报纸以后又想:"可是这不是一个'人'的死。"他把报纸上的一段记事剪下来,夹在手头的笔记本里了。

"昨夜所有各处花柳界,都变得毫无生气。尤其是新桥附近,因为一向繁华,所以更加觉得阴惨。连当地南北第一流的各菜馆,也都极少有顾客。艺妓[1]的进出寥寥可数,不复有人在客厅里品头论足了。因此,各处的招妓酒馆,客满的一家也没有;有几家的女掌柜,竟在电灯底下替猫捉跳蚤。艺妓管理所里的人,都空闲无事地聚在一起,望着自鸣钟的针的转动,不断地打呵欠。另一方面,向来的主顾都不来了,这些艺妓们成天无所事事,原来梳圆髻、束发、银杏返[2]的人,像是商量好的一样,都改成良家妇女打扮。其中比较想得开的人,回到别来已久的自己家里去了。至于心情沉重的人呢,她们闷得发慌,把全副精力都放在火锅或年糕小豆汤上。有一家的女掌柜关于这一切有这样的话:'没什么,生意随便怎样都不要紧。她们虽然是蓬飘絮泊的人,但对于皇上的圣体违和也相当挂念,无论如何也希望皇上早一天痊愈才好。但是每天拜读号外,只见皇上病势沉重起来,大家都闷闷不乐,连晚饭也不能好好地下咽。'说时垂头丧气的。"

"虽然是蓬飘絮泊的人",也足有夸耀自己的名分。这种说法还算是好的。只要合理,是可以容忍的。但当时还有一种空气:琐屑的街谈巷议,都乘了新闻记者的笔而满天飞驰。罢工团的现状受了这种空气的影响,除了固定的本部和班办事处,一切集会都被禁止。有一个人的父亲死了,这父亲很久以前就病倒在床上,他家里只有这一个儿子,一直忙着罢工团的事,而劳资纠纷一直不得解决,以致过年的准备和病人的照顾都不周到,父亲就因此而死去了,在理论上虽然是间接的牺牲者,但在感情上被认为是直接的牺牲者,因此各班要派代表,以罢工团名义参加葬

---

〔1〕 专以歌舞、陪酒为职业的妓女。
〔2〕 圆髻、束发和银杏返都是日本妇女发髻形式的名称。

仪,然而就连这个也被禁止了。同是死亡,而有这样的对比状态,仅仅这
一点已经是残酷的侮蔑了。人受了侮蔑,或者正在受侮蔑,政府、东京
市、公司方面就在这期间毫不留情地运用残酷的手段。天皇一死,东京
市勾结了东京府,共同决定:由恩赐财团庆福会拨款一万二千元,在这一
天分送给失业工人共三万人,每人饭票四角。这件事就在报纸上大吹特
吹地发表。

"玩这种把戏,混账! 可是,这种花样啊,要说明倒麻烦了……"

罢工的工人们发生了一种几乎是生理上的感觉:觉得这是最卑劣
的、直接的破坏罢工。又有一种感觉:觉得要驳斥"把饭票送给失业者,
不是好事么? 不要那么偏见啊!"这种说法,倒是一件麻烦的事。共同印
刷公司的同人们的心情中交混着上述两种感觉,注目着刚刚开始的"东
京市工作人员罢工"的情况。东京市工作人员四百五十名一再被迫,终
于在天皇死后第二天罢工,立刻广泛地扩展了。可是到了天皇死后第四
天,即二十九日,报纸的一角上登出了一行铅字:"东京市工作人员的工
潮完全解决。"事情就此结束了。

"倒霉啊! 倒霉啊! 倒霉啊! ……"

共同印刷公司的人们和他们近来常常互相派遣鼓励者,由于有这种
交谊,人们只能用这样的话来发表感想。

"可是我们和他们不同! 不过,非设法破坏这种空气不可……"

今天安吉的访问长屋五郎,也是为此而来的。罢工开始的时候,为
了振作精神和安慰家属,到处找寻场所,开运动会,演戏,工作做得相当
多。在演戏方面,幸而有和马克思主义艺术会里的任那有关系的卡邦座
剧团热心帮忙。卡邦座的轴心榊圆乘,安吉还没有会过面,但知道他是
一个僧侣出身的社会主义者。从新人会、社会文艺研究会、马克思主义

艺术会里的谈话中，以及报纸上、杂志上关于文学的谈话中，从土块社的同人们的杂谈中，尤其是从佐伯以前的谈话中，以及佐伯从京都回来之后的谈话中，可以知道榊本来是和辰野等一同来到的人们中之一人，也是大野信从法国回来后所办的《播种人》集团中的一人。这《播种人》据说是现今无产阶级文学运动中心的《文学战线》的直接的前身。又不知怎的，据说年轻的泽田不但和榊及辰野相识，又和这个大野相识。从这点上说来，在新人会会员中是后辈的泽田，在这方面是安吉的大前辈。任那和榊的相识，也是由于演剧的关系，任那帮办着卡邦座方面的工作，但他的主要工作还是在筑地小剧场方面。有一次听任那说，卡邦座里有一个年纪比任那大得多的演员，曾经热心地叩问年轻的任那，说筑地小剧场里已经造成新的空气了，卡邦座到底怎么办呢？……

然而归根结蒂，这方面的事情，有些是安吉所不知道的。他对于无论什么事情都觉得杂乱无章。全体的关系图是怎样构成的，他自己的位置应该安放在图中什么地方，安吉搞不清楚。安吉又觉得：倘使自己的位置不明白，全体的关系图就画不出来。

"大体是懂得的。可是这件事就不懂得了……"

这便是土井所说的一件插话，这事即使是事实，但是条理不明白，因此不能确定其是否是事实。而在另一方面，虽然无法说明，但是作为事实而论，也许是有的。作为现象而论，想来总该是这样的吧。

土井最近才参加新人会。他的学籍是国文科。然而在他的入会的经过中，安吉认为有露骨的尴尬的地方，这一点他到现在还记得。

学联事件，总之是一次打击。于是在这以后，运动的扩大和大众化成了一个严肃的问题。工作应该扩大，应该多多地获得工作人员，然后在研究会活动的各范围中建立扩大方针；这方针实行之后，社会文艺研究会中也就决定了活动的路线。不要拘泥于人的思想倾向。应该专门以文学为中心而广泛地进行工作。应该使文学上的积极分子依照这文学路线而进行工作;关于日本文学所处的环境,以及作为文学中的事实的阶级斗争,必须循序渐进地说明。

安吉对"循序渐进"这句话有些不放心,作为语言而论,这不像织田束的"拼命地干"那么暴烈。不过"拼命地干"中含有织田的主观。在"循序渐进"这句话中,安吉感到一种不肯自己负责的、肤浅的谄媚的意味。对于方针,他没有异议。根据这方针而举行的最初的会中,有新的参加者出席,似乎是成功的。土井便是新参加者中的一人。

在正门前的曼托水果店楼上,大家坐在铺席上开始谈话了。偶然轮到安吉当主席,他的话说得很有劲道,顺利地进展。然而安吉感到其中有一种难于说明的不安。这可以说是:座上的谈话比安吉等所预定的更进了一步,变成异常热烈了。老前辈山田和横山——两人之中只有横山是新人会会员——想把风气挽回到预定的路线上去,因此发生了些轻微的、然而不自然的龃龉。安吉想:"到了这地步,预定计划还是取消的好……"然而山田和横山决定要维持预定计划,并且认为现在当主席的安吉应该和他们一起来挽回。安吉知道了这情况,慌张起来。

"非来一下子不可,不然……"

安吉这么一想,变换一下坐的姿势。这时候土井开口了。

"你们怎么搞的? 这是很明白的事啊。要宣传马克思主义,应该像模像样地宣传才好! 叫人入新人会,为什么不说呢? 如果想入会,就入会……"

土井一经开口,就用越来越昂奋的语调喋喋不休地说下去了。他戴着一副最近流行的赛璐珞阔边眼镜;身穿一件华美的格子纹大衣,面孔晰白而肥胖，嘴唇绯红，中间露出不整齐的牙齿；两手也晰白而肥胖，指甲分明地显出黑色的泥垢；头发向上梳，又粗又黑；全部姿态中带着几分自甘堕落的神气。然而这种神气反而好像使得土井的话异常地富有真实之感。

"讲到文学，我自有我的见解。不过我认为你们的话也自有道理，我自然也听。不过，不是吹牛，我是用功研究文学的。你们所写的东西，我都阅读，比你们大多数人读得都多。所以，如果讲文学，就在文学上发议论吧！把艺术和马克思主义这么简单地结合起来，是不愉快的。总之，我所要说的是：对于文学的见解，希望独立地论述。我的文学观也许是陈旧的，然而，谁知道呢？你们的才是陈旧的，实在是陈旧的……不过，你们如果认为是新的，尽管认为是新的吧。这种事情随便怎样都不妨。我呢，对马克思主义是怀着兴味的，入新人会是愿意的。就是这么一回事。倘使说文学观和你们不同而入新人会是可笑的——天下哪有这道理？我现在就要入会！……"

这和姓毛的那个中国学生情形正好相反。社会文艺研究会和新人会，是各别的两个机关，所以土井的声明中有几分误解。然而土井就此在这时候进了新人会。此后他还是有自甘堕落的样子。然而他知道安吉所不知道的各种事情。不久以前，他曾经当作一种消息告诉安吉，这便是辰野和田口相对立的话。

那时候他们两人坐在公寓中土井的房间里。土井开始谈论佐伯最近所作的两个短篇。两人对这两个作品的评价，意见有些冲突，却反而觉得有趣。这两个作品都写得很出色，手法上又有新的尝试，哪一方面都是明快而才气充沛的。

"这一点我也承认。承认是承认的，然而这是不好的。我是西南地方的人,所以知道;那样的东西无论如何总是乏味的,是拙劣的,其前途是看得到的。"

"这话不是可笑的么?"安吉反驳着,心里想:说九州就是了,这家伙偏偏说西南地方。"你说是九州人所以知道,这不是独断么? 你的意思大概是这样:明快就是轻率,是不是? 可是那种明快从来不曾有过呢。至少我没有这种明快……"

"瞎说! 是九州人所以知道,这句话并非独断。你说你自己没有而佐伯有,所以你称赞他,这才是独断呢! 我没有钱而说你有钱,可是实际上你并没有钱,这时候我难道非称赞你不可么? 胡说八道!"

"可是那种明快,不是你也承认的么?"

"瞎说!"土井的眼睛又向安吉轻蔑地一瞥,安吉感到他有一种抵抗的情绪。"我是承认的。如果你说不行,我就取消这句话吧。不过,那种明快,并不是艺术的明快呀,绝对不是的。艺术这东西……那么,你大概认为田口的作品是晦暗的吧?"

"不,相反的。"

安吉只回答他这句话,然而并不是这意思。安吉想说的是:"那正是艺术。"

田口的艺术,在安吉看来是一种没有理由可说的魅力。他的长篇小说《海上的男子》,是最近出版的。《码头里面的女子》发表后足足一年,田口这作家就抓住了安吉的心。所谓《码头里面的女子》,是一篇可以一口气朗诵的单纯的短篇小说。然而这作品吸引安吉,仿佛抓住了他的脊髓。其中仿佛有正义的呼声,指出着恶就是恶。原来田口有这么一种惯癖;在生活中忍无可忍的残酷相中,捉住它的特殊的断面,捉住它的纠缠症结的地方;如果是火筷的话,把火筷切断,人们看到这切断面时就产生和平常的火筷的观念不同的感觉,产生和铁的观念不同的感觉。用手摸摸也觉得不同。正同这情况一样,所以劳工的生活的悲惨相,不用悲惨相来感动人,却用悲惨的光辉相来感动人。

"总之……"安吉独自漠然地想,"大概是雨果吧,对于鲍德莱尔的诗有这样的话:你创造了新的战栗。田口的作品中也有这种情况。只是,我没有详细知道,但觉得鲍德莱尔——或许不是鲍德莱尔——的战栗中,有那么一种倘是黑暗的就只是黑暗的地方。这种战栗的性质是山穷水尽的,并不是前面还有什么东西。田口也用黑暗来创造战栗。然而他的战栗不是颓废的。通过这战栗放出光明;不,这战栗本身放出光明。并非受了从别处来的光而光明的,却是本身具有光源的。他那样地捕捉,这捕捉方法就变成了光源。有一册画集,我那时终于没有买成;这画集中有一幅门克的铜版面,正和田口的作品相像。《码头里面的女子》,据说是田口在工会运动之类的事件中被关进了监狱里,在这监狱——大概是浜松的监狱——里写成的。有一天,有一个寒酸憔悴的青年,抱着一束原稿,站在辰野隆吉家的院子里。这便是田口和《码头里面的女子》。这话我曾经从别人那里听到过;然而他说'站在院子里',那么也许不是我所访问的房子,而是另一所房子。总之,辰野照顾他,因此田口这个新作家,不仅作为一个新作家而出场,又变成了一个文学革新的人而出场;而在辰野方面,也作为一个批评家而完成了任务。辰野的论文《文学中的自然性和意识性》,也是在同一时期发表的。有一次在清水町的集体宿舍楼上,曾经同一个从榎町来的青年印刷工人和田中三人讨论'从哪里着手使工人获得阶级的政治意识?'这问题。可是读了辰野的论文,结果也只是照例从《怎么办?》中引了一句作结尾。这确是如此。而且对于这论文,现在也还有异议。这一点我也懂得。比较起岩崎义夫的论文来,这论文在文章上似乎容易理解。然而,因为田口并不是对辰野的行径提出异议的我们——因为现在这件事在马克思主义艺术会中是作为一个问题的——所发见的,又因为佐伯虽然显示着几分新颖的才气,但和田口的事业完全不同,所以被人提出异议的辰野,反而在实行上具有目的意识,对不对? 这且不说,总之,上了田口的手笔,连疾病的事情,连丈夫不在家时妻子儿女真个饿死的事情——这仿佛是田口自己体验过的——也都变成明快了。即使是具有几分明快笔法的作家,写到这种事情时语言总难免晦暗起来;只有在他笔下,语言本身会放出光明来……因此我迷恋田口这位作家。"

"这样的么? 不过……"土井说着,舔舔嘴唇,"明快让它明快吧。这田口和辰野,近来似乎搞得不好,是对立的呢……"

这在安吉是想象也想象不到的。然而这如果是真的话,那么全体的情况如何,更是安吉所难于描摹的了。

"事情是这样的,"土井做说明了,"你们的集团,不是对辰野和田口的集团做批判么? 你们对田口的那种辉煌,也表示不满。而对佐伯的明快,则认为是真正的、和马克思主义相结合的新的明快,要把它提出来。岂知这是徒然的,因为两者是不同的。你呢,又羡慕佐伯的明快,又迷恋田口的辉煌。所以,片口,你在这点上是属于旧派的。在田口和辰野方面,对于你们的马克思新派当然是不能表示同感的,他们觉得这些都是黄口孺子。这样说,有点那个,可是连对我也这样表示呢。我告诉你:那个田口和辰野,近来搞得不好。"

"不过,什么地方看得出这情况呢?"

"你还要说什么地方……你这个人真老实呀。"

"老实"这话,安吉从来也不曾想到过;现在竟被说成"老实",情愿被说成"苛刻",至少说成"不老实"——安吉觉得心中隐约地具有这感想。

"你们似乎很得意,其实并不如此。"土井带着几分毒辣的口气继续说,仿佛兴致勃勃的醉人突然改变风向而说说的样子,"你们认为只有你们关心日本文学,是错误的。为此我不入马克思主义艺术会。你们也不曾积极地劝诱我……总之,我说的是辰野和田口之间有意见的对立,你考虑一下就是了……"

土井的说法不免有些不愉快,然而让人觉得也有一面之理;于是就不再说下去了。"对立"这话,结果没有弄明白,然而也许正是由此迂回曲折而变成今日的状态的吧。

马克思主义艺术会里的泽田和织田,对于罢工团里所演的戏剧的节目提出了异议。说这些戏只是给人安慰而已,必须利用卡邦座的表演,作为对工人们灌输阶级意识的具体机会。震灾中被杀害的平泽计七等人,不是已经做过了么?那时候《播种人》曾经为那些"殉难者们"出一个专刊,并且还和总同盟协力募集款项。卡邦座是汲取这源流的,而所表演的只是在立场上公然否定阶级斗争的日向所编的独幕剧,仿佛一种改编过的仅供取乐的滑稽的狂言[1],这岂不是自我侮蔑么?

这意见提出之后,平常对各种事情都不立刻赞成的榊圆乘等人也立刻表示了同意。不过那时候戏剧已经不能演了。然而早晚总是可以再演的。现在有为将来做准备的必要。不管禁止不禁止,现在必须斟酌力量,做到能够瞒过警察方面而上演。卡邦座方面就这意见做了讨论,选取了几个适当的脚本,其中有一个是长屋五郎的《逃亡者和老警察》。这是一个外国故事,他们想改编成日本式戏剧而加入在演出节目中。因为

[1]　日本的一种滑稽剧的名称。

片口和长屋相识,就叫片口马上去访问长屋,向他取得改编的许可;须得在这几天内取得许可而加以准备。——这使命一方面由新人会交给安吉,另一方面由罢工团本部通知警备特别班而转达安吉。

"是谁知道我和长屋相识的呢? 况且这种事情难道是现在立刻需要的么? 改编不是可以自由动手的么? 可是和长屋会面倒是好的……"

讲到这里,对并不怎么亲近的长屋的依恋之情油然而生,安吉就接受了使命,出门去访问了。

安吉推开大门,招呼一声,里面一个女人的声音答应着。安吉切实地想:"希望是一个外表也给人好感的人……"那女人走出来了。这女人叫人一看就觉得她的眼色给人一种好感。她问明了来由,上楼去了。安吉望着她的后影,想起了从来不曾想起过的、他们结婚时的情形。

"相田所说的话,也许是撒谎吧……"

那是安吉进大学后不久的事,所以是三年前的事了。安吉在斋藤鼎那里遇见一个诗人,叫作相田俊吉。相田和斋藤等一同以诗人闻名于世,但是后来身败名裂了。安吉在这次遇见以前,连他的名字也没有知道。相田住在田端,所以后来安吉在和鹤来等往来的期间,曾经有好几次和他会面。相田穷得厉害,据说生计是全靠他夫人的纤手维持的。这一点相田对年轻的安吉等并不隐瞒,可是他尽量地喝酒。这人的性格中交混着旧派人的善良和散漫,有时偷偷地叫安吉等替他付钱。然而因为他具有一种品德,所以替他付钱的人并不懊恼。相田曾经送给安吉一条裤子,这条裤子现在安吉还穿在身上。

安吉还住在驹达的时候,有一天,相田、鹤来、安吉,连不会喝酒的深江也加入,四个人一同到大正轩去喝酒闲谈。

"噢,噢,是这样的啊……"

"呵……"

安吉注意到相田的谈话中"噢""呵"这两个字的用法。他觉得在这两个字里面,可以听出一个不走运的前辈对于不知天高地厚的初出茅庐的青年们的谦逊的语气,这种语气往往流于卑屈,使人发生反感。安吉几乎想说:"你在某某几点上,我们都尊敬。然而这种地方,我们不能尊敬,反而想侮蔑你。你看见我们虽然是黄口小儿,还是想照样地尊重我们。然而我们正在猜测:在实际上,这不是阻止我们不讲礼貌地侵犯你的一种柔和的防御手段么?"这时候相田看到了安吉的裤子。这裤子实在破得厉害。

"不,我送你一条吧。不,不,当然是旧的罗。我个子高,你一定穿得下的……"

安吉并没有说什么,他为什么要"不,不……"呢?这当儿相田说了些否定语气的话,仿佛连这东西在不在这里也不知道似的,从肋下拿出一个包袱来,从其中取出一条折好的裤子来,当着大家的面递给了安吉。这裤子的裤管翻得很高,质料是绿色的苏格兰细格子呢。

安吉推过去还给他,他用力地按住了安吉的手臂。身长六尺的相田的酒癖,安吉是听到过的。安吉畏缩了。相田继续历历地叙述刚才所提到的长屋的事:"这个长屋五郎,完全弄得张皇失措了……"安吉只得静静地听他讲。鹤来和深江也默不作声。安吉看见深江脸色略微有些发青,把眼睛转向别处。这样,那条裤子就归安吉所有了。相田津津有味地谈着在恋爱方面他替长屋帮忙的事。

长屋有了一个所爱的女子,她在追分的咖啡店里供职。然而长屋对她说不出口。相田和他是同乡。相田说:"呵,对她说不出口,这一定是个好女子。我替你想办法吧。呵,可怜啊……"于是相田就去替长屋牵了红线。这女子便是长屋现在的夫人。"长屋也有可爱的地方……"

安吉对于咖啡店里的女子这一点，并不怀着偏见。大凡一个女子有缺点，这缺点虽然不是和这女子的境遇有关的，但她倘是咖啡店里的人或者是后母，那么这缺点就直接结合了这情况，变得无法辩解、无法辩护了。希望不要有这种情形，虽然这种希望往往是落空的。和长屋多时不见了，希望这位夫人不是一个令人和咖啡店供职相结合而发生偏见的人……安吉刚才看到这女子的面貌，觉得正是如此，心里充满了一种小小的幸福感。这时候夫人下楼来了，她引导安吉上楼。一个幼年的女儿嘴里自言自语着，东歪西斜地跟在夫人后面，安吉觉得这也有一种幸福感。他看到了长屋。

"哦……"

在这一声招呼之下，三年来的阔别之情仿佛都消失了。安吉环顾着长屋周围的样子，一面说明来意。

长屋的语调，安吉觉得和在高等学校时没有两样。他的书桌周围的状态，已经和安吉的显然不同，一看就知道他是一个以文笔为职业的人；然而说话的语调在根本上没有改变。爱尔兰的戏剧、德国的表现派戏剧，这些东西由这个善良而还是带几分感伤主义的人的手翻译出来，又在筑地小剧场上演。批评家们就对这个"疾风怒涛"的新时代做各种各样的大书特书，持有长期戏票的青年男女争先恐后地去看。这正是由于这长屋和这些机构相结合着的缘故。从前安吉所认识的长屋，现在眼前久别重逢的长屋，比较起在金泽犀川的牡蛎船酒店里少饮辄醉而漫谈短歌的长屋来，一点也没有变更。他所做的工作拿不到多少钱，他却是作为一个艺术家而由爱好者进入专门家之域的。然而他本人心中并没有成一家那种夸张争胜的意念。照他的态度看来，他是一个通过职业而对艺术发生爱好的、和野心家不同的人。正因为如此,所以可亲……

"这个我当然同意的。你们太认真了。其实不必对我说,自由改编不是也成么?"

安吉说:"喏,像这样主张的人也确是有的。因为有种种情形,所以关于这点也仿佛要造成传统。以前《播种人》出过一部龟户事件的文集。那时候这书上特地写出'此记录允许转载'。但普通都是写明'不许转载'的,这是和普通相反的。我很赞成这办法,所以……"

这话,安吉是在这一次的联系中刚刚间接听到的。"因为有种种情形"这句话的内容是什么,安吉实在没有详细知道。安吉心里蠢动着想用这种话来使长屋钦佩的念头,又意识到一种有所顾虑的、却又像无关紧要的感觉。

长屋说:"啊,这件事我是知道的。我有这册书……"

安吉困惑起来,怀着颠倒了地位的感觉听他讲。长屋找了一下,一时找不出来。卡邦座的活动,长屋在某程度以内是知道的。那个榊圆乘是《国际歌》的最初的日译者,这一点安吉也是这时候才从长屋那里听到的。安吉愈加觉得地位颠倒了。他们兴致勃勃地谈着翻译,安吉也零零星星地说出些翻译的经验来。长屋说,有一个爱尔兰人,他的姓名的发音,和普通日本人所想的相反;就拿出固有名词辞典来,指给安吉看。他仿佛在说:"在我的行业上也有这种事情。你们是不是同样的?"安吉又困惑起来了。这既不是学问,又不是艺术,只是为了希望正确而积集这种努力。安吉正在从事那册列宁书信的翻译工作,然而连一册简单的固有名词辞典也没有置备。

"啊,我觉得……"最后长屋说,"在这种场面上,如果我所写的东西有一点点用处,我也很高兴了……"

长屋自己怀着这样的感想,他那种笨拙的样子反而使安吉感到温暖。这是由于长屋的怕羞而来的。安吉喝了夫人替他添的一杯红茶,就起身告别。到了楼下,他怀着一种感谢的心情,向背后依旧跟着一个女孩子的长屋夫人行一个礼,走出正门,把那扇格子门拉上了。

走到千驮木街上,安吉看看街道上的光景。他发觉自己希望看看街道上的光景。他没有带伞,细雨落在他身上。他又发觉心情中仿佛在发生一种变化。

仿佛是一种变化,然而是非常轻微的变化。他不想弯进附近的集体宿舍里去。他心目中浮现出郁文堂的学徒和棚泽的父亲的面貌来,然而不想走到位在第一高等学校和大学正门之间的这家旧书店方向去。他自己心里的一种消极的东西,是这变化的全部。他感觉到自己希望和久不见面的朋友们谈谈天,然而又不想立刻搭上向鹤来等所住的田端方向开去的电车而去看他们。这不是由于希望做什么事情而发生的变化,这是由于不希望做什么事情而发生的一种变化。他感觉到自己身体里有一种东西正在退化,他一边走路一边眺望着街道的光景。这好比是一个长期旅行回来的人怀着可亲的心情而眺望熟悉的乡里的街道。这里是乡里的市街,然而这里没有生活的根据⋯⋯

安吉注意到:这个隐隐约约地浮现在意识表面的譬喻,正在夸张起来了。然而他又觉得:刚才所发现的仿佛一种变化似的东西,如果让它发展起来,恐怕会变成这譬喻吧。他刚搬进集体宿舍后不久,记得有一天,土块社的朋友们在下午的集会上闲谈,后来大家一起走出去,来到了动坂的街上,将要分手了。这天晚上安吉有研究会。

"怎么办?"他们说着,互相看看。

"那么,我改天再来⋯⋯"

安吉说了这话,就搭上从神明町开到这里来的电车,回到谷中的集体宿舍里去了。在朋友们看来,这态度似乎和以前的安吉的态度有些不同。安吉看了鹤来紧跟着寄来的信,才注意到这一点。他想:"是这样的么!总之,是由于我以前太自由散漫了的缘故。不过我现在也还是自由散漫的……"

一方面,安吉想起会里的朋友一定干着种种事情,心中感到几分焦灼。永野和岩崎的论文,大概成了新鲜的话题吧。叫我到长屋那里去取得许可,也是马克思主义艺术会里的朋友们正在勇往直前地准备着工作的一种证据吧。馆的书店里,也许新的书籍来到了。在没有系统地用功的机会的安吉看来,他们有系统地用功着的光景像剪影画一般移动着。同时,对小石川的人们的一种和焦灼不同的亲切之感,沉溺一般地浸没了安吉。他觉得:希望沉溺在那里的感觉,在浓度上说来和焦灼相近似。在那里没有他自己的生活的根据。安吉是一个外来者,虽然碰上种种事情,终归是一个 fremd[1] 的人。虽然如此,比较起在新人会里所碰到的新事物来,这里的新事物是向来就知道的——他曾经这样想,现在也这样想。安吉心中反复不绝地想起片山乘电车绕远路带他出来以后的事情。

"不,不是绕远路。不是像走马灯似的,是一直来到了这里。也不是重复……对的。山添的哥哥的家就在那边。"

指谷町凹进的地方的派出所望得见了。有一次安吉在山添的哥哥家里发脾气,这大概是他对过结婚生活的人的嫉妒……

那天早上,片山带着安吉从传通院旁边再绕远路,来到了罢工团本

---

[1] 德语:"外来的"。

部。乘电车绕远道,理由是很简单的,因为警察在那里监视。别处来的人尤其麻烦。他同片山两人走近本部了,望见有几个类乎此的人影。但安吉看到这里的情况有些不同。这里有警察监视,安吉是知道的。学联事件之后,在伊集院还没有被捕的期间,监视得特别严厉。安吉等朝朝夜夜出入集体宿舍的时候,常常抬起头、翘起下巴而在一个赫然地站着的人面前走过。在那里,他们似乎是以耸起肩膀来表示对抗。但这里没有这种情形。罢工团本部,罢工团本身,活动着的共同印刷公司工人,他们的家属,孩子们,以至街道的光景,都表示同样态度。在这里,暗中受警察监视被认为是一种苦痛,一种即将来到的灾害。正义对于非正义没有在形态上毅然对立的表示。这似乎是多余的。后来安吉也立刻知道这确是这样的。一种运动受到压迫,不是这运动被压迫,而是生活本身被压迫。被压迫的"被"字上有重点。监视者站在鱼店门前,卖鱼的就是受害者。罢工团员的家属们,和胆敢故意挑拨暗中监视者的学生们不同,他们都匆匆地经过鱼店门口躲避了。罢工如果不早点解决,那么街道不管有没有人暗中监视,非荒凉不可。街上所有的人,直至寺院里的住持,都知道这一点。

最初,安吉被引导到本部办事处楼上。片山到里面的房间里去商量什么事情了。楼上有两个房间,每个房间里都挤满了人。在安吉走进去的房间里,所有的人的动作都集中在一个男子身上,这情况在心情不佳的安吉也立刻看得出来。那男子是一个小个子的中年人,盘腿坐在一张涂假漆的矮桌子面前。他嘴里不断地说些粗鲁的话。周围的人各把一张纸条递给这男子。这男子逐一检查,把它们穿在矮桌上的锥子上。另外有些人拿出像传票一般的东西来。这男子检查了一下,就从身旁的手提保险箱里拿出些钱来交给他们。每次都有责骂似的话从这男子的嘴里飞出来。他说的似乎是和大家所知道的某事有关系的话;被骂的人垂头丧气了,接着旁人都笑起来。这男子的脸很龌龊——乞丐的脸正是这样的——脸上的髭须很久不剃了。他脖子上扎着一块鹅黄色的包袱,腰里缠着一块淡青色的大包袱,前面打着结。在安吉看来,也似乎觉得他的动作很迟钝,旁边的人催促他,他只是用锐利的目光向他们一看,眼睛就回到算盘上去了。周围的人越是不耐烦地欠起身来,这个身材矮小的男子越显得小了,仿佛沉在底里了。有一次他用爆发似的大声向一个人怒号,然而他的身体照旧沉在底里。这人看样子是个会计或出纳员,实际上果然是。安吉后来有种种机会听到关于这人的话。自从担任这个职务以来,他一直没有回家去过。最近他打算把家属送到新潟的哥哥那里,但是本部把他拦住了。万一交不出定钱,会不会借不到会场? 由于老惦着这一手,他连大小便都尽量到晚上才去解。安吉曾经想:"这个大罢工团里的款子,这样地收付着,是不是好呢?"计算器、计算尺的观念在他心中浮现出来,然而安吉还没有看见过计算器,不懂得计算尺的用法。安吉立刻知道:问题不在于用什么器具,而在于罢工资金本身。就安吉等自己的膳食而言,这也是可想而知的。

有一天,别处组织了些人,举行一个激励演说会。会场有好几个,其中一个是警备特别班的,由安吉负责。演说者们来了,就依次派赴各会场。班里的人到各会场去观察情况。他们的任务,是一方面听取演说的内容,另一方面观察工人们的反应。安吉来到自己的会场里,夹在工人中坐在后面。

从前吃西瓜时被村山嘲笑的那个鼻子很高的岛田的哥哥,站在演说坛上,安吉由于亲切的缘故,心中感到激动。听说他去年毕业之后,在一个夜报社里工作。他的鼻子比他弟弟的更加神气。

忽然安吉慌张起来。他坐在最后排，别人看不到他，他就低下了头。

"嘘！这种话，谁不知道……"

"嘿，静静地听吧……"

这也可以说是一种用来代替顿脚或是一脚踢开的、无可奈何的哭笑不得的声音。岛田的哥哥在那里讲剩余价值："各位工人，在这点上实在是在被人剥削……"这大概是经济学。安吉只是略微懂得一点，在《工资、价格及利润》里面想来是有这一项的。但是这和共同印刷公司的罢工有什么关系呢？在安吉看来，这也差不多是一种侮辱。岛田这番讲话，和永野等的讲话一样，使安吉想起从前不懂得学联事件的善后措置、"治安维治法"的意义、岩崎的方法论等而努力希望懂得时的情况。安吉回想起这件事，觉得仿佛小时候从大人们那里受到了不应当受的耻辱而难于辩解的样子。

岛田之后，市电车公司的三田车库里的一个叫作成田梅吉的大汉到演说坛上来了。成田这个人，照相貌看来竟可说是一个暴力团团员。"我们——为了报这个恩——也应该——"他把母音拖得很长，摇头摆尾地用宏亮而混浊的声音来演讲非常单纯的事情。以前三田车库发生劳资纠纷的时候——是什么时候的事，安吉不知道——曾经受到共同印刷公司(其实是共同印刷公司的前身)的人们的热烈支援。他说："我们决不忘记这件事，我们牢记在心。为了报这个恩，我们整个工会也应该全力地支援各位……"他虽然说"整个工会"，但实际上很难照办，安吉对于这一点也并不介意。讲话的要点并不在这里。安吉听见成田说"我们牢记在心"的时候，略微带着悲切的声调。他这种工人老师傅的口气，反而使人信服。他那怪物一般的姿态和破钟一般的浊声，密切地融合起来，使安吉心中感动。安吉回想起：从前在新生欢迎会上，曾经听到过"现在我们要体验无产阶级的感情……"这令人作呕的话;后来,还有一个姓金的朝鲜新生做简单的讲演,说:"朝鲜的无产阶级不解放,日本的无产阶级就不能完全解放;日本的无产阶级不自我解放,朝鲜的无产阶级就不能解放……"这时候安吉觉得,随着这姓金的人的手的徐缓的水平动作,从令人作呕的感觉里愉快地解放了。

禁止举行葬仪的那一天晚上,安吉正在户崎町的班办事处里听人闲谈。有一个人把他的工作情况讲给安吉听。由于车间不同的关系,这个人的打扮和习性也和别人不同。"我是搞纸张的,所以这根手指……"他说着,伸出手来给安吉看。他的手比安吉的还小。他把小手指一屈一伸、一屈一伸,像小鸟一般跳动,模仿搞纸张的动作给安吉看。

"算了吧……"旁边一个人插嘴进来打断他们的话。这个人安吉也仿佛看见过,一直穿日本装,是个有点像二流子似的青年。他的"算了吧……"这句话里头,似乎含有讽刺纸张工人对罢工的态度的意味。接着他突然喋喋不休地讲芋芳豆腐铺子里的一个女人的事了。这女人不知是什么地方的人,人们单用名字称呼她,似乎大家都认识她。有一次,这女人拉住了这青年,定要叫他钻进壁橱里去。

"我不能叫她丢丑,就说不行不行;不管怎样推脱,她还是说在壁橱里是不要紧的,就自个儿先进去了……"

难听的话就从此开始了。安吉不愿意被他们当作逃走了,又想听完他的话,心里狼狈起来。正在这时候,禁止葬仪的通知来到了。同时又知道工会已经接受命令。

大家默默无言。穿日本装的青年像木头一般站立了好一会。

"我要直接向天皇告状……"

他挺起了宽阔的肩膀,穿着漂亮的日本外褂,就像木头一般站着号嗬大哭起来。

"谅暗,谅暗,有什么了不起! 你的父亲死了,金崎的父亲也死了。我也曾好好地在军队里当过差。他已经变成这个样子了……"他说到这里,用食指在前额旁边画圈圈,这是指天皇发狂的事。"这是父母的因果在儿子身上的报应! 我是个放荡的人,我很同情。喂,把最高干部会议里的人叫来! 有这样的事么! ……"

"喂,种兄,种兄……"有人伸手拉他,被他拒绝了。

"种兄啊,这种撒娇的声音算什么呢……把最高干部会议里的人叫来……"

终于有一个人走出去了,带来了一个人——安吉不知道新来的那个是不是最高干部会议的人。青年看看那个人,仿佛同意了,两人就一同出去了。禁止葬仪的事,终于没有发生变化。这件事是怎么了结的,安吉不知道。这青年的辩解是有道理的,如果闹着直接向天皇告状,仅仅这句话,在这时候也是不合适的。双方都明白这一点,但仍然争执着,安吉也没等到有个了结就回到了自己班里。

这期间安吉的住处改变了好几次。他最初被指定帮助警备特别班的时候,不大明白这工作的任务。说明固然是有的,然而不能十分领会。总之,罢工团是受最高干部会议领导的。然而在一方面,这警备特别班和最高干部会议的统制关系又不甚分明,它似乎是为了监视侵入罢工团内部来的离间者和间谍、调查公司及警察方面的动态而组织的。例如夺回当徒弟的少年工人等工作,似乎是由警备特别班组织的。但从整个罢工来说,除此以外还有评议会本部在活动。这是安吉也充分明白的。大阪方面陆续地有人来到。还有无产青年同盟在活动。这同盟里也有大阪方面的青年们陆续来到。有两个大阪来的青年,曾经有一时和安吉等住在一起。有一天早上他醒来,发见自己的被子里睡着一个人,吓了一跳。这便是名叫"虎儿"的相当有名的大阪青年。

警备特别班已经成立了几班,安吉也不知道。总觉得有一种秘密和危险的气味。有时联络上人手不够,是很忙的,然而有时又整整一天空闲无事。织田束和织田司的一个族人,叫作织田丰的青年——这人或许现在是新人会会员,或许以前是会员——从苏联回来,曾经在从植物园到聋哑学校一带地方贴标语。据说对于他这种大胆无畏的行为,工会里的战斗分子也感到吃惊。不过总而言之,整个共同印刷公司的罢工和安吉的关系,在安吉自己看来还是存在着暧昧的地方。安吉对于自身并不怎么担心。他们一听到危险的消息,就屡次改变地方。每次借用的都是罢工团里某一个人的家里的一部分屋子。但是找地方不是安吉的工作。自从天皇死了以后,地方的问题似乎更加麻烦了。他们在年底迁居了一次,到了正月里又迁居一次。

现在所住的人家,有夫妇两人和一个婴孩。安吉等挤在他们的楼上。最近有一个姓冈村的青年到这里来了。他常常把大阪所发生的"梅钵劳资纠纷"讲给安吉听。这人家的主人也一直待在家里。

吃饭时候到了,安吉他们就把梯子架上,走到楼下去。如果楼上只有一个人,就独个儿架梯子,走下去,吃过饭,再独个儿走上楼,把梯子拉上。这地方是白山里,许多单门独户的小房子密密地乱七八糟地建立着。主妇要晒尿布的时候,在楼下的柱子上笃笃笃笃地敲几下。打过这暗号,楼上就把梯子放下来了。要晒的东西多,晒台上地方不够的时候,楼上系满了细绳子。下雨的日子,主妇看见安吉等的房间里弄得不成样子,表示很抱歉,从旁人眼中看来,也觉得主妇够不容易的。

前天,安吉一个人在这里吃晚饭。主妇带了孩子出门去了。安吉和主人两个人相对吃那不好吃的饭。

喝过茶之后,两个人不免随便谈谈。

"唉,就连我们也……"

主人手里弄着一个赛璐珞玩具,用表示决心似的语调说,在安吉听来有消沉之感。

"你们诸位这样地替我们出力,我们也都要坚持到底。我们是工人呀……"

这话使安吉想起:"这个人也许在感到困难了……"

"应该给我们的到期不付,总有点儿为难……"

饭是由楼下代办的,也许现在吃的是夫妻两人自己掏腰包的。关于这件事,安吉想当夜就对某个人谈谈,然而他并不对主人作关于此事的某种约定。

这样的世界不知不觉地吸引着他。然而安吉自己并没有钻进这里面。这里没有他的生活的根据。他也不会想起将来在这里有了生活的根据而移住在这里。然而他觉得:这里有一种他从小以来所习惯的、和农民们的工作相通的东西,有一种像小时候常吃的萝卜丝之类的东西。这里有一种顽固的、怯弱而不果断的、谨严而一下子就会爆发的东西,即有一次讨论会上所说的"听其自主则不能超出经济主义的东西";并且是还没有达到经济"主义"的东西,而是"主义"以前的生活事实。安吉觉得这里面似乎是可以休息的。

有一次,安吉在路上逢到了雨,然而身上没有湿透。他一回到家,就推门进去。

"你们都好……我回来了。"

"啊,您回来了? 您听我说,他们请您吃过晚饭到巡回本部去一趟呢。那个什么,那个姓雨森的朋友也去的。饭马上就烧好了。"主妇说。

雨森原先也是共同印刷公司的工人,安吉只知道他的姓。"那个什么……""因为什么……",这些话听起来音调很温柔,有一种亲切的感觉。

"不过,也许有什么事发生了吧?"安吉这样想着,走上楼去。楼上一个人也没有的时候,梯子是照常架着的。

八

"那么,我去一趟再来。如果有人回来,我在路上碰他不到,请您对他说一声:脚本的事情已经办妥了。"

"我知道了。您路上当心些!"

安吉走出门,顺手把大门带上了。他不明情由地被催逼着叫去,心里莫名其妙。他怀着这念头转进小巷里去了。因为不明情由,所以心里很着急。这一带全是不合理的弯弯曲曲的小路,然而也不能一概看作是某人固执已见而造成的结果。小路接连不断,无论是住在哪一条小巷里的人都会感到不方便。无计划和听凭自然趋势,别处来的人看了要用贫民区三个字来称呼的一种光景,在房屋的造法和道路的造法上也分明地表现出来。天色逐渐暗起来了。即使天不暗,这凄凉的准备晚餐的时光,也被大罢工的暗雾包围着;家家厨房里准备晚餐的情景,像一幅幅的小画似地浮现在安吉眼前;但所画的不是种种食品,却是妻子的踌躇、叹息和苦心。而且像幻灯中或火油灯下那样带着黄色。

安吉虽然没有方位感觉,但只要实际地住在一个地方,这范围里的方位是明白懂得的。最近,安吉一直防备着这里的暗中监视,这一带地方终究是熟悉的地方,他就穿过小巷,转了个弯。

"也许他们并不是做这样的打算而从乡下出来的吧……"这念头又浮现在安吉心头了。这念头近来时常浮现出来。"他们从乡下出来,也许不是打算做个工人,而是打算做个商人或参加其他的行业。也许后来由于某种缘故——因为再也挤不进去了——终于进了共同印刷公司,就此变成了这样子。他们每天应对的话太文雅了。那个主妇,也许是由于恋爱结婚的缘故,在村子里住不得了,两人就来到东京的吧……"

一个青年和一个姑娘,在田野旁边之类的地方互相注视着。这青年没有看见过别的姑娘。这姑娘也没有看见过别的青年。因此这两人不会和别人比较而估计对方的价值。他们互相注视的样子,自然地被旁人看到了。这件事并无特别可非难的地方。两个当事人也没有被热情或反抗所牵缠等情况。然而在村中的习俗的力量之下,他们还是被旁人看作异常的。两人就用和私奔、偕逃不同的形式,从村子里来到了东京。于是,他们就自然而然地消失在和故意用文字标明恋爱结婚完全不同的生活中了……

"然而并不是这样的……"这念头打消了刚才那种随感似的东西。"工人中说文雅话的,不限于他们两人。看似粗鲁的人,实际上也说什么'像我这样……',就这么生活着呢……"

这又使得安吉感到诧异。安吉等大学生,使用着粗鲁的言语。爱好文学的朋友之中,有不少人使用着外国式的片言只字和日本式的入耳可亲的话相交混的、仿佛流氓说的言语。这一定是炫耀、遮掩、卖弄玄虚。工人们却没有这个。这话不能断定,然而在从植物园到这里、从白山到这里的共同印刷公司附近一带地方,似乎没有这种情况。讲芋芳豆腐铺子里的女人的壁橱的话的那个青年,也没有这种情况。那么,学生们是否到处都通用着这样的话呢？少爷泽田的世界又作别论。那个岩濑，对父母的称呼大概是彬彬有礼的。岩濑这个人很好，他作为一个学生来看也彬彬有礼。然而和他不同的别的朋友们，隐藏着那种恶习，在私生活方面发泄着……

一种没趣的情景浮现在眼前了。

去年夏天，秋季新学期开始之后有一天傍晚，鹤来、深江、安吉三个人在银座的狮子咖啡店里喝啤酒。这是异常阔绰的事。这里不是书生们寻常可以进去的地方。深江在傍晚尚未清楚地放光的电灯底下谈论德国瓷器的啤酒杯。

"啤酒溢出来，不是会流到桌子上的么？所以，《圣经》的封面是金属制的，封面的四只角上，像这样地，"他说着，用手把样子做给人看，"装着四只金属制的脚。一面读《圣经》，一面呼罗呼罗地喝啤酒。《圣经》穿着木屐。"

这时候有两个打扮得异常漂亮的人映入安吉的眼睛里来了。一个青年人引导着一个美貌的女子，正在向这边走来。想不到这青年是安吉所认识的。他也是新人会会员，是经济方面的学生，又知道他的姓是秋田。安吉只是在研究会上和他碰见过一两次，他很像个高材生，具有稳重、亲切的风度，安吉独自对他怀着好感。虽然完全没有理由，不知怎的，安吉甚至觉得，也许是秋田方面首先对安吉怀着好感。不知什么缘故，他们以后不曾见过面。

"啊……"安吉叫着，站起身来弯一弯腰。

"……"

秋田从容不迫地站定了，默默不语地和安吉打招呼。这使得安吉狼狈起来。他和平常不同，不穿制服，穿着一套白色的麻织品的西装。安吉头脑中闪现一个念头:"白色麻织品,不是做和服用的样子么? 麻还有带黄色的。纯白的大概是上等品吧。我喜欢白的,可是……"这期间秋田用下巴的动作和眼色招呼着那女子,就从两排桌子中间向那边走去。那女子经过的时候一声不响地向安吉等看了一眼,装出想用自己的肩膀来遮掩自己的视线的样子——她像转动屏风一样转动了一下肩膀,肩膀上的肥胖的三角筋的地方装着一种白色的半透明布的装饰品,这装饰品作锯齿形,好像斜插着的一把羽毛扇,这样子使人更强烈地感到她在用屏风把自己遮住——把头转向那边,跟着秋田走了。

安吉呆呆地坐下去的时候——他觉得必须和鹤来等说些话——店里的电灯闪耀了一下,就立刻熄灭了。很深的店堂里变成完全黑暗。许多桌子和许多啤酒客,仿佛就此凝结似地在一瞬间静息了。通过凸出在外面的玻璃门,依稀可以望见路上的行人,并不完全黑暗;而店里却什么也看不出,但凭人们在黑暗中动着嘴巴。

安吉正觉得奇怪的时候,听见一种很快的"沙拉沙拉沙拉……"的声音。有一种眼睛看不见的东西,发出像衣服轻轻磨擦似的声音,一齐拥挤到门口去……安吉吓了一跳。这时候电灯亮了。看见正面和两旁的门边,有女堂倌、男堂倌,以至打扫的女人,都站在那儿看守。安吉被一种类似恐怖的感觉缠住了。

鹤来说:"他们是受过训练的吧……"安吉一时忘记了秋田的事,现在又想起,似觉已经太迟,更加讨厌了。

面色不变地把手掌翻过来给人看,这样的表里不同、反复无常,在工人们之间是没有的。工人们是在不可能有表里的地方生活着的……

他走出了似乎冻结着的小巷,穿过电车道向对街走去的时候想:"难道还拿去放在长屋那里么?"他身上穿着所有的冬衣,上面又紧紧地罩着外套,由于刚才步子太急,身体里热烘烘起来,同时腰里痒得厉害。他一边走着,只觉得痒得发热,在街路上,不便伸手到重重的衣服里去搔痒,安吉就把腰扭来扭去;而且一面走路,一面用手使劲地敲打腰部。他一开始就特别提防着虱子。然而他在最初的办事处里和二十来个人盖着租来的被子挤在一块儿睡觉时就得来了虱子。那时安吉头一次用肉眼看到虱子。虱子没有像跳蚤那样的气味,连颜色都是讨厌的、不愉快的。安吉联想起了那时候初次出现的姓斋藤的金属工人。然而觉得这是一种不道德的比较,立刻在心中打消了……

"唉,这样忙碌的时候,只管想这些无聊的事……"但又立刻继续想:"嗯,也许是这样的……恐怕也是当过的东西……"

那时候鹤来叫安吉赶快把这条裤子还给相田。他说那是当的东西,不过不是拿去当的,是刚刚赎出来的。还给他吧,他会接受的。如果你不肯送去,用邮政小包寄去吧。不管他收不收都"应该"送还给他。因为你曾经领受过它,便是受得相田的好意了。只要受得言语上的好意就是了,虽然这话好像是抽象的。所谓生活,就是这么一回事……这道理安吉完全懂得,然而他糊里糊涂地拖延下去,终于没有实行。已经穿上了身,也就不能还他了。现在他所借宿的那家人家,从罢工团接受多少房钱、饭钱和照料费,安吉不知道。不知雨森知道否?他总是知道的吧。这青年常常穿碎白点花纹布的衣服,衬衫的白衣领底下露出厚厚的毛线上衣来;年纪大约比安吉小四五岁,头发剃成和尚头,眼睛下面的面颊上有许多红色的雀斑。岩濑的面颊像桃子一般毛茸茸的;雨森的面颊呢,却像成熟的石榴的皮一般光艳。他暂时在这里,每天抱着已经熄灭了的陶制火钵,弯着腰,抖着大腿,等候着直接对他一个人发的联络消息。他和从大阪来的冈村好像非常亲近。安吉看看这两个人,觉得这是两个相

亲相爱的少年。他们像玩耍着的小狗一般天真烂漫。安吉以前在小松
川的金属板工厂的罢工中曾经和无产青年同盟中的某职员住在一起,那
青年顽强而直爽。安吉觉得这两人和那青年有共通的地方。因为是无
产青年同盟的盟员,所以这样的吧? 安吉认为不会有这种可笑的事,然
而实际上他不大了解。冈村有感伤主义气息,因而有以自己是无产青年
同盟职员自负的弱点;雨森就没有这种弱点。他们是从怎样的生活中出
身的呢? 他想知道他们的情况,然而没有知道的机会。

十二月里有一天——那时候天皇还没有死——雨森出门去,回来的
时候衣服穿得很漂亮,几乎不认识了。他穿上了现在那件毛线上衣,从
衣领上和袖口上露出来的毛线上衣是茶褐色的,光看那颜色,就让人觉
得很温暖;从前穿着的白衬衫似乎也换过了。

"哦,哦! 很暖和吧……"

冈村这么说,安吉听了觉得冈村有些可怜。雨森最初就和安吉住在
一起,实际上安吉是作为警备特别班的一人而处在雨森统辖之下的。冈
村呢,是不久以前从大阪到这里来的,除了些内衣,他只有唯一的一套外
衣。当时,罢工团本部对于个人衣着,就有考虑不周或者不能预先安排
的地方;在警备特别班里,这情况尤其显著。冈村有空的时候,还自己用
肥皂洗衣服,对于服装打扮,简直毫不关心,竟像小孩子一般全然不注
意,这似乎是确实的事。他现在说这句话,是纯粹的羡慕。他没有外套,
只有一件"勃勃利"[1]。安吉不懂得什么叫作勃勃利,冈村得意洋洋地
向他说明,说这本来是一个公司的名称。说明的时候把人家送给他的这
件雨衣拉紧来,缩拢了两膝,表示怕冷。

----

〔1〕 英国勃勃利(Burberry)公司制造的雨衣的简称。

"嗯……"雨森答应一声,打开包袱,拿出些豆馅糯米饼和麦芽糖来,就叙述起这一天他从姐姐那里所得到的"收获"。

"你这姐姐是已经出嫁了的么?"

他们这一天在异常和谐的气氛中谈笑。然而这所谓姐姐是怎样的一个人,雨森并没有谈到。不能说他是故意不谈的。然而照道理想想,不得不叫人纳罕。

"'贞哥儿!'(雨森模仿娇滴嘀的声音。)她这么对我说:'你这种打扮怎么成?'又说:'这是我打的呀,好好地换上吧。'她那样子,可神气啦。她拿着根长烟管,这么着(他说着,敲落了自己那支蝙蝠牌香烟上的灰)吸了一口,就砰砰地磕打烟袋锅子……"

这真是幸福的描写。是个艺妓么?大概是穿着装领襟的衣服的人吧?说是这青年的姐姐,那么是个年纪很轻的女人吧。是住在东京工商业者所住的低地区里的人吧。从前看见辰野的夫人穿着黑领襟的衣服。安吉曾经看见过安吉的母亲和祖母也穿着装领襟的衣服。然而这是小时候的事,而且是她们去参拜神社的时候。平常穿这种衣服,在他的经验中想不出例子来。长方形的有抽斗的火钵,他也是进高等学校之后在金泽这个市镇上初次看到,才知道这是日常使用的东西。

冈村生在怎样的家庭里、怎样地长育起来、然后做了一个工厂工人呢?雨森现在和他家——这能否称为家,不大明白——保持着怎样的关系呢?他的姐姐的确是个艺妓么?有没有艺妓打毛线上衣这样的事呢?

安吉想起了一个艺妓。这是大约两年前的事了。有一天,安吉在斋藤鼎家里玩,荻野信也来了。这荻野信是斋藤年轻时候的诗友,斋藤变了小说作家之后,他还是专门作诗,是一个乖僻而有些遗世独立之概的人。三人坐在一点灰尘也没有的铺席上,谈着闲天。这时候,和斋藤、荻野倾向不同的一个诗人兼美术批评家大久保升进来了。他拿出一个像俑的东西来——俑是什么东西,安吉不大明白,而且他所拿出来的似乎是西洋的东西——说着"你喜欢这种东西,所以……",把那东西递给斋藤了。然后又拿出一册像画帖之类的东西来,放在荻野面前。荻野把它翻开来看看,鼻子里发出一声笑,把它推到斋藤面前去。斋藤默默地把这册子递给了安吉。这是一本色情的画帖,里面贴着些西洋绘画和雕刻的照片。雕刻较好,绘画是粗率的下等作品。

"从来不看这种画而成长起来的人,才能够成长为在真正的意义上说来色情的人……"安吉这样想着,看看下角上的文字。Vaticano〔1〕——大概那里的美术馆里陈列着几个艺术性很高、同时又极端地色情的雕刻吧。这些照片上没有注明年代,所以不知道现在是否存在,然而大概是存在的吧。想来是不出售的。其中的罗马教皇厅,是从一个奇妙的侧面望见的异样的光景。"深远得很啊!"安吉想,"当然,这恐怕不关教皇的事……"

天色渐渐地黑起来了,他们准备出门去吃饭,叫安吉也一同去。四个人走出神明町,向北穿过电车路,走进了一家建筑粗陋的屋子里。安吉想:"这是二业地,还是三业地?"〔2〕又想:如果是二业,便是这个和这个。如果是三业,便是这个、这个和这个。这时候几个艺妓来了。老板娘谦恭地说:指定的那个人不在这里,所以叫适当的人来代替,请大家原谅。四个人略微喝些酒,就吃鳗鲡饭。

这期间大久保抓住了一个艺妓,很厉害地开着玩笑。荻野向安吉夸

〔1〕　意大利语:"梵蒂冈"。意大利罗马教皇的宫殿。
〔2〕　二业地是经营菜馆和艺妓馆的地区,三业地是经营菜馆、艺妓馆、妓院的地区。

谈青年论。有一个艺妓插嘴了。据她说,她不知道"青年"这个名词。这样的艺妓也是有的。雨森的姐姐也许并不是艺妓。但她是怎样的一个人呢? 大阪来的虎哥儿之类的人,是怎样长育起来的? 产生这些人的生活阶层,是怎样地存在着的,在哪里存在着的呢?

"有人么?……"安吉叫了一声,推开了办事处的大门。他把两手的手掌和手背在外套上格吱格吱地摩擦。什么地方也不痒。

"回来了?"雨森说着,从里面的椅子上欠起身来。这是一个两铺席子的房间,上面挂下电灯来,一张粗陋的桌子的两只脚之间,露出一只陶制火钵来。雨森两腿骑跨在火钵上面,上身靠在桌子上缩成一团,大概是在那里等候安吉。

"长屋的事情怎么样?"

"顺利完成了……"

"那很好……"雨森认真地说。

"那么,到这里来……"雨森说着,推开了他背后的纸裱门。金属工人斋膝住在里面,面前也放一只小火钵。他和默默地走进来的安吉打招呼。

"真冷啊……"三个人围着火钵坐下了。隔壁房间里——这里和大门间也相邻接——好像有好几个人,谈话声不绝。

"喏,在搜捕了……"雨森说过之后,噗地喷出一口烟来,仿佛在考虑怎样可以说明刚才若无其事地脱口而出的那句话。他的嘴巴就此保持撅着的样子,然后突然地张开来说话:"所以,必须把样子变换一下……"

"必须"这话不知道是谁说的,雨森没有说明。安吉也不想问他。斋藤不开口。他的靠在火钵上的手不绝地颤动着。安吉觉得这好像是想开口而抑制着的缘故。看样子,斋藤和雨森是商量好的,会同斋藤把话说明。然而雨森不去管他,他不给斋藤开口的机会,只管任意说下去。

"公司方面说愿意再度交涉,代表团已经去了。可是情势完全改变了,据说他们叫暴力团的人带着快刀埋伏在隔壁房间里。现在是……"雨森说到这里,换上一支香烟,"在谅暗中,罢工团方面当然是不利的。可是在对方,该不会出动暴力团吧?这是社会问题呀,要犯大不敬的呀。可是他们的威胁很厉害。最高干部会议以下各主要机关都要遭殃,所以我们代表团的班底变换了……还有,罢工叛徒的活动突然厉害起来了,公然地把监禁着的朋友移调到本公司的工厂里去,同时派人到外面去,直接对罢工团做新的离间破坏。他们用突然逮捕来威胁,看见罢工团方面形势弱化了,就用再度交涉来加以攻击。于是两方夹攻,打算一下子就把我们搞垮了。再度交涉中,只要他们看见在条件上我们这方面略有踌躇,便立刻把未解决的责任转嫁给工会。这是显然看得见的。怎样应付,倒有些困难了。糟糕的是:从代表团来的报告,几乎全部被揭露了。这当然是一时的情形……"

安吉对于这话,大体上可以理解。因为这关系,叫安吉暂时离开本来居住的地方,迁居到有商店招牌掩护的这办事处里来。今夜就迁过来,物件以后再去拿。这在安吉是可以照办的。

"还有一件事呢。这件事请你自己决定就是了……"

"可是究竟是怎么样呢?"安吉一方面听雨森继续说话,一方面觉得这念头非常模糊地扩展在心中。"我在罢工团里有怎样程度的必要?为什么带我到这里来?"

他常常在一瞬间不知不觉地想起:我大约是为了训练而被选用、被调到这里来的吧。虽说"被选用",但是并非由于六十分及格而选拔的;却是不到六十分,然而将来可能达到六十分,所以把我调配在适当程度的地方,施行一种预备训练……然而,是否这样,直到现在还想不明白。从那时候起,已经一个月了,试问做了些什么事情,实在一件事情也说不出来。曾经贴标语,曾经帮助按户访问,曾经替小集会及讲演会找会场,曾经做过像报告者那样的工作,曾经有几次冒险,可是终于一次也没有被抓住。然而所做的只是别人吩咐的事情。在这期间碰见了各种各样的人,很有兴味,得到了益处。可以从市井生活这方面观察罢工这件事。这是被动地观察到的,这可说是个人的得益。在罢工本身的推进上,并不能说做了什么事。首先是关于这大罢工的指导方向,安吉所能切实懂得的一点也没有,今后可以懂得的根据也没有。总而言之,岂非是不需要我这个人了么? ……然而,被编入警备特别班,其中也许有些道理。片山到底为了什么而突然抓住了我呢? 这个雨森是无产青年同盟的干部,据说同时又是共产青年同盟的干部。感伤主义的冈村据说也是这样的。村山曾经暗示:日本共产党以及其他共产主义方向的机构,已经有了组织;这组织和共同印刷公司这次的大罢工有联系,一方面对罢工团及其最高干部会议等机关做工作,另一方面推动无产青年同盟和共产青年同盟;这当然对学生也有关系,所以从这方面发动人员;又广泛考虑事件的全部情况,而向新人会中找求人员;这时候片山便就近抓住了我——情形大概是这样的吧? 不能说不是这样。那么,我不能不感到高兴……

"新人会给你送来了这么一封信。关于联系的内容,罢工团方面已经听取了口头报告,可是他们说还要叫片口君回来一趟呢……"

"也许还是这样的。他说这个'呢……'字,语气和平常习惯不同,听来是传达已经决定了的事情的口气……"

"就是这封。"雨森说着,把一封厚厚的信递给了安吉,又继续说:"因为这样,情势有变化了,新人会方面催得很紧,今夜马上就去也成;可是从下午起,警察监视得很厉害啊。我的意思是,今夜你就宿在这里,明天再去,你看怎么样……"

"就这样吧。"安吉回答着,心中想:"下午监视得这么厉害,我倒不曾注意到。"他就打开信来看,又问雨森:

"虎哥儿怎么样了?"

"被抓住了。被押送着回大阪去了。"

安吉想起了这个人的事,觉得像做梦一般。那天早上醒来发现和他睡在同一条被子里,心情真不快! 这好像是一种受人轻蔑时的心情。原来安吉最嫌恶和男人在一条被子里睡觉。在浴堂的浴池里洗澡,有时安吉的腰和另外一个老人的腰碰了一碰,这时候安吉就赶快跳出浴池去了。然而这不快的心情立刻就消失了。发现一个不相识的男子和他睡在同一条被子里,以及关于这件事的生理上的不快立刻消失,这两件事在安吉说来都是初次经验。在这个人的态度中,交混着粗鲁和幽默。他身上也有虱子,有时当着别人的面,不解皮带,就把手从裤腰里伸进裤裆里去搔痒;忽然模仿起演说来,喊出"我们工人啊……",故意把"啊"字喊得响些,大概是模仿某人的腔调;可是一会儿又装腔作势地使个眼色,模仿当时流行的话,说"这叫作 wink〔1〕……",和人开着玩笑。议论对立起来、和对手之间的空气险恶起来的时候,他突然跳起身来,大声地叫:"什么啊! 做什么啊!"——起初安吉很担心——这是他自己抑止愤怒的手段。他唱的俄罗斯革命的浪花节〔2〕使安吉吃惊。

〔1〕 英语:"使眼色"。
〔2〕 用三弦伴奏的一种民间说唱曲子的名称,类似我国的弹词。

他所唱的是从十月革命到布列斯特-立托夫斯克〔1〕的讲和的情节：在讲和与否的最后决策的时候，托洛茨基发表反动的大演说了。"我有百万热血的红军。有限的日耳曼兵算得什么呢？来看个输赢吧！"然而列宁不赞同。到了无论如何非讲和不可的时候，柯仑泰也出来坚决主张了。这时候柯仑泰的芳龄正是三十岁〔2〕，脸似芙蓉，艳如桃李，从容不迫地走上前来，拉住列宁的衣袖说："喂，列宁先生……"

布列斯特-立托夫斯克的事，安吉并非完全不知道。他不能想象柯仑泰那时才三十岁。然而想起了听到虎哥儿的浪花节方才详细知道布列斯特-立托夫斯克的事，似乎觉得可耻。但是这一点他对谁也没有说起。虎哥儿装着女声说"喂，列宁先生"的时候，在座的人都爆发出笑声，然后才注意到环境，狼狈地缩住了脖子……

这个人在安吉等所住的地方住了一个星期，就走了。后来又来过约莫两次。安吉所知道的只是这样。在安吉个人理解的印象中，这个人具有坚定的态度和孤儿一般的寂寥之相。

"这是谁作的？"安吉问他关于这浪花节的事。

"卡邦座的榊先生啰……"他漫不经心地说。艺术性怎么样，是别的问题；卡邦座的榊圆乘好像已经在做这些工作了。

"实在不行。软弱，不好……"

安吉一方面听斋藤说和以前所听到的同样的话，一方面从信封中拿出信来读。斋藤所说的，是印刷业方面的工人大都软弱、没用。这是工作不同的关系。金属业方面的工人，以金属为对手，挥舞着沉重的铁锤。

〔1〕　原白俄罗斯苏维埃社会主义共和国的省中心，1918年苏维埃共和国曾与德国在此缔结《布列斯特和约》。

〔2〕　柯仑泰(1872—1952)，苏联外交家，她当时的年龄应该是四十六岁。

发出轰响声的劳动,可以锻炼工人。一到那些地方,……

"这是对的,然而不能说仅仅是这样……"安吉这样想着,读新人会的来信。又读附在这信封里的鹤来给他的信,以及父亲从乡下寄来的信。读过之后,走进还有人声的隔壁房间里,和已经就寝了的人们打过招呼,然后躺下去,盖上了一条薄薄的被子。

"你的情况,这里都明白。可是我想:毕业期限近了,你也非做这方面的工作不可。如果不放弃考试,那么必须赶紧准备应考,计划毕业论文了。新人会方面,一般地说来,是决定希望你毕业的。同时,关于毕业后的方针,有商量的必要。会里对于各人毕业后的方针,原则上是不拘束的;然而各方面势力的适当分配,决定要经过组织的考虑。为了商量这些事,要在二十一号的列宁纪念日召开一个会。那一天希望你一定出席。关于这件事所必需了解的情况,已经从那里探得了。"

"你的事情,已经从旁听到消息。关于《土块》的原稿的事,据深江的意见,去年你在新人会讲演会上讲的《啄木论》,比那一连串小品文好。像这样提出自己的见解,在深江是难得的事。但是有没有留下原稿?如果留下了原稿,请你把这件事考虑一下。请你来一趟。那时做决定吧。还有,葛饰君想和你见见面。他说极想和你见面,叫他到你所指定的地方来也成。然而还是你去看他的好吧。"

"别后我想你的身体是很好的。毕业期迫近了,各种事情一定很忙吧。可是,听说由布先生的病重起来了。我是你的父亲,无论如何非去探望不可。我有一句不应该说的话:我想,会不会是最后的告别?不过,我去年秋天在旱田里跌伤了的脚,到现在还没有好全。况且年底的村庄年会还没有召开,还不能立刻动身。虽然这样,我最近想上东京去一次。我想至少抽出一天的工夫来跟你共同商量你将来的事。什么时候方便,可预先通知。"

安吉在一盏幽暗的电灯底下，躺在屋角里，盖着租来的被子左思右想，觉得"终于来了……"在事实上，他从来没有想过能够因循地拖延下去而逃避这些问题。然而归根结蒂，只有这一点是显然的：他自己的态度老是不决定，因循地拖延下去，因此这些问题的解决也一天复一天地延迟了。这不是卑怯吧。然而是怠惰，几近于卑怯……

他对于将来觉得不安：连是否能毕业这件事都不大有把握。非"毕业"不可吧。他也没心思跟父亲见面，然而也是非见面不可的吧。然而葛饰伸太郎是为什么呢？他说要见我，这一定是表示他注意到了我。心情被鼓舞了。然而我心中也怀着"被鼓舞了反而为难"的念头。总之，明天先回到清水町去再说。然而还是我去看他吧。不然，对斋藤先生也不好意思……可是中田胜一等人，后来完全不曾见面，是什么道理呢？他们遭殃了吧？

就此沉沉入睡的安吉，被一种非常喧噪的人声吵醒了。

"不会有这种事……"

警备特别班的宿舍，从来不曾被袭击过。安吉心中产生了一种无理由的自信。警察难道攻进了警备的秘密宿舍么？他跳起身来了。他立刻明白：因为他以为这是他原来住的楼上的房间，所以才跳起身来的。似乎不是搜捕。声音的腔调不同。天色还完全漆黑。安吉簌簌地颤抖着，把裤带系好。房间那一头的角落里有人把头从被窝里伸起来，又立刻掉在枕头上，缩紧身子睡觉了。安吉走向正门间去。斋藤和雨森都没有出来。

人声在正门外面喧吵着。只听见声音而看不见人，而且这声音听起来异常郁闷，使安吉感到很不安。

"开门！开门!"有一个声音在叫。

"来了,来开了……"安吉应着,还是很担心。似乎觉得责任落到自己身上来了。似乎觉得这本来不是安吉所能担负的一种责任……

安吉走到洋灰地上,把门闩拔出来。然后斟酌一下,把门轧的一声拉开了。一个青年抓住了一个少年的脖子,推着他冲进门里来。

"喂,叫他们起来,给我叫他们起来!"这青年喘着气,用无目的似的口气咆哮。这青年看来大约二十三四岁,那少年大约十六岁。两人的脸色都发青。

"畜生!"青年低声地哼着,仿佛要平息收不住的昂奋;忽然似乎又昂奋起来,用力把那少年推向这边来,叫着:"这家伙……就是这家伙……"

少年撞在门框上,皱着鼻子眼。少年的眼色像野兽一般愤怒,仿佛白痴的眼色。

"怎么啦? 到底怎么啦? 这是什么人? 你是谁? 好好地说出来……"

安吉知道屋子里的人全都起来了,都挤在安吉后面。这些人似乎没有一个认识这青年。看样子这青年是不错的、那少年是坏的。然而因为大家不认识这青年,不知道怎样对付才好。正在这迷惑的当儿,斋藤出来了。

"是桑原兄么?"斋藤用一种有威势的声音说,"是怎么一回事?"

安吉透一口大气,退到后面去了。

"这家伙……"桑原说时已经镇静些了。

主脑部的人们被逮捕以后,罢工叛徒猖獗起来。为了要警戒这些叛徒,本部组织了临时警逻班。这件事安吉也知道。一共组成了六个警逻班,主要工作是从夜晚到早晨在各重要地方巡查。桑原是其中一班的负责者。他感到一种警觉,昨夜就在本工厂的边门附近顽强地守候。终于在不久以前发现离开他四十来公尺的地方,土墙旁边的阴影里蹲着一个人,他吓了一跳。这个人大约是打算从土墙坍塌的地方钻进去……

桑原一下子想起了最近的罢工叛徒的做法和公司方面的做法。他就跳将过去,把那个人抓住了。想不到这个人是个少年,叫他自己报姓名,他一句也不回答,只说不是罢工叛徒。叫他拿出不是罢工叛徒的证据来,他也不回答。如果不是罢工叛徒,那么是临时警逻班里的人了。而临时警逻班的人应该持有本部所发的凭证。这家伙并没有拿出凭证来给人看,非常顽固。桑原当他是个孩子,把他拉了来,他却在途中想逃走。因此他把他带到办事处里来共同查究。

"喂,"斋藤把声音放和缓些,问这少年,"你是什么人?如果不是罢工叛徒,为什么不好好地说出姓名来?"

"我不是。我不是罢工叛徒……"大概是由于吓丧了胆的缘故,这少年只管笨拙地反复同一句话。也许这个人的头脑是不灵的。

"告诉你……"桑原说。正因为他已经放了心,心中似乎又涌起新的憎恨来了。

"我们不会因为你是个小孩子而宽容你。如果你现在不立刻坦白说出,拖延时间也不妨。我们要追究出是谁在背后操纵着你……"

这时候另外一个青年大声叫喊着跑来了。他嘴里嚷着,身体像抛掷一般闯进了正门,一进来,突然掐住了桑原的喉咙。

"你干什么?桑原!"

这青年叫了他的姓,心情似乎更加愤激了。他用右手抓住桑原的衣领,打算用不灵活的左手打他。

"你这家伙!你把这小孩子当作什么人?这是我们班里的人。哼!"他说过之后透一口气。那双亚洲人的小眼睛挤成三角形,脸色完全发青。"我是在路上听见了跑来的。有人看到了你这种行径！你不是要他自己报姓名么？你懂得规约么？"

桑原的脸色也发青，默不作声。什么规约，安吉不知道。

"这种时候是绝对不可以报姓名的！学徒队不是被载送到板桥去了么？这个人是那时候没有夺回来的人们之中的一人。他被载去了。那时候他想就待在那边也好。但是待在那边的期间，渐渐地明白起来，这才煞费苦心地逃了出来。我们方面最初不信任他。"青年说到这里，把声音放低了，"我们觉得对不起他。可是他也明白了，最近自己志愿加入了警逻班。这种时候，我们不是应该得他的同意，带他到最近的办事处去么？报姓名不报姓名，是以后的事。你为什么不这样办？你不是突然扑过去把他打倒了么？你要道歉！你要道歉！我是负责人。你要道歉！怎么？首先要道歉。如果你是个战斗的工人的话，要道歉……"

"呜，呜，呜，呜！"那少年发出这样的声音，背转身去。他咬着右手的衣袖，把背脊朝着大家，身体紧紧地贴在板壁上；左手在板壁上搔摸，仿佛这只手本身是一个活的东西。

"是我错了，是我错了……"桑原说着，走近那青年去。那青年恶狠狠地把他向少年方向用力一推：

"向这个人道歉！"

"是我错了。我，是我错了……"桑原说着，把身体凑近少年去。

九

"究竟怎么样呢？怎么办呢？可是我有一种坏习惯：走路的时候，专门在路上想这样、想那样……不过总而言之，他们大概不需要我了吧？"

这件事他挂是挂在心上的;然而就是挂在心上的这件事,也仿佛在离得稍远的地方悬挂在树木的枝头上,不使他感到沉重苦闷。安吉不由地怀着往前赶路一样的心情走着。

衣服从上身到下身全部换过了。昨天回到集体宿舍里,一走进正门,立刻把衣服连裤子都脱掉,全身裸体了。簌簌地颤抖着把脱下来的衣服全部包好,交给洗衣店去洗。然后到浴堂里去洗澡。虱子咬过的地方碰到热水时的痛快的滋味,最近在小石川尝得够了。现在难得回到谷中来,在偶尔碰到的浴堂里当还没有别人来到的时候,把身体齐脖子浸在浴汤里面忍受那种热辣辣的刺激,感到说不出的痛快。晴明的冬天的太阳斜斜地照进浴池深处,几乎照到了和女浴池交界处的板壁附近。在白昼的光明中,蒸发到浴池上的很高的天花板底下去的水汽,还没有变成朦胧。在这天花板下面,浴池里的劈劈拍拍的水声响得很干脆,令人听了觉得爽快。

“你好么?”

“你回来得正好……”

安吉在一种欢迎的心情和慰劳的空气中放开了肚子吃饭,一面杂乱无章地片段地谈小石川的事情。难得在这里碰到了佐伯。安吉认为是难得碰到的;听他说,方知他昨天才来,昨夜是宿在这里的。这偶然的相遇更加使安吉感到可亲了。佐伯把本来很细的眼睛更眯得细些,脸上露出仿佛在说“当然啰!”似的领会的神情,追溯种种事情,要安吉告诉他。安吉心里虽然感到着急,但也只能不连贯地片段地回答。那个朝来夜去的女佣人,带着令人不快的偷听似的神气,有时尖起耳朵倾听一下。这样地过了一天,大家就寝。安吉钻进了阔别多时的自己的被窝里,酣眠了一晚,今天早上到了很迟才起身。

醒来一看,只有女佣人一个人留着,其他的人全部出门去了。安吉独自坐在食桌旁边,吃一顿很迟的早餐。在这期间,安吉感觉到这种行径似乎和这环境不相称。不相称的是什么,不能确定,只是清清楚楚地觉得心里不安定。要之,这一定是昨天回来之后才发生的感觉。更详细地说:昨天回来一看,一个月以来集体宿舍里产生了变化,安吉在一天之内还不能适应这变化,因此发生了这种感觉。安吉充分明白了这一点之后,仔细一想,不错,变化的确不大。

多才多艺的内垣和风姿秀美的渡边都生病了。内垣回到城崎,渡边回到荻市去了,都躺在病床上。两人的病好像都很重。不知因为什么缘故,吉川拿出渡边的照片来给安吉看。在一间旧式大地主的房屋里凸出的格子窗前面,三个老年妇人和一个大学生挤在一块儿拍照。这大学生就是渡边,那三个老年妇人,吉川虽然没有说明,看来大概是渡边的祖母、母亲和伯母。

现在,这三个妇人大概正在尽力看护渡边一个人,把这一个人看作一家的依靠而围集在病床前操心担忧吧。而这种做法,这些妇人的像蜘蛛网一般把爱情集中的做法,会使渡边感到苦痛吧。

村山从里面的房间里搬出几只木箱来,他正要迁居到麻布区的六本木地方去。那里开办了一个新的经济研究所。和向来一般人所知道的机关不同的研究所,像产业劳动调查所等,在各地办起来了;新人会里的各种各样的人,据说都进了这些机关。村山进了这个亚细亚经济研究所,坐了事务方面的所谓第一把交椅。然而他照例面无笑容,急急忙忙地整理行李;半途上拿出一叠杂志来送给安吉。

"这里写明着我的住址……"

他在捆扎杂志的绳里面预先插着一张纸条。由此看来,也许他是早已准备把这个送给安吉的。这些杂志是德语版的 *Die Kommunistische Internationale*[1]，安吉关于此道一向完全不懂。杂志很多，处处夹着当作书签用的参差不齐的纸条，由此看来，这犬儒派的村山是一直在持续读这些东西的。运送行李的人一来到，他就简单地向安吉打个招呼，走出去了。

安吉没有必须先向片山作报告的义务。不管有没有义务，在心情上安吉也没有这种趣向。然而一回到家里，安吉的心情中就存在着找寻片山的意思。没有看到片山，他又觉得：看样子不在这里了吧？一问，果然他已不在这里了。

"到大阪去了。"太田回答。

安吉说："到老婆那里去了吧？"太田并不立刻回答。安吉明白知道：太田并非想把话马虎过去。太田心里装满着别的许多事情，因此对于这些话无暇一一顾到，这情形安吉在四五分钟之内也充分明白了。太田从去年起被选任为新人会干事长。他们的谈话总是关于这方面的。这一点安吉也知道；然而他和太田谈着，终于逐渐产生了以太田一人为对手而谈话的心情。到金泽去过以来相熟悉的关系，自然而然地把安吉诱导到随意躺着谈天说地的心情中去了。

"不，不是的……"太田突然插嘴说。安吉又知道：这不是对安吉的话表示反对，却是听到了隔壁房间的谈话的缘故，一个母亲坐着，以一个孩子为对手而闲谈。在孩子心中，认为"两人相对"是圆满的了。坐着的母亲突然又大声向厨房里的人回答了一句话，孩子就觉得被摈除出去了。母亲方面，不过是想抓紧时机，和厨房里的那个推销员答话而已。

―――――――

〔1〕 德语：《共产国际》。

母亲并非不信赖孩子,也并非看轻孩子。只是母亲有一个除孩子以外也必须经常注意到的广大活动的世界。

"今天夜里我还有点事情……"太田说过之后就出门去。此后安吉自然和佐伯两人谈话了。两人随随便便地躺着,兴致勃勃地谈天说地。

是昨天的事:泽田叫佐伯去,佐伯立刻到附近的泽田家里去。他想停止念大学,向佐伯征求意见:赞成还是反对?

情形是这样的:不毕业难于找饭碗,这一点在泽田是不必顾虑的。商谈了一会,结果是应该照泽田所喜欢的实行,泽田就决定停学。泽田的事,使安吉想起毕业这件事的苦闷沉重。虽然想起了,但这念头立刻就消失了。佐伯自己已停止念大学了。他交保释放,从京都回来的时候,大学的学籍并没有开除。大学所取的态度,是要等候裁判的结果;但即使判决有罪,大学是否开除学籍,也没有一定。太田曾经带着安吉去和大学校长谈话,和这件事有没有关系,不得而知;然而从以后的动态上看来,虽然右翼的势力从多方面侵入,但根据某几点,安吉认为大学方面也许不会开除学籍。然而这种情况,很可能——照安吉想来——使佐伯脱离了大学。他所发表的几个短篇小说,使得佐伯哲夫这个名字在无产阶级文学上很明确地有个地位了。他接回了母亲,靠馆的照顾找到了房子,正在享受新的自由。就连在文学技巧上他想尝试的几种计划也已经做出来了。贵族的儿子停止入大学了。贫民的儿子呢,无所谓停止不停止和决定不决定,在事实上早已停止了。关于毕业考试的悬念,自然而然地从安吉心中消失了。

"怎么样?有没有新花样?"

"有的……"安吉把被误认为罢工叛徒的少年的事讲给他听了。安吉讲的时候,自己也觉得感动。

"噢……到了这时候哭起来了么?"佐伯说着,也表示感动。

"那么,你想把这件事写出来么?"

"不,不写……"

"我来写,好不好?"

"好,你写吧。"

"他们叫我给《无产者新闻》写一篇短文。不过,这个行不行呢?"

"行,行。很适当!"

"嗯,不过对不起……"

"有什么对不起。而且我现在正在翻译……"

"《书简》么?"

"是的。已经翻到最后的地方了……"

佐伯本来可说是不客气的;现在关于那少年的故事,他客气起来了,这在安吉认为是可喜的。他认为这是和单纯的客气不同的。安吉分明知道:佐伯知道安吉也在写东西,因此对于这件事很重视。同时他又隐约地感到不仅仅是这一点。另外还有一点,应该叫作什么呢?这大概和佐伯的名字在文学上有某种程度的确定性有关。倘说是仁义或者礼仪,那就不对头了。然而在这里,似乎是由于在文学的世界中,在创造的一点上,具有一种不侵犯人也不受人侵犯的、个人的东西的缘故。佐伯自己对于这东西,也只是漠然地感觉到的吧。安吉心中产生这样的感想,然而没有做进一步的考虑。安吉照佐伯所问,把翻译工作的进行情况讲给他听。高村照顾安吉,劝他翻列宁给高尔基的书简,又介绍他去访问经济学系的小森田副教授。在学系的关系上,安吉和小森田没有任何交往,然而小森田意外地愿意帮忙,替他向安达书房接洽。这安达书房也意外地热心,不看译稿,就和他订了出版合同。安吉常常把这书的德译本的原文撕下两三页来,藏在衣袋里,再备一册廉价的袖珍词典和一支铅笔,在电车里也拿出来翻译。电车客满的时候,他就放开着手,站在人丛中在笔记簿上写字。电车里的人挤得像罐头里的沙丁鱼一般,反而没有人来窥探安吉手头的工作。这如果可以换钱,那么毕业后最初一个时期的一部分生活费可以无忧了。首先,以前向斋藤鼎借的四十元可以有着落了。这笔借款,因为太不好意思,所以他在土块社里也只告诉鹤来一个人。他每次想起这笔借款,总觉得心惊肉跳。然而事实上他往往是把它忘记了。去年夏天之前,办公室贴出一张文学系一共二十来个人的名单来,要他们及早缴纳拖欠的学费;并且警告:倘若某日还不缴纳,就取消听讲资格。口气的强硬,为从来所未有。也许是由于发生了什么事件的缘故。安吉搜索枯肠,但是想不出好主意来。一个暑假白白地过去了。警告的期限满了的那天,安吉下个决心,走到斋藤家里,马上就向他开口。完全是偶然的:这一天斋藤正好收到四十元稿费。斋藤叫他的夫人来问,知道这汇票还在,就叫她去拿来;低声地说:“很好,还没有用掉……”就把它递给安吉了。安吉收下了,道谢告辞,心里觉得:这是利用对方的善良,干了一件非常不道德的事。此后,斋藤从来不曾提起过这件事。安吉也从未说起过。他漏泄出这件事来的时候,连鹤来也(为什么说“连”,安吉不知道;但总觉得要加一个“连”字。安吉觉得这是他自己所做的事情非常不好的反映。)表示不愉快的神色。安吉越是焦灼地希望早点还他,越是不敢谈起这件事。至少必须还了一半,才可以谈起。安吉就此默不作声。除了默不作声没有别的办法。

　　“真是……”安吉向佐伯苦笑着说,“学问太浅薄了。有一次碰到了malthusianism 这个词。全靠小森田先生教我,才知道是马尔萨斯主义的意思。真糟透了!”

"学问么……哼,哼,学问当然广博的好。"

佐伯仿佛是把"学问"这件事就照安吉式的说法而宽容地看待。这种宽容似乎是由于不从学问的世界着眼,而从文学的世界、生动的文坛世界着眼而来的。佐伯认为自己在日本文学界中比较起安吉来更有直接的接触,他就用这态度继续讲了些话,回到他母亲那里去了。这以后,到了晚上,安吉就在吉川也参加的讲座上听太田讲话。

话的主要点和信里所写的并没有什么差异。只是经他郑重其事地一讲,正因为他的话是经过整理而表达的,就使安吉注意到还有未经整理的部分。这一部分,在理论上和感情上,都使得安吉不能了解。

"共同印刷公司方面,大体上方针已经改变了。似乎已经改变了。你照旧到那边去也好,回到这里来也好。如果要应毕业考试,那么现在回来的好。关于你要毕业的事,罢工团方面也知道。罢工团方面似乎也认为:如果决定应毕业考试,那么不要延迟,应该现在就回去。罢工团全体,似乎正在改变工作的配置。总之,请你就大体考虑一下,再到那边去一趟,和他们谈谈。因为反正是跟毕业后在哪一方面活动的事情有关系的。他们希望你把重点结合了毕业后的方针而考虑。"

安吉认为这话是不错的,然而又感觉到自己的存在仿佛被漠视了。倘住在小石川,应该再往下去,最好住到劳资纠纷有了着落,然后告一段落。一回到这里来,就变成虽然已经服药、还差一服没有服完,因而全然没有效果了。目前的情形确实可以照这样来理解。可是就全体而言,他又觉得结局大概是这样的。他必须继续到那边去的理由,在他自己心里并没有确定,这一点安吉也感到了。他这个人总不会变成障碍物吧。即使退几步想,也不会有这样的事。不过如果配置已经全体改变,那么也可以变成相对的障碍物吧……

　　从团子坂下去到动坂的路上，两旁的房子，无论什么时候，看来总是蒙着灰尘的，色彩模糊不清。震灾以前的样子，安吉虽然不曾见过，但是相信一定不是这样的。然而这和别的街道不同，不能认为一经震灾就连本来涂油漆的房子也完全变了色彩。这条街像乡下的驿站街一样，一直破破烂烂地延伸着。这街上有挂着鸟笼的图章店，有旧式的排子车走着，有时横弄里突然开出一辆大卡车来。大概只有这条街有这种景象。这是什么缘故呢？也许是由于这里不大有石造建筑和水泥建筑的缘故。那些临时凑合的木造建筑容易东歪西倒，就用粗绳子把柱子绑住，以求坚固，这种办法到处都应用着。这条街没有自己的性格，既不是批发商店的街道，也不是零售商店的街道。学校和机关也完全没有。漂亮的女人从来不在这条街上走路。然而脚踏车、汽车、卡车、排子车、公共汽车、电车等的来来去去，比行人的往来频繁得多。总之，这条街并非自身繁荣，却是因为位在某两个地点的中间而繁荣。在安吉看来，这条街上没有一家可以买东西的店，同时也没有一处可以游玩享乐的地方。他选了一个太阳照着的暖和的地方，急急忙忙地走路。他希望即使早一分钟通过这条街也好。终于走下了动坂，由此向神明町车库方向转弯，再向右转，朝着田端的岩崖转入有树篱的小巷中，安吉透一口气。

　　一群高高的榉树，灰白色的树干向里面重重叠叠，肃静无声地赤裸裸地站着。树干上面是分权的大树枝，再上面是一片叶子也没有的像横扫着天空一般的无数小枝，在空中结成网状。朝阳的光从电车道通过了街上两旁的屋宇中间而射来，射到树顶上，但树脚边还是很阴暗。安吉仰望这些冬天的榉树的姿态，欢喜得不得了。冬天的榉树和冬天的柿子树一样可爱。安吉从榉树林底下通过，再经过那间有纸糊门的屋子，就来到了鹤来的房间面前。这地方有三个阶磴的小石级，石级上面种着八角金盘。走上石级,便是正门。走进正门,右边便是鹤来的房间。所以安吉等自然而然地感到:走上石级,便是站在鹤来的房间面前了。

"来得正好,深江说有点什么事情,刚刚回去。让我来弄点茶……"

鹤来把拿着摘下来的眼镜的一只手放在背后,伸长了脖子在桌子上呼呼地吹几口气,满面欢喜地把铁壶放下去,架在火炉上。

"怎么样?罢工有进展的样儿么?"

"唉,情形有些奇怪……"安吉就把所知道的全部都说了。

"不过……"安吉继续说,"关于工人的生活,我彻头彻尾地不懂。关于车间,也一点都不知道。因为工具和机器,罢工团的办事处里一点也没有。"

"这是因为……罢工是特殊情形。"

"而且是这样的安排。在那里帮忙,心里有些不安。自己处在什么地位,简直不明白。"

"据说生活社的老板来调停了,真的么?"

"生活社?那个生活社么?"

"是的。"

安吉完全没有听到过这话。近年来大规模地发达起来的这个出版商人,是一个出名封建的人。据说这社里的职员,全部是从拴围裙的学徒训练出来的,被他当作仆人任意驱使。他廉价收买了当不成作家的人们的原稿。据说三番五次地要他们修改,直到社长认为中意为止。安吉有一次跟着去拿稿费的相田到过这书店里。记得这书店位在团子坂下面。那么刚才应该是从这书店门前经过的,可是一点也没有注意到。然而这生活社为什么要来调停呢?也许是有调停的话或者谣传,可是怎么又会扩大起来,传到鹤来等的耳朵里来了呢?

　　问问鹤来,鹤来也不大清楚。首先是,他到那里去参加罢工斗争,而不懂得工人的日常生活。而且关于罢工本身有这样的商榷,也不曾听见过。现在来到了鹤来的房间里,现在才从鹤来的口里听到这些话,安吉觉得不安。所谓警备特别班,的确似乎是中央的中央。他感到重要的事情似乎跳过去了,却依旧一点也不懂得。怪物一般的三田车库的代表和拳头上插刷帚似的会计负责人的面孔,历历如画地浮现到眼前来。雨森讲话的语调、冈村关于梅钵劳资纠纷的吹牛、和岩月这个有趣的青年一起吃饭的情景,都回想起来了。难道这些都不加注意地错过了么? 真是混帐……东京所有的报纸都被岩月报纸店一手包办了。因为同姓,所以连这个青年的姓只听到过一次就记住了,也未尝不是一种化学变化。即使我的感光纸不良,然而事实上已经变黑了。即使错过了什么,变黑了的东西好好地保留着,还可以再变化。这一点我想写出来。用文字和语言来把它当作另一种现实而确立在纸上……

　　安吉喜欢采用两人之间向来用惯的办法,采用不想回答就不妨不回答的随意态度,把浮现在脑际的事丢在一旁,随随便便地乱谈。佐伯则在目标已有定形的事情上起劲地进行尝试。他读书,也像研究般地读外国人的东西;他试把社会科学的看法应用在旧材料上,在这上面也已经下了若干工夫;他对于把发表的东西照样接受、照样排印的现今的活版印刷界怀着深切的关心。他差不多本能地多方采集乐观的材料,全心一意地勤勉力学,这使得他脸上发出光辉。这完全是好的,然而不是安吉的事。长屋好像在手边找着了以往远在前方的目标,一年之内翻译了好几个爱尔兰戏剧和德意志表现派戏剧,勤勉地供应实际的舞台。他对于活版印刷界距离稍远。对于舞台表演——在大学的时候他曾经上台一次,没有成功——他已经完全断念了。他的工作是不显著的,然而对日本新戏剧做实际贡献的人们的那种忠诚,使他脸上显出了一种安定的表情。这也完全是好的,然而不是安吉的事。相田又是相田的一套,他把胡乱写出来的原稿源源不绝地卖给生活社,想在将来写自己所要写的东西,因而每次和安吉等见面,就说些自嘲的话,借以马虎过去。相田心中的东西,恐怕是绝不能写出来的。所以相田心中,保持着对艺术的决不变更的爱。这也完全是好的,然而不是安吉这种人的事。从根本上说来,安吉和相田、长屋、佐伯之间,本来是没有差别的。在安吉这种人心中,有一种和他们很不相同的、完全各别的却不可捉摸的东西,然而是否要做到表现它的地步,现在手头毫无一点线索。就拿鹤来这个人来说,他钻在日本从来没有一个作家描写过的储蓄的世界里。他在充满着穷人和寡妇的国土里,全然不懂得货币、金融等近代特性,只管钻在琐屑计较的邮政储蓄里。他并不考虑这些小额储蓄加起来一共有多少;这些储蓄怎样地被动用;法令的细节一旦变更,它们的命运将怎样地突然变动。这里都是生计和知识平均地贫乏的人,这些人所固有的无知和顽固,有时是近于无情的野蛮的狡狯与吝啬。面对着这世界,这个读完了高等学校就停学、孤苦伶仃、经常衣衫肮脏而相貌堂堂的青年,每年给几百封问讯书写回信,因而样子更加邋里邋遢,精神更加疲乏起来。然而他正在想描写这世界,描写这个正在无可奈何地全般坍塌下去的、想号哭似的、想一脚踢开似的世界。深江又有深江的一套……和这种人比较起来,跟佐伯、长屋、相田等人之间的差别就淡薄起来而消失了。

“可是毕业考试是要考的吧? 前些日子我和太田会了面,不过……”

前不久,鹤来在九段的街上——鹤来所服务的储蓄局位在九段的富士见町——突然碰到了太田,两人谈起了这件事。太田也很关心。此后,鹤来的信就和新人会的信一起送到了小石川。有一次鹤来开玩笑地说：如果有鹤来所能够写的文章之类的东西，他可以替他代写……安吉觉得话既经说出，希望毕业的心情迫切起来，就把《芜村〔1〕论》和《万叶〔2〕论》两篇东西托鹤来代写，限定了日期。

"还有这个……"鹤来说着，用手指尖摸摸安吉带来的一册《啄木论》原稿，"深江一定要刊登，可是他又说不知道情况。深江想知道：不知道你对于过去别人已经发表的啄木论，调查过哪几种？这是评论文，深江认为和别的同人杂志不同，应该写成一篇学术性很充实的东西来发表。我们在这方面都漫不经心！不知是怎么回事，我们之中谁也不曾好好地读过啄木的东西。还有，他说什么来着？哦，对了：在自然科学方面，以及别的什么方面，不是这么说的么？倘使是一种学说，那么以最先发表的为主。以后发见的就没有发表的权利……又不是初夜权。哈哈，初夜权，说得太过分了……"

"他说的是 Priorität〔3〕吧。是这个吧？可是，我不很清楚。看倒看见过几次，不过……"

这在安吉是想也不曾想过的事。安吉只是偶然读读啄木的东西而已。有的部分是重读，有的部分是这时候初次读到的。在初次读到的部分中，初次看到啄木把国家作为一种权力而提出来处理，吃了一惊，受了感动。他觉得自己受了感动。为什么人们不把它当作一个问题呢？这问题清清楚楚地存在于这里，而在这样悠长的时期中一直没有一个人能够看出，安吉认为这是一件不合理而残酷的事。安吉还没有调查有没有把这当作问题的人，就先这样想。安吉看到：啄木的思想似乎接近于最

---

〔1〕　即与谢芜村(1716—1783)，日本徘句诗人兼画家。
〔2〕　即《万叶集》，日本古代歌集。
〔3〕　德语："优先权"。

近安吉等所学习的马克思主义国家学说。写这文章时的啄木,年龄和现在的安吉相仿佛,这一点也刺激了安吉。为什么人们不结合着《怎么办?》这个作品而理解他?(不过也许不是这样亦未可知。)对于权力的问题,对于认定国家权力是敌人因而备受迫害时所实现的人类幸福问题,安吉要对这个"不幸"加以祝福。安吉知道啄木的志向,知道啄木的短歌是广大群众所爱读的,因此安吉愈加热烈地希望把这一点提出来。直到现在,安吉也不知道有没有人像安吉那样确实地认为这是一个问题。虽然如此,鹤来和安吉——在安吉看来——都知道深江为什么总是把 Priorität 挂在心上。深江这看法,并非出于寄托在《土块》上的他那青年人的野心。这和在学问上严格拘泥的学者的良心也不同。只是深江生性对这样的事是不能忍受的。对于已经有人写过关于这问题的文章的事实毫不关心而再写同样的文章,这样的钝感在深江看来仿佛是市民权以前时代的事,是不能容忍的。这不能容忍,在深江看来似乎是格式上的一种破绽。这是鹤来和安吉两人分明知道的。然而除此以外,两人都不能说明。原来是这么一回事:今年秋天新人会的公开讲演会中,因为预定的讲演者不来——这个人是谁,安吉已经忘记了——他们就叫安吉去填补空缺,要他"也"来做一次文学讲演,逼不得已,他就担任了。深江也来听,后来把他的感想告诉安吉,说对于这样的听众,恐怕引用文太多了一点。他又说,安吉在讲演中面孔发青起来,他替安吉担心。这一点对于 Priorität 绝不会有关的吧。

"啊,这是好的。因为发表之后如果有人提意见,可以获得学问上的进步。首先,我也觉得关于这一点没有人写过文章……那么怎么办呢?去看葛饰先生么?你的快信昨天收到了。已经通知他了。我说也许今天去。如果去的话,我看还是今天去好。他说非常希望和你见见面……

你以后也要忙起来了吧？……"

　　有人反驳，有人提意见，不能说不会获得进步。不过，只印刷两百部左右的薄薄的同人杂志，会有啄木研究者注意到，照道理是想不通的。尤其是，葛饰伸太郎那样地希望见面，使得安吉感到不高兴。这件事，自从在小石川的时候从鹤来的信中知道了以后，安吉就感到不快，直到今天还是如此。

　　葛饰的作品，安吉大都看到过了。由于葛饰和处在老师地位的斋藤特别亲近的缘故，自然地使得安吉注意到他的作品。葛饰比斋藤小两三岁。他在非常年轻的时候，当斋藤还是一个无名青年诗人而困顿着的时候，就在文坛上露头角，一出场就接连地发表引人注目的许多短篇，变成了一个最前线的出色的作家。他的学识、机智、无瑕可指的和蔼可亲、继续不断的用功，以及包括这一切的一种柔弱忧郁的人道主义，使得世人都喜爱他。最近一两年来，他超越了崭新的流行作家的境域，显露出一种冷淡阴郁的作风来，这一点引起了安吉的兴味，然而安吉和他并非知交。土块社同人之中，深江很早就认识葛饰。他对葛饰是弟子身份。此外高木、鹤来、保名、坪田，都和葛饰有几分相识，只有安吉和他不相识。安吉曾经看见过葛饰一次，是什么时候的事，记不清楚了。有一次他在斋藤家里——斋藤的家就在鹤来的家的上面，葛饰的家也近在田端区内——和土块社的同人们聊了一阵天，大家正预备回去，不知什么缘故，只有深江一人不在其内。斋藤送安吉、鹤来、保名、坪田出门，走到篱笆外面，大家向坡道低落的方向走下去了，斋藤却回头向相反方向一看，叫一声"噢……"，安吉等都回转头来看。

　　有一个人正在向这边走来，安吉一看，心中也就闪现出一个念头："这是葛饰……"他头戴一顶黑礼帽，身穿一件长长的日本式外衣，向斋藤和其他许多人和蔼地打个招呼。

"啊……"斋藤看看安吉说,"你还没有见面过……这位是葛饰先生。"就把安吉拉近葛饰,继续说:"这位是片口安吉先生,这位是葛饰先生……"

安吉还没有低头行礼,葛饰已经伸起穿在日本外衣里的手来,摘下了他那顶黑帽子。葛饰突然把左肩倾向前面,同时深深地鞠一个躬,长长的头发几乎挂了下来。安吉立刻再鞠一个躬。

"那么再见……"

葛饰和斋藤两人走向刚才大家走出来的斋藤家的门口去了。安吉一班人就走下坡道去。

"他比我个子高呢。大约高一寸……"

现在回想起来,究竟是高一寸,还是高五分,不可确知。然而安吉的印象中觉得要赶上他是不可能的。他想……我的身材已经一分也绝不会再高了吧。然而他为什么又急于要和我见面呢?大概是他对鹤来等人说,希望什么时候在什么机会中和我见面吧? 不管怎样,大约非见面一次不可了。大约就同丸药非吞下去不可一样了。安吉过去并非规避葛饰。没有规避的理由。然而他说非常希望会面,甚至说叫他到指定的地方来也可以,这不能使得安吉高兴,反而使他觉得没趣起来。

"就在今天去一趟吧……"安吉没精打采地商量似地回答。

"好的。我也要出门一趟……"

不知不觉之间电灯已经发光,天冷起来了。鹤来把纸窗外面的板窗关上了,把他用自问自答的口气来唠唠叨叨地说明过的《土块》编辑计划的纸张收拾好了,两人就走出纸裱门去。鹤来身上依旧穿着那件室内用的棉袍,脚上拖一双木屐。

　　两人把手揣在衣袖里,从斋藤家门口走过——安吉的头脑里闪现出四十元那件事来——来到铁路轨道上面靠岩崖的街上,经过大正轩面前,向车站方向走去。鹤来最近在日暮里的吉野信一郎那里租到了一个房间,正想迁居过去。这个吉野——安吉在金泽时知道了这是事实——是江户时代的歌麿〔1〕的直系子孙。现在想起了觉得可笑。鹤来金之助在九段的储蓄局里供职,而到日暮里的歌麿的曾孙或玄孙那里去租屋子……

　　路上充满了最后一部分办公回来的人,身上笼罩着黑影,穷困似地急急忙忙地奔波着。延迟了晚餐准备的主妇们,也笼罩着黑影,蹲在那儿打量着生姜或糖酱鱼虾。道路渐渐地冻结起来的感觉,从木屐上传达到脚心上来。尖锐的和低钝的汽笛声相交混,延绵不绝地在这些人中间响着。这光景使人产生一种劳困似的、拖欠了借款而前去道歉时似的、焦灼慌张的感觉。空气中飘来一种像载货火车所有的有毒似的煤炭气味。总之,从莺谷到日暮里和田端,这条每一个空隙地方都装满着一团一团小住屋的、铁路轨道上面靠岩崖的街上,显出这样的一种悲哀神色而渐渐地进入黑夜了。岩崖下面的远方,从下谷到浅草去的那条街扩展着,街上的房屋更加低小、更加密集,整个地区发出一种低钝的声音。

　　"不过那件事啊……新人会里的人也很阔气呢……"

　　在安吉听来,这话是嘲笑的。安吉不明白鹤来究竟想说些什么。

　　"不是这样的么?"鹤来用他所习惯的自问自答的口气立刻继续说,"经过小学校、中学校、高等学校,直到大学,二十五六岁上才毕业,明天要会集拢来,决定今后做什么工作的问题了吧。倘是贵人的儿子,倒还

---

　　〔1〕　即喜多川歌麿(1753—1806),日本浮世绘画家。

可说,然而是新人会会员呀！真是开玩笑……"

在这以前,在五年前或十年前,有无数少年和儿童,都是被动地决定工作和职业的。

"不,我并不是责备。这情况本身是开玩笑的……"

"嗯……"

不是安吉受责备,然而安吉感到很窘。"真是开玩笑……"这句话,他是用厌恶的口气说的。两人走到了田端车站上面的拐角上,放缓了脚步。

"听说你还有法语的学分吧？深江说,由他来代做也可以。"

"不,有是有的;织田司有个侄儿,我已托他了。"

"那很好……那么我回去了。还要煮饭呢。今天晚上……"他说到这里,向安吉看看,"要来吃饭的呀。"

他说这句话的时候声音很温和,他是在报告:今晚他的恋人要来吃饭。他这话说得很简短,表示他把这幸福看作珍贵无比的东西,小心地爱惜着。今晚桌子上和四周有些什么东西呢？安吉仿佛看见的一样:有莲花或者朴树花那样美丽的花吧。

金之助就此回去了,安吉照旧向前走。他走下去,到了丘和丘之间的洼地上,就穿过洼地,爬上那边的丘地去。这里断断续续地铺着石头,大树的根突出在路面上,很不好走。常青树从上面挂下枝叶来,狭窄的巷子两旁围着墙,除了很远的那边有一盏电灯,其余的地方都没有电灯,一片黑暗。安吉摸索一般地通过了这带地方,来到了葛饰家的门前。

这门前的光景,就同在杂志中的照片上所看到的一样。以前,安吉常常有经过这里的机会,然而终于一次也不曾经过。安吉到保名那里去、到鹤来那里去的时候,也不经过这里而取别的路径。并不是回避。

然而现在安吉想：也许是回避。

"也许在正要通过的时候，正好葛饰伸太郎走出来，亦未可知。也许在巷子里转弯的时候，正好和他碰头，亦未可知……"

虽然不熟识——在斋藤家门口见过一次面——安吉一定会先表示反应。与其说是安吉表示反应，不如说是这反应自己在安吉心中产生出来。他光是想想，已经觉得难以忍受。这种情形大概是存在的，然而安吉毫不踌躇地推开了院子的边门。

他走到黑暗的正门面前，考虑着要不要按电铃，犹豫不决。按电铃这件事，是他所最讨厌的。带格子的正门上挂着一个写着"会面日"三个字的牌子。他没有按电铃，为了不让牌子晃动，小心翼翼地拉开了门，向里面张望一下。

"对不起，有人么？……"

正门间里几乎完全黑暗了。一个女仆听见了叫门声，从里面走出来。安吉就报姓名："我是片口安吉……"

不知什么地方传来一个男人的声音，然而除了这声音以外全无别的声音。接着听见提提达达的声音，安吉就想到是葛饰来了。他的上半身从左面扶梯口上露出来，向着正门间方向说："请进来……"，同时他的左肩连上半身向前面一倾。在几乎完全黑暗了的光线中，还是看得见他的长长的头发像掸子那么一挥。

安吉跟着葛饰跨着扶梯，走上楼去。电灯仍然很暗。两人走到电灯底下的熏笼旁边，对面坐下了。

"要你特地劳驾，非常感谢。"葛饰说着，把头向熏笼上一低。

安吉想："并不怎么特地……"但嘴里只说："哪里……"自然地也把头一低。

"恕不讲客套了,我们就来谈吧……"葛饰说着,把一杯茶在熏笼板上推过来,又把一盆点心推过来,这点心大概本来是他自己吃的。

"有人说你想停止文学工作,想不搞文学工作了,真的么?"

这完全出乎安吉意料。葛饰的眼睛注视着安吉。安吉慌张地想:"就是这种时候,极短的时间似乎是极长的。"同时又疑惑不决地意识到:现在踌躇的时间是长的或是短的,没有标准可以测定。他说:"有人说……"我在哪里说过这样的话呢?我没有说过。我不会说这话。不过,绝对没有说过么?绝对么?也许说过;至少,也许我一时得意,说过一些鹤来之类的人可能会理解成这样的话,亦未可知。

"不,没有这回事。"安吉含糊地说,心里准备着:如果说过些什么话,在这里道个歉就是了。

"噢,那么我就安心了……"

安吉心里闪出一个念头:"安心了?这不是有些傲慢么?"葛饰继续对他说:"关于这种事情,也许旁人是不应该说长道短的。然而我们还是希望你搞下去……当然,像我们这些人是旧的了……"

他说我们已经旧了。思想上和感觉上都旧了。你们这些人在两方面都是新的。自己知道旧,还是要把这一点说出来。人是必须看重生来具有的东西的吧。安吉切实地感觉到:葛饰的口辩,和文章中所看到的以及人们传言中所听到的都不同,并不是才气焕发的。葛饰曾经用自言自语的口气说:"人必须看重生来具有的东西。"一种不会有的责任似的东西,被他加在背上了。没有这种责任。虽然没有,但是并非完全没有,也许稍微有一点儿。因此更加觉得苦闷起来……

安吉无话可说。他的眼睛望着熏笼上的板。有一种奇妙的东西进入了他的视野中。这是以前一直在这里的,不过这时候他重新注意到了。非常奇妙的东西……这便是葛饰的瘦削而关节之间长得厉害的手指。这些手指醒醒到变黑，竟好比薄薄地涂上了一层墨，正在那里伸直来、弯下去。这像是几十天没有洗澡的病人的手，或者是乞丐的手。手指背上，正当中央的地方，有墨黑的一条粘住着。所有的手指，连大拇指在内，都是这样，除肮脏之外不会有别的原因。安吉想：为什么他有这样的手呢？他头脑中浮现出鸡脚的样子来。这的确和鸡脚一模一样。

"等一等……"葛饰说过之后，向楼下大声叫唤。

"给片口先生拿饭来。我的饭也拿来。"

一个女人的声音在远处答应。安吉想：这是吃饭的时候，实在不应该来访问。然而一动也不动。起初看到的那个女仆拿了两盘晚餐来，放在熏笼旁边各人面前。

"这是酒。"葛饰说着，用下颚指点安吉盘里的玻璃杯，"你如果喝酒，请喝吧。我是不会喝的。"

真稀奇，葛饰吃的是像粥一样的东西，安吉无意之中看到了，觉得吃惊。葛饰不能说是吃的，只能说是喝的。喝过之后，葛饰站起身来，拿出十来张钉在一起的纸来，放在安吉面前。这是他的短诗的原稿，题材是列宁、共产主义、勋章等。

他要求安吉提意见。安吉没有办法，马马虎虎地回答了几句话。

"片口兄知道爱隆克·董·列文[1]这个人么？"

安吉不知道。葛饰超过安吉一班人，似乎在用功研究着安吉等所不知道的东西。这使得安吉对于自己的不用功感到不安。

"他曾经写过关于列宁的事，《列宁的为人》是美国本子，当然不是权

---

〔1〕　据本书著者说，此人是住在美国或英国的俄罗期（？）人，曾作《列宁评传》。

威作家……"

安吉想:可以回去了,应该是回去的时候了。他一心想回去了。他觉得这心情会立刻反射到葛饰身上,就越发想回去了。

"土块社的诸君都很好,不过……"这时候葛饰又开始谈话了。他带着几分低沉的神气,淡淡然地说:"才能受人赏识的,恐怕只有深江兄和你两人吧?"

他用诱惑似的漂亮的眼光向安吉一看。

"啊,啊,啊……"一种不成语言的声音在安吉喉头响着。

"另外的几位,像鹤来兄,不知道会怎么样……"

"啊,啊,啊……"安吉还是那样,他想:"万万想不到,万万想不到。越出了道德范围了……这个人弄错了。在学问和道德上弄错了。这个人在我面前把自己降低了,完全降低了。将来,我对谁也不能谈这件事。这个人无可挽回地叫我看轻他。不行……我应该避开、勾消……"

安吉没有可说的话,也没有想说的话。安吉心中浮出了像链条似的一连串念头:对才能的根本看法不同;因此葛饰继续说出"不但如此……""还有所谓乞丐……"等柔弱无力的话,是难免的;在这种地方,他和斯大林的风格不同。

在一瞬间中,安吉头脑中闪现出在村山送给他的 *Die Kommunistische Internationale* 中的一张照片里找到了斯大林时的情况。安吉认为这是一张非常珍奇的照片。在一座巨大的木造阶梯前面,共产国际、俄罗斯共产党等的大约三十个人并列着。个子很高的高尔基锁着眉头站立着。他的旁边站着个子较矮的列宁。后面一排里站着披散长长的卷发的季诺维也夫。笑容满面的布哈林向前面注视着。然而安吉在前排的右端看到了一个人,这人头上戴的像是一顶台湾巴拿马帽子,身穿一件白色的俄罗斯式衬衫,面孔瘦黑,仿佛是被太阳晒黑的。他嘴上长着旧式髭须,手里夹着一件像皮包的东西。季诺维也夫等都表现出大人物的风度,只有这个人表现出孤寂的姿态站着。安吉想:"这是斯大林!"就阅读栏外的说明文。文中写着:中央是列宁,他旁边是高尔基,后面第几个人是布哈林,第几个人是季诺维也夫。说明文就此结束了。这时候斯大林还没有获得世界的名望吧? 说这人是斯大林,完全没有证据。只是安吉觉得除斯大林之外,不会是别的任何人。安吉是结合了斯大林的风格而推想的。这是像代数的证明似地发展起来的文章。这是真正的新风格。列宁的风格是农业的、艺术的;斯大林的风格则是近代工业的、电气熔接的。安吉虽然说了这话,然而谁也不能接受。不能接受的人们,是新人会会员,是全面地进步的人。安吉必须承认这些人的风格和年纪比斯大林轻的葛饰的风格不同。安吉并不想看轻葛饰这个人。然而他自己叫安吉看轻他。他是旧了,旧了,旧了。连激励人的时候也不免理解错误……

安吉绝不谈起这些事,只是又微微地鞠一个躬,起身告辞。葛饰送他到正门口,他就走出格子门外面去了。八角金盘的宽阔的叶子在安吉头上哗啦哗啦地响。在这些树底下走了一会,穿过了前院,走出边门外面去了。外面已经完全是黑夜。路上的泥土真个冻结了。通向动坂去的道路全部黑暗。安吉感到心情郁闷,他不明白自己为什么要告诉葛饰,他不会停止文学工作的。他就怀着这种闷闷不乐的心情急急忙忙地走向明亮的有市内电车的街上去。他仿佛是出乎意外地发觉自己的儿子是个没出息的家伙,因而感到心灰意冷。然而紧接着,对于葛饰这个瘦长的人的完全不合道理的爱,在安吉心中像云雾一般涌起来,自己也难于阻止。

十

"为什么这个人一直重复说同样的话？这有什么意思呢？他说'出版界的工人很软弱，不行。金属方面的工人，你去看看，日常不断地在那里挥动很重的铁锤，所以……''所以'怎么样？……不过前面这片风景我倒是喜欢的。我非常喜欢这样的风景……"

安吉和斋藤并肩走着，安吉一面"嗯，嗯……"地答应，一面蓦然地想起了小时候的情形，眺望着河的下流方面的风景。这时候两人从立石向向岛方面走去，走过骑跨在中川放水路和宽阔的荒川放水路上面的四木桥，正在再向小石川方面走回去。

总的一句话，这是一片模糊而无边无际的光景。连续不断的堤防一眼望不到头。残留到冬天的枯草被风吹着。从立石到平井之间，连刚才走过的新小岩也包括在内，那些参参差差的房屋的屋顶，都比堤防低。这给人一种辽阔的感觉，对全部风景仿佛产生一种错觉。两条放水路并行地延伸着，大量的水也并行着向下游不绝地流去，这意识更加强调了辽阔的感觉。安吉是在看不见这样的风景的地方长大起来的。这条河不是自然状态的，而是加过人工的，因此使人产生一种异样的自然感觉。德川末期有几个画家，用小孩子一般的感觉，按照透视画法而构图。这些堤防越向前面越缩小，仿佛是那些画图的朴素的样本。上面笼罩着半明半暗的天空。且不管这些风景，安吉想起了上次葛饰伸太郎的事。

"不过他恐怕是知道这一点而故意这样做的……"安吉摇了好几次头，然而这念头早就有了。"我们同辈之间互相谈论才能的有无，是可以的。可是这个先辈地位的人，抓住了像我这样的人而那样地怂恿；也就是说,他自己明知道屈就人的卑小之处而对人鼓励是卑鄙的,然而还是硬要这么做,这种事他也许是干得出来的。因为这缘故,我觉得这个人所作的《芭蕉[1]论》没有意思了。斋藤鼎也许没有学问,然而我觉得他的《芭蕉论》比葛饰的有意思起来了。如果是斋藤鼎,绝不会讲那种话,首先他就不会想到这些事。"

"可是,你这个人怎么搞的?"安吉心中继续产生了这个念头,局促不安起来。"为什么由于葛饰降低了他自己的身份、你认为不适当,就连你自己也降低了身份呢?问题并不在于他对你说了这话,你不觉得欢喜,也不觉得痛痒,而是产生了相反的感觉。为什么你不当场给他一个打击呢?这真是太谦虚了。为什么你对那样的一个人——他的确是好意——不直说,而在心中侮蔑他、眼看他身份降低起来呢?这不是同样犯罪么?这不是互相当被告么?对方或许知道:虽然是说谎,也会弄假成真,故意这么说的吧?而你……就是说,对方明知道也许会被侮蔑,但他却是出于好意的。你知道是好意,而只怕被玷污。当时,你一定感到葛饰仿佛欠了你一笔钱。你告辞的时候心中怀着对方犯了不可挽救的错误,因此终身不能对我抬头的感想。哼!……"

这种念头使安吉感到苦痛。"你这个伪善者!"这句话在这时候就自然地联系上来。然而一味夸张这一点,而故意追究自己,则似乎又变成了另一种伪善,因此安吉不再深究了。"说谎也会弄假成真,大概这句话更加具有根本意义吧……"

安吉觉得,看起来和卑俗相反的葛饰反而具有平民的意味,刚才我这感想便是其证据。接着他想起了岩月的话。有一天晚上,以劳资纠纷

---

〔1〕　即松尾芭蕉(1644—1694),日本俳句诗人。

资金的"枯竭"为话题而开一个会。会后大家闲谈的时候,岩月说了这样的话:

"不过,这里面的确有能手呢。这是真的,不是撒谎。(岩月有一种习癖:谁也没有讲什么话,他自己却先说"这是真的,不是撒谎"。人们都笑他)我的朋友里面有一个送牛奶的人。现在还在做这工作。不过现在他已经开了一家店,当老板了。他怎么会弄到这家店呢? 有一个办法……"

岩月没有订牛奶,然而送牛奶的人还是每天送给他。从前年起,牛奶商人互相竞争。送牛奶的人说:"这是宣传,不要钱的……"管自把一瓶牛奶放着就走了。起初觉得不快,然而终于不付代价地喝了它。这时候有一个比他年纪轻的朋友,住在附近的一家店里;从有一天起,这朋友也每天送一瓶牛奶来,说这是宣传,放着就走了。这是取得同意的,岩月一开始就喝了。

"哪里的话! ……"

每逢岩月表示不安心的时候,这朋友总是这样说;但是有一天他来商量事情了。他说想开一家店,需要若干钱,是否可以筹措。这是谈话的内容,然而这件事对岩月当然谈不到。首先,这个人无论怎样勤劳,他的野心竟达到了自己开店的地步,在岩月觉得是不可思议的。这件事需要资本,这是不会成功的……

"不,可以成功的。不过,办法有点儿不大好。有点儿不大好。"

这个送牛奶的人定了一个计划,奔走各处,分送宣传品。这不是替牛奶店送的,却是为了取得自己的主顾而送的。一方面,他存进了五角钱邮政储蓄,因此弄到了一个储蓄存折。以后再存进两次,每次五角钱。然后在存折上改写为存款五元。数目是不是五元,安吉记不清楚。无论多少都可以。总之,如果需要十元,就想办法存进三元;也就是说,假装存进三元,然后拿了这存折到朋友那里去商量,对他说,实际上需要五元,三元已经有了,你可否借给我一元。另外一元已经有人答应借给我了。这样,那朋友就借给他了。于是再拿了现款一元和存折,到别的朋友那里去借。这时候,如果要三元,就说是有了两元而去借;如果要五元,就说是有了三元;如果要十元,就说是有了七八元。窍门就在这里。以后,继续向人开口,就说是只差一点大抵上可以是成功。这样做法,这个人终于开了一家店。

"可是这不是变成了伪造公文书么?"

"不,不会的。绝对不会的。为什么不会呢?……"岩月就加以说明:存折固然改窜过了,然而他并不用这存折向局里支取款子。不向邮局支取,不给邮局麻烦。他把这存折撕破了。然后去呈报,要求补发存折。邮局就根据总账,另行发给他一个新存折。于是伪造、改窜就全无痕迹了。

"虚伪里出来的真,葫芦里出来的马。马既然出来了,骑着走就是了。是从葫芦里跑出来的,还是从马厩里跑出来的,不必问了——这便是这个家伙的方式……"

这件事虽然有点可笑,大家听了却叹息、感动。

"也来搞一下吧……"竟有人说这话,然而终于没有搞。会计反正必须公开的。况且警备特别班是不能过问经费问题的。

"可是人生,总是竭力想办法弄出马来,这才维持下去的吧……"

想到这里,安吉等人过去所做的、所想的事情都虚虚幻幻地浮现到眼前来,可知这一定是人生的事实。想不到葛饰的话,在性质上似乎是和这种事情相结合的。

"听说片口兄是搞文学的?"斋藤从旁边这样问,安吉吃了一惊。

"嗳嗳……"安吉答应着,然而心中感到不快。从什么话谈到文学上去的呢? 这个"金属的"斋藤想从这种地方得到些什么呢?

"我也是喜欢文学的……"

有一种不安的感觉,像帷幕一般挂了下来。从斋藤的异样的语调上,安吉预想起了一种不能说明的、反对和赞成两方都为难的、业余作家的情况,就无目标地警惕起来。

"佐伯哲夫氏的《奇怪的眼泪》在《无产者新闻》上登出来了啊……"

安吉想早点儿结束这话,回答他说:"嗳嗳,那件事是我告诉他的。"就忙着找寻别的话头。他称佐伯哲夫为"氏",是调查似的口气。看他说出些什么来。

"这篇小说不是还不错么?……"

"唉,糟糕,糟糕,糟糕。这话对他无论如何也说不明白了……"这念头闪现在安吉心中。

"工人是绝不会哭诉的。即使受了误解也不叫怨。他所描写的那少年却突然哭起来了。他一直忍耐了好久,可是终于证明他是对的了啊……这岂不是可怜的么?"

"是可怜的。然而是这少年可怜,不是这小说可怜。斋藤这个人雄辩地完成了他的解说,正在自鸣得意呢。对这个人一直不能亲密,其原因就在于此……"

这念头像箭一般在心头闪过。然而斋藤的话不是要求答复的,所以安吉默默不语。而这默默不语使得安吉慌张不安起来,仿佛必须找个口实才好。

佐伯的《奇怪的眼泪》,安吉读过了。当时他想:"噢,就是那件事……"

就怀着热烈的心情依着报纸上的黑黑的铅字读下去。读到"多么奇怪的眼泪"这个结尾的地方，觉得两颊发冷，就抬起头来，不知道往哪里看才好。

这简直是令人毫无办法。虽是如此，安吉还想：这大概是由于佐伯被人催逼，因而把从别人那里听来的话写成了一篇报纸上的文章的缘故吧。也许是安吉自己对佐伯讲这故事时所用的语气曾刺激佐伯这样来解释这件事的。的确是由于这缘故吧。然而不仅如此。艺术不是这样的东西。不管本来讲这话的人用何种语气来讲，写出来的东西的语气总是艺术家自己的。这使得安吉感到苦闷。佐伯是以解释者自任的。那个哭出来的少年被当作工具使用之后，就被搁置了。佐伯的初期作品似乎力求避免这种作风，所以看起来倒还令人满意而纯粹一些。其中描写的是一个朝气蓬勃的大学生的心理状态，一个辛勤地抚育子女的贫困的母亲和她的孩子之间的爱情。连写得很感伤的东西也是新鲜而优雅的。

"如果说因为作品中写成是这样，所以就是这样，那么文学真是轻松愉快的东西了……"这念头和对自己的能力产生的疑惑结合起来，在安吉心中闪过。

"我是西南地方的人，所以知道；可是这样的东西无论如何是乏味的、拙劣的。"土井省去了说明而固执这样的见解，也许就是指这种地方吧。那时候我想向土井替佐伯辩护。从任何一点来说，佐伯的确有可辩护的地方。现在还是有。然而我又彻底地被田口吸引着。现在还是如此。土井想把田口和佐伯对立起来。我竭力不让他这么做。最近的佐伯，正在做着的确和田口相对立的新尝试。现在还不能说这个便是新尝试，然而也不能说这个不是吧。土井对于佐伯的初期作品尚且说这话，所以不管他有没有读过《奇怪的眼泪》，一看见这篇东西，关于佐伯起这样的篇名,又该说些什么话呢?假若这是佐伯本来的东西,今后他将依照这方向走去,那么我对他虽然怀着爱慕之心,也无论如何要从他的路线上脱离。与其说是从他这个人脱离,不如说是从结合我和他的路线上脱离。

"这不是分离。"这念头似乎在安吉心中形成了。"这是人与人的、文学的结合关系断绝了,另外成立一种新的社会的、政治的结合关系。这是很重要的。然而我所希望的不是这个。在选举中对同一候补者投票这类的事,为什么有迷恋的必要呢?不过这当然是重要的……"

找不到别的话题,他们就默默地走上了四木桥。此后将要搭市内电车,从向岛走过吾妻桥,穿过本乡,向小石川走去。想起了这段路程觉得有些沉闷。走到桥的尽头,安吉向河面上望望。他想起了大约两年前——不能正确记忆——的事:那时候太田拉他去,到大学的艇库里借一只小船,划到钟渊方面去。隅田川在钟渊地方打个大弯,在弯曲的转角上,突然接近了荒川放水路,就从这里分为两路,一路向东南,一路向西南,各自向前流去。在突然接近的地方,运河把两路结合起来。安吉等划到这里,准备回去了。

安吉谈不到有经验,却喜欢划船。在水上,就是在一个陌生的都市里也仿佛觉得非常幽静。实际上比陆地低得很少,然而静得很。在水上,即使是在都会的中央,街上的嘈杂声听来好像是从远处传来的。据说从刚才划到的地方再稍向前进,就可划到堀切的菖蒲园,安吉听了这话竟感到奇怪。堀切的菖蒲、入谷的牵牛花,这种东西居然还存在着……安吉只是在书本中读到,只当作一句话,只知道它们的名字而已。真幽静!桨头上接连地发生的浪圈,一个个退后去而逐渐小起来的浪圈的行列,不像水而具有一种液体感的河面……忽然听见砰的一响,接着一个严厉的斥骂声从不知什么地方传到小船上来。小船里的人忿忿地回头一看,只见眼前一只满满地装着碎石子的船,齐舷没在水里,从小船旁边擦过。"畜生……"在这骂声中,两只船迅速地离开了。两船相撞,虽然不免疏忽,可是太田等总算愉快而清静地度过了半天。石子船上的人想把自己的疏忽推诿在小船身上,因此斥骂得特别严厉,这是很可能的事。"可是大概……"安吉现在想,"大概还有一个原因,所以石子船上的人要斥骂:能够度愉快而清静的半天的叫作大学生的人物居然存在,在他们看来是讨厌而可恨的。向前向后,双桨动作一致,这动作一致在他们是不能容忍的。还有残留在水面上而逐一流去的漩涡,和滑进一般的速度,在他们是没有。在他们方面,船脚很重,船舷几乎没在水里,船行速度迟缓。堆积到和船舷一样高的碎石子,分量很重。这几个大学生甚至也许对石子船上的船夫的命运怀着同情。如果这样,那么只要想到这一点,他们就认为是一种剧烈的侮辱……"

这斥骂虽然一无所得,也可首先杀倒人的威风。

"这个斋藤老实不客气地谈论起文学来……"

安吉立刻清楚地看出:斋藤对文学的态度是认真而朴素的。正因为如此,所以和金属作对手而每天做铿锵的工作的斋藤,虽然孜孜厄厄地钻研着文学,但对工人说来是"极度小资产阶级的"、像浩荡飘风中的尘埃一般细弱的人物,是连憎恶也不值得的自命不凡而浅薄的家伙。"这么看来,他是异常不健全的……"安吉心中也产生这样的意识。

"到底不行。我没有能力。首先是没有耐性……"

对壮健的斋藤概括地说明这一点而必须使他理解的义务感,以及自己到底不行的自觉感——这两种感觉正在发生的时候,觉得把自己这种人看作石子船上的船夫、或竟看作齐舷没在水里的石子船本身似的沉重物品的概念,渐渐地淡薄起来;而对于斋藤,重视自己而看轻对手的感觉,就变成了非常轻微的、内容上全不足道的另一种东西的概念。安吉怀着这种感想,兴味索然地和斋藤一起搭上了市内电车。

放水路一带的风景,及其广漠无边的气象,逐渐从视野中消失了。这里是原来的木阿弥街。拥挤的商店、招牌上的字、橱窗玻璃上的灰尘、女人的步态、交易的讨价还价方法、会心的俏皮话,连色彩、音响和气味,都沉闷地充塞在心中。隆冬时节异常枯燥,因而这条街上的生活依然只是原来的木阿弥的生活。这条街从这里开始,无穷无尽地延长着。安吉不再讲话,闭上眼睛坐着,让电车叮叮当当地载他去。斋藤也不讲话。安吉闭着眼睛,仿佛看见邻座的斋藤也闭着眼睛。由于一种不同于使安吉焦虑的原因,由于斋藤自己今天的一种特殊的辛劳——这辛劳是什么,安吉终于不知道——这个什么都好像是五角形的人,已经弄得精疲力尽了。这使得安吉心中的一切都跟原来的木阿弥一样的感觉更加强烈了。

"这里是向岛么?是小梅么?是深江家的后面么?"

安吉心中闪现出这念头,这时候电车渡过了隅田川,走进更加像原来一样陈旧的街道里去了。安吉不知道震灾以前东京市街的状况,然而照原来样子的旧街道的感觉,老是保留在心中。他觉得即使到本乡,即使到小石川,都不会有变更。在这感觉中,他想起了一月二十一日集会时的情形。

"完全一样。完全是原来的木阿弥。看来似乎千差万别,其实全无不同。完全照你所预想的那么陈旧……"

闭上的眼睛里浮现出好几个相貌堂堂的大学生的颜面来。相貌堂堂的样子不愉快地缠绕在心头。邻座的斋藤似乎在开始打瞌睡了,靠到安吉的肩膀上来。他大概的确累了。他靠上来,安吉就用肩膀去承受,一面想:这个人在安吉看来是喜欢的或者不喜欢的,或者即使竟是一个讨厌的人,可是包围着他的辛劳,虽然不知道内容如何,似乎也约略可以懂得。现在这个人一定是把他的便帽拉到五角形的脸的眉毛上了,在那里睡觉……

访问过葛饰伸太郎的第二天,是一月底一个意外地无风而温暖的日子。下午一点钟,安吉独自从集体宿舍出门去。住在集体宿舍里的、今年毕业的太田,已经在上午出门去了。片山还没有从大阪回来。迁出了的村山如果来,大概是从六本木来的吧。安吉走进山上御殿〔1〕的小厅里,由于前来开会的人特别少的缘故,怀着一种傻里傻气的莫名其妙的心情,在一张软软的椅子上坐下了。各方面的"先辈"们引起他的兴趣。同时他觉得也许会感到拘束,于是局促不安起来。

真难得,平井也在这里。藤堂、太田、村山都在这里。医学院、工学院、驹场的农学院里的朋友们也在这里。最近入会的国文科的鸣户,安吉只匆匆地见过一次,这一天也在这里,安吉觉得真有意思。他是昨天或者前天入会的,今天到这里来,想和大家商谈今后的生活方针。也许是别人硬把他拉来的。他本人在新的意义上说来也许是率直的。可是会谈一开始之后,安吉觉得失望起来,仿佛看了一场廉价的戏剧。不仅他一个人如此,所有的人都在不同的程度上表示一种近于失望的感觉,大家希望早点结束,早点回去。

新人会干事长太田,结合了列宁纪念日的意义而致开会词,接着就当会议的主席。太田说他自己打算在劳农党本部工作。但他从不久以

---

〔1〕　日本东京帝国大学的一个会堂。

前起，就常常到那里去，把这工作当作专门事业，所以在那方面没有问题。藤堂说，他自己希望到国营铁道工会去，但是到新人会所指定的地方去也可以。但他也是从不久以前起就常常到那里去的，所以也没有问题。平井把以前对安吉说过的话用一般的方式来再说一遍，说希望到某地方有法语讲座的学校里去任职。履历书等已经送去，平井又叙述了自己的心情，所以也别无问题。医学院里的朋友大家都说希望到医院或研究所去。他们各人有各人的目的。有些人希望到评议会系统的工会去，有些人希望到总同盟系统的工会去，有些人希望到"贫民救济社"去，只有工学院的安田一人希望到日本劳农党去——包括这些人在内，一个人也不遗漏地在这会上发表了自己的方针。鸣户说希望做文学工作。他说他曾经在神奈川的女子中学里找到一个职位，然而他已经谢绝应聘了。

"毛怎么样？森怎么样？土井怎么样？"

这些疑问闪现在安吉心头，然而立刻解决了。原来安吉记错了。土井和森都要明年才毕业。姓毛的在两星期之前听到汉口收回英租界的消息，就回国去了。各人对于讨论方针的事，大体上认真到什么程度，安吉不十分明白。也有些人认为既要认真干便认真干好了，没有特意出席的必要。安吉认为他们总是合理的。这样看来，像安吉那样无可无不可，在这里也许可说是站在一个奇怪的最忠实的立场上了。

学生们发言完毕之后，先辈们开始发言了。安吉想："真不错！彬彬有礼的啊！……"就听了总同盟的菊田、劳农党的浅井、日本劳农党的吉井、产业劳动调查所的深川等的发言。在《马克思主义研究》及《工人》等杂志上大肆讽刺地论争着的少壮中坚分子，都规规矩矩地用稳健的雄辩来各自自吹自捧。安吉心里却交混着恐怖和侮蔑，然而在这威势之下又不得不佩服。

"这个么,也是没有办法……"安吉怀着坐在角落里的感觉,心中自言自语,"像菊田这个人,总同盟要派他到日内瓦去呢……"

安吉想起了陪林哈尔特到三田的本部去访问赖母木会长时的情况。最近报纸上登载着:菊田陪同赖母木会长,即将和资本家代表钟渊纺织厂厂长一班人一起出发。

这一天散会之后,安吉并不跟任何人一起,想独自慢慢地走回清水町的集体宿舍去,心中怀着三种感想:第一,在研究会或别的集会上讲的话使安吉佩服的人们,大约有十分之七八都表示要进"中间派"工会,进现成的上等的大医院;如果进工会或政党,则要进本部。这使得安吉略微感到惊奇。并且他们都用决定的口气来发表,如果有人从旁提意见,他们只当作破坏,这便是使他惊奇的一个原因。第二,关于整个战线的配置的解释使安吉有所醒悟。直到现在,安吉不讲理论和理由,漠然地怀着"系统"的思想。尽管漠然,他却认为新人会里的人,照工会的意见,应该到评议会系统中的地方去工作。别人认为这正是一种偏狭的思想,是宗派主义。他们说:如果是以科学的社会主义来武装了的知识分子——他们使用这样的话——应该不问左派、右派或中间派,到任何一个属于人民的地方、任何系统的地方去工作。安吉听了这话,觉得仿佛开了眼界,同时立刻知道自己被他们欺骗过去了。"真是胡乱地侮蔑人!""这一点我现在在这里无法反驳……"——这两个念头交混在安吉心中。连撒谎也撒得很巧妙……安吉感到:这回是和这个演说者最后一次绝交了。第三,以前安吉也许想过:文学方面的工作多么特殊!现在却在完全不同的关系上重新想起了。并不是说文学具有特殊性,却是说照现在这里所说的道理,到别的方面去和到文学方面去,其间就像张开的剪刀一般形成一个角度。安吉讲话之后,有一个人继续讲话,他说:从事文学,无非是把它当作一种运动而从事;应该是为了现存的文学运动以及文学的马克思主义方向的发展而从事;安吉等应该怀着这明确的意识而进行工作。安吉听了这话,心中想:"不懂别装懂啦!"却默不作声。因为他忽然想起:也许这个人是真心地这样想的。他们无论到工会去,或者到医院去——医院的情况也许略有不同,然而其中并非不能想象和文学有几分相似的东西——都是到一个"运动"中去,他们在事务方面也担任领导者的职务。领导,这在文学方面或许也是同样情况的。安吉只是恍恍惚惚地这样想,却不能仔细辨别。然而他们并非在那里创作的。"他们并非在那里创作的"——他在心里把这句话重复说一遍的时候,觉得自己的心情和这句话最初浮出在脑际时的惊雷似的心情很不相似,就茫茫然了。有一个人到金属的工会去。他到那里去,绝不是去制造铸器。在一个装配好的高高的顶棚下面,一个像大桌子那么大的洋铁筒由起重机运送过来。这洋铁筒在空中缓缓地移行,到某一点上停止了,就在这里慢慢地挂下来。人们把它抓住了,用一个东西勾住,慢慢地侧转来。半液体状态的铁就从漏斗形的口子上流出来,落在下面的铸型上。铸型的铁矿砂色彩闪灿着,冲起来的蒸汽和烟发出声音,在这极端紧张的环境中活动的人体显得更加柔软了。只有把这情况照样地适用在文学工作上,此外没有别的办法。他们不是在制造铸器。他们不是在制造药物。早就为农会所重视的、在金泽退学的松泽,也不是种稻麦的。

正在走出会场去的时候,安吉碰到了平井,就和他一起走了。

"平田怎么样了?"安吉问。

"这家伙不在这里了,回家乡去了。听说这个……"平井说到这里伸出一根小指来。平井说起一个女人或者情妇的时候,常常用一根小指来代表。安吉看惯了这近于滑稽的动作，一点也不觉得可笑。平井继续说："听说要断绝呢。今年他不参加考试，听说要重新来过。大概是真的。因为是最后一次机会，所以我硬去跟他见了面，我们谈了一次。我觉得这是好的。那么，我就……"平井说着，就回转身，向院系办公室方面去了。安吉相信平井的话是真实的。

安吉在大学正门的地方碰到了绪方。

"片口兄！……"

"啊……"安吉应了一声，不大认得他了。绪方和安吉的关系可说不是亲密的。绪方用亲切的却又不自然的口气来叫安吉。他也是最近加入新人会的人们中的一个。一方面也由于安吉的漠不关心，但安吉连想都没想过，快要从英国文学系毕业的绪方，会来出席今天的集会。事实上绪方没有出席。

"我今天没有去。我知道的，可是没有去。有种种事情，米泽高等工业学校的事，这次已经决定了，所以……"

绪方的着急的语气，反而使得安吉深深地怀疑起来。这家伙为什么对我讲这些话？

"我想，非同大家商量一下不可，不过……我觉得对不起大家……"

然而他也许的确是在这样想的。他似乎是在做作，不过也许是自己的疑心吧……

"关于今后的'邦德'，我也正在考虑，所以……"

"邦德？邦德？绪方说的是什么东西？邦德是什么东西？随便什么都好，没有什么大不了……"

安吉想：你即使诉苦，即使道歉，不是也毫无用处的么？他就怀着这种心情和绪方分手了。他回去的时候一路上考虑着，然而终于想不出绪方说的是什么。夜深时候,太田回来了。安吉把碰见绪方这件事告诉他。太田对于绪方态度也冷淡。安吉问他"邦德"是什么东西。

"邦德? 邦德?"

太田似乎也不懂得。

"是 Pfand[1]吧? 大概他准备拿出些钱来支援吧? 不过是否这意思,我不大明白……"

安吉听了这话,想:大概是这意思。这是可能的,然而听起来有些滑稽。太田也认为不足道。然而安吉心中一点也没有看轻绪方的意思。

"啊,什么地方了? 什么地方了?"斋藤说着,捅了捅安吉,安吉也睁开眼睛来。一时不知道电车开到什么地方了。

"大概又是进行得不顺利吧? 今天我们两人到平井那里去,大概是去作秘密商谈。为了掩饰,所以带着我前去。要是不然,不会让我在桥头等那么久……"

安吉无论如何不能想象罢工会倾向明快的解决。现在正是隆冬时节,今天安吉曾坐在桥头的小舍似的茶店里,喝着冰冷的柠檬水——这本来是安吉所喜爱的——等候斋藤的到来。一定是一切事情,至少是重大的事情,进行得不顺利。一定是为了这事,所以连这"金属"的斋藤也鞠躬尽瘁地辛劳。现在这电车载着这两个人,正在这条依然陈旧的街上驶行。

安吉回想着那时候的全部情况。他从网球场旁边用木板搭成的临时教室向院系办公室方面急急忙忙地走去。十六个学分,十六个学分,

---

〔1〕 德语:"抵押借款"。

要取得这些学分，非准备考二十个以上不可，这念头使得他着急。已经考了十二三个。这十二三个大概是没有问题了。金之助代作的《芜村论》和《万叶论》，早已交给沼田教授了。这几天连日埋头写毕业论文。虽然只有他自己一个人知道，也觉得非常难为情。因为他只是拿马克斯·培亚的《世界共产主义史》作为依靠，再从当给森山当铺的《海涅全集》中私下扣留的两册《书简集》中摘取些适当的材料，东拼西凑而已。他那部康培版的全集，算来已经当死了，就拿雷克拉姆编的四册选集来将就应用。有人告诉他，说研究室里有埃尔斯泰版的全集，然而他没有到那里去看的勇气。首先是为了到研究室里去看这部书，倘被金泽以来就熟悉的木村看到了，谈起话来，底细就当场完全暴露了。因此他只是急急忙忙地读培亚的书，还从《德国宗教哲学史》《意大利游记》《路苔齐亚》等书中引证可以利用在社会主义、共产主义、革命的人类主义上的文章，把它们像链条一般连结起来而已。即使发觉链条生锈、发音沙哑不清，他也满不在乎。关于诗，只谈到《西里西亚的纺织工人》一首。论文必须用德文写，因此他尽量把自己作的文章缩短，一概不用间接叙述法，全部用直接叙述法。否则，引用的文章和自作的文章差异太显著，即使想视若无睹，终于觉得触目。他取巧地使用两册书简集里的"当时的"注释。他好像亲自读过那些报纸般地引用"《汉堡日报》某月某日的记事"等，这办法必然反而把论文弄得乱七八糟，但他也顾不得了。

只是要考二十多个学分，是一个问题。他心目中有两三个教授，不管考得好不好，只要去应考而交出答案，一定可以获得学分，已经预先接洽好了。只有一个木村教授，还没有接洽好。今天非找到他不可，现在他正在赶紧去找。

安吉抑制了不好意思的心情，从大群的愉快活泼的学生中间穿过去。他进大学三年以来,还一次也没有听过木村的课。以前他进高等学校、开始学德文的时候,就是木村教他的。安吉二年级的时候,木村到德国去留学了。这期间安吉经过两次留级,才当上了三年级的学生。安吉在校的第五年上,木村留学回来了,仍旧到安吉的班上来教德文。木村还记得安吉,在最初一堂课上笑着说:"我能够和认识的人重新见面,很高兴。可是在你这方面,'重新见面很高兴'这句话有点儿说不出口。……"安吉和全班学生都知道:这不是讥讽,这是这个人要表示重新见面的欢喜时的率直的说法。

"木村先生……"安吉叫一声,站定了。木村正好在这里。

真是偶然的。运气好得很。他正要走出去,间不容发……

"噢……"木村应一声,也站定了,"你还在做么?"

做什么,安吉不大明白。想来是指新人会的事吧。安吉说出了事由。

"听讲申请书已经交了。"

"考试么?考我的课?"

安吉觉得这语气可疑。木村率直地说:"考过了,前天……不,大前天。这没有办法了……"

安吉听了这话,心里发怔。眼前的木村脸上显出非常抱歉的神色,显出之后立刻消失了,使得安吉畏缩起来。

"我真是……"安吉低下了头说,"我很抱歉。"

"嗯……想办法加把劲吧。"

安吉和木村告别之后,着急地考虑。怎么办呢?身在德文系,而失掉了德国文学的一个学分,必须考一门别的德国文学来弥补。然而不行,没有交听讲申请书。"要是把冈教授的课的听讲申请书也交了就好了……"这念头浮出在心中时，觉得现在想到未免太晚。正因为过去的大都进行得还顺利，所以一种愚蠢的感觉使他难于忍受。冈教授的课后天考……

"考吧？去一趟，直接谈判吧？好，一定考！"

安吉立刻到办公室去探问冈教授的住址。办事员好像觉得他有些可疑，可还是在纸条上画了一个地图给他。

安吉匆忙地走出正门，立刻搭上了到飞岛山去的电车。他在上富士前换车，到大冢仲町下车。然后拿着刚才那张纸条，彷徨不多时，立刻找到了冈教授的家。

这是一所造在鼠色木板围墙里的简陋的木造洋房，院子里有一个繁茂的小竹林，院子的门上没有庇檐。安吉略微踌躇了一下，立刻走进正门去。

一个服装朴素的女仆走出来，在正门间的台阶上跪下来，两手支在台阶上，表示请问贵干的样子。安吉说明了来意。他说得很简明，务求容易理解……

女仆进去了。听见上楼梯似的脚步声，后来消失了。四周依旧肃静，安吉站在洋灰地上等候。他心中发生了动摇，怀疑这一次是不是徒劳的。忽然想到：这是不行的。他回想起了列宁的论文中的"关于上山""关于下山"的话。他觉得这话意外地滑稽。那该是在实施新经济政策的时候。倘使另外没有路了，人们骚扰起来，你不可被动摇。如果以前的路走不通，就回到山脚下来找寻，再从另一条路走上去。走下来的时候是危险的。当心头晕眼花。然而这话是滑稽的。安吉现在这样地站在洋灰地上，回想列宁的话。"我读那篇文章的时候，仿佛回头望见了顶上积雪的一带山峰，感到战栗。那里有像老人所有的一种庄严相。"他这样地站着回想这种随感……

脚步声响了,渐渐近起来,那女仆又出来了,跪下来,对安吉说:

"对不起,劳您等候。我已经对先生说过了。先生说他知道了。"

"啊,那很好……"安吉嘴里这样说,心里重新感到一种迷惑。那女仆还是跪着,惊讶似地仰望依旧站着不动的安吉。

"劳驾……"安吉终于开口了,"请你再去对先生这样说……我没有交听讲申请书,可是今年先生的课我全都听了。不交申请书是不是也可以应考?请你去问一问,给我一个回音。实在是因为……"安吉怀着干没廉耻的勾当似的感觉继续说,"我今年要毕业了,无论如何非毕业不可。假使不考先生的科目,就不能毕业。没有交听讲申请书,完全是我的过失,真不应该。可是我必须要求准许我应考。行不行,请你费心再替我去问一问,对不起啊!"

"讲了些不通道理的话……"安吉自己正在这样想,女仆已经进去了。又是肃静无声地过了一会。女仆出来了,又在台阶上跪下了。

"对不起,劳您等候。先生说:请您好好地用功,可以应考。"

"多谢多谢!"

安吉向冈教授那边和女仆双方鞠一个躬,回转身去,一溜烟走了。

安吉又回想起下面这件事的全部情况。很难为情,然而结局很好。就照那样去办!"嘿,他妈的……"他怀着不顾一切的感觉,两脚着力,走向法语考场去了。

"织田是不是在那里等我?"

他的法语是托织田代考的。他同织田约好:他在考场的入口处看见织田进场之后,他就回去。

　　许多学生络绎不绝地进场了。安吉想起以后只有一次口试,感到轻松。进场的学生渐渐地少起来了。安吉想:恐怕织田已经进去了吧?就慌张起来。他两脚不动,把上身弯过去,向正门方面探望,然而不见织田来到。怎么样了?怎么样了?他总不会忘记的吧。昨天还通过电话,他使劲保证,决不会有误。是不是电车出了毛病?照织田的派头,如果碰到这种情况,一定会雇一辆小汽车来吧。不过万一……也许这个跛子正在路上一瘸一拐地"拼命地"奔来……

　　终于只有安吉一个人留在那里了。现在他真的要考虑办法了。非考虑不可了。非决定办法不可了。考虑已经来不及啦……

　　他闯进考场去,大声地叫。这考场是一个大教室。

　　"织田来了么?"

　　"喂,怎么啦?"安吉身边立刻发出横山的声音。他还看见横山的邻座上深江正在笑。

　　"啊,有点儿……"安吉说着又奔向教室外面去了。他再向正门方面探望。在两旁排列着银杏树的笔直的路上,凡是进来的都逃不了他的眼睛……

　　安吉又奔进教室里去。他找到了深江。深江和横山——他们两人并不互相熟悉——偶然相邻并坐着。安吉老实不客气地插进他们中间去了。面孔像越南人一般漂亮的丰中教授进来了。两个校工就开始分配雪白的答案用纸。安吉和深江商妥了。

　　"这个……"丰中开始讲话了。大家抬起头来,脸上仿佛表示:"什么事?"丰中说:"有一件可笑的事,"他的眼睛在眼镜里面闪闪发光,"办公室方面郑重叮嘱我,所以我要在这里说一说。这就是:每两个人离开一公尺就座,然后写答案。真是……"

安吉在满堂哄笑声中慌张起来。他没有发出笑声。他知道自己正在狼狈了。大家知道丰中大概已经受到办公室方面的责备,就纷纷地把凳子拉开。深江也苦笑着把凳子移动。他用"怎么办"似的眼色看安吉。安吉迅速地凑近横山去,急急忙忙地对他说:

"横山!用我的名字写答案!你不是明年毕业么?你明年再考一次吧。织田没有来!我现在就出去了。好不好?用我的名字写答案!……"

横山似乎不明白的样子。

"随便怎样都好。用我的名字写!(横山似乎懂得了。)好,拜托!"

如果题目一分发出,事情就糟了。一个校工拿了一叠题目纸走到丰中的桌子那里,把它放在桌子上。安吉就向这方面突进,手里挥动着一份雪白的答案用纸。

"这个不要了。"安吉说着,把答案用纸提到校工的眼睛上面去。那校工为了防护眼睛,他的手就由于反射作用而伸起来拿住了这答案用纸。

"?"

安吉不再看这个发呆了的校工,转身就走,仿佛回到座位里去,却在半途上转一个弯,溜出教室去了。

"且慢……"

安吉觉得还有些牵挂,走出教室就站定了。他知道自己的脸色在发青。他想:可能造成大失败。织田这家伙,他也许有一个代庖人吧?这代庖人不认识我。我刚才叫"织田来了么?"这代庖人可能没有听到。这个人用片口安吉的姓名来写答案。横山也用片口安吉的姓名来写答案。两篇答案都是片口安吉的……

想了一会,也想不出结论。随它去吧……安吉再向正门方面探望。没有来。人影也没有。安吉想离开教室,却又站定了。他走到另一个入口的地方,站在那地方的黑板面前。两个入口之中,这一个离正门较近。织田如果赶来,一定从这里进来。强硬的织田说不定会抗拒校工的拦阻而闯进来。

织田兄鉴:

事已告成,可请回去。片口留言。

怎样他才会注意到呢?安吉怀着这个指望,拿起粉笔来用力写了这几个字,然后离开黑板。以后怎样,不得而知……虽然一点也没有解决,安吉也感到轻松些。他信步走出正门去。到棚泽去吧……想起了很久不去了的旧书店,走出正门就转弯。"噢噢……"织田叫一声,跟安吉撞个满怀。由于跛脚的缘故,急急忙忙赶来的织田没能够在离开安吉一步的地方站住。织田满面是汗,嘴里反复地说:"对不起!都是我不好……"这件事是怎样已经安排好的,织田似乎不能立刻领会。

安吉又回想起了下面这件事的全部情况。安吉在口试教室里等候轮到他自己。

中央坐着奥培尔曼斯。左边板壁旁边坐着一排日本教授:冈、木村、新田……还有一个人,安吉不知道他的姓名。学生在教室外面等候,被叫着姓名的时候,每五个人一块儿走进教室来,成横排坐在奥培尔曼斯对面。其中一个人被叫着姓名,就走到奥培尔曼斯面前,对着他坐下。奥培尔曼斯用缓慢的语调向学生发问。学生左思右想地回答。这时候左边的一排日本教授一齐发出笑声。冈教授等格格地笑个不休。安吉看了感到有些畏缩。

"可是他们的笑也许不是无理的……"

学生的回答简直荒唐得很。连安吉也在某种程度内看得出来。今更被叫去问的时候,安吉真个吃了一惊。安吉不到这班的教室去上课,他所知道姓名的同学只有两三人,今更便是其中之一人。他知道他,是由于这个姓太奇怪的缘故。他从来不曾听到过今更这个姓,除了这个人以外想不出第二个姓今更的人来。这个人的相貌也很奇怪,面孔白得异样,好像患色素缺乏症似的。然而这个今更的精通德语,也使得安吉吃惊。谈的是什么事,已经记不起了,但这回事却是记得很清楚的。这时候安吉才知道今更的德语和安吉等的德语是不可比拟的。虽说不可比拟,也只是笼统地想象他的了不起。

两人问答的是什么事,安吉完全不懂。一排日本教授中只有一次发出轻微的笑声。笑的是什么,安吉也不知道。

"Trilogie〔1〕是由几部组成的?"奥培尔曼斯提出这问话。

"这我也懂得……"安吉这样想的时候,今更两手用力按住桌子的边,对着奥培尔曼斯回答:

"这是由两部分组成的。"

除了"两"这个数词以外,其他的词发音都很漂亮,可知这一定是有什么误会的缘故。日本教授们倒也不笑。

"两部分?是 Trilogie 呀!那么我再问一遍吧:Trilogie,是由几部分组成的? Tri-lo-gie……"

————————

〔1〕 德语:"三部曲""三部剧"。

"啊!"今更叫了一声——安吉想:这个"啊"是日本语吧——就用清楚的发音回答:"我回答。Trilogie 是由三部分组成的。"

"片——口——……"安吉被叫到了。

奥培尔曼斯从左边小桌子上的一堆书物中取出一本小册子来,放在桌子上了。堆在小桌子上的似乎都是毕业论文。有的很厚,有的装订成册,只有这一本非常薄。安吉感到难为情,仿佛做了一件坏事。

"你写了一篇关于海涅的文章么?"

"是,我写了一篇关于海涅的文章。"

"海涅写过戏曲么?"

"没有,海涅没有写过戏曲。或者差不多没有写过。"

"海涅曾经试写过名叫《浮士德》的作品么?"

"是,他曾经试写过这个。"

"海涅之外,谁写过《浮士德》?"

"伟大的歌德写过这个。"

"伟大的?"奥培尔曼斯说着,脸上显出一种表情,仿佛忍着笑的样子。"歌德写了许多戏曲么?"

"是,歌德写了许多戏曲。"

"他写过什么? 举个例看!"

安吉在混乱起来的意识中想:这样说总不会是错误的吧,就回答:"例如,他写过《浮士德》。"

"写过《浮——士德》?"奥培尔曼斯反复说一遍,安吉听见教授们小声笑起来了。奥培尔曼斯把"浮"字声音拉长,安吉明知道这回答是不像样的。他记得歌德的某一个戏曲中的情节,然而记不起它的名字。

"歌德写过《陶里斯的伊菲格尼》么?"

"是,他写过这个。"

"《陶里斯的伊菲格尼》不是戏曲么?"

"是的,它是戏曲。"

"好。"

奥培尔曼斯把那小册子移到了右边,从左边的小桌子上拿了另一篇论文,对安吉使个眼色。安吉从凳子上站起来,为了不再看到教授们,他转身向右,换个方向,走出教室去了。"你写了一篇关于海涅的文章么?"这句话的意思大概是"写那篇古怪的东西的就是你么"。他一定觉得那篇文章毫不足道,完全绝望,只是因为安吉要毕业了,他出于一番好心,问安吉几句做做样子罢了。所以关于海涅,他一点也没有盘问。这番问话比较起对坐在那里等候轮到的别的学生所发的问话来,容易得多。其实这并不是属于容易的部门的……

像幼儿园入学时那样的问答、提心吊胆地看着教授的嘴巴的大学候补毕业生,以及他们的滑稽可笑,都继续保留在安吉的头脑中。奥培尔曼斯那肥胖的手的形状和大牛的反刍的嘴巴重叠着,浮现在安吉眼前。粗大的手臂、阔大坚强的手和手掌、有力而柔软的手指……安吉仿佛觉得:这个外国人一定过着拘束而清洁的生活,他的手指、手心和手背,是神圣的,同时又是可亲的。

安吉回想着下面这件事的全部情况,被电车载着奔向小石川去。电车爬上富坂的时候发出咯嗒咯嗒的声音。坡上完全黑暗了。

"来得及么? 来得及。时间是来得及的。不过能不能进去呢? 会不会被抓住呢? 一定要进去。岩月……"

岩月和雨森的面貌,好像是什么很难过的东西似地不绝地被安吉回想起来。安吉毫无根据地想:警戒一定能够突破。共同印刷公司的劳资纠纷已经解决了。并不失败,然而也不能说是胜利。将近最后的时候,新人会里也纷纷议论这件事,曾经为此开过一次研究会,然而也只限于如此而已。考试期的临近,把学生们之间的大事件都赶走了。考试期过后,接着是假期,在这连续的两期中,成群的大学生就像开笼放鸽一般东分西散了,这种情形有多么可怜。安吉清楚地看到:他自己也包括在其中。

安吉在传通院前下车,一直向中门走进去。从这里可以望见正殿内部。不知道是正殿还是礼堂,不知道有几百还是几千,不知道是男还是女,但见许多黑沉沉的背影聚拢着、蠢动着。只有祭坛的地方有一盏电灯,光线只照到近旁一带,达不到大会场的角落里。因此,人的姿态就像黑的横断面木版画中所表现的样子,又像从后面参加看焰火的群众,望见前面只是黑魆魆的背影。这里面发出一种声音,像蜜蜂的嗡嗡声,又像远方传来的电锯声。安吉一步步走近去,这声音逐渐响起来。四周什么东西也看不到——这一带地方全部黑暗,只是感觉到一种森严的气象触到皮肤上来。安吉一面觉得即将听到军刀声,黑暗中突然会冲出一个人来把他抓住,一面从一个大灯笼下面钻过去,溜进会场里。他刚一进去,突然被人撞倒了。

会场里有两个以上的地方发出叫声。安吉不明白情况,但觉得这里正在发生混乱,现在似乎刚刚开始。群众之中有一股潮流向入口方面涌出来,安吉碰上了它,就被撞倒了。他坐在地上,知道撞倒他的不是警察,也不是出于恶意。有一个人,不知是谁——安吉被撞倒在地下,好比沉在黑暗的底里,全然不知道——默默地把安吉扶了起来。这个人就此拉住了安吉——这个人一定不是警察——穿过人群,拉到墙壁旁边,站定了,握住了安吉的手。

这地方也拥挤着动摇不定的群众。把安吉拉过来而握住他的手的人,原来是岩月。安吉听见讲坛上有一个尖锐的男声正在讲话:"今天是三月十八日,是巴黎公社的纪念日……"安吉心中闪现一个念头:"这声音有点熟悉,是谁的声音?"这时候岩月叫一声"片口兄……"用力地握住他的手,继续说:"再过一会,请你在门口右边的芋芳豆腐店里等我,好么? 一定在那里等我吧! 我气死了……"说过之后,弯下身子,钻进人群里去了。岩月的眼睛里充满泪珠,闪闪发光。安吉使劲目送着这个钻进人群里的人,心中想:"今天原来是巴黎公社纪念日! 我没有知道……"又想起刚才那个尖锐的声音继续说出的话:"五十六年之前,巴黎的工人们……"觉得这件非常重大的事,他竟不知道,就茫然若失了。在这茫然若失的期间,渐渐记起了这个尖锐的声音的所有主。不须像调整望远镜时那样转动中央的齿轮,映象就自然而然地清楚起来,终于对准了焦点。原来这个人是相识的:以前有一次安吉到印刷出版工会的榎町分会里去的时候,有一个少年起初怀着警惕心用怀疑的眼光来看安吉,这个少年的面貌和声音,现在浮现在安吉心目中了。安吉觉得可惊又可亲,很感动。这时候就有五六个警察,一手握着军刀,一手拿着提灯,蜂拥而至,看样子不是以安吉为目标的。

安吉在模糊的形象中回想着这罢工团解团仪式的全部情况,向大礼堂前门走去。这时候有人称这礼堂为安田礼堂,然而安吉不用这称呼。这礼堂刚刚落成,今天是第一次开放使用。这主要是用一个姓安田的大富豪的捐款来建造的,因此大家这样称呼。虽然是俗名——正式名称是什么,安吉不知道——只要偶尔有人这么叫,就会变成既成事实吧。图书馆是以洛克菲勒的捐款为基础而建造的,几近于完成了。然而谁也不称它为洛克菲勒图书馆……

安吉和许多大学生一起鱼贯地走进大礼堂里去。这大礼堂今天第一次开门……坐在半球形的大圆屋顶下面的学生们和巨大的笠帽一般的圆天井之间的空间,使人发生一种肉体的空间感觉,非常愉快。讲坛上并坐着几十个教授。台上通风窗的地方有一幅小杉未醒所作的壁画,这倒是初次看到的。在这幅东洋式的淡雅优美的绘画之下,教授们的面孔一律显出黄色。究竟是实际上呈黄色的,还是因光线关系而变成黄色的,安吉不知道。如果实际上是黄色的,那么安吉的面孔一定也如此,他想到这里觉得不愉快。

有一个人,不是校长,站起来致词了。大概是代理校长吧?

"诸君都很幸运,能够获得和村田亲王一同毕业的光荣,这是我校创办×十年以来(安吉没有听清楚是几十年)未曾有过的盛事……"代理校长的致词中有这样的话。安吉听了之后想:"没有这回事……应该说村田亲王某某获得和片口安吉一同毕业的光荣吧。两面都可以说的。"

安吉忽然看到,村田亲王也在这里。只有他一个学生坐在讲坛上教授队伍的左端。他的面孔也很黄。他仿佛心里隐忍着什么事情,看他那表情,好像想低下头去却又动弹不得的样子,一动不动地坐着。"不对不对……"安吉怀着希望订正的后悔似的心情想:"你获得和我一同毕业的光荣。我获得和你一同毕业的光荣。大家不相上下……"

仪式简单地结束了。学生都向各处走动,初次参观礼堂内部。安吉和泽田有约,立刻走出去,来到礼堂前面堆积着毕业证书的地方。新人会里的朋友一个人也没有碰到。太田等为了党大会的准备工作,已经有四五天住宿在本部,不回集体宿舍来了。四张大桌子上,用上等厚纸卷成圆筒形的毕业证书像山一般堆积着。外面又围着一张纸,上面写着学系和本人的姓名。毕业生们都集拢来,找寻自己的证书。有一个商人模样的人,在桌子旁边出售装证书用的细长的杉木匣子。安吉也在找寻,很不容易找到。另外几个学生也很不容易找到。有几个纸筒从桌子上掉下去,发现干脆的咚咚声,然后跳动一下。安吉终于在上面找到了自己的毕业证书。

于是安吉用它敲着自己的脖子,匆匆地回到清水町去。

泽田在那里等他,看见了他,笑着说:"哈哈! 拿到了毕业证书了?"安吉把那件龌龊了的西服脱掉,换了日本装,和泽田一起出门了。走到有电车的街上,泽田叫住了一辆汽车。朋友们之中,只有泽田和织田常常雇汽车。两人就上车,向前驶行。安吉想:"这个东西到底便利啊!"

不久之后,两人在一座大建筑门前的石阶上拾级而登。走到四楼,推开了一扇装着银色横棒的大玻璃门,走了进去。这里面是一个宽广的餐厅。那一头的窗下有一班客人,此外别无顾客。泽田引导安吉到一张桌子旁边,坐下了。一个服装清洁而可称美貌的三十五六岁的堂倌走过来,在旁边站定了。安吉对于这种吃法很不内行,但也许是因为有泽田在这里,也不很感到苦痛。两人先喝啤酒,然后进餐。安吉听泽田说,才知道这里是叫作阿拉斯卡的餐馆。

进餐完毕之后,两人到窗边去抽烟。下面可以俯瞰街道。泽田打开了窗子,眺望下面的街道。"唉……"泽田说,"这样地大兴土木! 我看日本的损失真大呢……"

震灾过后,样子迅速地变化了。建造了大量的房屋。这里面就发生矛盾。穷人各自建造小屋,或者希望建造小屋。他们应该考虑到集体住宅,却没有人考虑。这里面损失多么大! 如果建造一所很大的集体住宅,计划厨房、厕所、食堂的共同设施,那么可以节省多少空间！这些空间可以用在娱乐和文化设施上。而在另一方面,有人在那里造大建筑。有钱的人们正在计划集体住宅而付之实现。或者虽然没有建造集体住宅,也采用勒·柯尔比捷[1]的建筑法,迅速地向合理的方面进展。必要的人们不走这方向,不必要或无甚必要的人们却不顾前者而管自向新的方向进展……

"不过也可以这样想:虽然如此,结果是会移交大众管理的……"

"什么,你在安慰自己么？结果也许会这样吧。可是分明知道是损失,却七拼八凑地希望建造独家住屋,是可叹的。"这几句话已经到了喉头,然而安吉没有说出来。户崎町附近白山后边的巷子里的那些房子完全不合理地交互错综着,但是安吉感到:对那种愚笨可笑而分明大家损失的生活方式的热爱吸引着他。泽田大概是用他所独得的一种方法来反映着他希望摆脱贵族的资产阶级的意识。那些人在合理的集体住宅的建造过程中被勒得紧紧的,已经气息奄奄了。本来应该做的事,在目前的现实中却变成了一种对立物……

两人乘升降机下楼,从一扇巨大的玻璃门里走出外面去了。走到一所建筑物面前,泽田脸上闪现出不好意思的表情,对安吉说:"我要到工业俱乐部去转一转……"大概他的父亲在那里等他吧。这倒不坏……

安吉就自由自在地在这里上了电车。电车格顿格顿地慢慢地走,他并不在乎,只要搭上车,就可以被载走了。最好到安达书房去一趟。如果碰得机会好,可以拿到些钱。父亲什么时候上东京来,还不知道。由布先生的病状后来怎样,也不知道。无论怎样,总之,已经毕业了再见到

---

〔1〕　勒·柯尔比捷(生于 1887 年),法国的新派建筑家。

父亲，心情也觉得轻松一些。然而这件事多么渺小！他今后无论干什么都可以，然而非拿出全部力量来进行不可。不过，还是放弃了吧？不，进行吧……

安吉下了电车，走进了一个形似小弄堂的地方。安达书房位在叫作神乐坂的地方的一条弄堂里，安吉觉得很稀奇。他访问书店老板，这回是第一次。这个姓安达的不知道是怎样的一个人。据小森田说，是一个"非常好的人"。然而他突然去访，能不能会面呢？说不定走出一个代理者之类的人来，马马虎虎地应付一下就把他赶走……

依照地图探索，立刻找到了安达书房。这书店像一家歇业住户，是安吉所意料不到的。他叫了几声门，就有一个少年人从楼上走下来，带他上楼去。房间很狭小，铺席上放着椅子和桌子。原来只有这么大名气的出版所，一般都是这样的。

"难得请到！"一个面孔发青的人说。这很像刚刚病起的人的面孔，瘦削而没有须髯，只是声音有力而悦耳。这便是安达书房的老板安达专一郎。

那个少年送进一杯粗茶来，放着就出去了。

"这倒有些麻烦了……"安达说。安吉心想，说的是关于高本的译本的事吧，果然如此。他说："高本先生的已经出版了呢。请您不要见怪，我这是从商人的立场上来说的。对方是九州帝国大学的副教授，所以……至于译文的好坏，世人是不知道的。这种事情，世人不当作一个问题。小森田先生的话我都明白了，失礼得很，您的译文我也老实不客气地拜读过了。我没有异议。现在的问题在于部数和定价。对方听说定价是八角吧？我想定价一元。可是这里有点儿……定价一元这件事，我对小森田先生也说起过。可是为了对抗的关系，我想我们还是也定八角的好……"

安达的话,在安吉听来觉得雄辩而又率直。这反而使得安吉惶恐了。安达赏识并且庇护初出茅庐的安吉,使安吉感到欢喜。安吉对于这件事完全没有异议。

"可是那个译本……"安吉约略地回想起了。高本的译本,是以前有一次招待过安吉的轰书院出版的。译者高本在译者序言中写道:这译稿曾经蒙织田司氏审阅,深为感谢。既然如此,也好。然而不知怎的,安吉觉得这里含有欺骗的性质,不能平心静气地对待这个问题。有什么证据,却指不出来。然而确实地感到,并非由于竞争意识的缘故。织田关于这译本写过什么,安吉也不曾听到过。从前伊能曾经把自己的译本用佐伯的名字出版。也许这种事情普遍流行,不会有人一一地追究吧。也许不是这样,亦未可知……

"我说……"过了一会安达又开始说话了,"片口先生的文章真漂亮啊！列宁所说的话,当然是好的。可是这不是常识么？不过这是我的不负责任的感想。然而您的译文真是名文。"

安吉想:"这家伙在说些什么！我的文章是怎样的名文呢？……"又想:"我的译文中大概有错误,安达的称赞一定是暗指我用日本语的'格调'来把我所不大懂得的地方搪塞过去。"他心中交混着这两种感想,因此回答不出话来。

"至于版税呢……"安达继续说,安吉尖起了耳朵,"您愿意现在就拿去吧？"

"是的,这当然……"安吉回答,他感到畏缩。

"现在全部拿去也可以,不过……"安达微笑着继续说,"现在全部交奉了,您会全部用光吧？现在先付一百元吧。其余的等装订完成之后付清。怎么样?"

安吉完全没有异议。

"那么开一张支票给您。支票行不行?"

安吉知道有支票这种东西。然而他不曾有过,也不曾见过。"行!"安吉唯命是听地回答。

　

安吉终于来到了本乡三丁目。一百元的支票现在藏在衣袋里。快点用光它吧——这念头从心中钻出来。同时又觉得:这样地藏着——他用手在衣袋上按一下——也有一种暂时安心的快感。他怀着稳定的心情看看"卡内雅斯"的招牌,穿过了三丁目的交叉点。他照例想起"到卡内雅斯为止是江户[1]"这句话,同时又照例产生那个明显的疑问。原来这句话是以神田方面、江户城[2]方面为中心而说的。然而他把本乡的大学方面看作中心,所以从大学走来,穿过交叉点,他不能理解为什么要把孤零零立在那里的"卡内雅斯"看作江户的终点。他总是觉得,经过"卡内雅斯",穿过交叉点之后,才到本乡……这时候脚底下的一只木屐破裂了。脚底上感觉到有裂缝。感到了裂缝之后,他又走了一步。于是这木屐完全破碎了。

安吉看见派出所里的警察正在注视他。因此他不能把破木屐丢在这里而走开去。安吉提了这只破木屐,赤着一只脚走路。他记得很清楚:这带地方有一家木屐店,他就向燕乐轩方面走去,一路上察看一家一家的店铺。春天迅速地来到了,赤脚走路不觉得冷。

---

〔1〕　东京的旧名。
〔2〕　东京一地区的名称,又称"皇城"。

立刻找到了一家木屐店,安吉直闯进去。那个店员似乎没有注意到安吉只穿一只木屐。

"支票可以用么?"

店员正在想拿出货物来,安吉立刻这样问他,并且从衣袋里取出那张支票来给他看,说:"就是这个……"

这年轻的店员踌躇不决,没有回答。听到了店里的声音,有一个老板模样的中年男子走出来了。他想伸手去拿支票,半途上又把手缩回去。

"对不起,我们这里支票是……"

"噢,是的……"安吉说过之后就走出去,觉得碰了一个钉子。他走着,心里浮现出旧书店里的棚泽这个老头儿的面貌来。

安吉走着,手里提着的一只破木屐荡来荡去。他走过赤门前,再走过大学正门,来到了第一高等学校前面,就走进旧书店里去。他从书架中间穿过,走到了很狭小的账房里。老板在那里。

"啊,请进来。"老板用愉快的声音招呼,"终于毕业了……"

安吉听见棚泽的响亮的声音里含有"究竟怎么样呢"的意思。但也不放在心上。

安吉在心中模仿他说:"终于留级了……"就拿出那张支票来,说明了来由。

"啊呀,木屐破了么?"

老头儿看看安吉的脚,伸出手来。支票就移到了他手里。他用检查似的态度把支票翻转来看看。

"好的,兑给你吧。"他嘴里这样说的时候,一只手伸向手提保险箱上,叮的一声,把它开开了。

"买点什么书呢?"这念头浮现出来,然而又想:"算了吧。"他的模糊而安定的心中想起了佐伯。这和《奇怪的眼泪》的在艺术方面的苦痛的记忆不同,却是另一种依恋之情像水一般涌起来。安吉被这种感情抓住了,仿佛要沉溺在里面。他历历地感觉到水面渐次地高起来,从肩膀上升到脖子上……

"时候还早。去一趟吧。大妈也长久不见了,不知近来怎么样。大概会立刻做好小菜给我吃吧。有一次谈方针的时候,有一个人说从事文学必须作为文学运动而从事;这话是对的,不过这话的意义不是那种家伙所能理解的。我还是要见见佐伯,好好地听他谈谈……"

"算了吧?"突然又发生这念头。

"还是去吧。去一趟看。"

左思右想的结果,终于决定去,安吉就从棚泽那里走出去了。有一种东西碰到前额上。碰到的不是硬的东西,却有一种抚摸的感觉。原来是木屐店里挂着的一束木屐带。安吉注意到了从黑天鹅绒木屐带的两端垂下来的麻绳的颜色,前端凹下去、扎得很紧的木屐带就在安吉眼前,他觉得这是一种任何地方都不能有的可爱的平民的东西。安吉在心情的一角里意识到"算了吧"的念头又在发生,他就在这里买了一双木屐。

"到新宿去就成了吧。从那里乘郊外电车就到了……"

他走到了看町。这条路和向白山去的路相连接,这里有一家南天堂书店。听说有各种各样的人在这书店里集会、谈论、喝酒。又听说无政府主义系统的诗人们常常在这里进进出出。安吉曾经想进去看看。然而"有什么好看"这心情阻止了他。

"可是去看看也好……"他这样想,是指将来。

"我曾经在这里出一角钱吃了一碗一角五分钱的面……"

在白天看来,样子完全不同。安吉走到白山车站的地方,向左转弯,在那漫长的斜坡上走下去了。

到佐伯那里去的郊外电车,安吉还没有乘过。首先,关于东京的郊外和郊外电车,安吉一点也不知道。他觉得仅仅搭郊外电车这件事也很有趣。搭了郊外电车向前行驶的时候,他极自然地感觉到:好像能够最后地回想起过去所有的一切事情。

"我想……"他曾经对佐伯说,"普列汉诺夫和卢那察尔斯基的倾向都是生来就有的。一个不是叫盖奥尔吉·瓦连季诺维奇〔1〕么?另一个叫阿那托里·瓦西里耶维奇〔2〕。这有点儿西欧式吧?不是斯拉夫式的。这一点跟农民和手艺人有所不同。"于是佐伯笑着说:"哈哈哈……也许是这样的。很有意思……"安吉的所谓有意思和佐伯的所谓有意思,其间有不可抹杀的差异。然而如果问他谈这种话时以谁为对手,那么除了佐伯以外没有别人……不知不觉之间,通向户畸町的岔道上的派出所已经在望了。安吉渐渐向这方面走过去。他的脚弯进了左边的弄堂里,向艺妓街里面走去了。

"真可笑……"安吉想,同时又觉得没有什么可笑。岩月的面貌、雨森的面貌、虎哥儿的面貌,这些面貌在他心目中陆续出现,末了,最后的租屋的主人的面貌也被挤出来了。这时候安吉才觉察到正在向这边走去的自己,然而并不觉得吃惊。他想走到那个柔弱的人那里去,坐在没有镶边的琉球席子上,和他随心所欲地谈谈。安吉认为目前只有这地方是可以暂时享受舒适的场所。

───────────

〔1〕 普列汉诺夫的名字和父称。
〔2〕 卢那察尔斯基的名字和父称。

安吉心中浮现出一种并不特别痛切的形似矛盾的东西来。

"听其自主则不能摆脱经济主义意识的工人们……企图从外面注入而使他们获得革命的阶级意识的自觉的分子……以理论武装自己而希望对他们有所贡献的人,却想去休息了。到那大罢工过去后就像大台风过去之后一样的地方去,到那已经弄得疲乏不堪的地方去。全身装备的人,正在希望来到被解除武装的人那里,精疲力尽地躺下来……"

然而对于这件事,安吉并不感到多大矛盾。大胆到近于鲁莽地散布传单而使得共同印刷公司的伙伴们吃惊的织田丰,现在看来已经和当时安吉所赞叹的人不同,而是变成另一个人了作剩余价值的演说的岛田家的哥哥,仿佛退避到很远很远的地方去了。安吉也不妨到他自己还不能说明的一个相差甚远的地方去休息,这念头在他也不觉得特别可耻。赤身裸体地跳到海里,钻进波浪中。波浪涌过来,轻轻地飘浮一下,就通过了安吉而流去了。那波浪包围着他的身体而通过去了。共同印刷公司的罢工像 X 放射线一般透过了安吉的身体而通过去了。安吉全身被这光线所通过了。他并不打消访问佐伯的念头。安吉不打消这念头,现在正在步行到那个人的家里去。他直到现在还没有知道那个人的姓名。然而他的家里,即使闭上眼睛也能走到。他仿佛看到:架在楼上的梯子的两只脚上,为了防止擦破席子,戴着两个雪白的棉布帽子。那一对夫妇当中,妻子显得更刚强一些。如今尿布干得快了,那个妻子大概省心了——安吉想起了这些,自己也透一口气……

后　记

　　中野重治是日本著名的革命作家,出生于一九〇二年。一九二四年进东京帝国大学德国文学系。他早在学生时代,就从事于进步的政治活动,并开始写作,曾参加当时进步的学生团体新人会,组织社会文艺研究会,建立马克思主义艺术研究会,创办同人杂志《驴子》,并加入日本无产阶级艺术联盟。以后曾担任日本全国无产阶级作家同盟中央委员、日本无产阶级文化联盟中央参议员等职务,为建立日本的无产阶级文学而积极地工作。战前曾被日本军国主义政府逮捕入狱,度过两年多的铁窗生活,并曾被禁止写作。战后曾任新日本文学会秘书长,现任该会副会长,领导开展民主主义文学运动。他于一九五七年曾来我国访问。

　　中野重治写了许多篇优秀的小说、诗歌、文学评论和随笔。他的代表作品是《初春之风》(一九二八)、《老铁的话》(一九二九)、《写不出小说的小说家》(一九三六)、《火车司炉》(一九三七)、《与短歌的诀别》(一九三九)、《空想家和脚本》(一九三九)、《五勺酒》(一九四七)、《肺腑之言》(一九五四)和《梨花》(一九五九)等。

　　《梨花》《与短歌的诀别》《肺腑之言》这三部作品都是自传性小说。《梨花》写他童年时代的经历,《与短歌的诀别》叙述高中时期的学生生活,《肺腑之言》描写他大学毕业前一年里的生活。此外还有几篇小说如《漫步街头》等,也是描写作者自己的过去生活的。这些小说,均以作者亲身的经历为基础,反映数十年来日本知识分子在剧烈的革命斗争中成长起来的道路。

《肺腑之言》里有青年们寻求真理的足迹,有革命火炬的照耀,也有爱好文学的大学生浪漫的、革命的热情,它是在日本无产阶级革命浪潮中响起的青春之歌。小说里的故事发生在一九二六年前后。二十世纪二十年代的日本,阶级斗争是剧烈的、尖锐的,革命势力是在同阶级敌人的斗争中,在同机会主义、改良主义的斗争中迅速地发展起来的。日本共产党在一九二二年成立后,领导工人运动,同日本军国主义进行斗争,但不久就遭到日本政府的迫害,机会主义分子篡夺了领导权,解散了党,革命一时遭受挫折。然而工人运动日益高涨,革命仍然继续进行,日本共产党于一九二六年重新建立起来。以后党又为消除"福本主义"的影响而付出了努力。"福本主义"只承认思想斗争,否认经济斗争和政治斗争,否认无产阶级的群众组织,企图把共产党变为马克思主义知识分子的集团。"福本主义"引起思想战线上的混乱,对无产阶级文学运动和学生运动起了极坏的影响。

日本无产阶级文学运动早在一九一六年前后已开始萌芽,小牧近江、平林初之辅等在一九二一年创办的《播种人》杂志在文艺战线上树起了革命的旗帜,为无产阶级文学的发展奠定了基础。《播种人》的创办者呐喊:"我们为现代的真理而战斗! 我们是生活的主人!"一九二三年,东京一带发生大地震,日本法西斯乘机制造谣言,屠杀无辜的旅日朝鲜侨民,同时逮捕并且杀害工人运动领袖,《播种人》被迫停刊。办《播种人》的革命作家于一九二四年创办了《文艺战线》杂志,以后,在日本共产党再建运动的影响下,从《文艺战线》上脱退了一部分在党直接领导下的作家,成立了战旗社,创刊《战旗》杂志,中野重治即为《战旗》的中坚作家。

一九二五年,日本无产阶级作家组织了日本无产阶级文艺联盟,于一九二六年改组为日本无产阶级艺术联盟,成为在马克思主义的旗帜下统一起来的艺术团体。中野重治也成为其中的主要活动者之一。

本书中所讲的新人会这个组织,是在第一次世界大战后,民主主义思潮兴于世界各国的时候,在日本大学生中间开展民主主义运动的第一个团体。新人会于一九一八年在东京帝国大学成立,一九二八年解散,大约有十年的历史。它的成员起初大多是自由主义者和民主主义者,以促进"解放人类"和从事"合理改造日本的运动"为目的。但它所要解放的只是思想,所要改造的只是文化,并不想改造社会,不想推翻资本主义社会制度。一九二三年以后,新人会陆续吸收了一批具有马克思主义思想的新会员,志贺义雄、服部之总、中野重治等成为骨干分子,新人会由研究思想的团体发展为进行社会运动的组织,成长为学生运动的主力军。一九二八年日本政府对日本共产党实行血腥镇压,遭受迫害的共产党员和进步人士有六千多人,新人会也被迫解散。

《肺腑之言》最初在一九五四年一月到七月的《群像》上连载,当年由讲谈社出版单行本。小说发表后,受到好评,曾获得一九五五年度"每日出版文化奖"。作品的主题写青年学生片口安吉在革命力量蓬勃发展的年代,在东京一带发生大地震以后,从地方的中学进入东京帝国大学,加入新人会,在马克思主义思想的影响下,在革命运动的洪流中,他的思想逐渐发生变化,一步一步地变为"新人",成为革命的知识分子的经过。作者用回忆的手法,把发生在几年里的事情,集中在一年的时间里反映了出来。我们通过这部小说可以看到日本的革命知识分子所走过的道路,可以预见到他们的革命事业必定成功的明天。

王敦旭